国家哲学社会科学规划项目

陈晞 ◎ 著

菲利普·拉金研究

A Study on Philip Larkin

上海外语教育出版社
外教社 SHANGHAI FOREIGN LANGUAGE EDUCATION PRESS

图书在版编目（CIP）数据

菲利普·拉金研究 / 陈晞著. -- 上海：上海外语
教育出版社，2022
国家哲学社会科学规划项目
ISBN 978-7-5446-7347-1

Ⅰ.①菲… Ⅱ.①陈… Ⅲ.①菲利普·拉金—文学研
究 Ⅳ.①I561.065

中国版本图书馆CIP数据核字(2022)第155412号

出版发行：**上海外语教育出版社**
（上海外国语大学内） 邮编：200083
电　　话：021-65425300 (总机)
电子邮箱：bookinfo@sflep.com.cn
网　　址：http://www.sflep.com
责任编辑：奚玲燕

印　　刷：启东市人民印刷有限公司
开　　本：635×965　1/16　印张 15　字数 251 千字
版　　次：2023 年 1 月第 1 版　2023 年 1 月第 1 次印刷

书　　号：ISBN 978-7-5446-7347-1
定　　价：50.00 元

本版图书如有印装质量问题，可向本社调换
质量服务热线：4008-213-263　电子邮箱：editorial@sflep.com

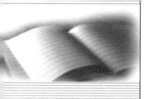

目录

绪论 ··· 1

第一章　拉金的生平与创作生涯 ······················ 10

　　第一节　家庭与学生时代 ······················· 11

　　第二节　早年文学生涯 ························· 16

　　第三节　赫尔的光辉岁月 ······················· 21

第二章　《吉尔》：一个文学青年的探索 ················ 28

　　第一节　肯普：拉金的自画像 ···················· 29

　　第二节　《吉尔》的艺术虚构 ···················· 39

　　第三节　虚幻的破灭 ························· 49

第三章　《冬天里的姑娘》：一个年轻女人的成长之路 ······· 55

　　第一节　凯瑟琳的身份认同：隔离与超越 ·············· 56

　　第二节　"冬天"的隐喻与象征 ···················· 67

　　第三节　异性之恋与同性之爱 ···················· 72

第四章　《北方的船》：早期诗歌探索 ················· 79

　　第一节　城市漫游者的随想 ······················ 81

　　第二节　自然情感的书写 ······················· 92

　　第三节　少女与缪斯幻象 ······················· 98

第五章　《受骗较少者》：真实的故事 ················· 103

　　第一节　《题一位年轻女士的相册》：现实中的真实

女人 ……………………………………………… 104

第二节　性、爱情与婚姻的伦理选择 ……………… 118

第三节　《上教堂》与拉金的宗教观 ……………… 133

第四节　拉金的"所见、所思、所感"与运动派诗学 …… 140

第六章　《降灵节婚礼》：城市旋律 …………… 151

第一节　消费主义中商品符号的伦理解读 ………… 152

第二节　家庭伦理重构 ……………………………… 160

第三节　爵士乐与拉金诗学 ………………………… 182

第七章　《高窗》：多元维度 …………………… 190

第一节　城市诗歌的空间叙事 ……………………… 190

第二节　性政策的书写 ……………………………… 200

第三节　政治伦理的诗性表达 ……………………… 208

结语 ……………………………………………… 226

参考文献 ………………………………………… 230

绪　论

　　作为英国运动派诗人的领袖人物,菲利普·拉金
(Philip Larkin, 1922—1985)被人们誉为"英国诗坛的中心
人物"和"非官方的、最名副其实的桂冠诗人"①。在他的影
响下,运动派诗歌的风格席卷了 20 世纪 50 年代后的英国诗
坛,几乎取代了现代派诗风,对英国诗坛产生了深远的影
响。在 2003 年一项"最近 50 年英国最受欢迎的诗人"的民
意调查中,拉金的排名在 T. S. 艾略特、泰德·休斯和谢默
斯·西尼之前②。从某种程度上说,拉金的诗歌对 20 世纪
英国诗歌乃至世界诗歌的发展方向起到了引领作用。但
是,如同"一千个读者眼里有一千个哈姆雷特"一样,拉金也
是 20 世纪文坛颇具争议的诗人,因为他本身就是一个"矛
盾体":他怀抱野心、渴望浪漫,但是又避世旁观、愤世嫉俗;
他讴歌爱情,却又一辈子不结婚;他声称工作是"癞蛤蟆",
但自己又是一个敬业并且成功的图书馆馆长;他痛斥商品

---

　　① Davie, Donald. *Thomas Hardy and English Poetry*. New York: Oxford University Press,
1972, p. 64.
　　② Kirsch, Adam. *The Modern Element*. New York: W. W. Norton & Company, Inc., 2008,
p.193.

消费主义,但是又对先进的汽车和时髦服饰情有独钟;他的思想和艺术表现手法超前,但对艾略特和庞德等人笃守的现代主义传统颇有微词。拉金总是以一个旁观者的身份,冷静地注视、思考现代社会和现实人生,主张"反精英文化",提倡对普通人日常生活的关注,他的诗歌反映了现代城市中产阶级的心声。拉金作品中流露的疏离感、个人的和文化的断裂感以及道德思考,不仅仅是个人体验,而且超越了民族性,反映了现代人共同面临的精神困境,具有一种形而上的普遍性。

菲利普·拉金在战后英国诗坛占有独特的地位。他一生出版了四本诗集:《北方的船》(1945)、《受骗较少者》(1955)、《降灵节婚礼》(1964)和《高窗》(1974)。除了诗歌,拉金还创作了小说和散文,比如长篇小说《吉尔》(1946)和《冬天里的姑娘》(1947),散文集《爵士乐纵横谈》(1970)和《承嘱之作》(1983)。拉金的文学生涯成就斐然,曾获女王诗歌奖章(1965),美国艺术文学院洛安尼斯奖(1974),英国皇家文学院本森银质奖章(1975),德国 FVS 基金会莎士比亚奖(1976)。1984 年,拉金还被提名继任桂冠诗人,但是他拒绝了这份殊荣,因此,人们称他为"非官方的桂冠诗人"。拉金的诗歌不仅在英国备受关注,同时还被译成多国文字,对当代诗歌创作有着举足轻重的意义。

作为一个英国诗人,拉金的诗歌之所以能超越种族和时代而受到人们的喜欢以及文学评论家的瞩目,是因为他诗歌独具的创新性。拉金在继承和发扬欧洲文学传统的同时,扎根于英国本土,将城市漫游诗歌发扬光大,形成了自己独特的风格,"拉金可以说是完成了叶芝、艾略特和奥登没有完成的任务"[①],他的诗歌是"任何流派或形式的诗歌都无法比拟的"[②]。

拉金在英美文学领域的重要地位是毋庸置疑的,英国和美国的学者对他的研究经历了三个阶段。拉金的诗歌创作始于 20 世纪 30 年代初期,他在文学生涯初期所发表的诗歌和出版的《北方的船》没有引起学者和评论家的关注,在学术界影响甚小。直至现在,评论界专门针对《北方的船》的评论也比较少,且乏善可陈。十年之后,《受骗较少者》一经问世,立即引起了人们的关注,赢得了极大的好评,从此,拉金跃居英国一流诗人之列。学界对拉金的研究的第一阶段始于 20 世纪四五十年代,特别是 1955 年,评论家埃恩莱特在编选的《50 年代诗人》(1955)一书中,首次提出"运

① Latre, Guido. *Locking Earth to the Sky: A Structuralist Approach to Larkin's Poetry.* New York: Peter Lang, 1985, p. 440.

② Lowell, R. "Digressions from Philip Larkin's Twentieth-Century Verse." *Encounter*, 1970, 40: 68.

动派"(The Movement)这个名称,并把拉金列为运动派的启蒙和主导人物之一。运动派诗人亲传统而疏现代派,所反映的事物多贴近平民百姓的生活,强调诗歌技巧,注重英诗特有的韵律,崇尚清澈朴实的诗风。作为诗歌流派和文学运动,运动派的发展和兴盛期主要在 20 世纪五六十年代,但其主要成员的创作生涯一直延续到 20 世纪末,并对英国当代的诗歌创作产生了重大影响。

拉金诗歌研究的第二个阶段是 20 世纪 70 年代后期及其后的 30 年。这个阶段的研究成果可以分成两类:传记和作家研究。随着运动派的兴起,作为运动派领军人物的拉金也渐渐成为人们关注的焦点,尤其是 1964 年,拉金的第三部诗集《降灵节婚礼》一经出版,反响非凡,不仅在销量上大获成功,还因此荣获了艺术委员会大奖和女王诗歌金牌奖。批评家开始著书立说,发表对拉金诗歌的评论。艾伦·布朗约翰(Alan Brownjohn)出版了第一部拉金研究专著,这本只有 32 页的《菲利普·拉金》(*Philip Larkin*, 1975)对拉金的诗集和两部小说进行了简单介绍。悉尼大学的西蒙·佩奇(Simon Petch)在他的专著《菲利普·拉金的艺术》(*The Art of Philip Larkin*, 1981)中,阐释了拉金早期诗歌和其后三本诗集不同的艺术特色。其后十几年间,学界对拉金的研究主要侧重于"作者研究",评论家们以拉金的书信和日记为依据,考证拉金个人经历与他的诗歌创作的渊源,或者他的个性和思想情绪在他作品中的反应。安德鲁·莫辛(Andrew Motion)在 1993 年出版了第一部拉金个人传记——《菲利普·拉金:一个作家的一生》(*Philip Larkin: A Writer's Life*)。可以说,到目前为止这本传记为拉金研究提供了最翔实、最全面、最可靠的史料。安德鲁·莫辛本人是英国著名诗人、小说家和传记作家,还是继泰德·休斯以后的英国桂冠诗人(1999—2009),他文学素养深厚,因而他对拉金诗歌的分析颇具说服力。更重要的是,莫辛与拉金是同事:莫辛于 1976 年~1981 年间在赫尔大学教授英语期间,与当时的图书馆馆长拉金建立了长达九年的深厚友谊。1983 年,拉金亲自指定莫辛、莫妮卡·琼斯、安东尼·斯维特为自己的文学遗产执行人。作为该执行人之一,莫辛挽救了很多濒临毁损以及差点遗失的拉金书信和其他资料。莫辛以拉金的诗歌、未发表的诗歌手稿、小说、小说草稿、书信、日记以及笔记等为第一手资料撰写而成的这部《菲利普·拉金:一个作家的一生》,翔实地介绍了拉金的生平以及创作。该书从拉金的父母开始一直讲述到拉金的辞世,细致地介绍了拉金的生活经历、感情生活、工作经历和创作背景,并且将拉金的个人履历、个性特点和诗歌特色融合在一起。这本传记不仅语言精美生动,内容翔实考究,还配有许多珍贵的插图和照片,成为拉金研究的扛鼎之作。由于莫辛与拉金私交甚密,再加上莫辛本人的文学素养、学术眼光和才气,使这本书既具科学性又具艺术性,荣获惠特布雷德传记奖。正是这部著作让人们更全面、更客观地了解拉金的生活经历、感情纠葛、心路历程和诗学发展,从此,研究拉金的人越来越多,拉金的学术地位也迅速提高。

拉金文学遗产的另一个执行人——安东尼·斯维特——也是一位知名作家、诗人、电台节目主持人、批评家和编辑。他在 1988 年整理出版了《拉金诗歌集》,并于 2003 年再版《拉金诗歌全集》(*Philip Larkin: Collected Poems*)①,1992 年,他编辑出版了《拉金书信集》以及《致六十岁的拉金》(*Larkin at Sixty*, 1982)。斯维特可以说是拉金的知音和伯乐。早在 50 年代,斯维特在主持 BBC 的《当今英国青年诗人》这个节目时,就非常欣赏拉金的诗歌,曾邀请拉金上节目朗诵自己创作的诗歌,而那时候的拉金还籍籍无名。斯维特曾回忆,他和拉金一见如故,虽然拉金当时没有名气,但是斯维特对他赞赏有加,拉金也非常欣赏斯维特的文学判断,非常重视斯维特提供的诗歌发表机会,此后的几十年见证了他们日益深厚的友谊。斯维特不仅慧眼识珠,还不遗余力地推介拉金的作品。当他在 1968 年~1972 年担任《新政治家》(*New Statesman*)主编以及在 1973年~1985 年出任《文汇》(*Encounter*)副主编时,都推荐拉金在这些杂志上发表了很多诗歌和评论。毫无疑问,斯维特为提升拉金在英国学术界的地位起了重要作用。《拉金诗歌全集》整合了拉金的《北方的船》《受骗较少者》《降灵节婚礼》《高窗》四部诗集以及拉金早期和晚期没有被收入这四部诗集的部分作品,是迄今为止收录拉金诗歌最全的诗集。《拉金书信集》收集了拉金从 1940 年~1985 年他去世前七天的所有书信,展示了拉金不为人知的多面性,公开了拉金一些令人惊愕的、愤世嫉俗的言论,暴露了拉金某些偏激、变态的心理。例如,在一两封给密友的信中,拉金称所有女人都是蠢货,嘲笑英国医院里的阿拉伯医生是只会傻笑的阳疹患者,等等。这些私密信件的曝光给拉金的声誉带来很多负面影响,让研究拉金诗歌的学者感到困惑不解,拉金在一夜之间变成当代英美文坛上最具争议的诗人。尽管这本书信集暴露了拉金的阴暗面,但是仍为拉金研究提供了可靠的第一手资料。其实,莫辛的《菲利普·拉金:一个作家的

---

① Thwaite, Anthony. ed. *Philip Larkin: Collected Poems*. London:Faber & Faber, 2003. 本书拉金诗歌都引自本诗集。本书中以 CP 指代这部作品。若无特别注明,本书引用的诗歌均为笔者翻译。

一生》中很多叙述都是以这本书为依据的。这本书信集和莫辛写的传记成为拉金研究的必备参考书。《致六十岁的拉金》收集了拉金的同事、出版商、同学、朋友等19个人写的回忆录或随笔,有的就拉金的诗歌发表评论,有的分析拉金的散文和随笔,有的谈论拉金的个人风格和写作实践,还有的赞扬拉金作为图书馆管理员的勤勉工作和作为图书馆馆长所做出的贡献,这19篇文章从不同的角度把拉金的成就和个人魅力展现给了读者。

除了莫辛和斯维特对拉金及其诗歌大力推介以外,戴尔·沙尔瓦克(Dale Salwak)主编出版了《菲利普·拉金:其人其作》(*Philip Larkin: The Man and His Work*, 1989)。这本书同样收录了拉金的朋友和同事对生活中拉金的评论。这些人或基于对拉金的了解,或基于与拉金的特殊关系,阐述他们对拉金某部作品的个人理解。罗杰·德(Roger Day)在1987年出版了《菲利普·拉金》(*Philip Larkin*)。这是一本适合学生或诗歌初学者了解拉金诗歌的参考书,以教科书的形式,每章在介绍拉金各阶段的诗歌创作后,设几个讨论题启发读者思考,作者还在讨论题后面附上自己的观点供读者参考。由于拉金的诗歌形式有回归传统的倾向,在现代主义风行的诗坛独树一帜,引起很多学者的共鸣,特里·惠伦(Terry Whalen)就是其中之一。惠伦在其著作《菲利普·拉金与英国诗歌》(*Philip Larkin and English Poetry*, 1986)中,结合拉金诗歌文本、拉金本人所写的评论以及对拉金的采访,解读拉金的诗学理念及他对英国诗歌的传承和影响,比如,拉金对塞缪尔·肯普逊、劳伦斯、意象派诗人等诗歌传统的继承,拉金对休斯、托马·岗和R. S. 托马斯等现当代诗人的影响。由此可见,惠伦对拉金的研究是另辟蹊径的,他有意回避运动派,其目的是重新评估拉金的美学思想和他在英国诗歌传统中的地位。在对拉金诗歌文本的解读中,惠伦还特别关注拉金诗歌的深度和完整性,探讨诗人的美学观点以及对整个世界的探索。A. T. 托利(A. T. Tolley)在其《菲利普·拉金作品及其发展的研究》(*A Study of the Work of Philip Larkin and Its Development*, 1991)一书中,结合拉金生平传记和时代背景,对拉金的作品按照时间顺序进行线性研究,内容涉及拉金脍炙人口的诗歌、散文以及拉金对爵士乐的评论。这部专著重点追溯拉金早期风格形成时所受到的文学影响以及运动派对拉金文学成长的重要性。詹姆斯·布斯(James Booth)分别在1992年和2005年出版了专著《菲利普·拉金:作家》(*Philip Larkin: Writer*)和《菲利普·拉金:诗人的困境》(*Philip Larkin: The Poet's Plight*),两本书都是结合了拉金的生平分析其小说和诗歌的创作主题,比如,爱与缪斯,诗性历史等。斯蒂芬·里根(Stephen Regan)于1992年出版了《菲利普·拉金》(Philip Larkin)一书,着重论述了拉金与运动派的渊源。五年后,他又主编出版了同名论文集《菲利普·拉金》(Philip Larkin),收录了研究拉金诗歌的12篇论文。这些论文对拉金诗歌的象征主义、英国本土意识以及性主题进行了探讨。安德烈·斯沃布里克(Andrew Swarbrick)在其专著《遥不可及——菲利普·拉金诗歌》(Out of Reach: The Poetry of Philip Larkin, 1995)中,以拉金的书信和日记为第一手资料,探讨了拉金诗歌创作中的自我追寻和艺术观。劳伦斯·勒纳(Laurence Lerner)所著的《菲利普·拉金》(Philip Larkin, 1997)把拉金的诗歌创作、诗歌解读与拉金的个人经历、英国乃至欧洲的文学传统以及战后的英国社会环境联系起来,分析了拉金的小说主题、诗歌特点、文学思想和诗人个性,引导读者充分理解拉金诗歌的力量及其微妙之处。

进入21世纪后的短短20年间,国外的拉金研究有蓬勃发展的趋势,研究的角度和方法也趋向多元。除了前面提到斯蒂芬·里根和詹姆斯·布斯分别在2003年和2005年出版的拉金研究专著以外,理查德·布莱弗德(Richard Bradford)撰写出版了《开始是厌倦,然后是恐惧:菲利普·拉金的生活》(First Boredom, Then Fear: The Life of Philip Larkin, 2003),这本专著针对《拉金书信集》给拉金声誉带来的负面影响,为拉金辩护:拉金是一个具有多重思想、性格复杂、内心矛盾的作家,他是受到右翼的影响才说出过激的言语和荒唐话,而且这些语句是出现在特殊的语境之中,并不能代表拉金的真实思想,因此不可断章取义。史蒂芬·库柏(Stephen Cooper)出版的《菲利普·拉金:一个颠覆性的诗人》(Philip Larkin: Subversive Writer, 2004)解析了拉金小说和诗歌中的性身份和性政治问题,提出了破坏性美学的观点。蒂沃纳·斯托伊科维克(Tijana Stojkovic)在《"大隐于市":菲利普·拉金及其平凡的风格》("Unnoticed in the Casual Light of Day": Philip Larkin and the Plain Style, 2006)中,从语言学角度探讨了拉金的诗歌语言艺术。在《菲利普·拉金的诗歌:批判性研究》(The Poetry of Philip Larkin: A Critical Study, 2007)中,作者卡塔·罗杰莫斯(Katta Rajamouly)阐释了拉金诗歌中的时间主题,即时间具有破坏性和毁灭性,它侵蚀人们的希望,使生活变得琐碎,耗费人们的生命。约翰·奥斯本(John Osborne)在其专著《拉金、意识形态及批评的暴力》(Larkin, Ideology and Critical Violence, 2008)中阐述了拉金与现代主义、爵士乐、哲学、性别、政治和英国性的关系。理查德·帕默(Richard

Palmer)出版的《如此曲意伪装：菲利普·拉金的艺术》(*Such Deliberate Disguises: The Art of Philip Larkin*, 2008)从全新的角度挖掘拉金作品中曾被忽视的精神层面的东西。帕默在细读诗歌文本的基础上，借鉴艺术、历史、宗教和神话的研究，并结合当代文学批评理论以及拉金个人传记，从跨学科的视角探讨了拉金的艺术成就。马克·罗(Mark Rowe)在其著作《菲利普·拉金：艺术与自我》(*Philip Larkin: Art and Self*, 2011)中，探索了拉金作品中的审美经验和个人身份之间的复杂关系，另辟蹊径地对拉金三首重要诗歌——《在这里》《生活》和《晨曲》进行了解读，特别探讨了拉金和超自然以及拉金和福楼拜的关系。马克·罗认为这两个主题长期以来被人们忽视，但是应该被重视。罗里·沃特曼(Rory Waterman)在《菲利普·拉金、R. S. 托马斯和查尔斯·考斯利诗歌中的归属感与隔阂感》(*Belonging and Estrangement in the Poetry of Philip Larkin, R. S. Thomas and Charles Causley*, 2014)中对拉金等三位诗人有关战争、忠诚、家国、理想社会等主题进行了比较研究。可见，经过 20 世纪末由《拉金书信集》引发的短暂低潮之后，拉金在 21 世纪很快又重新获得了全世界读者的喜爱，拉金研究也日益深入。

总体而言，国外对拉金诗歌的研究并不久，基本上以千禧年为界限分成了两个阶段：2000 年之前，有关拉金的著述主要研究拉金的生平及其创作历程，对他小说的研究和诗歌的研究平分秋色；2000 年之后，他的小说淡出研究者的视线，相关论文和专著或从一定视角、或就某些主题，对四部诗集中的一些诗歌进行了诠释，研究也日趋深入与细致，研究的视域与角度比 2000 年之前更为广阔。

中国学术界关于拉金的研究还基本处于初步发展阶段。2007 年之前的研究主要偏向对拉金诗歌体裁的综合介绍，如《评菲利浦·拉金的诗》(项凤靖，2003)、《寻找英国的诗神——评菲利浦·拉金的本土意识》(吕爱晶，2003)等，对拉金诗歌文本的翔实研究和评述还不多，缺乏创新和突破。令人欣慰的是，近十年，特别是近三年来，关于拉金的研究有了长足发展，多从文化角度解读拉金的诗歌，如《〈北方的船〉：都市漫游者的随想》(陈晞，2009)、《菲利普·拉金诗歌中的两性伦理思想》(区鉷，吕爱晶，2009)、《拉金的〈电网〉：没落帝国的文化隔离墙》(肖云华，2010)、《"戏剧化的自我"：解读拉金诗歌中拟称的文化意识形态功能》(肖云华，2012)、《拉金城市诗歌：精神生态危机和诗意生存向往》(梁晓冬，王艳丽，2011)和《人文关怀充溢生活时空——菲利普·拉金诗歌主题解读》(李莹，2017)。另外，学者们开始关注拉金的诗学思想，比如，《菲利浦·

拉金诗歌中的"非英雄"》(吕爱晶,2011)重点论述了拉金的"非英雄"诗歌理念,《拉金与美国现代诗歌》(陈晞,2012)探讨了拉金诗学与美国现代诗人诗歌理念的碰撞。另外,《菲利浦·拉金的日常生活诗学》(吕爱晶,2013)和《探寻菲利普·拉金诗歌中的"本土"与"真我"》(姜慧玲,杨晶,2014)都就拉金的诗学思想进行了探讨。另一个可喜的形势是,中国近十年来对拉金的研究视角和研究方法也趋向多元化,比如,《从〈欺骗〉伦理阅读看菲利普·拉金的叙事伦理》(陈晞,2011)、《拉金诗歌中的视觉化与空间化叙事艺术》(刘须明,陈晨,2013)、《空间·叙事·伦理:菲利普·拉金的城市诗歌》(陈晞,2014)、《拉金眼里的大自然:以〈空缺〉为例解读拉金的存在观》(肖云华,2014)、《人类纪视野下的菲利普·拉金诗歌——以〈去海边〉为例》(肖云华,2018)、《同写平凡的"世界性因素"——韩东和拉金诗歌的比较》(柏桦,余夏云,2007)。在专著方面,迄今为止只有吕爱晶的《菲利浦·拉金的"非英雄"思想研究》介绍了拉金作为非英雄的写作特点和思想理念,国内至今尚无关于拉金创作的整体研究专著,尚未对拉金的小说和诗歌创作进行全面而详细的梳理,也未分析其创作中的思想嬗变历程及艺术手法的创新过程。

随着拉金研究的不断深入,拉金及其作品彰显出越来越大的魅力。不同时代、不同文化背景的人在研究拉金时都会有新的发现,或对他的诗歌有不同的解读,而拉金和任何一个诗人一样,属于一个时代、一方水土。我们在评价他们的诗歌的时候不能脱离政治、文化和历史,但是对于诗人来说,最重要的还是文本本身。本书希望通过细致的文本解读,在全面、系统梳理拉金伦理思想及其艺术实践的基础上,形成对拉金创作的整体把握。

拉金生活在一个历经剧变的历史时期,资本主义工业化和商品经济的高度发展不仅改变了人们的生活方式,还冲击了人们的思想观念和道德价值。作为一个 20 世纪的知识分子,拉金敏锐地观察社会,以个人经验为根基,以冷静明智的笔触,真实地再现了半个世纪以来的英国社会伦理衍变以及现代生活给诗人带来的冲击和反思,并从一己之感受出发,展现一代人共有的内心隐含。所以,现代社会的伦理指向和道德嬗变是贯穿拉金诗歌创作的深层主题,拉金诗作中蕴涵着传统伦理意识和现代价值观的冲突、道德关怀、人性问题与生存问题,体现了一种形而上的普遍性。

随着城市化和商品化的进程,20 世纪英国城市的繁华比本杰明笔下19 世纪的巴黎有过之而无不及,英国繁荣的城市生活和商业背景,提供了本杰明笔下的城市漫游诗人赖以生存与观察的环境和创作的灵感源泉。拉金年轻时受法国象征主义的影响,表现出城市漫游诗人的特质,即以旁观者的态度评论周遭所见所闻,剖析诗人的内心世界,抒发对城市生活的感悟。拉金与城市漫游诗人的共同之处在于:首先,从日常城市生活中摄取素材;其次,作者置身大众之中,又独立于大众之外,把自己身处其中的环境当作文本来解读;最后,作者注重个体的内在经验,把困扰现代诗人的敏锐的、直觉式的感受和透悟,与注重普遍性和历史规律的哲学家的思辨结合起来。另外,在诗歌艺术形式方面,拉金从早期采用散乱、碎片式结构拼贴而成的诗歌意象,到后来采用小说式叙事,并将粗鄙的俚语和口语成分引入考究的诗歌结构与诗歌的韵法之中,在继承城市漫游抒情诗歌的基础上,发展了自己的独创风格。拉金作为城市漫游者的成长和蜕变过程是诗人自我认识、自我寻找、自我超越的过程。这个过程体现了拉金的创作从个人体验向普遍性、世界性的转变;从反叛传统到寻求融合、到文化超越的升华,是拉金思想和艺术趋向成熟的体现。

拉金被公认为是继 T. S. 艾略特之后 20 世纪最有影响力的英国诗人,但是他又截然不同于艾略特和庞德等人所宣扬的现代主义传统。他"反精英文化",主张"非英雄主义"的诗歌表达,提倡对平凡人的平凡生活的关注,他的诗歌体现了现代中产阶级知识分子对文学表现形式和创作动机的反思。所以,对拉金诗歌的研究,除了文学层面上的意义外,还有极其深刻的文化意义和现实意义。

在研究方法上,本书将把握整体和明彻细节相结合,将抽象的理论和具体的文本相结合,将社会历史背景和个人经验相结合。同时,本书在大量分析资料和细读文本的基础上,以辩证唯物主义为指导,兼容文学伦理学批评、叙事学、社会历史批评、心理分析、认知诗学、女性批评和城市哲学等跨学科理论,从历时和共时相结合的角度,就拉金的家庭背景、情感经历、学术渊源、伦理环境、时代特色、诗学理念以及各个创作时期的写作特色和代表作品进行周详的展示,力图从更深层面探讨现代西方知识分子的生存状态、心理状态和艺术表现。

第一章

拉金的生平与创作生涯

　　能够在这样的好天气里悠闲地散步，所有的希望和恐惧都暂时不值一提了。最重要的是，我们在人世间最多只有50年的时间可以看这个世界，所以，让我们尽情地、仔细地享受生活吧。我们创造了艺术，但是比艺术好的东西也很多，而唯一能让艺术经久不衰的是艺术的存在带给人们的愉悦。①

——拉金

　　这是1946年，24岁血气方刚的拉金写给朋友詹姆斯·萨顿(吉姆)的一封信，信中充满了生活的喜悦和对艺术的热爱。雄心勃勃的拉金不仅想成为一名书写平凡、受人喜爱的作家，还希望自己的艺术作品享有盛名，经久不衰；另一方面，令人愉悦的春天让拉金"暂时"忘掉了"希望和恐惧"，可见年轻的诗人在享受生活的同时，心中不时在思考生命的意义与时间的短暂。多年以后，拉金仍感叹："不管

---

① Larkin, Philip. *Selected Letters of Philip Larkin*, *1940 - 1985*. Anthony Thwaite, ed. London：Faber & Faber, 1992, p.115.

我们怎么活法,生命都会流逝"(《德克瑞和儿子》)("Dockery and Son", CP 109),但是,让短暂的人生过得更有意义才是拉金的终极追求。

第一节　家庭与学生时代

1922 年,菲利普·拉金出生在英格兰中部沃威克郡考文垂市一个中产阶级家庭,父亲西德尼·拉金是该市的财政长官。父亲性格虽不是特别严厉,但在家中非常具有权威性;母亲伊娃的性格则比较懦弱;拉金还有一个姐姐凯瑟琳(大家称她为"凯蒂")。西德尼颇具艺术修养,他的文学鉴赏力在当时可以说是比较开明,甚至是前卫的,他特别喜欢托马斯·哈代、D. H. 劳伦斯、阿诺德·贝内特等作家的作品。当他唯一的儿子出生以后,他以文艺复兴时期诗人菲利普·西德尼的名字为自己的儿子命名,可见他对儿子文学熏陶的用心。由于姐姐凯瑟琳比拉金大 10 岁,没有同龄玩伴的童年让拉金备感孤独。幸运的是,他的父亲收藏了大量图书,这些藏书包括 19 世纪和 20 世纪一些作家的了不起的作品,比如,托马斯·哈代、阿诺德·贝内特、克里斯蒂娜·罗塞蒂、阿尔弗雷德·豪斯曼等人的著作,还有现代主义小说家詹姆斯·乔伊斯和 D. H. 劳伦斯、现代诗人 T. S. 艾略特和埃兹拉·庞德的作品,以及 20 世纪 30 年代的新左翼作家,像克里斯托福·伊舍伍德、威斯坦·奥登等人的作品。在父母的积极鼓励下,拉金从小就如饥似渴地阅读了各方面的书籍。当回首童年往事时,他满怀感激地说:"感谢我父亲,我家的藏书不仅有几乎英国所有主要作家的著作,还有我父亲喜爱的最新近作家的作品集——哈代、贝内特……,然后,是劳伦斯、赫胥黎和凯瑟琳·曼斯菲尔德。"[1]西德尼不仅在拉金文学修养的培养方面扮演了重要角色,他还鼓励拉金培养其他方面的兴趣,比如爵士乐。在拉金很小的时候,西德尼就给拉金买了一套鼓和一把萨克斯风,还为他订阅了美国著名爵士乐杂志 Down Beat,这些都对日后的拉金影响深远。爵士乐不仅是拉金一辈子的兴趣爱好,而且他对爵士乐颇有研究,曾担任过《每日电讯报》的爵士乐评论员,并著有音乐评论集《爵士乐纵横谈》(All What Jazz)。

---

[1]　Salwak, Dale. ed. *Philip Larkin: The Man and His Work*. London: The Macmillan Press, 1989, p.11.

8岁时,拉金在考文垂的亨利八世学校读书。由于从小就高度近视,拉金在学校并不是很活跃,但是,他的校园生活还是过得很快乐的,因为他在学校交到了不少朋友,有的还成了终生挚友,对拉金的一生都产生了很大的影响。比如,初中时他结交了个性开朗的詹姆斯·萨顿。拉金和萨顿分享对文学、爵士乐和艺术的浓厚兴趣,正是萨顿鼓励拉金把创作的诗歌投稿到校刊《考文垂人》。学生时代过后,两人还一直保持着密切的联系,萨顿的友谊陪伴着拉金走过成长的每个重要时期。除了萨顿以外,拉金还结交了另外两个朋友——科林·加纳和诺尔·休斯,并与他们保持了终身的友谊。这些朋友的不同性格唤醒了拉金性格中的多面性,虽然拉金天生比较内向,但是,与乐天派加纳和温文尔雅的休斯在一起则展现出他性格中外向的一面:调皮,偶尔搞点小恶作剧。通常,大家想到拉金就会想到他阴郁、悲观的性格,他的这个形象可以说是深入人心,但事实上这是对拉金的极大误解,从他读书时期、到工作、到去世,他的朋友、同事、身边的熟人、与之有书信往来的人都能证明他有着很强的幽默感。他的幽默睿智表明他具有敏锐的洞察力,能够发现日常生活的滑稽,看透伴随着人们生命的悲剧性。

拉金在校期间学习成绩并不出色,外貌也不出众,不仅戴着近视眼镜,说话还有些结巴,表面上看来是一副安静、乖巧的书呆子模样。然而,与外表形成强烈反差的是这个看似文弱、木讷的学生却热衷于叛逆的、非主流的美国黑人爵士乐,而且还在讽刺漫画等方面表现出不凡的天赋。他的外表与内心仿若冰山下的活火山,唯一与他书生气外表一致的是他确实酷爱读书。随着阅读量的增加,拉金的写作兴趣也日益浓厚,经常练笔写一些东西以发泄自己的情感。拉金读中学时,既写诗又写散文。他后来回忆在考文垂的那段时光时说道,那时"时而写写诗歌,常常随手写在自己上课用的课本上,时而写写散文,每晚完成功课后总能写上一千来字"①。他最早的作品就发表在校刊《考文垂人》上,比如,在1938—1939年期间,时年十六七岁的拉金就发表了小品文《日出而作》("Getting up in the Morning")、《冬季夜曲》("Winter Nocturne")、《五月碎片》("Fragment from May")、《夏季夜曲》("Summer Nocturne")等。拉金回忆说,这些作品"几乎都是差不多同一类型,模仿叶芝和阿尔道斯·赫胥黎,直到第二年春天,我开始更倾心于另一类诗人,才开始写更自由的诗歌"②,其实,拉

---

① "Not the Place's Fault", in Harry Chambers ed., *An Enormous Yes: In Memoriam Philip Larkin* (*1922 – 1985*). Calstock: Peterloo Press, 1986, pp. 48 – 53.

② Motion, Andrew. *Philip Larkin: A Writer's Life*. London: Methuen, 1982, p. 29.

金没有道出名字的这些诗人指的是奥登和艾略特。拉金于 1940 年发表在《考文垂人》上的《春天的警告》（"Spring Warning"）就是模仿奥登的《战争时期》十四行组诗；诗歌《麦莱的船上》不仅得灵感于艾略特的《荒原》，而且诗歌标题出自《荒原》中的一句："斯太森！记得我们在麦莱的船上"（"Stetson！/You who were with me in the ships at Mylae"）。不仅如此，拉金在这首诗中戏仿这句："斯太森！记得我们在麦莱的船上"，写成："斯坦利！从静谧的商船凝视着冒起的泡沫"①（Stanley！/You who serene from unsung argosies/Gazed on the mounting foam）。诗歌《麦莱的船上》中的斯坦利（Stanley）实际上是拉金中学时期的好友俄里斯·斯坦利·桑德斯。之后不久，拉金又模仿艾略特体写下诗歌——《音乐中的斯坦利》（"Stanley en Musique"）。虽然拉金在中学时期创作的都是模仿之作，却也显示了他在诗歌形式、音乐性和韵律方面的真才实学。实际上，他那时写的这些小诗只是怡情消遣，他最大的抱负还是成为一名小说家，将创造力更多地用在小说创作上。在中学阶段，他撰写了小说《思维汉姆的死亡》（Death in Swingham）和《最近的笑声》（Present Laughter）等，这些习作加起来大概有 25 万字，但是拉金本人对这两部小说并不满意，所以并没有发表。他对《最近的笑声》尤为不满，以至于亲手烧毁了它。从拉金的这些创作活动可以看出他认真和严谨的创作态度以及他在文学领域建功立业的雄心壮志——"我注定不是做研究的，而是会成为被研究的那个人"②——他的抱负就是成为备受关注的知名作家。1938 年，拉金在高中的最后一年参加了初级学校证书考试，尽管他表现得并不出色，但是校长和英文系主任都认为他很有潜力，推荐他继续进大学预科班学习。拉金在预科班以优异的成绩拿到毕业证书后，顺利进入了牛津大学。

1940 年，拉金进入牛津大学圣肯普分院英文系深造。牛津大学为拉金提供了广阔的天地去发挥他的天赋，拉金也立刻领略了大学生活的精髓，比如，彰显个性——他总是穿着色彩鲜艳的裤子，打着领结；放飞自我——过着年轻诗人般轻狂的日子。与拉金同时进入牛津大学深造的还有他的两位朋友：和他一样同在圣肯普学院学习的休斯以及在战争期间从伦敦大学斯莱德艺术学院转学到牛津大学的萨顿。第二次世界大战中英德两国的战争扰乱了拉金和他的朋友们平静的大学生活，"战争（可能

① Tolley, A. T. ed. *Philip Larkin — Early Poems and Juvenilia*. London：Faber & Faber, 2005, p.18.

② Motion, Andrew. *Philip Larkin: A Writer's Life*. London：Methuen, 1982, p.103.

需要提醒一下美国读者)进入了第二个年头。征兵的初始阶段,部队征召的是 20 岁以上的人,但明眼人一看就知道不久以后,征召的最低年龄会低至 18 岁或 19 岁。与此同时,按规定,大学生服役的时间最多不超过三到四个学期:如果他们希望成为军官,则每周需花费半天时间一股脑地扎进军官训练军团"①。萨顿顺应时代潮流应征入伍,拉金之所以没有被征兵是因为他在 1942 年体检时查出高度近视——视力不合格,因而他得以留在牛津大学继续学习,顺利完成三年的大学学业。拉金在牛津期间还结交了几个新朋友:诺曼·艾尔斯和布鲁斯·蒙哥马利。诺曼·艾尔斯与拉金半自传体小说《吉尔》中粗犷鲁莽的克里斯托弗颇为相像,他激发出了拉金性格中叛逆的一面;而才华横溢又精于世故的布鲁斯·蒙哥马利不仅会作曲和演奏,还一直以"埃德蒙·克里斯潘"这个笔名写侦探小说。当然,拉金结识的最重要的朋友当属金斯利·艾米斯,虽然他俩性格迥异,但是志同道合,一见如故。艾米斯后来成为 20 世纪晚期最著名、最受欢迎的小说家之一,而艾米斯和拉金在大学结下的友谊一直延续到1985 年拉金去世。艾米斯身上有着拉金所崇拜的几乎所有特质:他不仅见多识广,才华横溢,而且热爱爵士乐,在爵士乐方面造诣极高,更重要的是,他有一种玩世不恭又极具洞察力的幽默感。拉金和艾米斯召集了一帮志同道合的人成立了一个社团,称为"七人帮",他们发明了一套只有他们自己听得懂的交际密码,后来这套密码成为他们的标志,在接下来几年里,他们用这套密码进行了大量的交流,这七个人后来几乎都成为英国当代知名作家。有了这些志同道合的文学伙伴,拉金的创作热情得到了极大的激发,作为作家的名声也很快在校园内建立了起来。

虽然拉金严重口吃,显得羞怯,但是并没有妨碍他积极参加大学里的文学活动。他是大学爵士乐俱乐部和英文社的成员,曾负责并组织过许多知名作家的来访。拉金与这些来访的作家交流文学问题,这种经历让拉金受益匪浅。在这一时期,拉金的文学才华"才露尖尖角"。他在 1940年 10 月 28 日的《听众》(*The Listener*)上发表了诗作《最后通牒》("Ultimatum"),这首首次公开发表在校外刊物的诗作标志着拉金的诗作已从校园走向社会。1941 年,拉金写的诗歌《征兵》("Conscript")发表在杂志《凤凰》(*Phoenix*)上。同年,拉金另外三首奥登风格的诗歌——《故事》《一位作家》和《五月的天气》("Story""A Writer""May Weather")发

---

① Larkin, Philip. *Required Writing*. London:Faber & Faber, 1983, p.17.

表在杂志《切沃尔》(*Cherwell*)①上。然而,真正让拉金崭露头角的是 1943 年在《1942 至 1943 年牛津诗选》上发表的《被轰炸的石头教堂》("A Stone Church Damaged by a Bomb"),《神话序言》("Mythological Introduction")和《我梦到一片狭长的沙洲》("Dreamed of an Out-thrust Arm of Land")。

在牛津大学求学期间,拉金因写诗在校园里小有名气。拉金这段时期的诗歌其实受奥登的影响极大,他曾作一首题为《附言——模仿奥登有感》("Postscript:On Imitating Auden")的诗歌,表达对奥登的欣赏和钦佩。但是,拉金后来在牛津英语俱乐部认识了一位来自威尔士的诗人——弗农·沃特金斯。这个以威廉·巴特勒·叶芝为偶像的人深深地影响了拉金,使得拉金此后的诗风更多地受叶芝影响。尽管诗歌让拉金小有所成,但是他对散文和小说的兴趣一直没有中断。他曾在访谈中提道:小说看起来似乎比"诗歌更丰富、更宽广、更深刻,也更有趣",他想要"成为一名小说家,从来不想成为一名诗人"②。在牛津就读的最后一年临近考试之时,拉金开始酝酿一部小说,艾米斯也参与其中与他合作。由于拉金和艾米斯都喜欢一支女子乐队中的爵士乐主唱——布兰奇·科尔曼,他们便用读音相近的"布鲁内特·科尔曼"作为笔名尝试着创作小说《柳阁的烦恼》(*Trouble at Willow Gables*)、《圣·布莱德的秋季学期》(*Michaelmas Term at St Bride's*)、《吉尔》(*Jill*)和《冬天里的姑娘》(*A Girl in Winter*)。其中,《柳阁的烦恼》和《圣·布莱德的秋季学期》都是以女孩子的口吻来写的,其中不乏色情描写,还有意渲染对女学生一些私人物品的恋物癖,小说中的人物更是以激情、异性装扮癖、虐待癖等方式来宣泄性快感的体验。此外,拉金还以"布鲁内特·科尔曼"这个笔名创作了一组诗——《蜜糖与香料》(*Sugar and Spice*)。这组诗共有七首,分别是:《假朋友》("The False Friend")、《欣喜》("Bliss")、《受苦的女人》("Femmes Damnées")、《古美人之歌》("Ballade des Dames du Temps Jadis")、《假日》("Holidays")、《八月的校园》("The School in August")和《4 年级学生的闲聊》("Fourth Former Loquitur")。其中,《受苦的女人》和《古美人之歌》是拉金读了法国诗人维庸和波德莱尔的诗集后有感而发的,可见拉金以"布鲁内特"之名写的作品受到欧洲一些作家的影响,从他的这些诗歌可以看出,大学时期的拉金对西方传统、欧洲艺术和文学

---

① *Cherwell* 是牛津大学学报。
② Larkin, Philip. *Required Writing*. London:Faber & Faber, 1983, p.63.

涉猎广泛,他之后对欧洲文学和艺术的评论也可以证明这一点。拉金用"布鲁内特"这个笔名一直写作到 1946 年,不仅如此,他还用这个笔名与金斯利合写了一部同性恋题材的作品——《我会为你做任何事》(*I Would Do Anything for You*),只不过在这部小说之后,"布鲁内特"这个笔名便没再出现了。

第二节 早年文学生涯

1943 年夏天,拉金从剑桥毕业。之后的三年,他的创作灵感惊人地爆发了出来,如他自己所描述的那样:"离开牛津就像是把软木塞从瓶口拔出来,这一时期我的写作灵感如洪水般涌出。"①在这三年里他出版了第一本诗集——《北方的船》(1945),并且以"布鲁内特·科尔曼"这个笔名连续出版了两部风格独特的长篇小说《吉尔》(1946)和《冬天里的姑娘》(1947)。这些诗集和小说为研究拉金年轻时对性的困惑和对色情文化的沉迷提供了线索。

1943 年,拉金从牛津大学英文系毕业,获得一等荣誉学位。毕业后,拉金回到沃里克和父母共同生活,他当时对职业没有规划,对工作毫无兴趣,对从事何种职业更是毫无定见。为了维持生计,他随意地申请了一些工作,但这些申请均未成功。在本地没有找到工作,他又尝试申请了什罗普郡一个名为"惠灵顿"的小镇中图书馆管理员的职位。尽管当时他是误打误撞地进入了这个行业,却表现出了天赋和专业精神,他的到来给惠灵顿图书馆带来了变革,这也是他图书管理员职业生涯的开端。因为工作出色,1943 年底,拉金被聘为惠灵顿市公共图书馆馆长,之后,他相继在莱斯特大学(1946)、贝尔法斯特的女王大学(1950)以及赫尔大学(1955)担任图书馆管理员,最后在赫尔大学度过了自己的余生。图书馆的工作氛围很合乎拉金的性情。"这一职位很适合我,"他在访问中说道:"我喜欢图书馆的氛围——它恰好将学术氛围和管理完美地结合在一起,这能很好地发挥我的特殊才能。"②

拉金在惠灵顿这座寂静的小镇上孤独地生活了三年。尽管那里生活

---

① 转引自 Motion, Andrew. *Philip Larkin: A Writer's Life*. London: Methuen, 1982, p.106.
② Larkin, Philip. *Required Writing*. London: Faber & Faber, 1983, p. 51.

条件艰苦,拉金却从没间断创作。1943年下半年他还居住在父母家中时,就在继续写他在牛津大学时就开始创作的小说《吉尔》,1944年春完成了这部小说。拉金在朋友蒙哥马利的帮助下,将稿子投给了几家颇有名气的出版社,如,伦敦费伯出版社和英国格兰兹出版社,但是都被拒稿了。最终这部小说在1944年夏末由一家名为"财富"的小出版社接受,并于1946年10月出版发行。1945年,这家出版社还出版了一部选集——《战时牛津诗选》。这部诗集的编辑是牛津大学莫顿学院的学生威廉·贝尔,其中收录了1943至1945年拉金创作的十首诗歌。

同年,拉金还出版了标志着他诗歌创作生涯开始的第一部诗集——《北方的船》。这部让他在文坛上初露锋芒的诗集在1945年出版时只收录了31首诗歌,其中十首正是《战时牛津诗选》所收录的诗歌。这部诗集中的大部分诗歌都是他学生时代的一些习作,很多诗歌有明显的模仿叶芝和奥登诗作的痕迹。所以,这部诗集最初出版的时候并没有受到人们的重视和青睐,只有报纸《考文垂晚邮报》(*Coventry Evening Telegraph*)登载了一篇短小的文章,评论《北方的船》虽然意境优美,但是艰深晦涩,读者面窄,只注重形式而忽略了主题[1]。至今,大多数读者仍然认为《北方的船》是一部缺乏个性和独创性的浪漫主义作品集,其节奏和意象单调重复,忧郁的情绪仿佛无病呻吟。更有评论家们觉得,拉金虽然在模仿叶芝,但只学到了皮毛,而没有抓住叶芝诗歌的精髓,他的诗中缺乏叶芝那种蓬勃生气和深刻的内涵,只是一种对叶芝关于爱情执着、性苦闷和死亡感伤的机械翻版[2]。他们试图把这部诗集与拉金后来的作品区分开来,认为这部诗集中的诗歌不具备典型性,甚至可以说是拙劣的作品[3]。不可否认,《北方的船》中的很多诗歌确实机械地模仿了叶芝的写作形式,是拉金不成熟的作品,但是从这些诗歌中我们仍能看到《受骗较少者》《降灵节婚礼》和《高窗》的雏形,即诗人对现实生活的关注。

1966年拉金声名鼎盛时,《北方的船》得到再版。在再版时,拉金亲自写了"前言"并新加一首1946年写的诗——《等待早餐,她在梳头》。在初版的31首诗歌中,只有《冬天》和《夜音乐》等八首诗歌有标题,其他的诗歌都没有标题,人们按惯例把这些诗中的第一句作为标题。有评论家

---

① Motion, Andrew. *Philip Larkin: A Writer's Life*. London:Methuen, 1982, p.123.
② Ibid., p. 34.
③ Brownjohn, Alan. *Philip Larkin*. London:Longman Group, Ltd., 1975, p. 6.

认为拉金早期作品没有标题表现了他此时期的诗歌没有方向①。诚然,拉金当时的作品和后来成熟的诗歌大相径庭,但是,拉金早期的创作特色正反映了拉金诗歌艺术成长的过程,也是他后来诗歌发展的基础。其实,拉金本人对《北方的船》并不满意,因为他发现叶芝的诗歌并不完美,所以开始对哈代的诗歌进行深入研究并逐渐形成了他自己的风格,即,在表现形式上,尽量减少夸张语言,从传统的韵律和严谨的诗歌风格中汲取养分;在题材上,从普通的日常生活中寻找素材,写自己有真情实感的东西。他对形式的驾驭在当代英国诗歌中是极见功力的,形式的严谨毫不妨碍思想内容的表达,反而使之充满了一种深沉和节制的感觉。

　　拉金在 1946 年和 1947 年两年中,连续出版了两部风格独特的长篇小说:《吉尔》和《冬天里的姑娘》。在小说《吉尔》中,拉金以自己为原型塑造了小说主人公约翰·肯普——一个出身中低阶层家庭的男孩。肯普暗中崇拜来自公学的室友克里斯托弗·沃纳,为了吸引克里斯托弗的注意,他谎称有一个在柳阁寄宿学校上学的妹妹——吉尔,并且杜撰了自己与吉尔的通信以及吉尔的日记。有评论家说"《吉尔》对以往工人阶级英雄的描写使这部小说成为英国战后第一个具有里程碑意义的著作",拉金对此澄清道:"如果这是真的,我一定会说这件事纯属巧合。1940 年我们的注意力还集中在最小化社会差异而不是夸大差异。"②尽管拉金否认这部小说的社会批评性质,但是他不得不承认这部小说其实是自己学生时代的生活,特别是牛津大学生活的基本写照。

　　1946 年拉金离开惠灵顿,开始在莱斯特大学担任图书馆助理馆员。此时,他已完成了第二部长篇小说《冬天里的姑娘》。和《吉尔》一样,这部小说的主题仍是他该时期诗歌中经常抒写的主题:孤独、失败的自我实现以及无边无际的寂寞。实际上,《冬天里的姑娘》让拉金不仅获得了人们的赞誉,还拥有了一批崇拜者,这对于 20 多岁的作者来说确实是一种鼓舞,并且让拉金更加坚信写小说比写诗更具挑战性,而且小说的影响力比几首诗要大得多,所以,在之后的五年里,拉金一直在小说这块耕耘,比如,着手撰写第三部小说和诗剧《瘟疫之夜》。拉金通过写小说,悟出了他后来所坚持的信念:作家的第一要务是满足读者的需要。因此,他抛弃了现代主义的晦涩文风和新浪漫主义的滥情,转为对普通人日常生活的关

---

① Petch, Simon. ed. *Philip Larkin: His Life's Work*. Hemel Hempstead: Harvester Wheatsheaf, 1989, p. 21.

② Larkin, Philip. *Required Writing*. London: Faber & Faber, 1983, p. 17.

注,采用平实的语言和风格。不幸的是,最后这两部作品均未获成功。这次挫败使拉金在小说创作的道路上徘徊不前,而在新的文学探索中,诗歌对他的召唤似乎更为强烈。

在拉金职业生涯和写作生涯渐入佳境时,他的感情生活也丰富了起来。爱情不仅给拉金的创作提供了灵感和素材,同时也让他陷入创作和生活的矛盾纠结中。他的第一任女友——16 岁的露丝·鲍曼与拉金于 1944 年相识于惠灵顿图书馆。开始时,露丝经常来图书馆借书,一来二去两人就成了朋友。1948 年,他们的关系已经发展到了订婚的地步,拉金在给萨顿的一封信中宣布了这一消息。"实话告诉你吧,"他写道:"我做了件违背自己本性的事,和露丝订婚了。"①可见拉金在订婚时不是心甘情愿的。果不其然,1950 年他取消了婚约。婚约的取消间接反映了拉金在这段时间一直犹豫不决的一件事,即,到底是把写诗作为自己的主业,还是把写小说作为自己的主业? 他认为"小说和诗歌之间的一个差别在于: 小说是写别人的,而诗歌是写自己的"②。拉金在早年给萨顿的信中说自己个性保守,不喜欢社交琐事,只有独处才能让自己的灵感得到发挥,而已订婚的女友露丝对他的文学创作而言,却是一个"威胁":

> 我发现自己一旦"倾心"于另一个人,正如我现在,虽不是完全自愿,但确实被露丝倾倒的时候,我身上的艺术神经就会懈怠和迟钝了,于是我的精神就无法紧张起来,因而也就无法形成清晰的创作思路并且按照思路进行写作了。③

直到 1973 年,拉金还坚持认为一个成功的小说家一定是对其他人很感兴趣,而他自己并不是这样的。这样看来就能理解,尽管与女性的浪漫关系让拉金心动,但他在与露丝订婚和悔婚期间却抱怨:"和女性在一起要忍受各种麻烦,对我自己清简的性格是一种折磨,比起这个,远离她们要容易一点。"④所以,拉金虽然一辈子周旋于数位女性之间,但是拒绝步入婚姻。

1950 年,拉金被聘任为贝尔法斯特女王大学图书馆副馆长。这次工

---

① Thwaite, Anthony. *Selected Letters of Philip Larkin*, *1940 - 1985*. London: Faber & Faber, Ltd., 1992, p.147.

② 转引自 Motion, Andrew. *Philip Larkin: A Writer's Life*. London: Methuen, 1982, p.39.

③ Thwaite, Anthony. *Selected Letters of Philip Larkin*, *1940 - 1985*. London: Faber & Faber, Ltd., 1992, p.116.

④ Ibid., p.152.

作变动使他的诗歌天赋得到了充分发挥。放弃小说写作使拉金更专注于诗歌创作,同时,地理上的迁徙为他提供了重审自己的机会。到北爱尔兰的第二年,拉金从早期诗作中选出 20 首自认为的得意之作,自行印成小册子分寄给一些文学界的头面人物,终于成功出版了《二十首诗》。尽管由于邮递失误,这个小册子几乎没有引起评论界的注意,但这些诗对于拉金的发展极为重要,标志着他在诗歌创作方面已经踏上了一条走向成熟的道路。1955 年,拉金出版了诗集《受骗较少者》,最初"受骗较少者"是拉金这部诗集中一首诗的名称,诗集发表的时候,他将这首诗改名为"欺骗",而用"受骗较少者"命名整部诗集。"受骗较少者"典自莎士比亚的《哈姆雷特》,剧中哈姆雷特告诉奥菲利亚他从来没有爱过她,奥菲利亚回答他说:"我是受骗更多的那个人。"拉金用这个典故作为诗集名称蕴意深远。拉金在这部诗集里以一个局外人的身份,用冷峻的笔触描写了一幅幅现代社会的灰色图景。在他的这部诗集里,世界是灰暗的,充满失望、悲伤、痛苦和无奈,而人则是生活在这个世界的受难者和被动的动物,人类无法改变世界,也无力控制自己的命运。《受骗较少者》一经出版就引起了轰动,这部诗集让他赢得了评论界的极大好评。从此,拉金跃居英国一流诗人之列。

拉金在贝尔法斯特生活的五年中除了创作出版《受骗较少者》以外,在人际关系上也颇有收获,他与女王大学学术团体的成员建立了良好的友谊,并且,他与多名女性开始交往。早在 1947 年,拉金和后来的终身伴侣莫妮卡·琼斯在一次饭局上认识了,由于志趣相投,他们从好朋友发展到同居情人。他一生都与莫妮卡保持着爱侣的关系,但是这一时期他还收获了其他女人的"友情",比如,他先是追求一位已经订婚的图书馆同事威妮弗蕾德·阿诺特,之后又与后来成为泰特美术馆馆长、已婚的朱迪·埃杰顿保持暧昧关系,更严重的是,他还与哲学系讲师考林·斯特朗的妻子佩西·斯特朗发展了一段婚外恋,1952 年佩西还曾怀了他的孩子,但不幸流产。

1956 年,英国诗人罗伯特·康奎斯特编辑出版运动派的标志性诗集——《新诗行》(*New Lines: An Anthology*)。由于这部诗集,菲利普·拉金被正式定义为运动派诗人的启蒙者和主导人之一。"运动派"这一术语来源于《观察者》杂志文学编辑 J. D. 司格特在 1954 年 10 月 1 日发表的匿名头条评论文章。在文章中,司格特对当时盛行的诗歌的特点做出了如下评价:

运动派诗人厌倦了50年代社会充斥的绝望情绪,他们也对苦难不甚感兴趣,对所谓的诗情也表现出厌倦,尤其是关于不屑于"诗人与社会"这样宏大的命题……运动派诗人表现出的特点就是反对虚伪、反对精英主义,对一切持怀疑态度和讽刺态度……①

尽管"运动派"这个词语通常用来描述一帮诗人,如,约翰·霍罗威、唐纳德·戴维、伊丽莎白·詹宁斯、汤姆·冈斯、金斯利·艾米斯、D.J.恩赖特和拉金本人,但是,广义上的运动派还包括了小说家艾伦·西利托以及与拉金同期的牛津大学校友约翰·韦恩,还有被称为"愤怒的青年"的剧作家阿诺德·威斯克和约翰·奥斯本。这些文学青年出身于中下阶层家庭,受过高等教育,对社会有着敏锐的洞察力。他们的诗歌"不属于宏大的诗歌理论体系,也不是听命于无意识指令的聚合体,它既不受神秘力量也不受逻辑力量的强制——像现代哲学一样——对所遇到的一切都采取经验主义的态度"②。他们反对以艾略特为代表的现代主义诗歌,而亲近于英国本土的诗歌传统,在技术层面表现为青睐理性结构和浅白的语言,他们的诗讲究技巧,注重英诗韵律,崇尚清澈朴实的诗风,"语言平实,摒弃虚伪矫饰,注重诗歌的分寸感、幽默感,抛弃狂放的理想"③。他们的作品中所反映的事物也多贴近平民百姓的生活,没有慷慨激昂的理想主义,也没有华丽虚幻的浪漫思想,有的只是冷静、理智、忧虑和失望。《新诗行》的出版为二战后沉寂的英国诗坛注入了一剂新鲜血液,被誉为英国诗坛上一场革命性的运动。

第三节　赫尔的光辉岁月

　　罗伯特·康奎斯特主编的《新诗行》里收录了拉金的诗歌,其中的六首后来又被拉金收录于自己的诗集《受骗较少者》里。《受骗较少者》面世

---

① Scott, J. D. *The Spectator*. Oct. 1, 1954, p.1.

② Conquest, Robert. *New Lines: An Anthology*. London: Macmillan & Co., 1954, p.1.

③ Thwaite, Anthony. *Selected Letters of Philip Larkin, 1940-1985*. London: Faber & Faber, Ltd., 1992, p.242.

之际,也正是拉金受邀去赫尔大学图书馆任职之时,拉金的余生就在赫尔这个地方度过。在赫尔,拉金声名鹊起,《受骗较少者》一出版就受到读者的追捧和评论家们的青睐,以至于到1956年底,这部诗集就已经是第三次重印,每次1500册,拉金由此受到公众的广泛关注。1956年,英国广播公司的第三频道播送了一档广播节目——"新诗",拉金参与了这个节目的录制,除此之外,拉金还开始为英国《卫报》定期撰写评论。

拉金非常喜欢赫尔这个城市,因为它"不刻意张扬,平和惬意"①。这个小城市没有大都市的喧嚣,周围环境安逸恬静,其现代化设施又能满足拉金追求现代生活品质的要求。其实,拉金刚到赫尔时并不顺利,搬过几次家,每次都不满意,直到1956年10月,他搬进了皮尔森公园32号的顶楼才正式安顿下来。之后,他一住就是18年,诗集《降灵节婚礼》和《高窗》都是在这里创作出来的。皮尔森公园32号地处赫尔大学的郊外住宅区,属于赫尔大学自有的公寓。拉金非常喜欢这座公寓楼,他说:"如果不是大学决定把这栋公寓卖掉,我想我会一直住在那里的。"②由于生活安定下来了,拉金自从到赫尔大学图书馆任职,对本职工作尽职尽责。《受骗较少者》这部诗集取得成功后,拉金在文学创作上逐渐放慢了写作速度,因而在1956到1960年间,他创作的诗歌平均每年不到三首,其原因是他把时间和精力都投入工作和日常生活中了。他说他白天工作、煮饭、吃饭、洗刷、接打电话,晚上"写写文章、喝酒和看电视"③。这时的拉金过着波澜不惊的平凡生活,处理日常生活中各种平淡无奇的琐事,正如他在采访中所说的:"我想每个人都在努力忽视时间的流逝,有些人通过勤勤恳恳不停地工作,今年在加利福尼亚明年又飞到日本,还有一种人像我一样——每一年每一天都按部就班过着一成不变的生活。"④但是,拉金却善于从这些平常的工作和生活中发现乐趣,获得成就感。当他刚到赫尔图书馆时,作为图书馆馆长,他手下只有11名员工,20年后他把员工发展到一百多名,两栋新图书馆大楼也是在他任职期间的六七十年代修建的,并且后来成了这所大学标志性的建筑。可见,拉金在图书管理这份事业上也同样成绩卓著。他的管理能力一流,在员工中间口碑很好,深受欢迎,而且在处理图书馆扩建事宜方面表现出了建筑规划和设计方面的出众

---

① Thwaite, Anthony. ed. *Philip Larkin: Further Requirements*. London: Faber & Faber, 2001, p.136.

② Larkin, Philip. *Required Writing*. London: Faber & Faber, 1983, p.57.

③ Ibid.

④ Ibid.

天赋。

如果说《受骗较少者》的出版是拉金初露锋芒之作,开始被人们称作"极其优秀的一个重要的诗人"①,那么,1964 年一经出版就立即取得巨大成功的诗集《降灵节婚礼》则是巩固他在诗坛地位的重要作品集。拉金凭借这部诗集获得了艺术委员会三年一度的大奖和女王诗歌金质奖章。如同上一部诗集《受骗较少者》一样,《降灵节婚礼》也不是很厚,但是这部诗集没有了《受骗较少者》中依稀可循的叶芝风格和象征主义踪迹,《降灵节婚礼》的诗风更加简洁流畅、臻于至善,诗集中的诗歌题材都是取自现代社会随处可见的城市景象,比如,时髦的广告牌(《美的精华》)、性感的招贴画上的乱写乱画(《阳光明媚的普莱斯塔廷》)、大城市的救护车(《救护车》)、甚至琳琅满目的杂货店(《一个酷酷的大商店》)等,即使是有关历史性的话题,拉金也是用当代人的眼光和口吻来描述的。这些诗或长或短,均用词简练、意象清新、技巧娴熟。这部诗集的成功不仅让拉金获得了 1965 年的女王诗歌金质奖章,而且还使他由此成为电视节目的热门人物,比如,他接受了 BBC 的访谈节目《观察》的专场采访。这次采访以赫尔大学为拍摄主场,摄影记者跟拍了拉金在图书馆的工作以及他在皮尔森公园公寓的生活。

到 1966 年,拉金已经成为一位闻名遐迩的诗人,彼时,牛津大学出版社找到他,希望他能担任《牛津二十世纪英诗选》的编辑。牛津大学出版社非常重视《牛津二十世纪英诗选》,而其前一版《牛津现代诗选》(1936)的主编就是拉金早年顶礼膜拜的诗人叶芝,所以拉金很高兴地接下了这个编辑任务。接下来,拉金投入了五年多的时间去编辑这部诗集,其编辑工作大概经历了两个阶段。第一阶段是 1970 至 1971 年,在此期间,拉金在牛津万灵学院做访问学者,收集、整理了博德利牛津大学图书馆的馆藏诗歌,第二阶段是 1972 至 1973 年,在此期间拉金正式撰写编辑诗集,1973年 3 月正式出版了这部诗集。由于《牛津二十世纪英诗选》中收录的诗人并不全是当时人们耳熟能详的诗人,还包括一些不是很有名的诗人和诗作,所以诗集面世后评论褒贬不一,甚至受到过强烈的抨击。拉金在该诗集的序言中阐述了自己选诗的基本原则和编辑的思路:收入诗集的诗歌,首先必须是被这个时代认可,同时是拉金自己认为应该包含进来的诗歌;其次,没什么名气的诗人但是拉金认为他们的诗歌被严重低估的;再次,

---

① 该评语出自 Michael Hamburger. 见 Hamburger, Michael. *Philip Larkin*. London:Enitharmon Press, 2002.

带有时代印记的诗歌;总之,"就是希望出版一部能让自己快乐的诗集,同时希望它也能给其他人带来快乐"①。拉金的这种快乐原则可追溯到菲利普·西德尼爵士。菲利普·西德尼在他的作品《为诗道歉》(1581)中强调,诗歌的目的除了教诲,还应该能给人们带来感动和乐趣。拉金在 1957 年写的一篇文章中强调:"说到快乐原则,本质上,诗歌像所有的艺术一样,一定要让人产生愉悦感,如果一个诗人失去了试图从诗歌中寻求快乐的读者,那么他就失去了唯一值得拥有的读者。"②拉金认为现代的文学艺术已经失去或面临失去追求愉悦感的观众,另外,拉金在《爵士乐纵横谈》中对爵士乐手查理·帕克、诗人庞德和画家毕加索这些现代派艺术家进行了批评,指出他们在技巧的运用方面自相矛盾,"既没能让我们更好地享受美好的生活,也没能给我们忍受糟糕生活的力量,每当我们感到迷惑或者愤怒的时候,它就出来分散我们的注意力,只能让我们变得更迷惑或更愤怒,一言以蔽之,它没有持久的力量"③。拉金希望通过《牛津二十世纪英诗选》来传达自己的诗学理念,让脱离大众的所谓"现代艺术"改邪归正,让诗歌回归生活,为普通百姓所接受,给读者带来心灵的愉悦。

拉金的创作节奏十分明了,基本上十年出版一部诗集。1974 年,他出版了第四部诗集——《高窗》。这部诗集只收录了 24 首诗歌,不过诗歌主题范围更广了,除了一些通俗易懂的诗歌,如,《这就是诗》和《奇迹之年》,还有一些像《太阳》和《爆炸》这样带有象征主义色彩的诗歌。拉金没有辜负人们的耐心等待,绝大多数读者都对这部诗集感到满意。这些诗承接了他以前的话题,观察和再现当代英国社会和生活,很显然,在这部诗集中,诗人对于时间的流逝、对于衰老和死亡的思考比年轻时更加睿智。拉金试图在诗中保存人的经历和美,但是在英国社会经历急剧变化的时代,他感触更深的似乎又是生活的枯燥和贫乏,所以,这部诗集中的不少诗歌也在诉说着人生的悲怆。不仅如此,拉金还深切地关注那些同样也困扰着读者的最根本的问题:爱情、孤独、衰老、个人的和文化的断裂感。在这个没有哲理的社会里,他的诗试图带给人们最渴望的哲理性的安慰。《高窗》一经问世就大获成功,初版时在一年内卖出了两万多册。不过,出版

---

① Thwaite, Anthony. *Selected Letters of Philip Larkin*, *1940 - 1985*. London: Faber & Faber, Ltd., 1992, p. 380.

② Larkin, Philip. *Required Writing*. London: Faber & Faber, 1983, pp. 81 - 82.

③ Larkin, Philip. *All What Jazz: A Record Diary*. London: Faber & Faber, 1970, "Introduction".

了该诗集之后,拉金没再出过作品集。

拉金在 20 世纪 70 年代,除了出版诗集《高窗》,编有《牛津二十世纪英诗选》以外,还撰写了音乐评论《爵士乐纵横谈》。拉金从小就热爱爵士乐,曾宣称:"我可一周无诗,但不能一日无爵士乐。"①他在爵士乐方面的知识积淀也的确很丰富,比如,在《爵士乐纵横谈》一书中,拉金认为爵士乐这种艺术形式的造诣在于它的大同化、多元化和活跃性,但是到了 60 年代,爵士乐渐渐与它最初的宗旨背道而驰,现代爵士乐由于迎合现代派风潮,变得如同埃兹拉·庞德的诗和巴勃罗·毕加索的画这些艺术作品一样,深奥难懂,因而逐渐丧失了其鼎盛时期的传播力。70 年代,拉金写作和出版了诗集和评论,各种名誉和殊荣向他倾泻而来。1975 年,他荣获本森银质奖章;1976 年,他获德国 FVS 基金会莎士比亚奖;1978 年,他担任布克文学奖评审会主席;1980 至 1982 年,他担任文艺促进会文学委员会的主席;1980 年,他被授予图书馆协会的荣誉会员资格;1982 年,赫尔大学特聘他为教授;1984 年,他被牛津大学授予荣誉博士学位,并被推选为英国图书协会董事;同年 12 月,桂冠诗人约翰·本雅明任期未满就逝世,拉金拒绝继任桂冠诗人;1985 年,拉金获 W. H. 史密斯父子文学奖。拉金从来就不喜欢应酬,所以他在荣誉面前采取了隐退的态度,常常设法躲避媒体的采访,尽可能地回绝在会议上发言和朗诵自己写的诗歌。

在赫尔的这几十年里,拉金的个人生活状况相当复杂。他虽然终生未娶,却与数位女性保持着剪不断,理还乱的情感纠葛。他长期与莫妮卡·琼斯维持着事实上的伴侣关系,只不过没有婚姻之名。由于莫妮卡给予了拉金充分的自由,拉金在与莫妮卡交往的同时,非常自如地同时在好几位女性之间周旋。1960 年,拉金开始与图书馆里一个年轻的女同事——梅芙·布雷南——传出绯闻,之后,拉金还与他的秘书贝蒂·麦克勒斯保持了一段长达 16 年的情人关系。尽管在公众眼中,他就是一个离群索居的图书管理员,但实际上拉金是一个很能吸引女性的、有魅力的男人,并且将自己的私生活隐藏得很好,为此梅芙撰写的《我所认识的菲利普·拉金》(2002),饶有兴致地将拉金描述成一个实际上性格复杂的多面人。安东尼·斯维特主编的《拉金书信集》和安德鲁·莫辛写的拉金传记里都记载了拉金嘲讽女性的一些言论,这些言论震惊了许多人,不可避免地对他的名誉产生了负面影响。因此,拉金的作品遭到了一些人的抵制,

① Horder, J. "Poet on the 8. 15" — Interview with Philip Larkin. *The Guardian*, May 20, 1965, p. 9.

他的作品甚至被从电视节目和学校教材中删除了,直到现在,人们才开始更客观,更综合地看待拉金的生活和艺术成就,逐渐恢复了他的名誉。

晚年的拉金疾病缠身,身心备受病痛的困扰,以至于从 1974 年第四部诗集《高窗》出版到他去世这十年间没有遵照以前每十年出一部诗集的创作频率。从 1974 到 1985 年他过世,拉金的创作力渐渐衰弱,只发表了寥寥几首诗歌,大部分都很简洁,但最后的一首诗歌——《晨曲》除外。这首诗文字优美,意蕴深长,是其晚期作品中的佼佼者。这首诗写于《高窗》出版前的三个月,1977 年圣诞节前夕才在《泰晤士报》(文学副刊)上登载出来。在生活上,由于皮尔森公园 32 号被学校收回重建,1974 年拉金从这套他十分中意且生活了 18 年的公寓中搬了出来,不得不第一次花钱买了赫尔市钮兰兹公园 105 号的一处独立房屋。这套房屋风格现代而不张扬,很契合拉金的品位,拉金在这套房子里一直生活到去世。在事业上,这十年间拉金迎来了收获的季节,除了上面提到的许多奖项,他还被几所大学授予了荣誉学位,但是他没有因为有了名气和地位而沽名钓誉,另谋高就,而是依然兢兢业业地担任着图书管理员。桂冠诗人约翰·本雅明过世之后,拉金曾被授予桂冠诗人的荣誉,但被他拒绝了。暮年的拉金趋向保守,秉性也越来越偏执。从他的书信里可以看到他时不时愤世嫉俗地吐槽,时不时讽刺一下当代诗歌、学界人士或者圣诞节,挖苦现代英国人的懒惰、学生抗议团体、工会和涌入的新移民等。到了 80 年代初,拉金的健康状况每况愈下。1983 年,他得了一场重病,莫妮卡为了方便照顾拉金,就搬到他在钮兰兹公园的寓所长住下来。拉金的疾病其实也和他的生活习惯有关:他一生都是烟不离手,烟瘾严重地影响了他的健康。1985 年他被诊断出患了食道癌,于同年 11 月 2 日因病不治去世,享年 63 岁。12 月9 日,他被葬在约克郡的科廷厄姆,他的墓碑上简单地刻着"菲利普·拉金:作家"字样。次年 2 月,人们在威斯敏斯特教堂为他举行了纪念仪式。

拉金的一生是平凡的,正是这种平凡的生活造就了诗人对平常的世俗生活的关注、对质朴无华的语言的弘扬以及对传统诗歌形式与大众话语的无缝对接。虽然拉金的诗歌创作主要集中在 20 世纪五六十年代,但他的影响一直延续了几十年,对英国当代的诗歌创作有着重要的意义。因此,拉金的魅力不仅属于 20 世纪,而是超越了时间和国界。在他辞世二十多年后,他的诗歌仍然受到人们的喜爱。2003 年,拉金在英国诗歌协会的民意调查中被人们推举为"全英国最受爱戴的诗人"之一①。2008

---

① "Larkin Is Nation's Top Poet". *BBC News*. Oct. 15, 2003.

年,《泰晤士报》称拉金为"英国战后最伟大的诗人"①。在中国,拉金的诗歌也被越来越多的学者所引用,被越来越多的诗人所模仿,他的诗歌在学术界也得到了相当大范围的关注与推崇。

---

① "The 50 Greatest Postwar Writers". *The Times*. Jan. 5, 2008.

《吉尔》：一个文学
青年的探索

我仍然认为小说比诗歌更有趣——小说更有影响力，它可以让人着迷，也可以深奥莫测……我当时完全不想写诗，我想写小说。我 1943 年从牛津大学刚毕业马上就开始着手写《吉尔》。

——拉金①

拉金曾对外宣称自己青少年时就立志成为一个小说家，19 岁的时候，他就在写给朋友的一封信中勾画出他的理想蓝图："我的脑海里有写一部小说的初步计划，没有什么比这更让我激动的了。我觉得我应该先尝试小说，当羽翼丰满后，再成为一名诗人，像一个轻骑兵一样脱颖而出。……真能如我想象的这样，那么我写的小说一定是一部真正意义上的诗歌式小说。"②《吉尔》是拉金的第一部小说，同时也是他文学生涯中的里程碑。拉金对这部小说非常重视，在其《承嘱之作》的开篇就郑重其事地缕述道：

---

① Larkin, Philip. *Required Writing*. London：Faber & Faber, 1983, p. 49.
② Booth, James. *Philip Larkin: Writer*. Hemel Hempstead：Harvester Wheatsheaf, 1992, p. 40.

一位美国评论家提出《吉尔》对战后工人阶级英雄的描写使这部小说成为英国战后首部具有典范意义的里程碑似的著作。如果这是真的（这听起来符合当下舆论的倾向），这本书的再版可能会具有很大的历史意义。然而，如果这是真的，我一定会说这件事纯属巧合。1940年，我们的注意力还集中在将社会差异最小化而不是夸大差异。我书中主人公的出身背景，虽然是故事的一个重要部分，却对推动书中故事的发展没多大关系。①

从拉金的个人经历来看，二战时大多数年轻人都去参军了，留在牛津大学读书的学生在导师的指导下学习，他们根本不懂什么是真正的社会。对这些象牙塔里的人来说，悬而未决的未来是他们最忧心的事情，因而，这部小说关乎的不是社会而是个体。可以说，这是一部青年文学家的成长小说。

拉金写作《吉尔》时年仅 21 岁，他后来将这部小说称为"扩展的少年读物"②。英国小说在 20 世纪 50 年代处于低潮，《吉尔》可以说是那个阶段的杰出之作，有评论家曾高度评价《吉尔》，认为这部小说是英国战后新小说的先驱③。《吉尔》描写了约翰·肯普在成人世界的旅程以及他在这个过程中经历的诸多困惑和不安。评论家和拉金本人都曾反复提到，在拉金本人和他塑造的主人公之间存在着紧密联系，同样，在《吉尔》中，拉金成功塑造的这个大学生形象背后仍然是拉金的影子。肯普的孤独感、疏离感以及由于他还没有形成自己的个性所引起的苦恼与忧愁，为渴望获得满意的人际关系和同龄人的认同所做出的努力，透露出年轻的拉金对人际关系的忧惶，对爱情隐晦的渴望和对文学的探索。

第一节　肯普：拉金的自画像

文学创作一直以来都被看成是"一种特殊的复杂的精神生产，是作家对生命的审美体验，通过艺术加工创作出可供读者欣赏的文学作品的创

---

① Larkin, Philip. *Required Writing*. London: Faber & Faber, 1983, p. 17.
② Ibid., p. 24.
③ Ibid., p. 63.

造性活动"①。毋庸置疑,文学作品是由作者创造出来的,文学作品的创作过程就是作者创造的过程。在这个过程中,作者从现实生活、自然界和其他文学作品等客观源泉中获取素材,再把这些素材通过头脑进行内化,这个内化过程就如俄国作家契诃夫所言:"让我的记忆把题材滤出来,让我的记忆里像滤器那样只留下重要的或者典型的东西。"②从文学伦理学批评的角度来看,这种从记忆中滤存的东西就是脑文本,现实生活、自然界和文学作品在作者头脑中的记忆就是脑概念。拉金阅读的经典小说、大学生活、学习经历和他的大学同学成为留存在拉金记忆中的脑概念,他在此基础上通过艺术加工,创作出了《吉尔》。

《吉尔》其实是拉金的一部半自传体小说,拉金在小说再版时承认:他在第一版时为这部小说写的"序言"主要是为了撇清自己的牛津时代学生生涯和小说中的主人公是不同的,但是"过了这么多年以后,我发现在很大程度上我和他是有相同之处的"③。可见,肯普的成长经历与拉金的个人体验有着千丝万缕的联系。《吉尔》从约翰·肯普跨进大学校园起展开故事情节,讲述了这位靠拿奖学金进入牛津大学学习的工薪阶层学生试图进入富有同学圈的心路历程。肯普为博取同龄人的认同所做出的努力,展示了这位爱好文学又缺乏生活和写作经验的大学生在心理和艺术上的成长过程:在疏离中被自己虚构的人物激发想象力和创造力,一步一步探索打开通向艺术殿堂的大门。

肯普和拉金在出身和成长经历方面有很多相似之处,比如:他们俩都是出身平民,肯普的父亲是退休的警察,母亲是家庭妇女,家庭经济条件不富裕;另外,拉金以优异的成绩拿到"高等中学毕业证书",进入牛津大学圣约翰学院英文系学习;肯普也是以优异的成绩获得"高等中学毕业证书",并获得了牛津大学的奖学金。小说重点放在肯普到牛津大学深造的心路历程。肯普怀揣着梦想和忐忑不安的心情,第一次独自离家来到牛津大学生活和学习,可是他的室友克里斯托弗·沃纳却是一个和他格格不入的纨绔子弟,为人粗俗、任性、放纵。在肯普不在场的情况下,克里斯托弗擅自打开肯普的行李,理所当然地用肯普视为珍宝的瓷器招待朋友。克里斯托弗不仅不在乎肯普的感受,大大咧咧地使用肯普的私人物品,后来还发展成向肯普借钱不还,在同学面前公然嘲弄肯普。虽然克里斯托

---

① 狄其骢、王汶成、凌晨光:《文艺学通论》。北京:高等教育出版社,2009年,第183页。
② 契诃夫:《契诃夫论文学》。北京:人民文学出版社,1958年,第256页。
③ Larkin, Philip. *Required Writing*. London: Faber & Faber, 1983, p.25.

弗这样对待肯普,但是肯普却迫切想要被克里斯托弗所接纳,肯普认为"如果这些空虚漫长的日子里有什么目标的话,那就是取悦克里斯托弗和讨他欢心。只要克里斯托弗走进寝室,肯普便情不自禁地心情明亮,笑脸相迎;他不指望自己参与到他们的交谈之中,只要允许自己在旁边听他们闲聊就觉得是一个很大的荣幸了"(*Jill* 40)①。在他们共同的寝室,肯普小心翼翼地帮克里斯托弗把鞋子摆好,把围巾挂好,曲意逢迎,还努力效仿克里斯托弗无所事事,到处闲逛,和克里斯托弗那伙人去酒吧,虽然这是他人生第一次喝啤酒而且觉得啤酒难喝得"几乎要吐出来",但是"他永远也不会让克里斯托弗知道他以前从来没有喝过酒"(*Jill* 42)。肯普尽力拉近自己与克里斯托弗圈子的距离,当他自以为克里斯托弗已把他当朋友时,无意中听到克里斯托弗和他的女朋友伊丽莎白轻蔑地嘲笑自己。

肯普从他们的嘲笑中意识到自己永远也不可能和他们这些有钱人成为平起平坐的朋友,正当肯普思忖以后怎么面对克里斯托弗时,他收到了姐姐伊蒂斯的一封信,同时,他发现克里斯托弗对自己有一个姐妹表现出兴趣和嫉妒,于是肯普便迅速地撒了个谎,把姐姐的信说成是妹妹的来信,他为这个根本不存在的妹妹起了个名字叫"吉尔"。肯普最初杜撰出吉尔是为了吸引克里斯托弗的注意,后来吉尔成了肯普无法进入克里斯托弗的世界的一种自我平衡。自从杜撰出妹妹吉尔以后,肯普开始给吉尔写信,在信中他模仿克里斯托弗那种漫不经心的口吻,写完信后,假装随意地把信放在他们寝室显眼的地方,因为以他对克里斯托弗的了解,克里斯托弗可能会拆开看信。当他发现克里斯托弗并没有偷看他写给吉尔的信时,"他的眼睛被泪水刺痛,因为他回敬克里斯托弗唯一的方式就是吉尔"(*Jill* 110),在信中他把自己对克里斯托弗的不满都倾泻了出来。可是,克里斯托弗没有看信,肯普为了和克里斯托弗沟通而煞费苦心编造的传话筒就变得毫无意义,白费心机。虽然肯普编造的与吉尔的书信没有引起克里斯托弗对自己的继续关注,但是肯普开始对这个杜撰的妹妹着迷,他开始以第三人称的口吻,描写吉尔的容貌,她的穿着打扮,她的性格,她在学校的生活以及她内心的想法。但是,当他读起自己写的吉尔小说时,"他很失望,这不是他想要的东西。仿佛展现的不是他所了解的吉尔,反而让吉尔的形象变得模糊,他觉得可能是它缺乏亲密感(intimacy)"(*Jill* 130)。于是,肯普又以吉尔的口吻写日记,不再写自己想象中的吉尔

---

① Larkin, Philip. *Jill*. London: Faber & Faber, 2005, p. 40. 本书中引用的《吉尔》选段均为笔者翻译,全书以 *Jill* 指代这部作品。

的世界,而是成为吉尔——他写吉尔的动机不再是为了克里斯托弗或者任何别人,而是为了自己。然而,有一天,他在一个书店里无意中看到了一个女孩,这个女孩和他心目中吉尔的形象十分吻合,于是他四处追寻她的下落,却发现这个女孩走进了牛津大学,而且走进了他的寝室。原来这个女孩叫"吉莉安",是伊丽莎白的表妹。肯普认识吉莉安后,邀请吉莉安到自己的寝室喝下午茶,但是当他在寝室精心准备约会时,赴约的却是伊丽莎白,伊丽莎白代替吉莉安来见肯普的目的是来警告他:和15岁的吉莉安约会是不合适的,而且他们俩社会地位悬殊。

肯普还没来得及为这次约会感到沮丧,就听到紧张的战局带来的坏消息:家乡被德军飞机轰炸了。肯普得到这个消息后连夜返回家乡,看到家乡一片废墟残骸,所幸他父母和他们的家安然无恙。从家乡返回后不久,肯普参加了克里斯托弗和吉莉安都在场的一个晚会,当吉莉安离开时,肯普情不自禁亲吻了她,因为这个吻,肯普被克里斯托弗和他的朋友扔进了喷水池。小说的结尾是肯普得了肺炎住进校医院,他的父母来探病,巧遇克里斯托弗指路,而克里斯托弗正要和伊丽莎白离开学院去伦敦。

从文学伦理学批评的脑文本理论角度来看,拉金可能将《一个青年艺术家的画像》作为脑概念储存在记忆中,作为塑造肯普的素材之一,因为肯普与《一个青年艺术家的画像》中的主人公斯蒂芬·迪达勒斯有些相似之处。拉金笔下的肯普生性敏感、情绪化而又耽于幻想,生活在不友好的学校环境中,身边是一群粗暴无情的伙伴,而斯蒂芬在同学中也常常感到自卑:"他感到自己在那群踢球的孩子们中显得太矮小,单薄,眼力不济,还老是流眼泪。"①《一个青年艺术家的画像》开篇处,斯蒂芬因不愿意用自己的小鼻烟壶和同学的干栗子作交换,被同学推进小水坑,而在《吉尔》结尾处,肯普则被同学扔进喷水池,两人都因落水受寒得了肺炎而住进校医院。两个主人公都幻想拥有完美的缪斯女神,只不过,《吉尔》更着重于描写一个男孩尝试变成一个男人的心理成长和自我认识的过程。肯普从同学、老师以及身边的男性身上学习、思考,逐渐自我成长。

如果"文学家创作出来的文学作品,都是对自己或别人的脑文本进行加工处理的结果"②,那么,《吉尔》中的肯普就是拉金对自己的脑文本进行加工处理的结果。脑文本是由脑概念组成的,后者"从来源上说可以分

---

① 詹姆斯·乔伊斯:《一个年轻艺术家的自画像》。北京:外国文学出版社,1983 年,第 3 页。

② 聂珍钊:"文学伦理学批评:口头文学与脑文本"。《外国文学研究》,2013,6:14。

为两类,一类是物象概念,一类是抽象概念。物象概念是有关客观存在的概念①。物象概念的形成首先是对客观存在的事物的感知,然后产生印象,对于拉金来说,结巴是他成长过程中形成的一个重要的物象概念。拉金4岁开始出现口吃,一直到35岁才不治而愈,拉金曾在分析自己口吃的原因时说:"如果口吃只是由于自我意识而碍口识羞的话,长大以后会变好的。"②可见拉金的口吃是心理而不是生理造成的。拉金认为口吃是他交际的障碍,"如果你结巴,这足以让你感觉是一个局外人"③,无论是在小学还是在中学,口吃都造成了他与环境的隔阂:"我坐在课堂上大气都不敢出,生怕被老师叫起来回答问题。以至于最后,几乎所有的老师都明白了我的小心思,大家都不管我了,让我一个人待着。"④结巴让拉金感觉自己是一个局外人,让他产生被孤立的感觉,并以物象概念的形式储存在他的记忆中。在《吉尔》中,结巴这个物象概念多次出现,比如,肯普到达牛津大学门口,觉得学校的门房都穿得比自己体面,当他鼓足勇气向门房问路时,紧张得说话结巴,连自己的名字都说不清(Jill 5)。又如,肯普与克里斯托弗第一次见面自我介绍时也是结结巴巴的:"呃——我——","这是,我想这是——我名叫肯普"(Jill 7)。这种由于紧张焦虑而引起的结巴表现了主人公在人际关系中因为出身贫穷而产生的自卑。拉金曾说:"肯普的工人阶级出身和我的结巴一样,这种固有的内在障碍让人沮丧。"⑤拉金认为自己的口吃和肯普的贫穷一样是无力改变的交际障碍。印象经过大脑的处理实现从感知到认知,从而得到抽象概念并存储在大脑里,在拉金身上的具体体现是:口吃让他感知到自己与周围人的隔阂,从而在他的脑海里形成了孤独和疏离的抽象概念,造成了他敏感自卑的个性。拉金借"肯普"这个虚构的角色把这种孤独疏离的抽象概念书写出来,比如,《吉尔》开篇的一句话这么写着:"约翰·肯普坐在卧车一个空房间的角落里,此时这趟火车在抵达牛津前的最后一段路线上行驶着。"(Jill 21)肯普蜷缩在火车车厢角落里,刻意与其他旅客拉开距离,因为这是一个安全的角落,没有人会注意他。窗外的景色匆匆略过,也暗示了这趟从哈都斯福德到牛津的路途对肯普有多么艰难。第一次独自离家的肯普透过火车的窗子看到的只有枯萎和凋谢的自然景色,而这又更加剧了他的失落感:距

① 聂珍钊:"脑文本和脑概念的形成机制与文学伦理学批评"。《外国文学研究》,2017,5:31。

② Larkin, Philip. *Required Writing*. London: Faber & Faber, 1983, p.48.

③ Ibid.

④ Ibid.

⑤ Ibid., p.63.

牛津越近,这种情感越强烈:

> 他看向窗外的田野,快速掠过的一棵棵树上渐枯的树叶颜色各异,从黄褐色到近乎紫色都有,像春天的树一样色彩鲜明。树篱都还是绿色,但是那些穿过篱笆的叶子颜色却不是正常的枯叶颜色,从远处看就像是干枯的花儿。河流的分支在草地里蜿蜒流淌,跟那些堆满落叶的窗户成平行线。河流上方是一条条空荡荡的人行桥,看起来很冷清,很孤寂⋯⋯

(*Jill* 21)

肯普这个18岁的羞怯男孩第一次与他的家人分开,即将走进一个陌生的世界,而这个世界曾是他无法触及的,与他家的经济条件不相符的。经济条件的悬殊可能会让他与那里的同学没有共同语言,所以肯普看到火车沿途掠过的风景是一片萧肃落寞,这是他内心忧郁、孤寂的写照。

拉金对肯普敏感自卑的刻画还通过火车上的另外一个细节展示出来。肯普坐在火车角落,竭力不让自己被人注意,快到下午一点时,肯普感到非常饥饿,虽然他带了三明治,但是除了去餐厅吃饭的旅客,坐在车厢里的人都没有拿东西出来吃,而且他认为在公众场合吃东西是不合适的,实在饿得不行时,他"溜进厕所,锁上门,囫囵吞下三明治,听到门外急切的敲门声,他赶紧把剩余的三明治从通风口扔了出去,打开厕所冲水,然后回到他的座位"(*Jill* 2)。这段描写文字为肯普焦虑的自我意识定下了基调。另外,从这段描述中我们可以看到肯普拮据的经济状况——坐的是三等舱,穿的是便宜货,吃的是自制的三明治。他的经济状况让他自卑、敏感,特别是到达牛津大学以后,他更自卑了,当他跨进校园看到衣冠楚楚的牛津学生,不免自惭形秽,甚至觉得学校的门房都比自己穿得体面,所以他鼓足勇气才敢向门房问路,而且紧张得说话结巴,连自己的名字都吐字不清。

牛津大学的同学并没有让肯普紧张不安的精神状态得到缓解,身处同学之中总让肯普感到自己是个格格不入的局外人。当肯普达到自己的寝室后,碰到的是嚣张、傲慢的克里斯托弗和他的朋友们。肯普走进寝室时,克里斯托弗和朋友正聊得起劲,显然,肯普的到来干扰了他们的聚会。敏感的肯普感觉到与他们的隔阂,这使他更加手足无措:"开始局促不安,像刚开始晕船一样,他检查自己:裤裆的纽扣都扣上了,外表没有什么异常,但是他的脸变得更红了。他双脚并拢挺直腰杆,然后又觉得似乎有点傻,于是尝试着换一种姿势,两脚交叉,凝视着窗外。"(*Jill* 31)拉金对肯普由于疏离感而产生的紧张局促和敏感焦虑的描写展现了肯普与周围的人方枘圆凿,而且这种状况贯穿整部小说。造成拉金敏感与疏离的是拉金的口吃,而肯普所处的阶层以及他对自己出身背景的认同感导致他感觉在群体里被排斥,让他产生自卑、敏感、孤独和疏离感。

  除了口吃,拉金把自己对牛津大学周遭事物的感知、认知和理解也以脑概念的形式存储在大脑里,为《吉尔》的创作提供素材。拉金刚进牛津大学时,对新环境感到恐惧和不安,他曾回忆说:"牛津吓坏了我。公学(public school)①的男孩儿吓坏了我。大学教师吓坏了我。童子军吓坏了我。"②拉金这段回忆中除了"口吃"这个脑概念,还提到了公学的男孩、教师、童子军等不同类型的人。"人"也可以成为一个脑概念,因为"对物象的感知产生印象,印象经过大脑的处理实现对物象的定义,产生概念,实现对物象的理解……例如,一个人的形象进入视域后成为物象,物象被感知则得到这个人的印象"③。公学男孩在拉金的印象中是嚣张的、傲慢的、自私的,他在《吉尔》中通过克里斯托弗将"公学男生"这个脑概念淋漓尽致地展现出来。控制别人是克里斯托弗的本性,他是自己小圈子的中心,对肯普更是指手画脚,吆三喝四,一会儿命令肯普去给炉子添煤,一会儿又要肯普给他倒水喝。克里斯托弗还极度自我、自私,他首先把离门远、离炉子近的床占为己有;将自己的照片挂在墙上唯一的一个钉子上;晚上玩到深夜回来毫不顾忌他人,发出巨大的开门关门的声音,以至于初来乍到的肯普以为"有流氓冲进寝室,吓得发抖"(*Jill* 21)。克里斯托弗进入卧室后把灯打开,完全不在意已入睡的室友,还弄出很大的动静。克里斯托弗不尊重他人、自私蛮横,他的为人处世显得没有教养,而良好的教养是成为绅士的重要条件,绅士教育又是最具英国特色的一种教育观。绅士风度被视为英国民族精神的一种外化,以贵族精神为内涵,而英国公学是典型的精英教育,培养学生成为受人尊敬的绅士,这样的绅士不但具有非凡的气质、优雅的举止,还要具备渊博的学识、敏捷的思维、坚韧的毅力以及团结协作精神,更重要的是,他们懂得仁爱、懂得尊重别人,特别是对

---

  ① Public School 虽然译为"公学",但英国的 Public School 其实是私立学校,是典型的精英贵族学校,学费也非常昂贵。比较有名的公学有:伊顿公学(Eton College),哈罗公学(Harrow School),威斯敏斯特公学(The Royal College of St. Peter in Westminster)以及温彻斯特公学(Winchester College),等等。

  ② Larkin, Philip. *Required Writing*. London: Faber & Faber, 1983, p.63.

  ③ 聂珍钊:"脑文本和脑概念的形成机制与文学伦理学批评"。《外国文学研究》, 2017, 5: 31。

于地位较低、财产较少的同伴更是同情,态度温和。显然,克里斯托弗并不具备绅士风度,但克里斯托弗也是毕业于公学,为什么他的行为举止与绅士背道而驰呢?肯普的另一个同学,深谙英国教育的怀特布莱德告诉肯普:"我尊敬那些来自伊顿公学或哈罗公学的学生。他们都是有修养的人……但是像克里斯托弗之流,想要跃入不属于他们的高阶层,曾就读于像兰普莱这样的'劣质'公学,在那里学到的是粗俗的语言和坏习气"(*Jill* 189)。怀特布莱德还透露,克里斯托弗的母亲是个演员,父亲"名声不好"(*Jill* 190),而且从克里斯托弗母亲与肯普闲聊的字里行间,读者可以推测出克里斯托弗的父亲是个生意人,显而易见,克里斯托弗非正统贵族出身,而是人们眼中的暴发户家庭,他就读的公学也不是英国九大公学之一①,他在牛津大学里也没有被上流社会所接纳。克里斯托弗在兰普莱这所名不见经传的"劣质"公学里,没有学到绅士精神和风度,却学到了他们的糟粕,比如,精英公学里的学生自小为了自我保护而拉帮结派。精英公学学生之所以喜欢建立小圈子,是因为他们从小寄宿,结成帮派可以建立一种共属的认同感,这种认同让小圈子成员产生一种内群体偏向(in-group favoritism)和外群体歧视(out-group derogation)。所谓"内群体偏向"就是群体内部成员之间分享较多资源以及正向评价,而"外群体歧视"是对群体外部成员分配较少资源并给予负向评价②。克里斯托弗的内群体偏向十分明显:他把兰普莱学校的同学合照挂在墙上,在桌上摆放有兰普莱图章的笔记本,与同在牛津读书的兰普莱校友三天两头聚会喝酒,回忆在兰普莱读书时的人和事。克里斯托弗与同样毕业于兰普莱的同学拉帮结派其实是社会认同焦虑的体现,他的暴发户出身使他不能被正统的上流社会所接纳,所以他与自己的同类结成小帮派,以对肯普这些拿奖学金的穷学生进行外群体歧视来彰显他们的优越性,比如,他们总是把克里斯托弗和肯普合住的寝室作为聚会据点,但是在谈话中又完全把肯普排除在外,还时不时嘲笑、挖苦肯普,让肯普"有一种冲出寝室的冲动"(*Jill* 13)。孤独的肯普也想要通过社会认同来增加自信,希望自己属于特定的社会群体,从而获得作为群体成员带给他的情感和价值意义。所以,肯普设法调整自己去找寻和克里斯托弗的共同点,试图让克里斯托弗的圈子

---

① 英国的公学体系中有著名的九大公学,分别是温彻斯特公学、伊顿公学、威斯敏斯特公学、查特豪斯公学、哈罗公学、拉格比公学、什鲁斯伯里公学、圣保罗公学与麦钦泰勒公学。

② Otten, Sabine & Amelie Mummendey. "To our benefit or at your expense? Justice considerations in intergroup allocations of positive and negative resources." *Social Justice Research*, 1999, 1: 22.

接纳自己。拉金对肯普身份认同的探索反映了 20 世纪 40 年代英国高等教育的状况，当时的英国政府倡导教育机会均等，推动高等教育从精英向大众化发展，少数像拉金一样出身社会中下层的优秀青年通过严酷的竞争和考试，获得奖学金进入牛津、剑桥这样的名校，而之前只有上流社会的子弟才有机会进入这些顶级大学学习。这些平民学生进入名校以后，遇到了社交和社会认同的伦理困境。和肯普一样，拉金在牛津大学精英出身的同学们中间显得格格不入，但是，他没有像肯普一样试图跨进不属于自己的阶层，而是在同样中下层阶级出身的同学中找到了认同：拉金和金斯利·艾米斯等同学组成"七人帮"，甚至发明了一套他们之间才懂的密码进行交流，这七个人后来几乎都成了英国现代知名作家和运动派的主要代表人，而他们在牛津大学就读期间形成的文学理念就是"反精英"，因此他们的作品抒写的是普通人和平凡事。

　　如果肯普是拉金对"局外人"这个脑概念的自我书写，那么克里斯托弗就是拉金对记忆中某些同学的脑概念的书写。拉金在牛津大学就读时曾和诺尔·休斯同寝室两年，但是他和休斯相处并不愉快，拉金描写肯普与克里斯托弗同寝室的感受其实是抒发自己的郁闷：

> 他心中升起一股酸楚，巨大的孤单。想到没有比这里更友善的地方可以住，让他更加沮丧，尤其这个房间里还有别人住。他不能当着寝室里那么多陌生人去干自己的事情，因为克里斯和帕特里克随时有可能进来用自己的咖啡壶去泡咖啡，有时他们还会用他的盘子玩什么保持平衡的把戏而打碎盘子……他希望至少可以有自己的房间……
>
> （ *Jill* 37）

小说中，克里斯托弗不仅和肯普同寝室，还是同一个导师。在现实中，拉金也有一个同导师的同学：诺曼。如果说有关肯普的脑文本是拉金以自己为原型，那么有关克里斯托弗的脑文本很可能就是以诺曼为原型。首先，拉金和诺曼外形上的差异存在于肯普和克里斯托弗之间。拉金年轻时身材颀长，戴着眼镜，一副文弱书生的模样；小说中的肯普看起来比他的实际年龄小，看上去文文弱弱，紧张兮兮，畏畏缩缩："他是一个小个头的男孩，18 岁的他脸色苍白，浅色的头发很柔软，梳着有些孩子气的那种从左偏向右的发型……他的脸纤细瘦长，总表现得有些紧张，嘴部紧绷，眉头微皱。他的整个外表乏善可陈，只有他那丝般光亮的头发，像小苗一样柔软，这才让他看起来稍微有些美感。"（ *Jill* 1）诺曼和小说中的克里斯托弗也很相似：诺曼长着一副大脸盘，个性粗犷乖张，"他莫名其妙的高声大笑时刻可能会突然变成暴怒"①，而小说中的克里斯托弗"比约翰（肯普）高，比约翰强壮。深色的头发从前额向后梳成一个大背头，长着短而方的下巴，大鼻子，肩膀宽厚……他的气质中带着狂妄和自以为是"（*Jill* 7）。其次，在生活习惯方面，诺曼自由散漫，自我约束与他毫不沾边，生活作息也极其没有规律，常见这样的情景：当拉金"听完9点钟的课回来，他（诺曼）还穿着睡袍，由于这个点他已经错过了一个半小时前的早餐，他不得不非常闷闷地撕着干面包吃，喝着没加牛奶的茶。他对我去听的课不屑一顾，'那个混蛋简直就是在浪费时间……我比那个混蛋强得多'"②。《吉尔》中也描写了相同的情景：肯普住进寝室的第二天早上好心叫醒克里斯托弗起床吃早餐，后者却拒绝起床去吃饭并扭身对墙而卧，让肯普感到十分尴尬和无趣。肯普吃完早饭回来时，发现克里斯托弗仍赖在床。克里斯托弗躺在床上使唤肯普给他倒水喝，直到肯普小心翼翼地提醒他11点要和导师见面，克里斯托弗才不情愿地起床洗漱。小说后面的情节中也多次提到克里斯托弗大多数晚上不是在寝室抽烟喝酒、寻欢作乐，就是泡酒馆，醉醺醺地驾车回寝室，回来就吐，吐完便睡，一直睡到第二天上午，所以他赶不上学校的早餐，翘课更是家常便饭。克里斯托弗之于肯普的个性差异就像诺曼之于拉金：任何拉金认为代表着好品质的言语和行为，"比如准时、谨慎、节俭还有体面，诺曼都会报以米高梅电影片头的狮子般的咆哮，谴责其庸俗守旧"③。

拉金以自己为原型，将以现实生活和个人经历为基础的脑概念加工形成关于肯普的脑文本，并以小说这种文学形式将脑文本呈现出来。《吉尔》的故事情节展现了第二次世界大战期间，像肯普这般出身寒门的牛津学子在成长过程中遭遇的困境以及他们对归属感和认同感的渴望。肯普和克里斯托弗的价值观的差异、克里斯托弗对肯普的消极影响以及截然不同的价值观和物质主义的诱惑让肯普感到无所适从，展现了20世纪40年代年轻人的伦理环境，特别是英国中学及高校的教育状况，正如拉金自己所承认的：这部小说"越来越被当成一种历史文献……记录了现已消失的牛津大学生活模式"④。同时，读者通过小说中肯普的牛津岁月，可以了解拉金青春年代的所思所想和大学生活。

---

① Larkin, Philip. *Required Writing.* London：Faber & Faber, 1983, p.18.

② Ibid.

③ Ibid., p.19.

④ Ibid., p.25.

第二节 《吉尔》的艺术虚构

在小说《吉尔》中,肯普在自己的世界里找不到慰藉和满足,这迫使他借助写信、记日记、讲故事来发泄潜意识中的愤懑,排遣内心的寂寞。肯普无意中杜撰出吉尔,却不由自主地深陷于对自己虚构人物的迷恋之中。吉尔——这个幻想的妹妹——是肯普潜意识中的心灵伙伴和精神归属,所以有关吉尔故事的虚构可以说是肯普应对孤独寂寞的措施。肯普之所以编造吉尔的故事,其目的是"引诱沉溺于女色的克里斯托弗"[1],可见,肯普想要在牛津成功或者达成愿望所必须做出的改变和必须采取的态度都和克里斯托弗息息相关。开始编造与吉尔的通信其实就是肯普开始小说写作的探索,而他写作的最初目的是为别人而写作。

肯普来自一个工人阶级家庭,他善良且单纯,对牛津大学这个以成年男性为主的高校环境一无所知。从他出场的外貌描写:稚嫩的脸,白皙的皮肤,柔软的发质和幼稚的发型,可以看出他还是一个像一张白纸般纯洁、单纯的孩子。肯普认为自己带到牛津大学最珍贵的东西就是他母亲为他准备的瓷器,特别是那一套咖啡瓷器,而克里斯托弗从家里带来的是啤酒杯和喝雪莉酒的高脚酒杯,其实这些器具是一种生活方式的象征。咖啡瓷器是用来喝下午茶的,精致的瓷器装上点心、咖啡或茶,让人感受到心灵的祥和与家庭的温暖,代表的是传统的生活方式,而克里斯托弗的酒具代表的是一种及时行乐的生活方式。克里斯托弗的生活用品都表现出一种极度的物质享受主义,比如:他的真皮钱包、昂贵的石头烟灰缸、真丝坐垫、羊毛拖鞋、紫色的浴袍,而这些东西都是肯普无法企及的,特别是克里斯托弗的时髦衣服让肯普自惭形秽,羡慕"别人的衣着怎么这么入时、保养得这么好,而自己的衣服穿久了就变得这么破旧,没有型"(*Jill* 18),于是,他把自己的衣服藏在床下。克里斯托弗开放的性观念也让肯普大开眼界,当肯普无意中看到克里斯托弗随意打开的抽屉里还有"未开封的几套剃须刀片以及四袋避孕药。他像发现了一把子弹已经上了膛的手枪一样震惊"(*Jill* 41),对于从未接触过性的肯普来说,克里斯托弗给他展现的是别样的人生。

克里斯托弗以毕业于公学为荣,虽然故事一开始拉金就暗示了他读

---

① Martin, Bruce K. *Philip Larkin*. Boston: Twayne, 1978, p.109.

的这所兰普莱公学并不是英国真正的精英公学,肯普"从没有听说过兰普莱学校"(*Jill* 15)。克里斯托弗把三张兰普莱学校的同学合照挂在寝室墙上,在桌上摆放了五六本封面上有兰普莱学校图章的笔记本,与同为兰普莱毕业的同学拉帮结派、寻欢作乐、喝酒聊天,缅怀兰普莱读书时的生活和时光。由于他们总是把肯普和克里斯托弗的寝室作为聚会据点,但是在谈话中又排挤、嘲笑、挖苦肯普,让肯普"有一种冲出寝室的冲动,但是徒然不知所措,因为他没有地方可去。现在这里就是他的家"(*Jill* 13)。虽然生活在牛津大学的集体宿舍,但是肯普完全没有归属感,反而感觉自己"仿佛住在一个陌生旅馆,特别是没有人和他讲话"(*Jill* 31),宿舍集体生活令他十分沮丧,但是他仍然想方设法调整自己适应这种陌生环境。作为肯普的室友,克里斯托弗是肯普在牛津大学唯一亲近的人,因此肯普希望成为克里斯托弗的朋友。为此,肯普尝试着改变自己,找寻和克里斯托弗的共同之处,竭力打进克里斯托弗的交际圈。

　　肯普在搬进寝室后的接下来几个星期做了几次尝试,试图弥合他与克里斯托弗圈子之间的隔阂。肯普做出的第一个尝试就是喝酒。住进寝室不久,克里斯托弗又和兰普莱的老同学在寝室聚会喝酒,肯普决定提升自己在这种场合的存在感,于是主动从橱柜里为他们拿出啤酒杯,递给每一个人,其中也包括他自己。让他失望的是,克里斯托弗给别人都倒了酒,偏偏没有给肯普倒酒,肯普"心中并没有期盼参与到他们的谈话中,但只要允许他旁听他们聊天就觉得很荣幸了"(*Jill* 41),所以当克里斯托弗随口提议晚上一起去酒吧喝酒时,肯普兴奋得跳了起来,"像第一次被带去看马戏的孩子","紧紧地盯着沃纳,唯恐他突然消失或改变主意"(*Jill* 41)。到了酒吧,肯普装出熟谙此道,生怕克里斯托弗看出他从没喝过酒。当肯普看到克里斯托弗在酒吧里兴味盎然,他也极力表现出兴致勃勃的样子,还极力投其所好,搜寻克里斯托弗可能感兴趣的话题。为了与克里斯托弗拉近距离,肯普改变自己严谨的生活方式,开始喝酒——喝酒对于肯普来说意义重大,因为肯普觉得通过喝酒成功获得克里斯托弗的友情和认同是至关重要的,他觉得自己喝了酒就意味着靠近了克里斯托弗所代表的成年男性世界。从此,肯普开始和克里斯托弗之流厮混,听他们谈论在兰普莱的往事。其实他们说的都是些荤段子和捉弄别人的故事,但是他们的生活对于肯普来说完全陌生但又充满吸引力,他总是不由自主地想象着自己在他们的故事中,觉得和自己的生活相比"他们的学生时代获得的收获比他一辈子的收获都要多"(*Jill* 38)。

　　肯普暗地里模仿克里斯托弗的说话方式和穿着打扮,处处小心地迎合克里斯托弗。正当肯普自以为被克里斯托弗一伙接纳而成为他们中的一员时,他无意中在寝室门外偷听到了克里斯托弗和女友伊丽莎白嘲笑他的话,这对肯普来说真是当头一棒。伊丽莎白说克里斯托弗已经把肯普"调教好了","调教"这个词表明他们根本没有把肯普当朋友。更有甚者,她还讥笑肯普是"蹩脚的蠕虫"(*Jill* 92),克里斯托弗更是附和道:"我妈妈说他看起来像玩具动物。"(*Jill* 92)拉金非常细腻地描写了肯普的心理活动:羞耻——愤怒——孤寂。肯普偷听到这段对话时,"他脸色惨白,仿佛是被了解他弱点的拳击手给了致命的一击"(*Jill* 92),他担心被克里斯托弗发现,于是走到宿舍大厅,克里斯托弗和伊丽莎白的话在他脑海里反复出现,他羞愤难当,自哀自怨。在大厅拿到了姐姐寄来的信后,肯普漫无目的地走向外面,一边在雨中徘徊,一边回想起自己认为被克里斯托弗接纳的细节:克里斯托弗亲热地称呼自己"约翰"、他的母亲沃纳太太亲切地同自己说笑、伊丽莎白帮自己重新打领结。原来这些并不是他所理解的善意行为,而是暗含嘲讽和轻蔑。肯普想到这些不仅对他们很生气,也对自己为什么没有看透而生气。他失魂落魄地走进前一天和克里斯托弗一起去的咖啡馆,心中的孤单寂寞取代了愤怒。他觉得自己又变成了孤孤单单的一个人,完全失败了,根本没有被克里斯托弗之流接纳,进入他们的生活圈。晚上,当肯普回到寝室见到克里斯托弗的那一刻,他被愤怒冲昏了头脑,恨不得和克里斯托弗大吵一架,然后要求他换寝室,但是肯普懦弱的个性不可能真的采取这样的举措。实际上,他装作若无其事,把从宿舍大厅拿到的自己姐姐的信随意地放在壁炉台上。正当肯普思忖着"将要怎样对待沃纳"(*Jill* 96)时,他发现克里斯托弗对自己姐姐的信表现出非同寻常的兴趣,同时,从克里斯托弗的言谈中,肯普了解到克里斯托弗只有姐姐没有妹妹,而且和姐姐的关系很生疏,甚至有一次在餐厅碰到两年没见面的姐姐都没认出来(*Jill* 97)。肯普不假思索地给自己编造了一个关系密切的漂亮妹妹——女中学生吉尔。肯普"欣喜地观察到克里斯托弗对他的羡慕和嫉妒"(*Jill* 99),于是,肯普希望这个编造的妹妹能够挑起克里斯托弗更大的兴趣。

当肯普脱口而出是妹妹的来信时,他因自己说谎时表现出的从容淡定吓了一跳:

> 他对自己说谎并不感到意外,但没想到的是竟能脱口而出:这些故事仿佛早在他想要说出来之前就编好了,是他保守了很久的秘密。他思忖是否这个谎言在说出来之前早就存在于脑海中某个黑暗的角

落。那它们已经在那里存在多久了呢？

(*Jill* 100)

在某种意义上,这根本就不是谎言,因为当肯普竭力去创造吉尔的时候,他已经在考虑要说什么和怎么说,而且通过这个编造"谎言"的过程,我们能够更多地了解以前没有显露出来的肯普的情感、才能和创造力。这些"谎言"在肯普的头脑中存在了很久,不需要特意设计,已经成了他内心世界的反映。从文学伦理学批评角度来看,肯普脱口而出的根本就不是谎言,而是脑文本,这个脑文本早就存在于他的脑海里,以故事的形式讲述出来,因为"如果没有脑文本的存在,他们都无法讲述故事。显然,在讲述故事和已有的文本关系中,必须有一种文本存在,讲述是为了把已有的文本转换成口头语言,让听众能够接受和理解"①。所以,肯普脱口而出有关吉尔的故事时,并没有考虑要说什么和怎么说,这个脑文本在肯普的脑海中早已存在,不需要特意设计,换句话说,他脱口而出的其实就是口头文学,是存储在大脑的文本通过声音媒介口头表达出来的。

肯普把自己以及与克里斯托弗相关的细节以脑概念的形式储存在脑海中,通过对这些脑概念增容、减省、替换和改写,形成脑文本,再不断对这些脑文本进行调整,最终成为虚构的文学作品。肯普为什么杜撰出吉尔呢？要了解一个人,最关键的是了解他的软肋和他最在意的东西,肯普凭直觉早就知道这一点。刚搬进寝室不久,他趁克里斯托弗不在寝室,把房间搜寻了个遍,只找到了克里斯托弗父母的照片:"肯普曾一直寻找任何与家庭关系有关的东西,但是他没有找到,然后又去寻找有任何迹象显示出沃纳脆弱面的东西——一本日记或者一些情书……实际上,沃纳的软肋可能就是家庭。"(*Jill* 19)所以,当肯普发现克里斯托弗对姐妹的话题感兴趣时,他以为找到了克里斯托弗的情感突破口、心灵最柔软的地方——亲情,因此,克里斯托弗家庭中手足亲情缺失作为一个脑概念储存于肯普的脑海。肯普针对亲情而编造的吉尔让克里斯托弗放下了防备,让他开始诉说自己对家、家人以及被送到学校里的感受:

> "如果你很小就被送去上学的话,你确实失去了和家的联系,"他说:"虽然这是件好事,会让你体会到独立,教会你保护自己以及如何处理人际关系。"……"但有时候我会后悔,你知道的……有种与家里失去了联系

---

① 聂珍钊:"脑文本和脑概念的形成机制与文学伦理学批评",《外国文学研究》,2017,5:29。

的感觉。一个人不会有第二次机会。我们是一个很热闹的家庭……"

(Jill 99)

由此可见,肯普编造的吉尔的故事刚开始是成功的,达到了他预期的效果。事实上,在肯普口头讲述的吉尔的故事中,其脑文本对一些脑概念进行了替换。首先,肯普把姐姐的来信替换成不存在的妹妹的,并强调:"她很漂亮了,而且聪明伶俐。"(Jill 98)因为肯普觉得年轻美貌的妹妹比现实中年长十岁的姐姐更能吸引克里斯托弗。其次,肯普把自己的个性爱好替换成吉尔的,描写吉尔"敏感""爱好诗歌",对大英博物馆流连忘返,独自观看莎士比亚戏剧表演(Jill 98)。肯普孤独、渴望友谊的脑概念也替换成吉尔因最要好的同学去了美国而备感孤独和寂寞。另外,肯普把克里斯托弗的寄宿制中学替换成吉尔的学习环境,这样她在寄宿学校的故事容易让克里斯托弗产生共鸣。最重要的是,针对克里斯托弗亲情的缺失,肯普把姐弟之间的疏远替换成兄妹之间的亲密。克里斯托弗曾告诉肯普有一次在伦敦的高档酒吧看到有个女孩"以为她想要搭讪我……她突然浅笑着走过来说:'你是克里斯托弗吗?'她竟然是我姐姐康斯坦斯。我们几乎两年没见过面了"(Jill 97)。针对克里斯托弗和姐姐关系疏远的脑概念,肯普替换成自己和吉尔关系紧密,"经常一起聊天、旅游"(Jill 100)。当肯普发现克里斯托弗表现出兴趣和嫉妒后,他决定把这个故事继续编造下去——编造和吉尔的通信,他想象着如果他把吉尔的来信随便放在某处,克里斯托弗可能会偷看。

由于克里斯托弗有不经过肯普同意就擅自使用肯普东西的习惯,肯普断定克里斯托弗可能会趁自己不在寝室的时候偷看自己和吉尔的通信,暗中期盼把给吉尔的信看作与克里斯托弗沟通的桥梁。肯普伪造写给吉尔的第二封信的情形是这样的:克里斯托弗抱怨肯普没有及时替他写第二天上课要交的论文,当肯普连夜帮克里斯托弗写完论文,克里斯托弗却懒得再抄一遍,直接翘课不交作业。看到自己付出一番心血而克里斯托弗却毫不领情,肯普心中对自己,也对克里斯托弗非常生气:

> 泪水刺痛了他的眼睛,他没有可以复仇的办法——除了借助吉尔。他不是很清楚这个办法是否可以再次奏效……当克里斯托弗在晚餐前站在壁炉前换衣服时,约翰故意炫耀说:"我想我必须找个时间给吉尔回封信了。"接着,他开始写这封回信。

(Jill 111)

肯普在信中写道:"克里斯托弗是我的室友,他每周的作业不可救药地依赖于我。"(*Jill* 112)其实这段描述是克里斯托弗不学无术在肯普脑海中的脑概念的书写,但是,肯普在叙述整个事件的时候进行了改写。因为"人的大脑根据某种伦理规则不断对脑概念进行组合和修改,脑概念的组合形式也在修改过程中不断发生变化"[①],肯普虽然为克里斯托弗代写了论文,但是心里很反感,所以肯普在信中表达了自己的真实想法:写论文是克里斯托弗自己的事,不是"我"的事(*Jill* 112),谴责克里斯托弗的学术舞弊行为。肯普的脑文本对脑概念的修改和改写让他把心中想对克里斯托弗说又不敢当面说的话畅快淋漓地说了出来,讽刺和批评了克里斯托弗不学无术。特别是,肯普在信中改写了事件的结局:克里斯托弗由于没抄完"我"替他写的论文,没去上课,受到了老师的批评。这件事以克里斯托弗受到老师的批评收场,暗示了肯普对抄袭作假的态度和立场。另外,克里斯托弗说话时常带着刻薄而炫耀的口气,肯普把这种说话方式以脑概念的形式储存在脑海里,在写给吉尔的信中,肯普模仿克里斯托弗装腔作势的腔调说自己"作为一个学者必须有一种姿态,有一种担当,而且对同学中没什么天赋的人有一种责任",暗中显示了"我"学术上的优越感以及对克里斯托弗之流不学无术的鄙视。

肯普的大脑"按照某种文学样式对脑概念进行思考和组合,获得的脑文本就是文学文本"[②],肯普杜撰的书信就是书信体的小说。在这种书信体小说中,他可以把记忆中的脑概念进行替换、增容、减省、改写,重构牛津大学的经历,从而带给他快乐和慰藉,甚至成为一种寄托。例如,肯普在一封写给吉尔的信中是这样描述他与克里斯托弗及其朋友们的第一次见面的:

> 我发现我在这里交朋友一点都不难:我到达的当天下午我发现在我的房间里有人想开茶话会但是可能开不成。
>
> (不是他们的房间是"他"的房间;他没有和别人合住)
>
> 克里斯托弗·沃纳和两个道林家的女孩……他们想怎么才能开茶话会。因为太晚了,他们不想出去也真不知道能到哪儿去,大学里什么都没有除了面包、牛奶和茶,等等——他们也没有任何餐具。所以我来扮演慷慨的主,拿出我的新餐具,每个在场的人都玩得很开

---

① 聂珍钊:"脑文本和脑概念的形成机制与文学伦理学批评"。《外国文学研究》,2017,5:33。

② 同上,第30页。

心,吃饱喝足。从此,我就相当受欢迎! 无论如何,不是每一个新生在他入学的第一天就能搞定茶话会的……

(Jill 113)

然而,肯普和克里斯托弗见面的实际情况是:克里斯托弗、伊丽莎白·道林、帕特里克·道林、艾迪·美克皮斯、休·斯坦斯密斯正在寝室开茶话会,肯普的入住打扰了他们的兴致,他们明显地排斥、冷落肯普。对艾迪和休的描写是肯普对现实中这两个人的脑概念的记录:艾迪给肯普的印象是"十分自信又愚蠢"(Jill 8);休几乎没有说一句话。信中说由于他们没有餐具,"我"主动拿出自己的新餐具来,这个情节是肯普对记忆中脑概念的改写,真实情况是克里斯托弗擅自打开肯普没开封的行李取出餐具,当肯普以为"我们带了相同的瓷器"(Jill 8)时,所有人都嘲笑肯普,根本没有正常的道德感:在没有得到主人同意的情况下不能打开他的行李,更不用说使用其物品了。根据弗洛伊德的心理分析,文学是作家的白日梦,没有实现的愿望,因为"幸福的人从不从幻想说起,只有不满足的人才幻想。未得满足的愿望是幻想背后的驱动力:每一次幻想都包含着一个愿望的实现,改善了不得满足的现实"①,现实中碰壁的欲望变相升华为小说。弗洛伊德把白日梦作为文学的缘起并提出这种创作的共同特点——某种对作家产生了强烈影响的实际经验唤起了他对早先经验的回忆,这回忆于是触发一个在作品中得到满足的愿望,愿望中最近事件与旧事记忆的成分是清晰可辨的②。肯普重构过去事件的经过就是小说创作的经过,是在脑概念重新组合的基础上产生的脑文本的文字记载,而肯普这个小说创作的过程与小说作为一个文学体裁在历史上发展的过程是一致的,文学史上最早的小说形式之一就是书信体小说。书信体小说是以书信形式为基本表达途径和结构格局的小说,故事情节的展开、环境、心理的描绘和人物形象的塑造都是通过一封封书信的形式来实现的。书信体小说以第一人称"我"为主人公,讲解故事,塑造形象,写人叙事都以"我"的亲身经历和亲眼见闻展开,使人感到亲切,有真实感。

　　肯普首先选择用书信形式将吉尔与克里斯托弗紧密地联系在一起。吉尔最初的存在只是肯普用来吸引克里斯托弗、与克里斯托弗抗衡的一个工具与媒介,但失败了,因为克里斯托弗对吉尔并不真正感兴趣,由于

---

① Freud, Sigmund. *Freud: Collected Paper*. New York: Basic Books, 1959, p.176.
② Ibid., p.181.

克里斯托弗和自己的姐妹们都不联系,所以他觉得肯普一直和自己的妹妹联系很奇怪。肯普用虚构吉尔书信的方式来吸引克里斯托弗没能长期奏效,但是那些谎言对肯普却产生了很大的影响。吉尔已经变成了肯普抒发感情的窗口,对他而言,"克里斯托弗早已不再是写作的主动力"(*Jill* 112),写作让肯普的内心变得充实而自信:

> 他觉得自己以前因为克里斯托弗·沃纳而深感困扰的做法实在愚蠢;他不再渴望自己能够自信地命令周围的用人,不再渴望他很富有,不再渴望他拥有一个忧郁的下巴,不再渴望在洗澡时能唱唱小黄调。这些事情都是很美妙的,但是约翰不再像原来那样对它们感兴趣了。
>
> (*Jill* 104)

可见在个人成长方面,吉尔的写作让肯普发现自我,而在艺术成长方面,吉尔的形象成为一个越来越清晰的脑文本出现在他的脑海里:

> 每过半个小时,他就要想到她,她的形象在他的脑海里越来越清晰:她芳龄15,很苗条,一头长长的深蜜色头发用一条白色的发带绑住,后面垂落的头发飘落在肩膀上,身上穿着白色的裙子。她的脸不像伊丽莎白,妆容粗糙,但是表情严肃,脸型精美,安静美丽,还有高高的颧骨;当她笑的时候,她的颧骨看起来格外显眼,她的表情带着野性。
>
> (*Jill* 117)

一旦吉尔成为一个独立的脑文本,那么肯普就不满足于把写信作为书写这个脑文本的唯一方式,因为信限制了吉尔的自然发展:

> 在这种情况下,要继续给她写信完全不可能,他把一封未完成的信装在信封里烧掉了。但是他不满意。他开始用第三人称来写她,主要是关于她晚上弹钢琴时坐姿如何,接着又撕掉了。后来又写关于她早上起床的情景,接着又撕掉了。最后他开始写曾告诉克里斯托弗的有关吉尔的情况,写了一页又一页,上面满是擦过的痕迹,他想要写一个连续的关于她的故事;由于感到困难而力不从心,他通过描述她自己的生活,开始让吉尔脱离自己的生活而存在,只描述她自己。

这就比一直给她写信简单多了：他发现他的这个想法比他之前预想的更成熟。

（Jill 113）

通过将吉尔从信中释放出来并切换叙述技巧来导入，标志着吉尔不再被用来引诱克里斯托弗。用第三人称来讲述吉尔的故事，故事内容越来越脱离肯普的生活圈，其虚构的成分越来越多，这种写作方式让肯普作为作者切入的视角更广，可以选择描写更多吉尔生活的细节，而不局限于吉尔"选择"适合写信的内容。通过从书信方式叙述故事到第三人称叙述的变化，肯普可以更清晰、更详细地表述一些很重要的东西：吉尔有自己的生活，她的活动有自己的目的，而非仅仅是取悦或者讨好克里斯托弗，人物的个性决定了她的发展，不再受控于作者肯普本人。另外，肯普是一个没有经验的作者，他对于表达形式的选择不是受到自觉的文化目标的启发，而是自发地摸索不同的方式，探索怎样把吉尔塑造得更真实、更丰满。虽然这种叙述方式比较难以完美地驾驭，但是肯普认为这种第三人称叙述的方式"通过描述她自己的生活，让吉尔脱离自己的生活而存在"（Jill 113）。同样是人际关系，肯普嫉妒克里斯托弗的招摇浮夸；而吉尔却欣赏一个名为"密涅瓦"学姐的恬静与耐得住寂寞。肯普放弃了学术道德和行为标准，替克里斯托弗做作业，希望以此被克里斯托弗的圈子接受；而吉尔则受密涅瓦成熟及独立个性的影响，冷静地"审视每个人，包括她自己"（Jill 123）。

肯普把有关吉尔的故事作为一个短篇小说来写，让吉尔在叙述中自由发展，不再功利地利用吉尔取悦别人或发泄自己的情绪，期待这种写作的效果比他预想的更满意。在此，拉金通过肯普的写作经历变化告诉我们，写作动机由欲望的驱使变为主动探索发现，同时，拉金也揭示了肯普在写作道路上的摸索过程，他的写作不像一个老练的作家那样使用技巧来达到预期的效果，相反，肯普写作是创作出独立的吉尔，这个主人公不受作者控制，自由发展。但当肯普写完一部分，重读自己写的这部分小说时却很失望，觉得"这并不是他所了解的吉尔，觉得吉尔的形象在这部小说中不是更清晰而是变模糊了，感觉缺少一种亲密感"（Jill 130）。为什么吉尔的塑造不如肯普预想的那么成功呢？因为人物的塑造需要有更多的脑概念来构成新的脑文本，但不管是年轻的拉金还是他小说中的肯普都缺乏生活经验，特别是他们在现实生活中与女性鲜有接触，对年轻女孩没有直接的物象概念，他们对女孩仅有的脑概念是从其他文学作品中获得的抽象概念,这就注定他所塑造的这个女孩不可能丰满、真实,没有达到预想的效果。

为了解决这个问题,肯普再次尝试选择不同的表现形式,希望把吉尔塑造得更真实、更丰富,而这种表达方式就是日记——他不再写关于吉尔,而是成了吉尔——在关于吉尔的脑本文中把自己的脑概念完全替换成吉尔的所思所想。肯普化身为吉尔,描写她在唯一可以找到的私人空间——学校盥洗室里坚持每天记日记。吉尔在日记里的好恶就是肯普的好恶,其实也就是拉金的好恶,比如:吉尔不喜欢济慈的过度修辞,她对不合理规则和惯例的反抗:"我们为什么要按字母顺序就座?"(*Jill* 131)等,都是肯普也就是拉金的文学观点。在一篇日记里,吉尔记录了她对自己在镜子里的反应:"相当震惊——只是另一条裙子,衬衫和领带,我的外表就改变了,那不是内在的我吗? 不,总的来说,我认为不是这样,这不是真正的我。"(*Jill* 131)其实,拉金暗示衣服就像文学中的修辞和写作手段,不同写作方式呈现的人物也有差异,她在镜子前关于衣着和自我的思考其实也是在思考探索外在表现和内在精髓之间的差异和联系。

肯普原打算以日记的形式记载吉尔一年半载的生活,中间穿插一些感怀四季的小诗和生日感谢信等,但是没写几天他就对这种流水账似的写作感到怀疑,觉得这不是他想要的效果,日记发出的也不是吉尔的声音,只是借用吉尔的学校生活来仿写他在牛津的生活以及与克里斯托弗的相处方式,所以肯普觉得自己写出的东西"索然无味","他所做的一切都是以吉尔的形象展现的自己",而他真的想要塑造的是"完全独立的吉尔"(*Jill* 133)。肯普发现自己并没有创造出独立的吉尔,他所做的只是塑造她的外在形象,是一个穿着女性外衣的肯普,这与他所期望达到的艺术效果相去甚远。至于为什么会出现这种创作瓶颈,这与肯普缺乏生活经验有关。年轻的肯普不曾有与女性接触的经历,无法走进女性的世界,更不用说了解女性的内心世界。文学源于生活,又高于生活,生活为文学创作提供素材,没有现实经验的积累,就没有艺术灵感,也就塑造不出生动的人物形象和逼真的故事。

正如拉金曾称痛苦是创作的动力①,吉尔既是肯普应对不如意现实的策略,又是他的灵感来源,吉尔的杜撰是肯普作为艺术家的白日梦,同样,年轻的拉金塑造的肯普也是拉金作为小说家的白日梦,象征性地讲述了艺术家在怎样更好地讲述故事情节、故事背景、角色发展和行为动机等方

---

① Larkin, Philip. *Required Writing*. London: Faber & Faber, 1983, p. 47.

面进行的探索,而这种探索验证了拉金后来所提出的观点:"你为什么写作,因为你不由自主会去写,仿佛你已看到那个场景、感受到那种感觉、拥有了这个构思,只需要用文字组合起来呈现在人们面前。原有的经验是最重要的。"①换句话说,艺术家为什么写作,是因为那些场景和感觉早已成为脑概念储存在艺术家的脑海里,构成了脑文本,只需要用文字通过合适的文学形式把脑文本呈现在人们面前。

第三节　虚幻的破灭

如果说肯普对同龄人的友谊、认同和接纳的渴望被现实中克里斯托弗与伊丽莎白的嘲讽所毁灭,那么他从小以来对学术的向往和对知识分子的钦佩则被中学老师来牛津探望他时对他提出的建议所毁灭,另外,吉尔的化身——吉莉安——让肯普心目中的理想少女在现实中幻灭。

除了克里斯托弗,影响肯普的另外一个重要人物是他的中学老师——克朗奇先生。克朗奇曾给中学时的肯普指出方向,帮助他走进牛津大学的校门,而克朗奇在肯普心目中形象的坍塌也是肯普成长的里程碑。肯普在哈都斯福德文法学校读中学时,克朗奇刚从伦敦的名牌大学毕业,执教其他老师都不愿意教的所有高年级的英文课。那时的克朗奇戴着厚厚的镜片,他家中收藏着"几百本书:虽然不贵,但是有些是语言方面的重要书籍,还有很多是评论批评……在这些书上,他在自己认同的段落下用铅笔重重地划上直线,在不认同的段落下用铅笔划上波浪线"(*Jill* 46)。可见,克朗奇在大学读书的时候是一个和肯普一样爱好文学、勤奋自勉的青年。拉金塑造克朗奇年轻时的形象暗示着肯普将来的发展可能也像克朗奇一样,出生底层的青年只能通过拿奖学金到大学深造,毕业以后到中学以教书为生。

刚到哈都斯福德文法学校工作时,克朗奇对自己的状态还是很满意的,他希望把这份工作作为将来谋取更好发展的跳板。除了上课,他平时"阅读充满智慧的书和杂志,或者翻译他喜爱的外国诗歌。有时坐在那儿看着炉火,梦想着如果加了工资,他要给自己买那些一直买不起的奢侈

---

① Larkin, Philip. *Required Writing*. London: Faber & Faber, 1983, p. 59.

品——昂贵的衣服、雪茄、新书"（*Jill* 47）。由于克朗奇学究气太重,讲课内容比较枯燥,习惯用很正式的书面长句讲课,而且语调单调,缺乏感染力,他的课渐渐不受学生欢迎,而他也觉得和一群完全对自己教的东西不感兴趣的男孩打交道是一种屈辱,特别是,他非常欣赏的东西却遭到了学生的鄙视和漠视,他认为自己教这些不学无术的孩子是大材小用,便常常自艾自怜,认为自己这是怀才不遇。他怀念大学时的学术氛围,于是利用假期和大学时的同窗聊天聚会,到湖区小住几天,读华兹华斯的诗。但是,这些都只是暂时的逃避,他还是要回到现实中面对这些顽劣的学生。直到有一天,克朗奇不经意间读到肯普写的一篇名为《〈麦克白〉中的超自然》的论文（*Jill* 49）时,立刻为之一振。这篇论文虽然没有什么创新之处,但是可以从中看出作者对莎士比亚的这个剧本十分熟悉,引用也很得当。克朗奇开始对论文作者肯普感兴趣。他主动找肯普谈话,鼓励他学习英国文学,建议他争取大学的奖学金。克朗奇从肯普家庭出身的角度,从实用主义出发游说肯普继续到大学深造:"大学教育的优点真的很多,这你知道。它不仅仅是一个输出学校老师的机器,而是一个通向所有高级职业,比如,法庭人员、公务员和议员的基石。"（*Jill* 52）

克朗奇几次三番去肯普家家访,说服肯普没受过高等教育的父母同意送儿子去读大学,而这个时候的肯普把克朗奇当作自己人生的指路人,引领他走向之前认为遥不可及的神秘学术国度。克朗奇不仅让肯普产生了努力学习、拿奖学金、进大学的决心,还督促肯普学习,为他制定具体可行的学习计划,并对他进行个别辅导。虽然肯普把克朗奇当作人生导师,但是克朗奇实际上只是将肯普视为一个无聊时的消遣对象。拉金在小说中不断暗示,克朗奇先生从未从内心深处真正地关心肯普,而只是把肯普看成是自己制造的机器（*Jill* 63）,他对肯普没有任何责任感。当前线战事开始吸引克朗奇的注意力,新恋情开始占据他的空闲时间时,他对肯普的热情就下降了,对肯普的学习开始变得没有耐心,对肯普考不考大学也不感兴趣。不仅如此,他还渐渐褪去了知识分子的清高开始变得庸俗,比如,他不再读那些富有哲理和充满智慧的书籍,而是看地方周报的花边新闻,读一些老套的言情小说。但是,单纯的肯普却把自己能获得奖学金进入牛津大学读书这件事归功于克朗奇,所以他很尊敬和崇拜克朗奇。

在小说最后,肯普心目中克朗奇的形象彻底坍塌。小说叙述战争时期,克朗奇到牛津大学看望肯普,当他问肯普如何度过在牛津的生活时,肯普感到很不舒服,因为克朗奇一再强调通过关系网向上爬的重要性,让肯普觉得没参加课外活动、没有融入克里斯托弗所代表的上流社会是一种失败。对拉金而言,克朗奇已经变成了功利主义知识分子的代言人,他们对成功和教育持消极悲观的看法,认为趋炎附势、利用别人才是获得成功的捷径,而大学教育就提供了这样一个走上捷径的机会。克朗奇告诉肯普,人生就是充满了激烈的竞争,不要感情用事,要充分利用人际关系网(*Jill* 211)。他暗示肯普人与人之间没有友谊,应该借助功利的人际关系来提升肯普天生的阶级弱势,他告诫肯普,用十分钟结交权贵的社交比十年的辛勤劳作更能让他有机会获得更好的工作、更多的资源,他建议肯普加入俱乐部,多参加联谊活动,即使内心鄙视这些活动,也要努力去参与,因为以肯普的条件没有资格清高。当肯普问克朗奇有关母校的情况时,克朗奇告诉肯普自己早已离开学校参军了,而他参军并不是出于爱国或者其他崇高的信念,只是因为"战时服役的记录在和平时期对找工作很有帮助,自愿参军总比被征入伍要好些"(*Jill* 212)。克朗奇所代表的战时情感空虚、庸俗、功利的知识分子彻底颠覆了肯普心目中所崇敬的老师的伟岸形象。

虽然拉金塑造的肯普有他自己的影子,但肯普比拉金本人更敏感、更脆弱,没有拉金的超然自若,所以克朗奇的来访对肯普产生了深刻的影响,让他觉得自己一文不值,对现实感到无能为力。当肯普在努力应对牛津生活中遇到的困难时,本以为克朗奇会带给他信心,没想到克朗奇自以为的肺腑之言却对肯普造成了伤害。克朗奇来访过后,肯普一直沉浸在自责中,他对没有适应大学的社交活动,特别是没有打入克里斯托弗这个圈子感到很内疚。拉金明确地表明,克朗奇导致肯普沮丧和理想幻灭。克朗奇曾是肯普的偶像、心灵的明灯,但是他现在变得如此唯利是图、粗俗不堪,肯普心中神往的、神圣的学术世界和美好前程被克朗奇的来访所粉碎。克朗奇对残酷现实的描述使肯普理想幻灭,留给他的只是沮丧、气愤和失望。通过克朗奇这个形象,拉金试图告诉我们,个人离不开整个社会大环境,社会中普遍流行的价值观影响着个人的人生观,也决定了个人的成功与失败。

肯普为了加入克里斯托弗圈子所做的种种努力让他臆造了吉尔这个想象中的妹妹。其实,吉尔在肯普脑文本中的突然出现并非完全偶然,克里斯托弗的母亲沃纳夫人和女友伊丽莎白是两服催化剂,她们是现实中真实的女人,重要的是她们是克里斯托弗圈子里的女人,对她俩的印象以脑概念的形式储存在肯普的脑海中。由于肯普没有社会阅历和生活经验,这两个女人对肯普很有吸引力,沃纳女士的时尚、老练,伊丽莎白的妩媚、开放,让约翰对女性以及她们所代表的完全陌生的世界感到好奇。当他受克里斯托弗之托代替克里斯托弗去火车站接沃纳夫人时,就被沃纳夫人的时髦和温文尔雅所迷住了,"他希望过路人以为他是她的儿子"(*Jill* 71),沃纳夫人与他说话时表现得和蔼可亲,肯普有一种要去"牵她的手的冲动","想象她就是自己的妈妈就很开心"(*Jill* 72)。沃纳夫人的形象在肯普脑海中留下了上流社会母亲的脑概念。伊丽莎白让肯普第一次近距离地接触女性,她两次主动给肯普打领结,卖弄风骚挑逗他,"亲密地对待他,仿佛他们是多年的朋友"(*Jill* 82)。伊丽莎白的形象在肯普脑海中留下了上流社会年轻女性风情万种的脑概念。沃纳夫人和伊丽莎白为肯普打开了一扇绚丽多彩的通向女性世界的窗,"这是一种色彩斑斓且又兴奋不已的感觉,说不清道不明,带给他朦胧的希望,更朦胧的梦的实现"(*Jill* 81)。正当肯普沉浸在女性这种表面的温柔与友善中时,伊丽莎白和克里斯托弗的谈话——甚至还有沃纳夫人——他们对他的嘲笑粉碎了他对女性的幻想,让他意识到她们曾对他表露出的亲善都是虚假的,肯普心目中时尚、温柔的理想女性形象第一次在现实中幻灭。

肯普理想女性的第二次幻灭是因为现实社会中吉尔的替身——吉莉安。从幻想中的吉尔到现实中的吉莉安,拉金展示了肯普的成长:他渴望与吉莉安建立一种迥异于和牛津同学的关系,而一旦吉尔变成了吉莉安,肯普与吉莉安的关系就会面临来自各方的压力。现实中的吉莉安不可能是吉尔,拉金让吉莉安成为肯普心目中的吉尔,目的是探索肯普欲望的复杂性,揭示了现实中两性关系所面对的内在与外在的压力,从而从情感和身体两个维度展现肯普对现实中真实女孩的认识。

吉莉安的出现是偶然的,也是必然的。肯普意识到自己和克里斯托弗、伊丽莎白建立友谊是绝无可能的,他对这样的现实感到绝望、沮丧,"他迫切需要做的事是再建立一个吉尔的世界"(*Jill* 136),这个时候他把对吉尔的幻想投射到现实中的女孩身上就不奇怪了。正如肯普与吉尔的关系一样,肯普与吉莉安的关系最初也是出于逃避现实,才开始试探、了解和接触吉莉安,最终他们的关系以失败告终。肯普是在一家书店第一次看到真正的吉尔——吉莉安,这个女孩大概也是十五六岁,长相、气质和肯普心目中的吉尔很相似,特别是这个姑娘和吉尔一样具有一种柔弱中带着不羁的、野性的气质:"头发是深褐色像浓稠的蜂蜜色,端庄的脸,高颧骨显得有些不羁……冬天的外套敞开着,穿着短袜子,而不是长筒袜……她正拿着一本书翻动着书页——她的双手又小又瘦,没怎么保养。"(*Jill* 138)肯普对吉莉安一见钟情,立刻鼓起勇气走过去跟她搭讪,虽然遭到女孩温和的拒绝,但肯普为这个发现激动不已,这个姑娘"是真实的,那么她应该有个名字和住址"(*Jill* 138),所以肯普暗中跟踪"吉尔",

想要了解她的真实生活。如果说吉尔是肯普想要打入克里斯托弗社交圈的一个棋子，那么吉莉安就是他想要脱离克里斯托弗社交圈的避难所，所以，他从不在克里斯托弗面前提起遇到的这个"吉尔"，希望这个"吉尔"和她所代表的一切远离克里斯托弗之流。他思忖着："必须要把这两个人隔离开。如果他（肯普）成为她的朋友，他一定让她待在她自己的生活圈，他以后也可以进入这个圈子。绝不允许她走出自己的生活。通过她，他可以走进她这种单纯的生活。"（*Jill* 152）邂逅"吉尔"的地点——书店——富有深意，肯普幻想这个真实生活中的"吉尔"所代表是纯洁的、有文艺气质的完美女性，在她的世界里没有推诿搪塞、投机取巧、傲慢失礼。当肯普跟踪"吉尔"，最后竟然跟踪到自己寝室时，肯普陷入恐慌，现实再一次粉碎了肯普的梦想。肯普进入房间，发现克里斯托弗和朋友们正在聚会，"吉尔"也在其中。当克里斯托弗向他介绍"吉尔"名叫"吉莉安"，是伊丽莎白的表妹时，肯普"屏住呼吸。吉莉安，她是吉莉安，她的名字是吉尔"（*Jill* 159）。"吉莉安"这个名字的爱称是"吉尔"，但是拉金写这句话还暗示了肯普心中的惊诧和惊喜：吉莉安就是他心目中的吉尔。但是，吉莉安却又不是吉尔，因为吉尔是肯普捏造的妹妹，肯普与吉尔的关系中没有性的成分。吉莉安的出现使肯普情窦顿开，心旌摇曳，"只要他想到吉尔在他不远处，和他认识的人在一起，虽然他并没有和她在一起也看不到她，他就心跳加速，在他身上发生一种躁动不安的、奇妙的生理反应"（*Jill* 159）。他喝吉莉安喝剩的茶，"特意把嘴唇放在她碰过的地方"（*Jill* 158），这是肯普潜意识中的性体验，无意识中的亲吻欲望，同时也暗示吉莉安开始从吉尔的幻象中脱离。

由于吉莉安是伊丽莎白的表妹，她"完全在伊丽莎白的控制下"（*Jill* 159），没有自己的生活圈，没有自己的思想和主见，对肯普也没有任何兴趣。当肯普向吉莉安表白——"很早以前我就了解你是谁……我觉得我明白你，我知道你的名字叫吉尔"时，吉莉安断然拒绝："我不是吉尔！""我不愿意被叫作'吉莉安'以外的任何名字。"（*Jill* 174）吉莉安告诉肯普，被称作"吉尔"很荒唐，让肯普觉得自己好像走向一堵砖墙，无法靠近吉莉安，但当吉莉安接受肯普的邀请，同意第二天和他一起喝下午茶时，肯普又充满了希望。为了和吉莉安见面，肯普精心准备，他打理发型，在商店里买最好的点心，布置房间，摆上有品位的书籍，连中饭都紧张得吃不下。现实是令人失望的，随着见面时间的临近，肯普却有一种很强烈的想要逃跑的欲望，因为他害怕控制不了局面，担心两人会无话可说。从前面肯普和吉尔的伪造通信中可以看出，肯普对吉尔有着一种不可遏制的倾诉欲，现在肯普却担心与吉莉安无话可说,暗示了吉莉安不再是他心目中的吉尔。结果很意外,吉莉安没来喝下午茶,来的是伊丽莎白。伊丽莎白是来告诫肯普"她(吉莉安)的家人是很严厉的,如果他们发现会非常生气……她还是个孩子,我不想伤害你的感情。真的,你应该知道的……我原来以为你是明事理的"(*Jill* 183)。伊丽莎白还嘲笑说,当她听到肯普约吉莉安这件事时,还以为是开玩笑,暗示吉莉安与肯普之间存在巨大的阶级差异,肯普是癞蛤蟆想吃天鹅肉,吉莉安是不可能和肯普在一起的。肯普渴望的友谊和爱情之门都将他拒之门外。

肯普因约会吉莉安而受到伊丽莎白的谴责,克朗奇的来访又让肯普对学术前途黯然神伤,再加上家乡被战争损毁,肯普的理想和梦想完全破碎,在酒精的作用下他烧了所有关于吉尔的文件,他要去寻找现实中的吉尔。伊丽莎白告诉肯普吉莉安不来赴约时,肯普本来想问伊丽莎白吉莉安说了什么,但是被伊丽莎白打断,所以他认为吉莉安不是自己不愿意来才没来赴约。当他无意中从伊丽莎白留给克里斯托弗的便条上看到吉莉安第二天就要离开时,他把吉莉安想象成被囚禁的吉尔,等着他去解救,去把她带走:"他不知道他该做些什么,只是想和她在一起。噢!吉尔,他想着她,绝望地颤抖着。他的渴望是如此强烈,她肯定感觉得到他的渴望。"(*Jill* 217)肯普打听到吉莉安会去参加聚会,开始醉醺醺地找她,最终肯普找到了和克里斯托弗一伙人在一起的吉莉安。"当吉尔出现时,他静静地用臂弯抱着她,亲吻她。"(*Jill* 222)在酒精作用下的这一吻,象征着肯普做出的最终努力以弥合虚构与现实之间的差距。然而,吉莉安的反应完全不是肯普所希望看到的:"吉尔没有回应:她脸变得通红,眼里噙满了泪水,当她弯腰去拾掉落的伞时,她开始痛哭……"(*Jill* 222)很明显,吉莉安不喜欢肯普,她把肯普的示爱当作对自己的侮辱和不尊重,所以才会哭泣。克里斯托弗和伊丽莎白一伙也把肯普亲吻吉莉安看作对吉莉安的侮辱。作为惩罚,克里斯托弗和伊丽莎白一伙把肯普扔进了喷泉,肯普因此患上肺炎。

《吉尔》展现了第二次世界大战期间牛津大学学生的归属感和认同感的问题。拉金对肯普的不幸和疏离感的描写是拉金早期塑造的人物角色的一个范例。同时,肯普出身于工人阶级,小说讲述了他在试图实现阶级超越过程中的困惑和愤怒,所以它也是一个愤怒青年的发轫之作。这部小说还是青年拉金发出的真实声音,这些声音回响在拉金之后的很多诗歌中,比如,孤独感、挫败感和失落。肯普把强烈的情感用很自控的表现形式表达出来,这也是拉金诗歌平实、讽刺的表现形式,肯普从幻想到直面现实的成长过程也是青年拉金思想、艺术和情感的成熟过程。

《冬天里的姑娘》：
一个年轻女人的
成长之路

> 对我来说，一首长诗就是一部小说。从这个意义上说，
> 《冬天里的姑娘》就是一首诗。[①]
>
> ——拉金

在拉金第一部小说《吉尔》中，孤独和叛逆带给敏感文艺青年灵感，让他先后尝试了书信体、日记体、叙事小说体的写作，竭力创造一个他想象中的另一种生活，这种生活体现了拉金潜意识中对认同和爱的渴望，在他的再创作叙事中实现了他在实际生活中缺少的体验：爱情和女人。如果《吉尔》是一个青涩的艺术家的肖像，在这部小说中拉金描述了肯普是怎样在疏离和挫折中获取灵感，怎样在探索小说的过程中获得艺术成长，那么拉金的第二部小说《冬天里

① Larkin, Philip. *Required Writing*. London：Faber & Faber, 1983, p. 66.

的姑娘》就是一部完美的小说。《冬天里的姑娘》不仅在人物塑造和小说结构上具有更高的艺术性,其修辞叙事也继承了英国文学传统,整部小说充满回旋不断的隐喻。在1980年的一次采访中,拉金承认《冬天里的姑娘》是"更加成熟的一本书,在写作、塑造上面与弗吉尼亚·伍尔夫和亨利·格林一样的。在这上面我花了不少工夫……"①在1982年接受《巴黎评论》采访时,他比较了这两部小说:

> 当我现在再看《冬天里的姑娘》时,我确实觉得这部小说真的不同凡响……我相信大家都认可这一点……不很成熟老到,也没有多睿智,但非常巧妙。我是这么认为的。考虑到当时我只有22岁。当然,有些人会喜欢《吉尔》,认为它更加自然,更加真诚,情绪表达更加直接,我也尊重他们的观点。②

大多数评论家都和拉金一样,认为《冬天里的姑娘》比《吉尔》的艺术造诣要高,拉金研究专家约翰·贝利甚至高度赞扬《冬天里的姑娘》是"语言史上写作最为精细,影响最为持久的一首散文诗"③。

第一节　凯瑟琳的身份认同:隔离与超越

如果说《吉尔》是一个年轻男人的成长故事,那么《冬天里的姑娘》便可以看作一个年轻女人的成长之旅。和《吉尔》一样,《冬天里的姑娘》展示的也是战争时期年轻人的孤独、疏离、幻想和思考,只不过小说的主人公由男性换成了女性。《冬天里的姑娘》中,年轻女子凯瑟琳游走在两个不同世界之间:一方面,她被传统的伦理规范和道德观念所束缚,自我认同依赖于他人的评价,渴望浪漫爱情,向往婚姻;另一方面,她崇尚独立,除了婚姻之外,还渴望尝试其他事物,比如,知识、友谊、事业、更有挑战性的生活。最终,凯瑟琳的种种尝试都以失败告终,拉金设计这样的结局似

---

① Haffenden, John. ed. *Viewpoints: Poets in Conversation with John Haffenden*. London: Faber & Faber, 1981, p.116.

② Larkin, Philip. *Required Writing*. London: Faber & Faber, 1983, p.66.

③ Bayley, John. *Uses of Division: Unity and Disharmony in Literature*. New York: New York: Viking, 1976, p.170.

乎在暗示 20 世纪 40 年代妇女的生活状况：无论是婚姻、工作还是友谊都受到男权社会的控制与贬低，同时，这部小说的巧妙之处还在于通过描写凯瑟琳所做出的尝试和努力，探索现代女性对自己身体和生活的掌控，展示她们在迷失与困惑中渐渐认识自我，成长为一个独立的个体，而这种有思想、有知识的独立女性的生活也是后来拉金的诗歌集中讴歌的重要对象。

　　小说主人公凯瑟琳·利德在二战期间从欧洲逃难到英国，在英国一个小镇的图书馆工作。战争中经受的磨难让她对浪漫的爱情和幸福的生活不再抱有幻想，但是偶然看到的报纸上的一则信息让她回想起 16 岁时在一个英国笔友——罗宾家度过的时光，一时冲动下她给罗宾的姐姐写了一封信，希望和这个家庭，特别是罗宾，重新取得联络。这个希望成了她生活的重心，整个故事也以此为中心展开。

一

　　《冬天里的姑娘》由三部分组成，第一部分和第三部分围绕着凯瑟琳等待罗宾的来信及来访展开故事，第二部分回忆凯瑟琳少女时代在罗宾家的时光。小说中讲述的整个故事发生在一天，所以有评论家认为拉金模仿了弗吉尼亚·伍尔夫的《到灯塔去》[1]。首先，两个故事都是描述了一天内发生的事；其次，拉金沿用了《到灯塔去》的三分结构，第一、第三部分是顺叙，第二部分为倒叙——回忆追溯。另外，拉金借鉴了《到灯塔去》的一些景物描写与意象寓意，比如，《到灯塔去》第二部分"时间流逝"充满了黑暗和冬日的意象，象征着笼罩在战争阴影之下的各种因素的毁灭性力量，而这一部分破坏了第一、第三部分一派家庭和睦的温情。其实，《冬天里的姑娘》的三分结构也是《吉尔》叙述结构的延续。《吉尔》第一部分写的是肯普刚到牛津大学时受到的冷落和排挤，第二部分回忆他中学时怎样受到老师的帮助而申请到了牛津大学的奖学金，第三部分又回到肯普在牛津大学时的经历以及他杜撰吉尔的经过与结果。同样的，《冬天里的姑娘》第一部分讲述凯瑟琳在图书馆的工作以及怎样与罗宾一家取得联系，第二部分回忆凯瑟琳六年前在罗宾家度假以及罗宾和他姐姐的关系，第三部分又回到凯瑟琳工作的图书馆以及她在家中接待罗宾的情况。在这个结构中，中间的第二部分是一个重要的时间段，这个时间段不仅和第

---

① Tolley, A. T. *A Study of the Work of Philip Larkin and Its Development*. Ontario：Carleton University Press，1991，p. 26.

一、第三部分呼应,更重要的是道出了事件的原委与人物关系。所以,拉金的"现在-过去-现在"结构和伍尔夫的《到灯塔去》是不同的,应该说拉金的叙事结构是继承了古希腊悲剧的叙事传统,比如,在索福克勒斯的《俄狄浦斯王》中,故事一开始讲述了忒拜遭受灾难,要找出杀死前任国王拉伊奥斯的人,中间部分插入俄狄浦斯自叙——回忆自己曾经因为害怕杀父娶母的命运应验而远走他乡,途中杀死了拉伊奥斯。剧本最后是牧羊人上场使真相大白——原来俄狄浦斯杀死的就是自己的父亲,而现在的妻子正是自己的母亲。除了小说结构相同之外,《冬天里的姑娘》中的女主人公和《吉尔》中的男主人公一样,在经受战争的洗礼、爱情的困扰和友谊的破碎后成长,只不过造成肯普与牛津大学同学之间无法逾越之隔阂的是他的阶级出身,而在《冬天里的姑娘》中造成凯瑟琳疏离感的原因更为深刻:她的女性身份和国籍引发了她与周遭环境的冲突,她心中充满了渴望却又在现实中遭遇绝望。

　　小说的第一部分围绕着凯瑟琳的外国人身份展开,叙述了她生活的伦理环境、在工作和生活中受到的排挤、歧视和不公平待遇以及她做出的伦理选择。小说中没有具体交代凯瑟琳来自哪个国家,只是暗示她是二战时期从欧洲逃到英国来的难民。从凯瑟琳与罗宾的对话:"你不觉得家族中有异国血统挺有意思吗?"而罗宾回答:"这是犹太人的想法,不是吗?"①(GIW 158)可以推测出凯瑟琳很可能是欧洲的犹太人,在二战爆发后逃到英国避难。从 20 世纪 30 年代开始,由于纳粹的迫害,大批欧洲犹太人向西逃亡,部分人入境英国避难,1945 年二战临近结束时,有数十万犹太难民在英国定居。二战时期,英国对难民的政策一直摇摆不定:一方面,由于世界经济危机导致国内民生状况恶化、失业率急剧上升,严格限制包括犹太难民在内的移民入境的主张占了上风;另一方面,出于对纳粹的痛恨和对受战争蹂躏之人的同情,特别是到了战争后期,随着纳粹大屠杀的真相逐渐披露,英国政府调整政策救助欧洲难民(特别是犹太人)。当时,难民的入境活动被严加监控,所有的外国人都被要求出示签证,入境英国后要受到国家安全部门的检查。凯瑟琳刚到英国时,经常要到政府机构接受政府官员的盘查审问,虽然凯瑟琳形容这个过程是"一场噩梦"(GIW 181),不过难民到达初期确实得到了英国政府的救助和安顿,比如,安排她住在"三个人一间房的宿舍,在食堂吃饭"(GIW 181)。不

---

　　① Larkin, Philip. *A Girl in Winter*. London:Faber & Faber, 1975, p.12. 本书中引用的《冬天里的姑娘》选段均为笔者翻译,全书以 GIW 指代这部作品。

过,成为难民后的生活环境和她曾经的生活有着天壤之别,她觉得"这辈子从来没有感到这样绝望透顶和孤独无助:一切都是陌生的,别无选择,无所依存……唯一确定的就是:自己还活着"(GIW 181)。凯瑟琳的这段经历是二战时期所有受到战乱迫害逃到英国的外国人的真实写照,这些流亡者都面临着身份认同的危机,归属感的缺失导致安全感荡然无存。

从凯瑟琳在祖国毕业于名校,衣着时尚,喜欢穿"机车皮衣"(GIW 182),可以看出她在战前家境富裕,养尊处优。逃亡到英国成为难民后,她很快认清了自己作为难民的伦理身份,及时做了调整,比如,在思想上,不回想曾经的生活,不回想家破人亡的可怕时刻,"她不拿现在的吃、睡、工作和以前的美食、逸室和家具比较。所有的东西都是简而又简"(GIW 181)。这样的抉择取得了很好的效果——她的心理压力慢慢减轻了。在行动上,为了尽早摆脱被救助,她积极找工作,终于找到了一份图书管理员的工作。

虽然这份工作给凯瑟琳带来了稳定的收入,但是,作为一个外国来的难民,她面临着新的困境。因为对于英国民众来说,他们认为外国难民的涌入造成了本地劳动力和社会问题,因此不欢迎难民,作为外国难民的凯瑟琳在图书馆备受冷落和排挤。小说描写凯瑟琳工作的图书馆"高高的窗户被冻住了,两排悬挂式电灯都被打开了,尽管现在才九点四十"(GIW 12),环境的阴冷黑暗反射出凯瑟琳所处的伦理环境是阴郁、压抑的。图书馆馆长安斯蒂先生为人吝啬、心胸狭隘、报复心强,总是处处针对凯瑟琳,故意夸大她的小疏漏,他之所以处处为难凯瑟琳,只是因为她是一个外国人。每次凯瑟琳去安斯蒂的办公室时都不得不忍受安斯蒂的傲慢,他通常"忙于那些比她重要 100 倍的小事,根本就没有注意到凯瑟琳的到来"(GIW 17)。当凯瑟琳已经走到他桌前的时候,他仍然表现出一副她好像根本不存在的样子。当凯瑟琳在整理图书时犯了小错误,即便她马上纠正了错误,但安斯蒂仍然上纲上线地把这些错误归结于凯瑟琳的外国人身份:"这两个错误一个都不应该,只要具备哪怕一丁点我们英国称之为'悟性'或者'进取心'……或者是'常识'的人都不应该犯这种错误。"(GIW 17)凯瑟琳对这样的侮辱习以为常,因为她"早就在心里做好准备来听他将要说的话,因为他总是在说同样的话"(GIW 17)。不仅安斯蒂先生不公正地对待她,其他图书管理员也疏远和孤立她,就因为她是图书馆的"临时助理"。临时工和正式员工是有很大区别的,临时助理就理所当然地被大家呼来唤去做一些杂事。一个名牌大学的毕业生屈尊去从事这样的工作,只因为"她是外国人,在那里没有地位"(GIW 25),对外国人的排挤和歧视让凯瑟琳心中充满了屈辱。

虽然凯瑟琳的英语交流不成问题,不过"她说话的时候,带着一口异国口音"(GIW 18)。她的口音是她外国人身份的标志,也成了英国人不信任她的标签。小说开始描写一个借书的男孩问路,当凯瑟琳给他指路时,他"听到她的外国口音倒退了几步"(GIW 20),然后径直向大厅走去,而没有按照凯瑟琳指的正确方向前行。和同事相处时,凯瑟琳作为外国人,处处被视为低人一等,"她唯一的愿望就是离开这个图书馆,走得越远越好"(GIW 25)。虽然凯瑟琳心中充满了屈辱,但是她做出了理智的决定:既然她的伦理身份是图书馆临时助理,那就尽量做好本职工作,尽量融入同事之中,用爱来温暖身边的人。

凯瑟琳在个性方面和肯普不同的是:作为一个外国人,她比肯普受到了更严重的排挤,但是她并没有被打败,而是泰然自若地接触外面的世界,主动与别人交流,甚至在力所能及的范围内帮助周围的人,而在肯普身上我们几乎看不到这些,他很少能够走出自己的世界,与外界接触。凯瑟琳与肯普最大的区别在于,拉金赋予了凯瑟琳更多的同情心和爱心,比如说帮助格林小姐。格林小姐是一个年轻的图书管理员,有一次她因严重的神经性牙痛而无法工作,凯瑟琳被指派送格林小姐回家。凯瑟琳和格林小姐虽然是同事,但之前完全没有交集,凯瑟琳一路上忍受着格林小姐对自己的不信任、出言不逊,但当凯瑟琳看到格林小姐被病痛折磨而痛苦的样子时,凯瑟琳"突然开始同情她。之前凯瑟琳只是觉得格林小姐长得丑、性格乖张、年纪轻轻就装腔作势,但现在这些都变得不重要了,她第一次意识到她(格林小姐)需要人关心照顾……"(GIW 34)尽管凯瑟琳辩解是由于收到了罗宾的信,自己心情好,才关心格林小姐,但是,之后她为格林小姐所做的事显示出她有一颗真诚、无私的关爱之心。当发现格林小姐疼痛加剧时,凯瑟琳当机立断把格林小姐送去牙科诊所。当牙医以"星期六不工作"为由拒绝给格林小姐看病时,是凯瑟琳苦苦哀求医生,医生才勉强将格林小姐带进诊室。整个看病过程中,牙医对患者态度都是冷漠、强硬的,"仿佛他是对着电话说话"(GIW 45),医务人员对患者的冷漠和不关心在拉金之后的诗歌中多次体现,比如,《救护车》和《大楼》等。这个牙医丝毫不顾及患者的恐惧和痛苦,主张在不打麻药的情况下给格林小姐拔牙,诊室外的凯瑟琳也能听见格林小姐痛苦的叫声,然而牙医却对格林小姐的哀号充耳不闻。凯瑟琳请求牙医给格林小姐上麻药,牙医却严厉地强调说:"这是法律——**这个国家**的法律。"牙医可能从凯瑟琳的口音和外表看出她不是英国人,他这句话明显是歧视凯瑟琳是外国人,不懂法律。在面对歧视和排挤时，凯瑟琳比肯普表现得更坚强，她并没有因为牙医的话就气馁继而放弃，而是据理力争，终于说服牙医为格林小姐打了麻药。

格林小姐拔完牙后，身体非常虚弱，凯瑟琳"紧紧地搂着格林的腰"（GIW 49），"迫切地想要帮助她"（GIW 50）。由于凯瑟琳的住处离牙科诊所不远，所以她把格林小姐带回她自己的房间，让格林小姐舒服地坐在椅子上，为她盖上毯子，并且打开取暖炉，给她热了杯牛奶。凯瑟琳对格林小姐的关心和帮助暗示着凯瑟琳努力打破自己与他人之间的隔阂。当格林小姐渐渐恢复后，凯瑟琳和格林小姐的交谈开始亲密起来。格林小姐告诉凯瑟琳，安斯蒂先生之所以这么鲁莽，是因为他出生于一个工人家庭，也没有上过大学，由于学历高的年轻主任应征入伍，在底层工作多年的安斯蒂先生才临时顶替主任的位置，所以他根本不懂为人处世和管理技巧。凯瑟琳曾以为安斯蒂欺负她是"外国人"，听了格林小姐的话后对他有了新的认识。同时，凯瑟琳也敞开胸怀告诉格林小姐自己的处境，并讲述了多年前应笔友罗宾之邀来英国度假的往事。《冬天里的姑娘》第一部分的结尾交代凯瑟琳发现之前在药剂师那里买药时无意中错拿了一个陌生人的包，有责任心和爱心的凯瑟琳决定把包换回来。

"外国人"的伦理身份让凯瑟琳在工作上受到排挤、在日常生活中受到歧视，但是她既没有自怨自艾，也没有被打败，而是积极地接触外面的世界，主动与别人交流，甚至在力所能及的范围内帮助周围的人。拉金第一部小说《吉尔》中的肯普由于出身贫寒而受到周围人的排挤，但是他很少能够走出他的自我世界与外界接触，凯瑟琳由于种族身份同样受到排挤和疏远，但是凯瑟琳做出了与肯普完全不同的伦理选择。凯瑟琳用自己的同情心和爱心，主动、积极地融入身处的伦理环境。她不再将自己局限在"外国人"的身份定位中，而是主动帮助他人、包容他人。她的精神境界在爱的善行中得到了提升，从而获得了安慰、快乐和力量，并发现了新的自我价值。

二

在《冬天里的姑娘》中，作为年轻女性，凯瑟琳总是处在伦理两难的纠结中：一方面，她深受欧洲传统的伦理规范和道德观念的影响，渴望浪漫爱情，向往婚姻；另一方面，她崇尚独立，除了婚姻之外，还渴望得到其他的事物，比如，知识、友谊、事业，想要更有挑战性的生活。凯瑟琳的种种尝试都以失败告终，但是她的不同选择蕴含了不同的伦理价值，而她的伦理选择揭示了 20 世纪 40 年代女性的生活状况：无论是生活还是工作都受到男权社会的控制与贬低，同时，这部小说的巧妙之处又在于通过描写凯瑟琳所做出伦理选择，探索现代女性对自己身体和生活的掌控，展示她们在迷失与困惑中渐渐成长为一个有思想的独立个体，而这种独立的知识女性也是后来拉金在诗集中讴歌的重要对象。

《冬天里的姑娘》第二部分主要探讨了英国战前的女性身份以及她们的伦理环境。这一部分在基调上与第一部分形成了强烈的反差，以倒叙的形式回忆二战前欧洲在 30 年代发生的事情。在这一部分里，凯瑟琳只有 16 岁，身边有家人和朋友，过着无忧无虑的生活，平日里关注的都是学校以及小女生情窦初开的小心思，比如，和笔友罗宾的浪漫关系。当时凯瑟琳所在的学校让学生与英国同龄人通信来提高学生的英语水平，凯瑟琳和英国的罗宾成为笔友，他们通信了大约一年后，当凯瑟琳收到罗宾家人邀请她到他们家度假时，凯瑟琳想象着这个男孩可能因为她的来信爱上了她。凯瑟琳接受了邀请，到英国进行为期三周的暑期旅行。

凯瑟琳就读的中学推出的这项让学生与外国同龄学生做笔友的活动，其初衷是让学生通过写信来提高英语水平，但是该计划的配对倾向很明显：每个学生都必须报告自己的年龄，兴趣爱好，还有家庭收入，然后学校帮他们配笔友。所有的女孩子都选择男生作为笔友，有一对笔友坚持通信，最后结婚了。不过，当凯瑟琳接到邀请信时，"没有一丝要接受邀请的念头"（GIW 70），她认为如果要去别人家度假，也应该是一个真正亲密的朋友，而罗宾只是一个平淡地通过信、没见过面的男孩，但是"当她向父母提起这件事时，他们祝贺她获得这样的好运气。他们说，不是每个人都有机会去英国的"（GIW 70）。为什么凯瑟琳的父母认为这是一个千载难逢的好机会，很可能他们心中也存有"配对"的想法，毕竟英国在当时的欧洲是较为富裕发达的国家，如果凯瑟琳能嫁到英国那就是件幸运的事。尽管凯瑟琳表示"不愿意出国"，但作为女儿，凯瑟琳只能听从父母之命，去一个陌生的国度、一个陌生的家庭做客。从凯瑟琳的这个伦理选择可以看到当时欧洲女性生活的伦理环境，父权制和家长制决定女性，特别是年轻女性的命运。

凯瑟琳和英国的罗宾成为笔友，他们通信了大约一年后，罗宾从码头接了凯瑟琳回到家里，凯瑟琳见到了罗宾的姐姐简——故事中的另一个重要人物。罗宾有着典型的英国绅士特质：矜持、彬彬有礼、内向，但是给人一种拒人于千里之外的感觉，简是家中唯一对凯瑟琳热情、真诚并积极与她沟通的人。对于凯瑟琳来说，简的热情阻碍了自己与罗宾的关系发展,"无论他们做什么——散步、骑车、打网球——她都和他们在一起,她似乎总是发脾气,却没有能力改变任何计划"(GIW 104)。因为简已经25岁了,而凯瑟琳和罗宾才16岁,因此凯瑟琳以为简总是介入自己与罗宾之间是因为简是主人,要帮忙"照顾客人",同时,简以成年人的身份在充当自己和罗宾的监护人(GIW 104)。当简向凯瑟琳透露是她自己而不是罗宾邀请凯瑟琳来做客后,凯瑟琳才明白自己误会了罗宾和简。凯瑟琳以为罗宾是出于对自己的爱慕而邀请她来做客,从来没有想过会是另外一个女人在看了自己写给罗宾的所有信件后对自己感兴趣。至此,凯瑟琳不再把简看作阻碍她与罗宾关系发展的绊脚石,而是将她看作朋友。在之后与简的相处中,凯瑟琳体验到了她在罗宾身上寻求但没有找到的亲切与亲密。

拉金巧妙地设计了"简"这一角色,通过这个年轻女性展示了二战前英国女性的生活状态、精神面貌和伦理观念。简之所以能时时陪伴在凯瑟琳和罗宾身边,是因为25岁的她无事可做。她从16岁起就不再上学了,因为"罗宾是家里最有头脑的人,我没书读就待在家里"(GIW 152),在家待了一年半载后,她去学了速记之类的课,然后在父亲朋友的保险公司工作了不到一年便被解雇了,之后,她父亲帮她找了一些工作,但不是别人嫌她没有一技之长,就是她看不上那些工作,以至于到凯瑟琳来访时,简还一直待在家里"帮妈妈的忙"(GIW 152)。其实,家里有罗宾的母亲和女仆打理家务,简在家也只是游手好闲。从简的身上,我们可以看出在英国家庭存在着重男轻女的偏见,英国中产阶级家庭全力以赴支持男孩子进名校读大学,而女孩子读完中学就等着嫁人,女孩子的学习、生活、工作和婚姻都由家中的父权所决定。凯瑟琳在家待的时间久了,对生活没有目标,"因为看不到做这些事有任何意义""什么事都不想干""没有一件我想做的事"(GIW 152)。与简的混沌状态相比,16岁的弟弟罗宾早已规划好自己的人生——"罗宾有自己的职业规划,以符合大英帝国的秩序……他想进入外交部……他将在30岁结婚——我不记得到时候他会处于什么职位"(GIW 114 - 115),连16岁的凯瑟琳对将来的职业也有着明确的规划:教书或在报社工作。简和凯瑟琳、罗宾虽然相差十岁,从外貌上来看还是属于同一代人,但是罗宾和凯瑟琳都不认同简对工作和事业的消极态度,罗宾一针见血地指出:简找不到工作是不好学,她并不是蠢而是太懒,如果她想学,早就掌握了很多技能,"她就是不能脚踏实地,而是浪费时间思考她想尝试的事,但她知道她永远不会去尝试,这使她暴躁不已,我们不知道要拿她怎么办"(GIW 134)。拉金通过罗宾的嘴说出了自己对女性与独立的看法。拉金认为女性应该有自己的职业和事业，要在经济上独立，这一点在拉金后来的生活和诗歌中都有体现，本书以下章节将详细阐述。简由于无事可做，越来越空虚无聊，于是读凯瑟琳写给罗宾的信成了她的消遣。她被凯瑟琳信中所描绘的生活所吸引，所以才要罗宾邀请凯瑟琳来家里做客，调剂她无聊的生活。凯瑟琳从简那里得知这次邀请是简的主意，而且了解到简深陷于自我怀疑和沮丧中无法自拔，对她充满了同情，迫切地想要帮助简，甚至想邀请简到自己家住一段时间，不过，她很快意识到简并不是真诚地向她寻求意见，她只不过是想找个人倾诉和发泄。于是她向简提议：结婚是简的唯一出路。因为简没有任何职业规划，每年只有100镑，凯瑟琳分析这种状况的简"要么结婚，要么毁灭"（GIW 154），甚至建议简最好是找个外国人，既满足了她想要到国外去看看的愿望，又可以找到一生的依靠。简同意她的说法，开始考虑寻找适合结婚的对象。

25岁的杰克（Jack Stormalong）作为简的追求者适时地出现了。杰克的姓氏Stormalong就暗藏了拉金的讥讽，storm是风暴的意思，而along是个副词，暗含"自始至终"之意，他的姓与他的外表和个性完全吻合：他高大威猛，性格粗犷，咄咄逼人，"给人一种权威感——一张军人的脸"（GIW 159）。凯瑟琳不喜欢杰克，因为杰克从一开始对待外国人凯瑟琳连起码的礼貌都谈不上，他从来不单独和凯瑟琳说话，"当他、凯瑟琳还有其他人一起聊天时，杰克极不情愿地听凯瑟琳说话，仿佛是让女仆加入了他们的谈话"（GIW 160），而他对罗宾就热情洋溢，"仿佛在和自己的弟弟说话"（GIW 160），凯瑟琳十分鄙视杰克的这种势利行为。杰克一家是罗宾家的世交，门当户对，所以两家人极力撮合杰克与简。简一开始对杰克的追求还有些犹豫不决，但是杰克的海外经历和冒险故事吸引了厌恶平淡生活的简，她甚至开始涂口红，努力让自己变得更有女人味，打情骂俏地和杰克谈论着他的狩猎探险（GIW 166）。终于在第二部分结尾，水到渠成，简告诉凯瑟琳，她已经接受了杰克"神圣的求婚"（GIW 174）。拉金在小说中叹惜：绝望竟会驱使一个女人接受像杰克这样的丑角作为自己的救赎，拉金的诗歌——《题一位年轻女士的相册》就是对简这样的年轻女性选择了不幸婚姻的悲叹。

简比凯瑟琳年长，所以凯瑟琳把简的经历当作自己的前车之鉴。在她离开罗宾家回国的前夜，她回顾了和罗宾的整个交往过程，理性地抛弃了以前的浪漫幻想，她认为之所以被罗宾一家邀请来做客，一方面是因为简无聊，另一方面是罗宾出于礼貌，并非爱上了她。这就可以解释为什么罗宾只是像真正的英国绅士那样矜持、内敛地接待了她。其实,罗宾邀请凯瑟琳来家中做客可能还有一个原因:可以和她练习外语——免费的语言课。通过凯瑟琳的反省,拉金似乎是想告诉我们:在女性的一生中,特别是当女性从一个小女孩成长为一个成熟女性的这个阶段,将不断出现各种困惑和挫折。在男权至上的社会里,女人都是边缘化的人,不管是出生于英国的简,还是作为外国人的凯瑟琳,她们的命运都被父权所控制,在社会上、家庭中、工作上得不到和男性同等的待遇,简放弃了曾经的理想和自我,把婚姻当作救赎的工具,最终依附于男人,失去了自己独立的思想与人格。

　　战争毁了凯瑟琳在祖国曾经富足的生活,她逃难来到英国,靠工作为生。开始时,凯瑟琳对自己外国人的身份十分敏感,但是她主动和图书馆的女同事接触以后,发现这些女人虽然不是外国人,但也面临着相似的困境,就是因为女性把男性当作问题的症结或希望男性为她们解决问题。凯瑟琳最初认为安斯蒂之所以对她那么残酷无情就是因为她是外国人,没有身份地位,但现在她发现跟自己的女性身份也有很大关系。小说第三部分探讨了以凯瑟琳为代表的新一代女性对以简为代表的传统女性的颠覆以及凯瑟琳在婚姻观和家庭观上与传统女性的差异:凯瑟琳挑战自己,自食其力。

> 但最让她震惊的是:即使可以回到以前的生活,她也不想回到过去……不知不觉中,她已脱胎换骨。……过去她觉得只有在与别人的互动中才能找到快乐幸福,最重要的是取悦别人、爱别人……现在这些不能给她带来幸福……如果她需要安慰,那么她必须自己安慰自己,如果想要幸福,就要靠自己获得幸福。总而言之,别人似乎已不能影响她,也不可能帮助她,如果她要继续活下去,就必须全靠自己的力量。
>
> （GIW 182－184）

凯瑟琳明白了只有依靠自己才能获得安慰、快乐和力量。

　　小说的第三部分又回到了战争时期,从第一部分罗宾的来信中,凯瑟琳得知罗宾可能随时会来拜访她,但是她不能留在家里等待罗宾而要去找回格林小姐的提包。她根据拿错的包里的地址找到了住在贫民区的帕波蕾小姐——包的真正主人。从与帕波蕾的谈话中,凯瑟琳推断出了帕波蕾与图书馆馆长安斯蒂的情感纠葛以及帕波蕾由于要照顾卧病的母亲而无法接受安斯蒂的求婚。凯瑟琳换回提包回到图书馆时收到了罗宾的电报,告知她他暂时不能来拜访。安斯蒂指责凯瑟琳没有好好完成工作,责怪她私自送格林小姐回家而没来上班,面对安斯蒂的无理指责,凯瑟琳一时无法控制自己的情绪,当场就提出辞职了,为此,她又不得不为这一行为带来的后果负责。她曾经期盼的独立变成了泡影,残酷的生存压力不禁让她又对男人产生依赖的幻想:

> 每隔几分钟她就会在心里想,而一想到罗宾不会过来看她,她就抑制不住内心悲伤的蔓延,然后反复重复这个过程……她和罗宾之间的友情也在慢慢地转变成爱情,一种更加稳固的相互爱慕的感情,当然他们仍然能感受到初次见面时的那种感觉——可能持续的时间太长让人有点难以接受,但至少他会让她感觉到爱、安全感和快乐,当然也会提供给她一本英国护照来表示对她身份的认可。

(GIW 212)

在绝望中,凯瑟琳寄希望于男人的支持和安全感,幻想白马王子罗宾带给她真挚的爱情。她甚至希望通过与罗宾结婚从而获得英国护照。这些都表明了凯瑟琳极度渴望改变她异国身份的心情,不愿再遭受这些不公正的待遇。

然而即使是在绝望中,凯瑟琳也不得不面对现实,那就是罗宾并不是她的救世主,跟他一起生活不会得到幸福:

> 最终当凯瑟琳仔细考虑罗宾的时候,她意识到了他对她来说到底意味着什么。来到这样一个陌生的城市,她要面对的是一群完全陌生的人,她必须想方设法融入他们,而罗宾正是这群人中最有决定权的人……有时她也会想他可能会带她回到过去的生活。多么美好而又不切实际的幻想,她知道那是不可能的。所以她来英国以后没有马上给他们写信,最终她写信给简的那一刻她是绝望的,试图抓住这个渺茫的机会,摆脱让她窒息的孤独感。但是直到那个下午她的内心还是犹豫不决,她自己都想不到为什么没有采取措施不失去他。
>
> 而现在她很清楚她早已经失去了他。早发现总比晚发现好。

(GIW 216–217)

现实证实了凯瑟琳对罗宾的判断。凯瑟琳回家时出乎意料地发现在门口等待自己的罗宾。已经喝得醉醺醺的罗宾不再是少年时代那个矜持自重、踌躇满志、对自己有信心、对未来有完整规划的罗宾,战争让他看不到前途与希望,使他无法掌控自己的生活:"我没有计划……我只能看到眼前的一个星期。"（GIW 240）即将被派往海外前线的不安困扰着罗宾，凯瑟琳清醒地认识到罗宾"内心不断困扰着他的东西驱使他投向她或者任何一个女人的怀抱，伪装成浓情蜜意的样子……他无法控制自己假装很享受，告诉自己度过了快乐的时光，甚至告诉自己爱她，但是这都不是真的"（GIW 241）。以前，凯瑟琳对罗宾总是充满幻想，认为他成熟、体贴、有能力，而现在她发现罗宾实际上是软弱的、茫然的，她不再以一种浪漫的眼光看待他，不再认为他是神秘万能的，同时，通过罗宾，她也更好地认识了自己。拉金花了 27 页篇幅的内心独白来分析和审视凯瑟琳的逐步成熟、内心自省以及她与罗宾之间关系的发展。此时的凯瑟琳觉得自己比罗宾优越，因为她不需要从罗宾身上得到什么，而罗宾自欺欺人地想借助于与女性做爱来排遣他内心的恐惧和不安。和 6 年前相比，他俩更能平等相待，她说话的时候罗宾会"满怀敬意地倾听她说话"（GIW 231）。这段相遇让凯瑟琳变得更坚强。她要对自己负责，同样也要对男人，对其他人负责。

拉金在 1979 年接受《观察者》采访时总结《冬天里的姑娘》的成就在于："人的一生中有那么些时候让你认识到你从别人那里得到的东西是有限的，对自己的认识也是有限的。"①小说结尾似乎暗示着凯瑟琳爱情幻想的毁灭，实则是肯定了广义的"爱"：对人的理解、关心和仁慈。凯瑟琳不再由于自己的外国人身份以及女性身份，或是在工作和社会上受到排挤和打压而自艾自怨，而是奋起反击，虽然抗争是痛苦的，但是在这个过程中她不断认清自己，修正自我身份认同。她从给予罗宾安慰、给予格林小姐和图书馆其他同事帮助中获得快乐和对自身价值的肯定。相对于《吉尔》的主角肯普来说，凯瑟琳迈出了走出虚幻、走向现实的一步，肯普在自己幻想的世界寻找爱和意义到了几乎自恋的地步，而凯瑟琳走出了自我的小天地，从幻想中摆脱出来，正视现实，在帮助他人的同时也让自己成长为一位独立自强的魅力女性。凯瑟琳最终的形象就是拉金心目中理想的女性形象。

第二节 "冬天"的隐喻与象征

拉金曾在访谈中提到《冬天里的姑娘》这部小说最初曾想用《冬日王

---

① Larkin, Philip. *Required Writing.* London：Faber & Faber，1983，p.56.

国》①作为标题,可见"冬天"是这部小说的重要隐喻,奠定了整部小说的基调。拉金用"冬天"作为隐喻并不是年轻诗人的独创,而是文化成员将其经验概念化的一种方式,在西方传统文学中,"A LIFETIME IS A YEAR; DEATH IS WINTER.(人生是一年;死是冬天)。春天象征着青春,夏天象征着成熟,秋天象征着晚年,冬天象征着死亡"②。"冬天"不仅是死亡的概念隐喻,同时又象征着希望,因为冬天自然界动物蛰伏,植物种子在土地里孕育,正像雪莱所高歌的:"冬天如果来了,春天还会远吗?"(《西风颂》)拉金在《冬天里的姑娘》中把传统的四季隐喻加以延伸,使小说意味深长。

《冬天里的姑娘》故事展开的背景是英国二战时期的一个冬季。小说的开头是这样描述的:

> 夜间没有再下雪了。但冰冻维持,所以雪堆积在落下的地方,人们相互转告雪还会下。天渐亮时,他们的猜测似乎是对了,没有出太阳,厚厚的云层笼罩着田野和树林……
>
> 雪静静地躺在原野的水沟和山谷中,只有鸟在上面行走……村庄与外界隔绝,直到男人们在原来的道路上铲出一条小径;工人不能出去工作,在这些村庄附近的机场,所有航班都取消。躺在床上的病人可以看到天花板的反光……人们不愿意起床。看雪太久有催眠效应,让人无法集中精力,似乎侵入骨髓的寒冷使工作变得更加困难和讨厌……
>
> 铁路线在铲出的通道和路堤中穿梭,虽然火车是空的,但是它贯通南北运行着,直到人们开始上车,经过他们工作了整夜的工厂,经过透过窗帘亮着灯的一排排房子,到达城市,在那里雪是无关紧要的,只不过会造成几天严重的冰冻。

(GIW 11 - 12)

没有雪花,只有积雪。因为晶莹的雪花总是给人带来浪漫的感觉,没有雪花暗喻着没有浪漫,寒冷的积雪暗示着现实的冷酷。接着,小说继续讲述积雪影响了交通,妨碍了人们的生活和工作,但即便如此,人们为了生存还是不得不去上班。这段表述让人联想起拉金的第一部诗集——《北方

---

① Larkin, Philip. *Required Writing*. London: Faber & Faber, 1983, p.63.

② Lakoff, George & Mark Turner. *More than Cool Reason: A Field Guide to Poetic Metaphor*. Chicago: The University of Chicago Press, 1989, p.18.

的船》中的一首诗歌——《一个人走在荒芜的月台》(XXII "One Man Walking a Deserted Platform")(CP 27)。这首诗和《冬天里的姑娘》的开篇一样,描写了历经第二次世界大战的硝烟与战火,饱受了经济危机的凄风冷雨后,城市人变得"一无所有":信仰崩塌、价值迷茫、道德沦丧,整个社会环境像"沙漠"般荒凉和恶劣,人们终日工作只是为了求得生存。如果在充满了激烈竞争的环境里人们只顾享受家的温馨和爱情的甜蜜,那么他们的生活将危机四伏,为自己"挖下坟墓"(CP 27)。

　　拉金在《冬天里的姑娘》和诗歌《一个人走在荒芜的月台》中展示的对工作的厌恶其实是拉金当时心境的真实写照。拉金在牛津大学求学时,有很多业余的兴趣和爱好,他经常出入影剧院,流连于酒吧,沉醉于爵士乐。1943 年大学毕业后,当他的大多数同学或投笔从戎参加二战,或忙于寻找工作、成家立业时,拉金仍沉湎于那种学院情怀,不愿放弃那种闲暇绅士的生活。在毕业后的一段时间里,他没有找工作,而是在家专心致志写小说,直到他收到劳工部发来的一封信,询问他的状况,这封信的言下之意"与其说是询问,还不如说是一种警告,提醒我做点正事"①。于是,拉金着手申请市政府公务员和外事部之类的职位,但最终不是他主动放弃,就是没有被录用,这些经历更加深了他对工作的厌恶。他曾在给朋友的信中写道:"我什么事都不想做。正如劳伦斯所言,没有什么可做的事。工作是件令人讨厌的事,只是熬时间,没有一点前途可言。"②

　　《冬天里的姑娘》中的凯瑟琳是在大学图书馆工作,小说中有大量描述图书馆工作的内容,因为写作这部小说时,拉金就已经开始从事图书管理员的工作了。1943 年,拉金在收到劳工部的那封信后,无意中看到《伯明翰邮报》上不起眼的角落有一则小广告,一个城镇的地方委员会招聘图书管理员,工资是每年 175 美金,主要工作职责是负责图书馆日常的借阅管理(开架阅览)及阅览室的监管。当时,拉金的一位大学同学在离这个小镇 12 英里的一所学校担任临时助教,而且这位同学在学校工作的同时也在写一部小说,这位同学的工作经历给了拉金启发,他打算像这位同学一样既能继续自己的写作又能工作,于是,他申请了这个图书管理员职位。在此之前,拉金对图书管理毫无概念,为了了解图书馆的工作,他专程到本地图书馆向一位图书管理员请教,这是"一位上了年纪的助理,非常和蔼可亲,她很热心地花了一个早上教我如何预订、登记、归类图书。

---

① Larkin, Philip. *Required Writing*. London：Faber & Faber, 1983, p.31.
② Motion, Andrew. *Philip Larkin: A Writer's Life*. London：Methuen, 1982, p.102.

她在一本书借出去时,就在小口袋里插上个人书签,并顺手把小袋子插入借阅者的借书卡里"①。拉金对职业的选择看似无意,实则是多层选择的结果。首先,拉金一生受他母亲伊娃的影响颇大。伊娃在年轻时也曾计划到图书馆工作,后来因为结婚生子,成为图书管理员的计划落空。拉金选择这个职业,其实是完成母亲没实现的愿望。其次,拉金选择这个职业是受城市漫游者(Flâneur)的影响。本雅明认为在图书馆里,人的灵魂徜徉在过去的精神财富的丰富之中,像在商品世界中漫步一样,城市漫游者在这里得到一种闲暇的满足。② 不仅如此,拉金觉得图书馆工作"是最合适的一个职业,因为它把自己的学术兴趣和管理才能完美结合……我一直认为有一份常规稳定的工作,对于一个诗人来说不是一件坏事"③。所以,选择图书管理员这个职业是诗人调和理想与现实的权宜之计。拉金去应聘图书管理员的决定得到了他的父亲西德尼的支持,在拉金去应聘面试之前,西德尼送给拉金一本《大英帝国公共图书系统》,让拉金了解图书馆的基本运作。这本书中描述了大多数英国公共图书馆差强人意的现状:建筑老化、藏书量少、资金支持少,所以当拉金到达应聘的惠灵顿镇图书馆时,他对这所图书馆的情况早有心理准备。惠灵顿镇图书馆是一座两层楼的房子,一楼是阅览室、锅炉房,二楼是借书室和一间办公兼开会的房间。图书馆里没有任何现代设备,连电话都没有。这个图书馆储存了四千多本图书,但是由于摆放书籍的架子很高,有些书就算是用很高的梯子也拿不到,垒在最顶层的书本上积满了厚厚的灰尘。拉金接受这份工作后,每天早上把当天的报纸和杂志摆放在阅览室,然后就是处理读者的借书和还书。拉金曾记录自己 20 小时内借出 928 本书,同时兼顾整理书架上的书,这使他觉得这份工作让"每天都很漫长,在某种程度上特别无聊"④,正如《冬天里的姑娘》中的凯瑟琳抱怨的那样:"以为这个工作可能和某种学习形式有关,没想到图书馆助理被要求做任何与书有关的事,除了读书。"(GIW 22)对凯瑟琳工作状态的描写表现了拉金对生存状态的不满,这种状态就是:为了维持温饱和体面,人们必须从事无聊枯燥的工作。对于当时满心都是浪漫文学梦的拉金来说,枯燥、单调、年复一年的工作是他不愿面对的残酷现实。

---

① Larkin, Philip. *Required Writing*. London: Faber & Faber, 1983, p.31.

② 本雅明:《发达资本主义时代的抒情诗人》,张旭东、魏文生译。北京:生活·读书·新知三联书店,1989 年,第 11 页。

③ Booth, James. *Philip Larkin: Writer*. Hemel Hempstead: Harvester Wheatsheaf, 1992, p.35.

④ Larkin, Philip. *Required Writing*. London: Faber & Faber, 1983, p.33.

在《冬天里的姑娘》故事开头，拉金借用"冬天"的隐喻反映了凯瑟琳冷冰冰的生活、无望和孤独。冬天是阴沉、孤寂、令人窒息的，阴郁覆盖着整个城市。寒冷穿透灵魂，造成人们心理上的孤独。小说的最后一部分重新回到第一部分的那个冬天的下午，用三段式的排列句白描出环境的孤独、寒冷和肃杀。人们期待的雪终究没有下——"但是雪没有下"（GIW 177）——暗示着凯瑟琳期待的浪漫、对与罗宾相见的美好幻想没有如期到来。接下来小说描述到"同时，冬天还在继续。冬天不浪漫也没有优美景色：在乡村曾经优雅的雪，在城市却狼狈不堪——被踩踏成褐色粉末铲进排水沟"（GIW 177）。这段景色描写也衬托和反映了凯瑟琳的内心世界：六年前凯瑟琳在罗宾家度假时是在伦敦附近的乡村，六年后再见时是在英国的一个小城市，暗示着凯瑟琳与罗宾的关系不再是六年前她所想象的那么纯洁无瑕、朦胧美好，再次相见时的罗宾想的只是和凯瑟琳上床，排遣他内心的无聊和对战争的恐惧，发泄心中的愤怒。凯瑟琳洞察到了罗宾的自私和猥琐，曾经对罗宾的好感和激情逐渐褪色、消失，像"被踩踏成褐色粉末铲进排水沟"。

小说最后也是以雪景来结尾：

> 雪唰唰地下着，她手表滴答滴答地走着。雪花一片片地落下来，时间也一秒秒的过去。渐渐地，他们似乎开始了心灵上的交流，但是仿佛又有某种巨大的、古墓一样的东西堆积在他们面前，又或者像是一座看不到顶的冰山。在黑夜里做梦，各种奇怪阴冷，宛如那些冰川在悄无声息地融化成下水道里的污水。他们缓慢而有秩序地前进着，一步步走进黑暗的深渊，没有任何要打破秩序的迹象，甚至永远没有光明到来的那一天，无论过去多少年，黑暗也不会被光明代替。
>
> 但是他们并不伤心。尽管讨厌的梦魇时起时落，难以平息，但最终为还存在着的那些秩序和命运感到欣慰。正是靠着这种了然、感情、决心以及一切用来反抗的东西，最终才能够让他们入睡。
>
> （GIW 248）

就像冰山是由一片片雪花组成的一样，社会也是由一个个人组成的。这个结尾象征着凯瑟琳能看清她自己，看清罗宾，看清每一个人。"冬天"和"雪花"也被赋予了全新的意义。冬天不再如小说开始部分那样是一派孤寂萧条、毫无生机的景色，而是被赋予了智慧与成熟的隐喻象征。凯瑟琳也不再是第一部分中那个冬天里的姑娘，再也不会只憧憬浪漫的夏日，而是从"冗长无知的夏天"的梦中清醒过来（GIW 183），领略痛苦却充满智慧的冬日的魅力，完成了年轻女性的成长。拉金在最后一部分把凯瑟琳塑造成一个有魅力的年轻女人，这使她的成长既具有独特性又具有普遍性。

第三节　异性之恋与同性之爱

正如《吉尔》中肯普的爱情幻想破灭、对女性失望一样，拉金在《冬天里的姑娘》中让凯瑟琳最终看清男性的真实面目，掀开浪漫的面纱，直面现实中的两性关系。无论是《吉尔》还是《冬天里的姑娘》，主人公们对爱情的理想都是建立在心灵的沟通上，肯普和凯瑟琳都是被书信的对象所吸引，真正见面后虽然也会被对方的外貌所吸引，但是，在深入交往的过程中发现爱情并非自己编织的美丽梦想。两部小说的主人公最后体验到的都是深深的孤独、隔离和绝望。再者，两部小说中都以同性的友谊作为铺垫，不同的是，《吉尔》中肯普渴望获得同性友谊，却被无情拒绝与嘲笑，而《冬天里的姑娘》中凯瑟琳于无意中获得了同性的欣赏和安慰。

在《吉尔》和《冬天里的姑娘》中，肯普和凯瑟琳都是以写信的方式作为建立对外联系的工具，这暗示了主角们渴望接触异性，有深入了解异性的心理需求。写信相对于面对面的交流所显示的优势在于：写信能缓冲外部压力，从而让写信人大胆地表现自己；写信人还可以通过信件与收件人建立联系，发现对方的个性，了解他（她）的观点、感觉和价值观。即使《吉尔》中的女收件人是肯普编造的，他的信件也表明了他希望沟通和被理解。从肯普写信给吉尔，改写自己的经历，抒发对现实生活的不满，发展到以故事和日记形式记录吉尔，直到最后肯普把有关吉尔的书信和日记都烧毁，这表现了肯普内心世界的变化：不再在幻想中创造和控制吉尔，而是接受和面对现实中的"吉尔"——吉莉安——的性格和思想。凯瑟琳给罗宾写信，不仅仅和其他同学一样是借提高语言能力的幌子来调情，更重要的是她在信中抒发了对日常生活、文学艺术的感悟和个人情感，希望和笔友深入沟通，建立亲密的友谊。罗宾例行公事式的回信让凯瑟琳非常失望，为此，她把给罗宾的回信改成一半用她的本国语言写，一半用英语写，在用英语写的部分更多地掺杂了她的个人喜恶和热情，并且希望罗宾也这么做。罗宾的确也和凯瑟琳一样,用一半外语和一半英语写信,由一个短划线将两部分隔开,但是不同于凯瑟琳的是,他写的两部分都不带任何个人情绪和情感。

当凯瑟琳接受罗宾家的邀请来到他们颇具田园风光的家中做客时,拉金利用伊甸园里的原型意象对罗宾和凯瑟琳在花园里的第一次晚间散步进行抒情描写。日落、小河、树丛、鲜花这些景致充满了浪漫情愫,"日落的余晖洒落在水面,照射出成百上千拍打着透明翅膀的昆虫"(GIW 86-87),这些意象构成的如梦如幻的情境满足了凯瑟琳对浪漫的期待。但是罗宾并没有表现出对凯瑟琳感兴趣,相形之下,倒是罗宾的姐姐简对凯瑟琳更热情、更亲密。拉金描述他们第一次乡村出游的情景,凯瑟琳和简相处比她与罗宾相处合拍得多。罗宾就是像简所说的那样,是"教科书式,所有你(罗宾)关心的不过只是生育率与生活水平"(GIW 96),相反,"简最喜欢的是文学……是那些拿着枪和打字机的人写的东西"。"枪"是冒险精神的暗喻,而"打字机"是文学和写作的象征。简所爱好的东西让凯瑟琳产生共鸣,后者也爱好文学,也富有冒险精神。正因为凯瑟琳浪漫而又富有冒险精神,她才会在接到从未谋面的外国人的邀请后,远渡重洋来他们家做客。其实简也和凯瑟琳一样:"我想要了解不同的地方……我想知道如果我住在那里会是什么感觉。"(GIW 96)开始时凯瑟琳对简总是介入自己和罗宾之间很反感,觉得她妨碍了自己与罗宾的发展,但是待在一起的时间长了,交流进一步深入,凯瑟琳发现与罗宾相比,简和自己更为心灵相通。比如,小说中有一段描述野鸭的场景就暗示了罗宾和简、凯瑟琳的心理距离:简发现这只鸭子一直抢不到他们扔的食物,很同情它的处境,恳求罗宾扔一点面包给它,而罗宾根本没有为鸭子着想,冷漠地说"这只鸭子不去尝试,是它不想吃"(GIW 97),还恶作剧般地用面包砸那只鸭子的头,冷酷地说:"我觉得它根本就不饿。"(GIW 97)小说从凯瑟琳的角度描写那只可怜的鸭子"带着茫然的尊严游离了那些跟着他们等待喂食的伙伴",暗示凯瑟琳和简一样同情这只鸭子,不认同罗宾的麻木不仁和冷漠。另外,罗宾和简教凯瑟琳在河上撑船也说明了两姐弟与凯瑟琳在沟通上的差异。罗宾教凯瑟琳的方法是强调正确的姿势与技术,但这对凯瑟琳来说并不管用,而简通过细心观察找到问题的核心所在:"要是用罗宾的蠢办法,没人学得会。现在开始,忘记你的脚,你的手和身上其他部位用力;重要的是你要想着让船走,你就要沿着河床撑篙。"(GIW 126)简的方法着实奏效,凯瑟琳很快就学会了。罗宾只在意技术而不关心人,简的耐心和细致说明关心比技术更胜一筹,这个学习撑船的过程暗示罗宾对凯瑟琳并不在意,而且他们难以沟通,反倒是简更关心凯瑟琳,从女性的角度更了解凯瑟琳,所以她们的沟通更顺畅。

当凯瑟琳得知是简邀请自己来度假时才恍然大悟,罗宾根本没有钟情于自己,"她发现一直以来她的注意力都放错了方向"(GIW 167)。小说总是从凯瑟琳的角度来叙述,几乎没有着墨描写简的心理,但是从简认真阅读凯瑟琳每一封写给罗宾的信以及被凯瑟琳的信所吸引邀请凯瑟琳到家中做客,可见简对凯瑟琳很感兴趣。当凯瑟琳到了她家以后,她极尽地主之谊,是凯瑟琳在这个家中唯一一个热情相待并且可以交谈的对象。小说最后,罗宾告诉凯瑟琳:简把自己的女儿也取名为"凯瑟琳",在简的心目中凯瑟琳"几乎是家人"。由此可见,凯瑟琳在简心目中的地位非比寻常,她对凯瑟琳的友爱仿佛超出了正常范围。

拉金笔下的同性友谊一般都超出正常范围。《吉尔》中肯普所做的一切的原始动机是获得克里斯托弗的认同和友谊,而且十分羡慕克里斯托弗和他同伴的亲密关系。小说中还有不少细节描写男孩子之间的身体接触,比如,克里斯托弗扭打厮混,"沃纳抱住艾迪的双腿,两人在地毯上滚作一团"(Jill 38),而拉金同时期的不少诗歌也流露出对男性的欣赏和喜爱。其实,拉金并不是真正意义上的同性恋者,而是归属于一种被笔者定义为"类同性恋"的现象。一些异性恋者由于环境的压抑,暂时把情感转移到同性身上,这种现象在监狱里很普遍,甚至在男子、女子学校里也时有存在。在《冬天里的姑娘》中,简与凯瑟琳也是"类同性恋",一方面是天性浪漫的简在异性中找不到知音,把凯瑟琳看成是她潜意识中的自我投射,而凯瑟琳之所以被简吸引,也是因为她对罗宾的爱没有得到回应,这促使了她与简亲密关系的萌芽,以至于六年以后,凯瑟琳想要与罗宾一家重新取得联系,首先想到的是给简写信。事实上,在青少年时期,没有和异性接触之前,少男少女同性之间举止特别亲昵,这种潜意识中心灵与身体上的亲密是寻求温情和排遣孤独的手段,是对以后异性亲昵的戏仿。从某种角度来说,所有人在青少年时期都有这种同性恋的倾向,但并不是生理学意义上的同性恋者,而且极少有人在后来的日子里变成真正意义上的同性恋者。我们可以把这个阶段称作"类同性恋"——一种介乎友谊与同性恋之间的关系,一种由于缺乏与异性接触的机会才暂时把热情转向同性的性取向偏离。处于这种关系中的同性在感情上相互依恋,在生活中形影不离、行为亲昵,但并没发生实质上的性关系,就像简和凯瑟琳。

古希腊人认为同性恋,特别是女同性恋,是比异性恋更为圣洁、更为崇高的情感,因此,当时一些受人尊敬的女人也会迷恋其他女性,如,希腊的著名女诗人——萨福。在创作《吉尔》和《冬天里的姑娘》之前,当拉金还在牛津大学读一年级时,他用了好几个月的时间以"布鲁内特·科尔曼"为笔名创作了女同性恋色彩浓厚的小说。"布鲁内特·科尔曼"其实是一个带有虚幻色彩的名字,可能得灵感于当时流行的一个女子爵士乐队的主唱——布鲁内特·科尔曼。布鲁内特系列小说①中的女主人公都与现实中的布鲁内特的一样:金发、性感、皮肤白皙,看上去文质彬彬、多愁善感,但性格中却带有男性的刚毅,潜意识中有明显的同性恋倾向。其实,这类女主人公就是女版的拉金:一个有着女性外表的"文质彬彬而又多愁善感"的拉金。布鲁内特系列小说虚幻的女性角色投射出了拉金本人的孤独和欲望。由于从小缺乏和女性接触的机会,拉金在异性面前怯懦而退避,只能在同性中寻求认同,发泄温情。在青少年时期,拉金有一批同性朋友,他曾戏言"爱上了好几个同龄伙伴"②;而他曾经的室友菲利普·布朗曾说:"菲利普(拉金)可能已经爱上我了……。我喜欢他,但是我当然并没有爱上他,我当时正跟一个学医的女孩交往。我和菲利普有过几次尴尬的接触,其实也没什么大不了的。菲利普缺乏自信和他那种特殊的相处方式容易让人怀疑他的性取向,但是我坦白地说他不曾和任何人发生过性关系。"③可见,拉金并不是真正的同性恋,只是他一直在男生居多的学校读书,与同龄女性没什么接触,这才把大部分的热情都转向了同性。

除了《吉尔》和《冬天里的姑娘》之外,拉金同时期的不少诗歌也流露出同性之间的依恋,拉金与朋友间的这种"类同性恋"现象可以在《北方的船》这部诗集里找到痕迹。这部诗集中的第一首诗《一切放着火光》(副标题为"献给布鲁斯·蒙特格梅里")就是拉金为同性朋友布鲁斯·蒙特格梅里而作,第五首诗《征兵》的副标题是"致詹姆斯·伯纳德·萨顿"。蒙特格梅里和萨顿都是拉金在牛津读书时交往最多的朋友,他们一起喝酒、讨论文学、听爵士乐,即使毕业之后各奔东西,几十年来也一直保持着书信往来。现存的拉金书信里,写给他俩的信在所有信件中占很大比例,特别是在拉金青年时期,他在感情上和思想上对他们很依赖。虽然拉金珍视与同性朋友的感情,但是,只有《北方的船》里有献给同性朋友的诗歌,在他以后的作品里几乎没有写给现实生活中同性朋友的诗作。

---

① 布鲁内特系列小说包括:*Trouble at Willow Gables*,*Michaelmas Term at St. Bride's*,*Sugar and Spice*,*Ante Meridien* 和 *What Are We Writing For?*

② Motion, Andrew. *Philip Larkin: A Writer's Life*. London:Methuen, 1982, p. 62.

③ Ibid.

　　随着拉金对布鲁内特系列小说创作的投入，他对男性朋友的依赖和热情渐渐减弱，随之而来的是对女性的浓厚兴趣和好奇。在创作布鲁内特系列小说一年以后，拉金告诉他的朋友艾米斯："我必须说，在我的性情中，女同性恋已完全代替了同性恋，我也不知道为什么。"[①]在布鲁内特系列作品中，拉金把自己对女性的好奇和欲望掩饰在以布鲁内特为主角的"白日梦"里。根据弗洛伊德关于白日梦的理论，文学作品是作者在现实中得不到实现的性欲在虚构的文学创作中实现而升华成的艺术，作品中的主人公即是作者无意识自我的化身。弗洛伊德进一步解释道：

> 作者经常通过乔装改扮，来弱化白日梦的自我主义性质，并且贿赂我们，在表现他的白日梦时，提供一种纯粹的形式及审美的快感。这一提供给我们的形式快感，目的是引发源自内心更深处的愉悦，我们把它叫作"刺激奖"（incitement premium），或者说得更具体点，"预感快感"（fore-pleasure）。文学的真正快感，就来自我们心灵中张力的释放。[②]

青春期的恐惧和对女性的不了解让拉金对女性产生好奇和性幻想，而布鲁内特系列小说中的同性恋描写其实是拉金的白日梦——性臆想，比如，《维露格勃女子学校的烦恼》就是拉金以布鲁内特之口叙述的白日梦。《维露格勃女子学校的烦恼》讲述了女子学校中的女学生们的故事，在这个与异性完全隔离的女子学校里没有同龄男孩，附近也没有男子学校和男女同校的学校，即使是学生的父亲和其他男性长辈也要经过严格的审查才能进入校园，"丈夫"和"未婚夫"这两个字在这里是谁都不敢提的"禁忌"。这个学院的性别环境其实反映的是拉金缺乏异性的成长环境。于是，拉金在女性笔名的掩饰下，发泄了自己的无性生活和性压抑的苦闷。小说中没有异性的环境里，女生把性激情寄托在同性身上，比如，女生们都爱慕漂亮的希拉里（Hilary Russell），像追求异性一样买花送给她，但希拉里对她们不屑一顾，因为她被板球队长玛丽（Mary Beech）吸引了，所以当希拉里得知自己被安排在课余时间帮玛丽补习法语时，她非常兴奋。小说是这样描写希拉里第一次给玛丽补习法语的情形的：

> 希拉里选择了玛丽知道的两个字 savoir 和 devoir 以及玛丽不知道

①　Motion, Andrew. *Philip Larkin: A Writer's Life*. London: Methuen, 1982, p.86.

②　Freud, Sigmund. "Poet and Day-Dreaming." *Freud: Collected Papers*. Vol. 4. New York: Basic Books, 1959, p.183.

的一个字 mettre。希拉里让玛丽读三遍,注视着玛丽发音时翕动着的嘴唇,细小、洁白的牙齿,柔软的耳朵,光滑的皮肤。然后,希拉里的眼睛滑到玛丽脖子以下。她发现玛丽由于经常运动,丰腴结实的身体让"斯巴达"女孩都会妒忌。这时,玛丽的外衣滑落,露出穿着府绸睡裤的结实大腿:拖鞋以上到脚踝的部位都裸露着……希拉里调整了一下腿的姿势,让它紧贴着这个年轻女孩的大腿。①

在这段描述中,对女性身体——嘴唇、耳朵、皮肤、脖子、大腿的描写带有很浓的肉欲和色情的成分,表现了希拉里对玛丽身体的渴望。小说的高潮是希拉里某天晚上在给玛丽补习功课时亲吻玛丽,被玛丽告发而被学校开除。当时,希拉里正在辅导玛丽功课,玛丽不知不觉中睡着了,希拉里情不自禁地解开玛丽的衣服。当她亲吻玛丽的嘴唇时,"现实不存在了,梦幻控制着一切。她用空出的手关了灯。听着玛丽平稳的呼吸。希拉里边亲吻玛丽熟睡的脸,边抚摸玛丽的身体……"②女同性恋者一直以来都被认为是异性恋方面的失败者因而把欲望投向同性,拉金对女同性恋的描写反映了自己在性方面的饥渴、孤独和挫败。对女同性恋感兴趣的男人,实际上是对女人感兴趣:他们想象女人喜欢女人的情景,通过看女人与女人做爱,达到满足自己性欲的目的。

从布鲁内特系列小说中拉金借女同性恋来发泄自己没有性生活的困扰、性好奇和性幻想,到《吉尔》中肯普幻想的女性,再到《冬天里的姑娘》中正视现实、洞察人性的新女性,我们可以看到主体随着浪漫激情的逐渐衰退正被身体取而代之,后者正以一种激进的客体化的主体姿态大规模地取代精神的主体,消解着强大的意识形态主体。在这种发展趋势下,拉金成熟期的诗歌作品表现出以性来创造个人的主体性。

拉金的小说写作和其后的诗歌创作有着紧密的联系。大卫·蒂姆斯在评述拉金小说对诗歌的影响时指出:"如果小说写作还没有成为《二十首诗》和《受骗较少者》的发轫,那至少在创作真人真事这方面是一次不错的尝试。"③拉金小说的主题和基调为他后来的诗歌创作奠定了基础。他

① Larkin, Philip. Trouble at Willow Gables *and Other Fictions*. James Booth, ed. London: Faber & Faber, 2002, pp. 26-27.

② Ibid., p. 86.

③ Timms, David. *Philip Larkin*. New York: Barnes, 1973, pp. 52-53.

的小说"不仅预示了他最为知名的诗歌所体现的核心问题与假设,或者说是一种本质上的'虚构方式',而且拉金对角色的描写而非对形象的侧重使他的诗与其他现代主义诗歌区别开来,这一点则是现代诗歌所反对的,这也是他在继《吉尔》之后 30 年间对诗歌创作的延续"①。

---

① Martin, Bruce K. *Philip Larkin*. Boston: Twayne, 1978, p. 123.

第四章

《北方的船》：
早期诗歌探索

> 回首过去，我发现这些诗歌里不仅有被抛弃的自我，还有学生时期模仿了好几个人的痕迹……这种对风格的探索体现了不成熟的一面。
>
> ——拉金①

  《北方的船》是年轻的拉金对诗歌的探索和实验之作。在这个探索的过程中，他从自己欣赏的诗人的诗作中吸取丰富的营养，比如，叶芝、奥登、迪伦和哈代，并在诗歌中不由自主地模仿他们的风格。1960 年 9 月的《泰晤士报》（文学副刊）上刊登了一篇名为《英国形象：锐化与传统》的文章。这篇文章提出"当代的英国诗人"继承了英国文学传统，他们的诗歌倾向于采用英国传统的诗节和格律形式，采用普通英国人的日常用语，以快照般的片段和琐碎的意象，讲述隐含着某种道德内涵的轶事，他们的诗歌睿智风趣，而且这种幽默是抑制的、带点酸溜溜的味道②。这篇文章奠定

① Larkin, Philip. *Required Writing*. London：Faber & Faber, 1983, p. 28.
② Petch, Simon. *The Art of Philip Larkin*. Sydney：Sydney University Press, 1981, p. 1.

了把拉金的诗歌特点定性为"英国性"的基调,从此以后,国外的评论家从诗歌形式、用语和意象等几个方面出发,分析拉金诗歌的"英国性"。近年来,国内外的评论家更倾向于从拉金诗歌的地域性、社会性和诗歌表达方面,分析拉金诗歌中的英国民族特性、对战后福利国家的描写、对英国传统文化的回忆、对没落帝国的缅怀,等等。他们认为拉金是一个保守的本土主义诗人,因为"他是一个岛国特质的英国人,只对自己的部族有回应,不适应置身于这个环境以外。他的诗歌沉淀着浓重的英国民族主义……"①,因而拉金的诗歌艺术也是排外的,这些评论家认为拉金的艺术成就在于他对英国传统文化的挖掘和发扬以及对外来文化的顽强抵抗。其实,拉金是一位个性极其复杂的诗人,对他诗歌的理解也应该是全方位的,不能单凭他的某句诗行或他说过的某句话来断章取义,比如,他曾宣称诗歌是不需要评论的,其实,他真正的意图是要说明诗歌应该简单易懂,不需要额外解释就能让读者读懂、接受,而不是说不需要诗歌评论和批评。事实上,拉金一生发表了不少文学批评和诗歌评论的文章。当拉金说"我恨出国",艺术家"越是远离家园就会越不幸"②,他的意思是诗人要扎根于自己的本土文化,在熟悉的环境中寻找素材,描写自己国家的普通人和平常事,由此可见,拉金并不是全然排斥外国文学,他的诗歌艺术也不是狭隘的地方保护主义。

拉金不仅不排斥外国经典文学,而且受其影响颇深,特别是法国文学。拉金的艺术成长和文学成就与城市漫游者有着很深的渊源。城市漫游者是德国思想家、哲学家瓦尔特·本雅明(Walter Benjamin)提出的,是城市生活和城市文明的独特产物。本雅明以波德莱尔为代表,把生活在19世纪商业文明发展中的巴黎的一群知识分子统称为"城市漫游者"。本雅明把"漫游者"这类知识分子作为一个重要的文化意象来解读现代性和现代城市,影响深远,直至今天,"漫游者"仍然是文学、社会学和城市文化研究中经常出现的主题,是现代性和后现代性状况研究中不可或缺的一个人物或一种人类活动③。根据本雅明的理论,城市漫游者是城市生活的辩证观察者,是隐身于人群中的晃动着的城市之魂,既可宏观地把握周围的物象,又能以侦探的眼光捕捉感觉到的"震惊"。他在人群中常常呈

---

① Regan, Stephen. ed. *Philip Larkin*. New York: St. Martin's Press, 1997, p. 15.

② Salwak, Dale. ed. *Philip Larkin: The Man and His Work*. Hampshire: Macmillan Press, Ltd., 1989, p. 48.

③ 参见陈永国:"本雅明译波德莱尔译坡:思想在文学翻译中的旅行",2010 - 06 - 28.〈http://www.csscipaper.com/literature/foreign-literatures/124863.html〉

现出一种慵懒的、超然的、漠然的样子,摆出一副事不关己的姿态,因而,城市漫游者貌似是现代都市的局外人,他的游荡看上去似乎是漫不经心的,但他实际上是城市符号的破译者,是游荡在街头巷尾的侦探。

第一节 城市漫游者的随想

城市漫游者不是巴黎独有的文化现象,只要是繁荣的城市,就都游荡着这种城市观察者和侦探。20世纪的英国,高度繁荣的城市和迅速发展的商业为城市漫游者们提供了赖以生存与观察的环境和创作的灵感源泉。拉金是一位一辈子栖居在城市的诗人,他的身上不自觉地携带着本雅明笔下城市漫游者的特性。在拉金的诗歌中,城市漫游诗人似的话语随处可见。他们从城市日常生活中摄取素材,把置身其中的社会环境作为文本来解读,以局外人冷峻的笔触描绘现代城市空间的多色场景。他们的诗歌常常以自己的所见、所闻、所思、所感引导叙事,题材涉及城市生活的各个层面,从街道、商店、码头、广告,到时事、宗教、政治,诗歌视角采取内外视角交叉、多元叙事视角交错的方式,以实现对全知视角的判离和超越。我们从拉金诗歌所描述的城市生活中可以看到,人们被商业化气息包围,被逐渐异化,大众文化在物欲刺激下迅速发展,整个社会淹没在消费的狂欢当中,人们不知如何承担历史的重负。作为城市中产阶级知识分子的代言人,拉金把内心存在的即时感受以近乎口语的语言表述出来,冷静而诙谐地描摹出英国战后的社会现状,展示了工业化和商品化给人们生活方式和思想观念带来的冲击。

一、城市漫游者与年轻的拉金

1929年,本雅明在其所著的《漫游者的回归》(*The Return of the Flâneur*)一书中首次把"漫游者"当作一种独特的文化形象进行了解析。在这本书中,本雅明在评论赫塞尔(Hessel)的《柏林的闲逛者》(*Spazieren in Berlin*)时,把赫塞尔称为在柏林闲逛的"漫游者",并归纳总结了这个形象的主要特征:"漫游者"信步行走在城市的各个角落,他们仿佛是城市的守护者,又抑或是遁形的过客。总之,这种城市"漫游者"兼具牧师的谨慎和侦探的敏锐。不久,本雅明在《发达资本主义时代的抒情诗人》中论述了波德莱尔"都市抒情诗"的特点,并将波德莱尔定义为"城市漫游者诗人"。"城市漫游者"来源于法语 Flâneur,意为"散步者、闲逛者",本雅明用这个词来指代 19 世纪巴黎有其他收入而无须工作的知识分子,他们衣冠楚楚,风度翩翩,经常漫步于街头巷尾,观察人群,思考人生。本雅明认为城市漫游者是现代城市文明的精髓。城市文明并不是在那些造就它的人群中的人身上得到表现的,相反,它是在那些穿过城市,迷失在自己的思绪中的城市漫游者那里被揭示出来的①。城市漫游者虽然生活在城市中,但是又和普通民众保持着若即若离的关系;他们看上去仿佛无所事事,标榜讨厌工作,在街头巷尾闲逛,其实,他们于散步之际还捕捉城市的精华储存于脑海中,并由此做出抒情、象征的诗篇。那些若无其事地闲逛的城市漫游者有着侦探般敏锐的观察力,"他具有与大城市节奏相合拍的各种反应。像拥有画家的神笔。他能抓住稍纵即逝的东西,这使他把自己想象成一名艺术家,人人都赞叹速写画家的神笔。如同巴尔扎克所言,这样的艺术就在于快速的捕捉"②。此外,城市漫游者的另一个特点是:虽然他们在城市中仿若漫无目的地游荡,在人群中寻找自己的避难所,但是,他们和人群又保持着一定的距离,置身于城市空间却游离于城市之外。他们对身边发生的事只做细致的观察,不参与其中,只是敏感的旁观者而不是积极的参与者,也就是说,城市生活为他们提供了自我冥想的素材,但是他们对周遭发生之事漠不关心,不愿与之发生联系,只在闲逛之中寻找隐匿空间里的现代性符号、生活隐喻和诗性象征。

城市漫游者排斥资本主义的传统观念和道德价值,力求挣脱资产阶级意识的枷锁,在抒情诗的梦幻世界中寻求精神的平衡。本雅明认为城市漫游者的本质不仅表现在他们的思维方式上,还表现在他们的生活方式上——他们在日常生活中怎样将现实世界与精神世界关联。漫游者置身于稠人广众中,貌似游手好闲,与政治毫无干系或与秩序格格不入,实则观察生活,并对时事、政治乃至文学、哲学进行深刻反思。他们写作却不愿意成为职业文人,不愿意当为政治服务、效力于国家的"知识分子",坚持自由而独立的思想与创作,标榜自己不以卖文为生,写作不是他们的"工作",他们以"不工作"来对抗新生的生产关系对人的剥削和压迫,他们生存的物质保障不是来源于工作,而是其他收入或经济来源,比如,波德莱尔就是继承了父亲的遗产,所以可以不工作。

---

① 本雅明:《发达资本主义时代的抒情诗人》,张旭东、魏文生译。北京:生活·读书·新知三联书店,2007 年,第 60 页。

② 同上。

另一方面,随着资本主义市场和城市文化的发展,以城市漫游者为代表的知识分子被都市所深深吸引:

> 一个文人与他生活的社会之间的同化作用就随一种时尚发生在街头。在街头,他(文人)必须是自己准备好应付迎接下一个突发事件,下一句俏皮话或一个传闻。在这里,他展开了他与同事和城市人之间全部的关系网,他依赖这个关系网就如同娼妓依赖乔装打扮……在街头,他把时间用来在众人面前显示其闲暇懒散,就好像这是他工作的一部分。他的行为像是在告诉别人,他已从马克思那里弄懂了商品价值是由生产它的社会必要劳动时间来决定的。通过展示闲暇,他使自己的劳动价值在人看来大得难以置信……①

随着交通和商品经济迅猛发展,文人的既有经验严重贬值,社会地位也迅速边缘化,因而他们的生活方式也随之做出相应的反应与调整:以一种刻意闲散、旁观、忤逆的姿态来为文人的社会反抗找寻精神出路。"漫游者"作为伴随城市兴起而出现的新型文化群体,"不仅已意识到,知识分子和艺术家的活动,也包括他自己的作品,都已经成了商品化的东西,而且,他还鄙视艺术家们以神圣、飘逸、超越主义的神采来逃避那种迎合大众生活的企图"②。本雅明对文人使命的认定揭示出艺术并不是精英知识分子在象牙塔里享受的专利,而应该贴近生活的本质;欣赏诗歌不再是受过高等教育的文化精英的特权,而应该是普通市民的世俗文化活动之一,所以诗歌应该传达普通市民的个人体验。他提倡艺术家应该放弃乌托邦式的艺术,转向日常生活的审美。

标志着拉金诗歌生涯开始的《北方的船》于1945年初版。这部诗集出版时,拉金还只是一个二十来岁的小青年,在文坛上初露锋芒。年轻的拉金对叶芝和奥登的诗歌十分痴迷,《北方的船》中很多诗歌都有模仿他们诗作的痕迹。所以,该诗集在最初出版的时候并没有受到人们的重视,只有报纸《考文垂晚邮报》上登载了一篇评论,认为拉金这部诗集虽然意境优美,但是晦涩难懂,读者面窄,只注重形式而忽略了主题③。直到现

---

① 本雅明:《发达资本主义时代的抒情诗人》,张旭东、魏文生译。北京:生活·读书·新知三联书店,2007年,第46页。

② 迈克·费瑟斯通:《消费文化与后现代主义》,刘精明译。南京:译林出版社,2000年,第110页。

③ Motion, Andrew. *Philip Larkin: A Writer's Life*. London: Methuen, 1982, p. 123.

在,《北方的船》仍被当作一部缺乏独创性的浪漫主义诗歌集,其中的诗歌意象晦涩,节奏单调重复,情调无缘无故地忧郁。评论家们还认为,拉金虽然模仿叶芝,但是诗中缺乏叶芝那种蓬勃的生气和深刻的内涵,只是一种对叶芝关于爱情执着、性苦闷和死亡感伤的机械翻版①。他们试图把这部诗集与拉金后来的作品区分开来,认为这部诗集中的诗歌不具备典型性,甚至可以说是拙劣的作品②。不可否认的是,《北方的船》中不少诗歌机械地模仿了叶芝的写作技巧,是拉金不成熟的作品,但是从这些诗歌中我们仍能看到《受骗较少者》《降灵节婚礼》和《高窗》的雏形,即他对现实生活的关注。在《北方的船》中,拉金作为一个旁观者观察城市生活和人们的活动,以悲观、幽默的态度冷眼旁观世态人情,评论周遭所见所闻,直接而冷静地剖析诗人自我的内心世界,表现出本雅明笔下城市漫游者的特质。

《北方的船》收录的大部分诗歌是拉金在 1943 至 1945 年的作品。在此时期,拉金正处于人生的重要转折点,处在从牛津大学毕业到走入社会、从衣食无忧的青少年到自力更生的成人这个阶段。此时的拉金和城市漫游者在生活方式上如出一辙。城市漫游者一般出身于中产阶级,他们既不用为生计终日奔波,也不会像上层社会精英一样为争名夺利而整日忙碌,所以他们有时间在城市街道上徜徉,对人群、店铺、景观抱着鉴赏家的态度进行揣摩与玩赏,他们与环境的关系正好与资本主义商业时代大众对一切事物的功利主义态度形成了反差。拉金出身于中产阶级家庭,他的父亲是财政长官,所以,拉金从小过着衣食无忧的生活,刚刚大学毕业的拉金也和城市漫游者一样,在潜意识里拒绝工作,喜欢闲暇的生活,而且总是衣着考究,气质儒雅。拉金天生口吃,不爱与人交际,所以他更愿意徜徉于闹市和旅游胜地,或默默坐在酒吧和剧院的一个角落,潜心观察生活,在所熟悉的城市生活中寻找灵感。拉金在回顾自己的早年生活时曾评价道:"城市就像'学习和礼节的标准'扎根在他的脑海。"③也就是说,城市为他提供了学习的生活素材和伦理规范,使他形成了自己的诗歌伦理。拉金曾宣称:"我写诗是既为我自己也为别人保存我所见、所思、所感的事物。"④他的这句话可以解释为:一方面,拉金静静地处在城市一隅,以旁观者的身份,用敏锐的眼光准确地抓捕任何打动他的细节,如同

① Motion, Andrew. *Philip Larkin: A Writer's Life*. London: Methuen, 1982, p. 34.
② Brownjohn, Alan. *Philip Larkin*. London: Longman Group, 1975, p. 6.
③ Motion, Andrew. *Philip Larkin: A Writer's Life*. London: Methuen, 1982, p. 97.
④ Larkin, Philip. *Required Writing*. London: Faber & Faber, 1983, p. 79.

城市漫游者一样"坐在自己的角落里就像坐在戏院的包厢里;当他想更仔细地看看市场,他手边就有看戏的镜子",然后像"放大镜"一样把这些细节放大、升华,用借来的、虚构的、陌生人的孤独来填满那种"每个人在自己的私利中无动于衷的孤独"给他造成的空虚①。另一方面,拉金和波德莱尔和城市漫游者一样,是一个对城市生活进行细致观察的旁观者而不是一个积极的参与者。他观察生活,以异化了的人的目光凝视着城市,但是对事物却表现得漠不关心。正如波德莱尔以牵着乌龟在闹市散步来挑衅似地表现自己的反抗——反抗把人变成麻木的劳动者一样,拉金在全民投入的二战中不仅没有像大多数同学一样入伍参战,而且表现得极其冷漠:"我并不是出于道德方面的原因不想入伍,而是我对战争根本就不感兴趣。"②甚至,对"二战结束"这样振奋人心的消息,拉金也无动于衷。当他从收音机里听到英国战胜的消息时,竟然"不屑于把眼睛从手稿上移开"③。年轻的拉金不仅对战争这样的国家大事表现得漠不关心,对性、婚姻、家庭等也是抱着冷眼旁观而不是热情参与的态度。这种态度不仅导致他终身独身,也使他作品中呈现出那种城市漫游者似的超然观察和深刻自省。

二、《北方的船》之城市芸芸众生

《北方的船》于1945年初版时只收录了31首,1966年拉金名声鼎盛时,该诗集得到再版,在再版时,拉金亲自写了"前言"并新加一首1946年写的诗——《等待早餐,她在梳头》。在初版的31首诗歌中,只有《冬天》《夜音乐》等8首有标题,人们按惯例把没有标题的诗中的第一行作为标题。有评论家认为,拉金早期作品没有标题表现了他这一时期的诗歌没有方向④。诚然,拉金当时的作品和他成熟的作品风格大相径庭,但是,拉金早期的创作特色正反映了诗人诗歌艺术的成长过程,也是他后来诗歌发展的基础。年轻时的拉金天性孤高,但他并没有选择离群索居,而更愿意享受稠人广众中的孤独,从所熟悉的城市生活中截取片段,把这些片段和自身感悟以城市漫游者的随笔的形式记录下来,抒发自己独特的诗歌感受。可以说,《北方的船》是拉金作为运动派代表的发轫之作,拉金成熟

---

① 参见本雅明:《发达资本主义时代的抒情诗人》,张旭东、魏文生译。北京:生活·读书·新知三联书店,2007年,第76页。
② Motion, Andrew. *Philip Larkin: A Writer's Life*. London:Methuen, 1982, p.70.
③ Ibid., p.133.
④ Petch, Simon. *The Art of Philip Larkin*. Sydney:Sydney University Press, 1981, p.21.

时期的作品是在此基础上的升华。

作为城市漫游者,"城市"是诗人描写的主题。《北方的船》这部诗集通过城市人物来勾勒城市,用"拍摄式"的审美眼光,快速捕捉、记录和保存客观现象及个人体验,展示出一幅幅栩栩如生的现代城市生活画面。在这些画面中凸显出一张张都市人的面孔——或悲伤,或茫然,或孤独,表现了在高度商业化的城市中,繁华喧嚣的背后隐藏着现代人百般无奈的疏离感和挫败感。拉金在描写狂热的城市喧嚣和百相众生时,像波德莱尔一样运用了象征的手法,展示当时人们在种种欲望驱使下焦灼无比的内心。

拉金所描写的人物正如城市漫游者描写的人物一样,"每个人在他人眼中既不是明澈可见,也不是暗不可察"①。《北方的船》中第20首诗——《我看到一个被拽着手腕的女孩》("I See a Girl Dragged by the Wrists")就是其中的典型。

> 我看到一个被拽着手腕的女孩
> 穿过一片炫目的雪地,
> 我身上无一处能抵抗。
> 曾经不会如此;
> 曾经我会充斥着无力的嫉妒;
> 但此刻我似乎缺乏精明
> 简单,一如我所见,
> 不多,不少,仅仅一双孱弱的眼睛。

（CP 24）

《我看到一个被拽着手腕的女孩》一开始就描述了作者在闲逛时见到的一个姑娘,"被拽着手腕/穿过炫目的雪地"。这个女孩不是"明澈可见"的,从诗歌中可以得到关于这个女孩的唯一信息就是她是一个恋爱中的女孩——她被男友拽着手腕。诗人没有描写她的音容笑貌,甚至都没有一个字描绘那个拽着她手腕的男伴。作者是被姑娘制造的这种欢乐场面所吸引,而不是嫉妒与姑娘嬉戏的男伴,因而诗中没有一个字提到他。诗人表白他是作为一个旁观者,像欣赏一幅画一样欣赏着女孩在雪中嬉戏的

---

① 本雅明:《发达资本主义时代的抒情诗人》,张旭东、魏文生译。北京:生活·读书·新知三联书店,2007年,第67页。

场面："简单，一如我所见。"在第二节中，白雪粉妆的世界、姑娘的欢笑、她佯装的反抗，栩栩如生地呈现在读者眼前。正如城市漫游者窥视漂亮有钱的女性如同浏览商品一样，只是欣赏一下而已，拉金也表明了自己作为一个旁观者的超然态度："尽管我只是凝视一个小时""我仍然毫不后悔"（CP 24）。

　　诗人对这位年轻女子的态度反映了年轻的拉金当时面临的性的困惑：一方面，他认为"诗歌和性是紧密联系在一起的"[1]，性和女人能赋予诗人以灵感；另一方面，他又害怕与女人有纠葛，"遥远的东西似乎悦人心意、有诱惑力，一旦它唾手可得，我就开始讨厌它"[2]，"一想起和女人上床就觉得麻烦，像站在议会大厅一样麻烦"[3]，所以他更倾向于在远处欣赏女性的美。拉金之所以有这样的困惑，与他受到的伦理启蒙教育有着密切的关系。拉金在一个传统的家庭中长大，有着根深蒂固的两性伦理道德观：如果一个男人与女人发生了关系，这个男人对这个女人就负有道义上的责任，这将意味着结婚生子以及随之而来的家务琐事，而这些繁文缛节会分散他作为诗人的时间和精力，妨碍他实现成为文学家的理想。所以，作者面对美丽可爱的姑娘时只是欣赏，而无意采取行动，不愿外在的因素干扰他全身心地投入他的文学梦中。

　　随着作者继续漫步，另一个场面映入了他的眼帘：两个"穿着破外套"的老工人"正用铲子和铁锹清扫垃圾"，这个场景立刻"把少女从我心头清理干净"（CP 24）。作者用寥寥数笔勾勒出工人疲惫、麻木的工作状态以及对前途毫无信心的心理状态："所有行动在隐忍的无望中完成，/所有被无视的死亡般沉默，/思考的不比一只手能握住的更多。"（CP 24）时间在无谓的工作中虚度，而人完全被工作驯化成机器："用铲子和铁锹；/每个枯燥的日子和每个绝望的行为。"（CP 24）作者对工人工作状态的描写表现了拉金对城市生存状态的厌恶，这种状态就是：人们为了维持生计，必须工作。对于当时满脑子充满了浪漫文学梦的拉金来说，枯燥、单调、年复一年的工作是他不愿面对的残酷现实。

　　以上这两个场景的描写，暗示了年轻的拉金所面临的两大困扰：对性的困惑和对工作的厌恶。在诗歌的最后一段，拉金采用叶芝似的象征手

---

　　[1]　Thwaite, Anthony. ed. *Selected Letters of Philip Larkin*, 1940–1985. London：Faber & Faber, 1992, p. 6.

　　[2]　Booth, James. *Philip Larkin: Writer*. Hemel Hempstead：Harvester Wheatsheaf, 1992, p. 21.

　　[3]　Motion, Andrew. *Philip Larkin: A Writer's Life*. London：Methuen, 1982, p. 119.

法抒发了作者神话般的理想境地：一只雪白的独角兽"最后向我俯下身来/把金黄的犄角放到我手心"（CP 24）。独角兽在西方传统中是借喻由信念之力所托育的"希望"，此处喻指拉金心中的希望就是摆脱一切凡尘困扰，让艺术的灵感自动地降临到他的身上，使他能全心全意地投入文学艺术之中。

这首诗中的姑娘和两个工人都不是明澈可见的，没有姓名和身份特征，代表了城市中的普通人。在《北方的船》中还有几首描写这些普通人的诗，例如：第十二首诗，《像火车有节奏的咔嚓声》（"Like the Train's Beat"），白描似地描绘出了一个坐在英国火车车厢角落里的波兰女孩的肖像。作者特别强调了她唯一确定的身份：波兰籍。当时的波兰是受战争蹂躏的国家，显然，这个姑娘是为了躲避战争而背井离乡，怀着对新生活的憧憬来到英国，坐在通往大城市的火车上。这个姑娘让我们想起了《冬天里的姑娘》中的凯瑟琳，虽然小说中没有说明她具体来自哪个欧洲国家，但我们从其中的描述推断她可能也是来自波兰，因为她也是国破家亡，逃难来的英国。诗歌中这位波兰姑娘的国籍和女性身份说明，她和凯瑟琳一样也是生活在社会边缘的弱势群体：一个外国人在主流文化中被孤立、被异化，一个女人在男权社会中所处的边缘地位和强烈的疏离感。太阳"正在晃动闪耀/点亮了她的睫毛，勾勒出/她利落、活泼的轮廓"（CP 16），她与自然的亲密关系更使她光彩夺目。"她的头发后梳，狂野却克制"（CP 16），暗示着她那淳朴的、带着野性的天性被所处的环境所约束，表达了作者的苦闷：现代社会压抑了人的天性、天赋，像那被束缚的头发一样，有才能的艺术家为了生机不得不被世俗所困，不能随心所欲地在艺海里遨游，而不得不去工作。对于作者来说，这位姑娘所说的外国话使人既感到新奇又为之着迷，但是她的话无人能懂，人们也不屑于去懂，"一如英格兰橡树/从异国交谈的窗口闪过"（CP 16）。此处，拉金通过这个女孩的外国话诉说了自己诗歌话语的困惑。在这个商品社会里，人们只关心自己感兴趣的事，艺术就像这位波兰姑娘所说的外语，无人能懂，也无人愿意去倾听。对于这一点，多年以后拉金总结为什么"无人能懂"，是因为"现代诗歌读者群就是单纯的大学生读者群"，并且悟出"诗一如一切艺术，诗与提供乐趣密不可分"[①]，于是，他把哈代，而不是叶芝，当作理想，用平常而不是晦涩的诗歌语言来展现社会现实和人类的生活。

---

① Morrison, Blake. *The Movement: English Poetry and Fiction of the 1950s*. Oxford: Oxford University Press, 1980, p. 127.

在《北方的船》中，除了以上两首描写少女的诗歌外，还有第十五首诗《舞者》和第十九首诗《丑姐妹》。这两首诗都描写了城市女性的疏离感和孤独感。《舞者》描写了一个女舞蹈演员美妙绝伦的表演。舞者的专注和自我陶醉，让诗人反思个人与集体乃至与整个宇宙的关系：个人是多么渺小和微不足道，虽然舞者舞艺精湛，但是，如果她不再跳舞，月亮并不会因此而"变得狂乱"（CP 19），更不会"俯身，/给地球一个灾难性的吻"。第十九首诗《丑姐妹》讲述了一个姑娘因为长得不漂亮，没人邀请她去参加晚会，所以没能享受灯红酒绿的都市夜生活，只能早早上床睡觉，"让音乐声、小提琴、短号、鼓声/在脑海催我昏昏欲睡"（CP 23）。但作者却认为她因被排斥在夜生活之外而获益，正因为她"青春未曾迷醉"，在别人纵情声色时，她才能静下心来享受大自然的美："聆听树及其和谐的宁静/静闻微风徐熏。"

拉金通过这些片段叙事、瞬间情绪与破碎场景引发自己的沉思默想，在这些诗中抒发自己的迷茫和希望，而《北方的船》之所以出版后未受到读者的积极回应，是因为当时"拉金大多数情况下所做的就像是在脱离现实的状态去表达情感：他也许会对一些实实在在发生的事情做出回应，但诗歌本身却不能成功地将这种回应变为现实。需要强调的是，读者被打动更多是由于他们对角色如此悲惨的原因有所好奇，而这种好奇中又掺杂着些许疑问，绝非对悲惨角色的同情"①。

三、《北方的船》之城市生活万象

拉金一直宣称："我喜爱平凡，我过着一种非常平凡的生活。日常事务在我看来美丽可爱。"②在给朋友的信中，他常将自己刻画成一位离群索居的人，手提着购物袋、拿着公共汽车月票走在火车站台。地铁站、晚会、婚礼、夜晚的街道等，都是拉金漫游之场所，也为他的诗歌提供了生活素材。他用侦探般敏锐的眼光，画家般细腻的手法，真实地再现城市生活的方方面面。

拉金对日常经验的执着表现，不仅是对城市生活的单向还原，而且通过这种原生态描写揭示了生活的本质。通过诗歌的语言，表现作者内心的体验，将历史世界与对个体生命的感悟联系起来，具有深厚的意蕴。《一个人走在荒芜的月台》这首诗讲述了一个寒冷的清晨，人们不得不去

---

① Martin, Bruce K. *Philip Larkin*. Boston：Twayne, 1978, p.125.
② Haffenden, John. ed. *Viewpoint*. London：Faber & Faber, 1979, p.124.

工作的无奈心情。这首诗一开始就通过描写荒芜的车站来营造冷冷清清的气氛，烘托出主人公孤寂的心境和处境：

> 黎明来临，而雨
> 恣意横扫在一个阴沉的秋，
> 一个男人焦躁地等待着火车
> 野蛮的狂风横扫街头，
> 拍打着门窗紧闭的房屋，似乎
> 笼罩在梦的黑色丝绸中
> 睡眠的壳环抱着妻儿。
>
> 《一个人走在荒芜的月台》(CP 27)

诗中的男人为了一家人的生计与安乐，不得不在下着大雨的清晨，顶着深秋的严寒，天还没亮就站在火车站台，准备搭车去上班。严酷的自然环境：肆意横扫的大雨，肃杀的秋风，无不烘托出诗中主人公的凄凉，字里行间充满了对上班族的同情。拉金对上班族的同情和对工作的反感，可以追溯到他父亲对他的影响。拉金曾回忆道："回首童年，我最强烈的感受是恐惧和厌倦。父亲总是在工作，把自己关在书房中，母亲则总是为家务操劳，且不住地抱怨生活的可怕、持家的辛劳、战争的迫近，有一天，她甚至在饭桌上宣布她要自杀……父亲不愉快，因为他的妻子把家变成了一个他须尽力默默忍受的场所。"[1]父亲因为要养家糊口，全身心地扑在工作上，忽略了妻子的感受，而母亲由于独自一人操持家务，备感疲劳、寂寞，不免唠叨抱怨，负面情绪影响了整个家庭气氛，孩子在这样的环境下成长当然会感到压抑和不开心，因此，全家人都成了工作的牺牲品。就像在《一个人走在荒芜的月台》这首诗中，工作把本来应该充满希望的黎明变成艰辛旅程的起点，让本来应该是"睡眠的壳环抱着妻儿"的家失去了应有的温暖和甜蜜。

在接下来的第二节中，拉金探讨了人们赶早班火车的原因：

> 谁知是怎样的野心，
> 让每个黎明成为永无止境的旅程？
> 骗取恋人再次拥抱的时光

---

① Motion, Andrew. *Philip Larkin: A Writer's Life*. London：Methuen, 1982, p. 14.

无法猜透的心

如海鸥迎风展翅？嘴唇这般诉说

星落和破晓呼唤一无所有的人

去下一个沙漠，以免

爱在仍沉睡的人周围挖下坟墓。

（CP 27）

上班族为了按时上班，只得忽视亲情，牺牲爱情，这些都是迫于无奈，因为如果不工作就没有收入，变得一无所有，一家人就没有生活的保障。拉金在这首诗中描绘出经历了第二次世界大战的硝烟与战火，饱受经济萧条与危机的冷风苦雨后，都市人面临的信仰崩塌、价值迷茫、道德沦丧、人的物化异化和激烈竞争的残酷现实。他们终日麻木地工作只是为了在由物质条件所营造的生活中求得生存。在这样的生存环境中，人与人之间的关系日趋淡漠，生活杂乱无章。诗人正是以这种艺术的形式记载了普通都市人的幻灭。

《北方的船》还栩栩如生地向人们展示出一幅幅纸醉金迷的城市生活画面。在第六首诗《踢松火堆》（"Kick up the Fire"）中，作者以旁观者的身份，看着人们兴高采烈地聚会。但是天下没有不散的筵席，当曲终人散，留下的只有空虚、寂寞。持续到深夜的晚会能给人们带来一时的欢愉，晚会后，人们仍不得不面对"骤然的孤独的忧伤"（CP 9），不得不忍受"渐浓的悲伤/透过这繁茂植物的心灵，/无声的虚空"（CP 9）。

第十六首诗——《一饮而尽瓶中酒》（"The Bottle Is Drunk Out"）记载了一个失眠的夜晚，诗人听到的街道上路人的活动以及自己在不眠夜中的沉思。这首诗揭示了城市中灯红酒绿的夜生活后面掩藏着的真相。在日益商品化的社会，人们欲壑难填，甚至情侣之间的亲昵行为也变得像"完成了爱与交易"（CP 31）。"完成了爱与交易"这句话道出了拉金对当时社会上年轻人中间盛行的爱情观的讥讽。拉金在牛津大学读书时，曾在给朋友的信中倾诉他对性爱的困惑。他抱怨追求女人、与女人交往是"昂贵的、费钱的"，并嘲讽道："干脆来个直截了当的社会规范：和她喝上几杯酒就可以尽情交欢。我可能会更加热衷于此。"[1]当时，年轻的拉金虽然没有和异性交往的经验，但是耳濡目染，凭诗人细腻的直觉，感觉到商品经济对人们传统的伦理道德造成了冲击。在充斥着铜臭味的社会，金

---

① Motion, Andrew. *Philip Larkin: A Writer's Life*. London：Methuen, 1982, p.118.

钱能满足人的欲望,爱被大城市所污染,男女之间纯洁的性爱物化成了商品,男女之间的交往成了简单的商品交换,情人之间的关系蒙上了功利的阴霾。拉金对这种与传统伦理背道而驰的社会现象是反感的,他把这种反感迁怒于女人,认为"不值得跟女人出去和交往"①。因此,在他的早期生活以及他的作品中,他始终以旁观者的身份对待女人,在无意识中表现出城市漫游者的特征。

虽然在《北方的船》中,拉金对奥登和叶芝的刻意模仿让有些诗歌看起来有矫情之嫌,另外,其跳跃的想象使某些诗节看起来似乎显得支离破碎,如同一个个拼接而成的断片。但是,拉金用城市漫游者的眼光和表现手法,以独特的视角、细致的观察和内心的敏锐,呈现给我们一连串城市景观。他像本雅明所归纳的城市漫游者一样,虽然置身人群,但又与人群中的人拉开一段距离,没有在人群中失去自己,保留了自己的独特体验,保持着清醒和旁观的批判状态。在已经被逐渐异化,被商业化气息包围的现代城市中,年轻的拉金超尘脱俗,以旁观者的身份,在平实事物中展现现代人的自我探索。

第二节　自然情感的书写

爱是诗歌永恒的主题,同样,爱的主题贯穿了拉金整个诗歌生涯,"拉金可以被称作爱情诗人,因为他的诗歌主题是爱"②。虽然拉金一生未婚,但是他终其一生都在对爱苦苦追寻。拉金在接受约翰·海芬顿的采访时声称:我认为唯一能拯救我们的就是爱,无论是从单纯的生物学角度还是从对生活馈赠的角度而言,爱让生活更为美妙③。爱,是拉金生命的动力,生活中的氧气,诗歌的灵感源泉。

爱可以定义为对某人或某事的真挚情感。从人与人之间的伦理关系来看,爱是衍生自亲人之间由血缘而产生的关爱和血脉之情,如母爱、父爱、兄弟姐妹之亲情;亦可为衍生自性欲与情感上的吸引力,例如,情人之

①　Motion, Andrew. *Philip Larkin: A Writer's Life*. London: Methuen, 1982, p. 118.

②　Rajamouly, Katta. *The Poetry of Philip Larkin: A Critical Study*. New Delhi: Prestige Books, 2007, p.104.

③　Whalen, Terry. *Philip Larkin and English Poetry*. Basingstoke: Macmillan, 1996, p.13.

间的激情和爱恋;此外,还可能为衍生自惺惺相惜与相互钦佩之情,例如,朋友之间的彼此忠诚和友爱等。母爱和亲情是以理性意志形式表现出来的情感,是一种道德情感①,而男女之激情受动物性本能的驱使,是一种自然情感,它是"不受道德约束的一种生理和心理反应"②。这种由人的性本能驱使而产生的激情,是兽性因子的外化,而只有当这种原始的自然情感受到理性制约,使当事人的行为合乎伦理道德规范时,才能实现灵与肉的结合,并且"人的理性力量使他能通过和客体发生能动的联系,透过事物的表面抓住它的本质,人的爱的力量使他冲垮他与别人分离的围墙并去理解别人"③。其实,不论是男女之间两情相悦的激情还是生死不渝、情投意合的爱情,都是人性因子和兽性因子在伦理选择过程中形成的不同组合,只有当理性力量和自然情感相结合时,男女之间的自然情感——激情——就升华成为道德情感——无私永恒的爱情。从拉金的诗歌创作生涯来看,他的爱情诗经历了早期对自然情感的书写、中期对自然情感与理性意志的思考以及后期对升华为道德情感的爱情的讴歌。

20 世纪中叶饱经两次世界大战离乱的现代人似乎渐渐疏远了浪漫,在这样的伦理环境中,早期的拉金在世风中迷离,他用心呼唤爱情,同时又对之产生怀疑,以为爱等同于激情和性爱,于是,他把对这种爱的独特体验用柔美而内向的叶芝式修辞表达出来。在牛津读书期间,拉金沉迷于叶芝的浪漫主义诗风,把个人生活延展为象征化的"所思、所感"。他的第一部诗集《北方的船》就是"叶芝对爱情、性苦闷和死亡的执着的感伤化的翻版"④,流露出一个青年人对爱情梦幻般的向往和对爱的实质的探索。

在从来没有过感情经历的拉金的早期诗作中,诗人将"爱情"等同于"激情"。其实,由激情主导的爱情就是一种自然情感,是由"性欲导致的对爱情的追求"⑤。对于由性吸引或性行为激发的感情,拉金认为"此类爱情本质上就是转瞬即逝的。两个人彼此愈熟悉,他们的结合就愈将丧失其神奇魅力,直至最后相互间的反感、失望和厌恶情绪把残存下来的激动兴奋一扫而光"⑥。拉金早期作品中着墨描述了这类爱情,认为这种情感

① 聂珍钊:《文学伦理学批评导论》。北京:北京大学出版社,2014 年,第 250 页。
② 同上,第 280 页。
③ 埃里希·弗洛姆:《弗洛姆著作精选》,黄颂杰译。上海:上海人民出版社,1989 年,第 165 页。
④ Motion, Andrew. *Philip Larkin: A Writer's Life*. London: Methuen, 1982, p.34.
⑤ 聂珍钊:《文学伦理学批评导论》。北京:北京大学出版社,2014 年,第 280 页。
⑥ 埃里希·弗洛姆:《爱的艺术》,陈维纲等译。成都:四川人民出版社,1986 年,第 5 页。

是"苍白无力的、无意义的、失败的"①,比如,他在《如果手能放你自由,我的心》("If Hands Could Free You, Heart")如是感慨道:

> 爱是海市蜃楼,还是奇迹,
> 你的嘴唇探向我:
> 太阳像要把戏的杂耍球,
> 它们是伪装还是迹象?

(CP 28)

拉金把这种自然情感的"爱"比作每天升起的太阳:每天升起的太阳看起来像是变戏法者的杂耍球,有时阳光灿烂,有时半掩在云中。通过这个比喻,诗人暗示:由自然情感主导的爱情虽然表现形式各不相同,但是它和杂耍球一样是骗人的,和海市蜃楼一样是虚幻的。接着,拉金写道:

> 照亮阴霾,我突然而至的天使,
> 用你的胸和额头驱散恐惧,
> 我紧抱着你,现在和永远
> 因为永远永远就在当下。

(CP 28)

这一诗节继承了文学 *carpe diem*(只争朝夕,及时行乐)的传统。诗人呼唤丢弃恐惧,拥抱爱情。拉金并没有言明是何种恐惧,这种恐惧可能是对未来不确定性的恐惧,也可能是对爱将带来的伤害的恐惧,但是不管怎样,相爱的这一刻才是最珍贵的,不在乎天长地久,只在乎曾经拥有,"因为永远永远就在当下"。由于没有感情经历,拉金从他父亲那里耳濡目染了大男子主义作风,因而,他界定的爱情是肉欲的、短暂的、自私的,这种"由人的本能导致的情感在伦理选择中以一种自然意志或自由意志的形式体现出来,属于自然情感或自由情感",由于这种自然情感"是人的兽性因子的外化,是自由意志的体现"②,所以男人只关注自己性爱的即时满足,不愿意受伦理道德的约束。这首诗所表现的大男子主义还体现在诗歌的表现手法上。诗歌的叙述人是以男性的口吻叙述的,在描写恋人的时候,着力

---

① Rajamouly, Katta. *The Poetry of Philip Larkin: A Critical Study*, 2007, p.105.
② 聂珍钊:《文学伦理学批评导论》。北京:北京大学出版社,2014年,第280页。

渲染"胸"和"额头",暗示着诗人认为情人之间除了肉体亲密以外,不可能存在精神层面的关系。

拉金的另一首诗《我梦到一片狭长的沙洲》("I Dreamed of an Out-thrust Arm of Land")同样描写了自然情感的爱情:

> 我梦到一片狭长的沙洲
> 海鸥在海浪上翱翔
> 扑打绵延数英里的沙丘;
> 风儿爬上洞穴
> 撕裂开一座黑色的花园
> 园中黑色的花朵已经凋零,
> 环绕着我们安歇的房舍,
> 紧闭的窗帘和一张床。
> 熟睡中,你把我唤醒
> 漫步在凄冷的海滨
> 没有记忆的夜晚,
> 直到你的声音放弃我的耳朵
> 直到你的双手缩回
> 我没有了泪水,
> 沿着砖砌的街道一样的大海
> 和洒满星星的寒丘。

(CP 26)

拉金在第一诗节中制造了一个爱的海市蜃楼:"我梦到一片狭长的沙洲/海鸥在海浪上翱翔/扑打绵延数英里的沙丘"。现实的"风"打碎了诗人的幻觉,拉金早期诗作中的"风"多象征一种现实的、不可抗拒的力量:风撕裂黑色的花园,吹落黑暗中的花瓣。风环绕着恋人歇息的房舍,暗示了不祥之兆笼罩着这对沉醉在温柔乡里的恋人。第二诗节描写的是爱情的破碎,"你"把我从甜蜜的梦中唤醒,暗示自然情感不会长久,而在两性关系中,女人比男人更清醒,是"受骗较少者"。既然这种爱是短暂的,分手并不一定就是伤痛,虽然耳边再也听不到"你"的声音,"你"的双手已缩回,但是"我"没有流泪,独自走上自己的道路。从这一首诗可以看出拉金年轻时的两性伦理观:他不相信天长地久的爱情,男女吸引、相爱是受到自然情感驱动的结果,是在斯芬克斯因子中兽性因子的控制下做出的伦理选择,所以当男女相互间物理吸引的感觉已逝,就应该放手,分道扬镳,不必受到任何道德的羁绊。同样,在第十首诗歌《在梦里你说》("Within the Dream You Said")中,拉金表达了相同的看法:

> 在梦里你说:
> 让我们亲吻吧,
> 在这间房,在这张床,
> 但是当一切结束,
> 我们不要再见面。

(CP 14)

"你"就是男性的梦中情人,她性感而独立,当爱不再时,理性而潇洒。

《北方的船》中大多数爱情诗歌都是描写分手的情人或是单相思的恋人。这些诗歌表明诗人在处理逝去的爱情时做出的伦理选择:自然情感的爱情是转瞬即逝的,应该珍惜在一起的短暂时光,当一对恋人不再有怦然心动的感觉时,表明爱情已不存在了。没有了激情的情人就应该分手,而理想的分手就是从情人过渡到朋友。为什么会有这种伦理选择呢?因为拉金认为女人一旦和男人建立亲密关系,"她们总是希望男人向她们表示爱意和忠心,最主要的是,她们要觉得自己'拥有'你——或者你'拥有'她——我最恨这样"[1]。拉金不愿意被爱束缚,所以他说:"我担心我无法拥有任何人们称作'爱'的那种感情。"[2]正因为拉金不愿意被女人束缚,所以他心目中的理想女性是拥有独立人格、独立思想的现代女性,这类独立女性不把感情作为依附于别人的筹码,当爱情不再的时候,她们忠实于自己的情感,坦然面对,理性地分手。正如这样的女性只存在于诗人的幻想中一样,这样从男性利益出发的功利的爱情也只是诗人的幻想。在《亲爱的,如今我们必须分离:不要让它》("Love, We Must Part Now: Do Not Let It Be")这首诗中,拉金写道:

> 亲爱的,如今我们必须分离:不要让它
> 变成灾难,带来苦痛。以往
> 太多的月光和顾影自怜

---

[1] Motion, Andrew. *Philip Larkin: A Writer's Life*. London: Methuen, 1982, p.190.

[2] Ibid., p.138.

让我们将它结束：如今至少
太阳从未如此从容悬挂天空，
心儿从未如此渴望自由，
渴望踢翻世界，鞭挞森林；你和我
不再拥有他们；我们只是空壳，看着
谷粒正走向不同的归宿。

有遗憾。总是，会有遗憾。
但这样更好，解放了我们的生活，
像两艘高桅船，沐浴阳光，顺风而行，
在一个港口分别，朝着既定的航向，
挥手道别，直至从视线中消失。

（CP 29）

当爱的感觉消退，两个人在一起不再快乐，而是"顾影自怜"时，就应该分手。正因为激情是不可能长久的，所以恋人之间的分手便是注定的。纵然分手有不舍和遗憾，但是做出分手的伦理选择比勉强在一起"更好"，分开后生活会更"放松"，所以，曾经的恋人就应该轻松地"挥手作别"，各奔自己的人生路。

在第三十首《在那青涩的日子里你昂着头》（"So Through That Unripe Day You Bore Your Head"）这首十四行诗中，拉金赞美了和恋人的夏日爱恋，诉说着她是如何离开诗人的生活，而她的形象在诗人的记忆中为何反而变得更甜蜜："分手后你的形象变得更甜蜜，/漂浮着，展翅，在阳光中聚焦。"（CP 35）最后一诗节的开头写道，"夏天渐渐耗尽。现在我们相安无事"（CP 35），揭示了夏天既是他们恋爱进行的时间，也是他们火热激情的象征，随着时间的流逝，夏天总要过去，一如人们的激情。激情过后，恋爱双方平静面对，没有痛苦和怨怼。

《北方的船》这部诗集里的爱情诗几乎都否认天长地久的道德情感，认为男女之间只存在激情——自然情感，因为"这种男女之间突如其来的、奇迹般的亲密之所以容易发生，往往是同性的吸引力和性结合密切相关，或者恰恰是由此而引起的。但这种类型的爱情就其本质来说不可能持久"①，所以这种情感是短暂的、自私的、不可靠的。这部诗集里的诗歌

①　埃里希·弗洛姆：《爱的艺术》，陈维纲等译。成都：四川人民出版社，1986 年，第 6 页。

表明了作者在对待自然情感时做出的伦理选择：既然男女之间的激情是短暂的，激情过后，就不应该以"爱"的名义来束缚对方，而应该潇洒分手，"挥一挥衣袖，不带走一片云彩"。拉金之所以会做出这样的伦理选择，是由他所处的伦理环境所决定的：拉金在牛津大学求学期间，弗洛伊德的性伦理在大学中盛行，而弗洛伊德在两性和爱情伦理方面特别强调性欲在两性之间的驱动作用，认为爱情是出自男女之间的性吸引，因而，拉金在青年时期创作的诗歌中诠释了一种颠覆性的爱情观：放弃道德主义的原则，奉行功利主义和男权主义的原则。

第三节　少女与缪斯幻象

　　《北方的船》中不乏对女性的描写，这部诗集共计 31 首原创诗歌中有14 首涉及女性。在这 14 首诗歌中，我们可以看到这样一个共性：这些女性都是诗人心目中的少女幻象。诗人在幻想的世界里勾画出纯美的少女缪斯，既纤柔又独立，近在眼前又无法触及。拉金通过这些虚幻的女性象征性地表达自己的理想以及追求中的困惑。

　　由于拉金青年时没有与女性交往的实际经历，于是他把目光投向文学，在文学作品中寻找心目中的理想女性，"年轻诗人常常捕捉到些许诗意情景，试图唤起一种充斥着倦怠和伤感的模糊情绪，而不是因为一些实地实事、具体物象，从而引发真实情感"①。因而，拉金这些诗歌中的女性形象隐晦、青涩，带有象征意味。拉金通常是采用男性视角把女性作为一种存在的抽象和象征，诗人本身对女性或者其个人生活不太感兴趣，只在意如何通过女性形象来传递情感和想法，比如，《北方的船》中第一首《一切放着火光》（"All Catches Alight"）；第十五首《舞者》（"The Dancer"）；第二十首《我看到一个被拽着手腕的女孩》（"I See a Girl Dragged by the Wrists"）；第二十二首《一个人走在荒芜的月台》（"One Man Walking a Deserted Platform"）；第三十一首《北方的船》（"The North Ship"）。

　　在《一切放着火光》《我看到一个被拽着手腕的女孩》和《舞者》中，叶芝对拉金的影响十分明显：运用象征的深刻蕴含。《一切放着火光》借鉴

---

　　①　Davie, Donald. *Thomas Hardy and British Poetry*. New York：Oxford University Press, 1972, p.28.

了叶芝的螺旋意象，叶芝的神秘主义信仰体系通过螺旋锥体象征来表现，比如在他著名的《再度降临》（1919 年 1 月）这首诗中有写道："盘旋盘旋在渐渐开阔的螺旋中，/猎鹰再听不见驯鹰人的呼声；/万物崩散；……"叶芝把文明的发展从锥体的尖端开始，呈螺旋形旋转，"渐渐开阔"，到底部"崩散"而结束，然后从对立锥体的尖端开始反向旋转，开始另一文明的循环。而在《一切放着火光》中，诗人也重现了这种螺旋理论的象征意义：

> 海鸥、青草和姑娘
> 在空中、地里和床上
> 加入这万物复苏
> 漫长的回旋，
> 收拢又抛开，
> 超越死亡，
> 它们能控制怎样的生命
> 一切都回归于整体。
> 　　敲鼓：一面冬天的鼓。
>
> ……
>
> 让飞轮旋转，
> 直到一切创造之物
> 带着呼喊和回应的呼喊
> 抛弃记忆；
> 让万物生发，
> 直到几个世纪的春天
> 和所有它们埋葬的人
> 重新站立在大地上。
> 　　敲鼓：一面冬天的鼓。
>
> （CP 3）

拉金"引用了叶芝的时间观、发展观以及耶稣重临的观点，他笔下的飞轮是另一个版本的叶芝式螺旋意象"①。另外，叶芝式的象征在这首诗歌中

---

① Timms, David. *Philip Larkin*. New York：Barnes, 1973, p.28.

也很突出,比如,鸥鸟和青草代表天空和大地,而女孩则代表人类,象征了敏感、细腻、善思的人类。

拉金早期描写女性的诗歌都是以女学生和天真少女为讴歌对象,她们是天真、纯洁和神圣的。前面提到的《像火车有节奏的咔嚓声》这首诗就成功塑造了一个带有神秘色彩的异国女子形象:

> 火车奔驰穿过城市的
> 荒野。几英里的变化景致
> 从她的脸庞闪过。
> 所有对人性的关注
> 在她天使般的美丽面前黯然失色,
> 旋涡似的音符从鸟的喉咙
> 逼出,发出莫名其妙的鸣叫
> 穿透有字的天空;一个声音
> 浇灌着如石般冷酷的地方。

(CP 16)

在现代城市化不断蔓延和高度发展的背景下,这位异国少女却保持着自己自然、纯真、独立的本色。诗人由衷地赞叹所有人为的美都不及这位异国女郎"天使一般"的自然美。虽然听不懂她的话,但是她的语调抑扬顿挫,让人着迷,她那优美温柔的声音给这个冷漠无情的社会带来了几许温情。年轻诗人倾心于少女清新自然的天使般的美,由此可见,拉金心中完美的女性幻象的特点是自然脱俗、略带神秘感、可望而不可即。

《我看到一个被拽着手腕的女孩》(CP 24)也是拉金描写幻想的女性中具有代表性的一首。诗人一开始就描写了一位姑娘和男友快乐嬉戏的场面,诗人被这种欢乐的气氛所吸引。在第二诗节中,白雪粉妆的世界更增添了梦幻般的效果,被雪花装扮的少女置身仙境之中:

> 天地间银装素裹,
> 雪花晶莹耀眼。
> 雪花甚至缀饰她发丝
> 当她笑着挣扎着,佯装打斗;
> 我仍然毫不后悔;
> 没有什么狂热,没有什么令人高兴

如她在我脑海出现，

再也不会如此，尽管我只凝视了一个小时。

（CP 24）

与自然浑然一体的少女犹如出水芙蓉般的人间精灵，她的欢笑、她佯装的反抗，都表现出少女的天真无邪、活泼可爱、天然去雕琢。第一诗节和第二诗节中重复提到了"白雪"——"一片炫目的雪地"（第一诗节），"天地间银装素裹，雪花晶莹耀眼。雪花甚至缀饰她发丝"。"雪"是纯洁的象征，不仅喻指少女的纯洁，还暗示着拉金对少女柏拉图式的爱恋。拉金曾说"一想到性关系就很反感"①，可见拉金青少年时期对女性美的审美标准是纯精神层面的，远离任何肉欲的成分。诗中的少女是那么自然脱俗，她们和拉金在生活中遇到的狡黠、世故的大学女生形成了鲜明的对比。

接下来的第三、四、五、六诗节，拉金把街头漫游之审视目光转向了真实的世界，但是看到眼前体力劳动者的辛苦劳作，女孩就不再占据他的心头，"把少女从我心头清理干净"，于是，诗人得出"成为那个少女——但那是不可能的"。雪地里的少女虽然美好，却是不现实的、不可触及的美丽幻象。在诗歌的最后一段，拉金模仿叶芝式的象征：一只雪白的独角兽"最后向我俯下身来/把金黄的犄角放到我手心"。"独角兽"在西方传统中除了借喻由信念之力所托育的"希望"之外，还是处女的象征。拉金把雪地里的少女升华为自己心目中的处女缪斯，暗示拉金希望获得艺术灵感，不受尘世干扰，全心全意地投入文学创作中。

拉金在《我看到一个被拽着手腕的女孩》中首次提出女性和文学理想之间的矛盾，收录于《北方的船》中的最后一首诗，写于 1947 年的诗歌——《等待早餐，她在梳头》（"Waiting for Breakfast, While She Brushed Her Hair"）——详细描述了作者在女性和文学理想之间的艰难抉择。诗人首先描写了现实中的女人给他带来的愉悦："等待早餐，她在梳头，/我俯视旅馆空旷的庭院"（CP 40），"早餐"和"旅馆"暗示叙述者"我"和"她"之间超乎寻常的男女关系。第二诗节的最后一句，"我亲吻着她/纯粹的欢愉轻易地将天平倾向爱"（CP 40）暗示了"她"带给我的感官快乐。从拉金的生平来看，这个现实中的"她"可能是他的初恋情人——露丝，第一诗行暗示着拉金与露丝从 1945 年开始的性关系。但拉金害怕随之而

---

① Salwake, Dale. ed. *Philip Larkin: The Man and His Work*. London: The Macmillan Press, 1989, p.11.

来的婚姻,认为结婚让人失去写作能力。他在爱情和艺术事业之间矛盾、徘徊,最终选择了艺术,与相恋多年的露丝解除了婚约。所以在《等待早餐,她在梳头》中诗人明确地指出:"你"——缪斯——才是"我"魂牵梦萦的对象。于是,诗人思忖着怎样才能得到缪斯的青睐,揣测"你会嫉妒她"。"你"显而易见是指诗人的缪斯,而"她"就是指现实生活中与自己恋爱的真实女人——露丝,这行诗句表现出诗人在缪斯和现实恋人中进行选择的艰难。进而,诗人得出结论:"你拒不到来,直到我/无情地把她打发"(CP 40),说明诗人认为只有摆脱现实中与自己恋爱的女人,才可能获得艺术灵感。他在写作这首诗的前一年,曾在给朋友的信中倾诉自己的烦恼:

> 我性格中"艺术"和"生活"是不相容的。我发现我一旦为另一个人所倾倒,正如我现在不知不觉地为露丝所倾倒一样,我的某些艺术神经就变得松弛、迟钝,不可能保持精神的高度紧张,不能捕捉到灵感并把它描述出来……让他人进入我的生活导致我的文学感觉变得麻木,丧失表达的意愿和能力。①

于是,《等待早餐,她在梳头》中的女主角化身为少女缪斯,诗人用第二人称"你"来称呼缪斯,表现了诗人想要亲近缪斯的愿望,而现实生活中的真实女性——露丝——第三人称的"她",则是"他者",是横在"我"和缪斯之间的"第三者"。由此可见,在《北方的船》这部诗集中,拉金描述的美好女性并不是真实的女性,而是他心中的一种幻象。

《北方的船》是一部浪漫主义和象征主义相结合的诗集,这部诗集里的女性都是超现实的虚构,同时也是对现实的隐喻似的回应。不论是充满神秘色彩的异国女子(《像火车有节奏的咔嚓声》),还是《等待早餐,她在梳头》中的少女缪斯,她们或是诗人寄寓的象征,或是诗人彰显"理想"女性的假托,或是被诗人当作缪斯的化身,总之,这些少女都是超脱于现实、脱胎于理想的幻象。

---

① Thwaite, Anthony. ed. *Selected Letters of Philip Larkin*, *1940 - 1985*. London: Faber & Faber, 1992, p.116.

《受骗较少者》:
真实的故事

我的诗都很简单明了,任何解释评论都是多余的。它们都是源于我看到的、听到的事和我的感想,我不认为他们有什么不平常的。

——拉金①

拉金的第二部诗集——《受骗较少者》一出版就非常畅销,甚至供不应求,在学术界也影响广泛,当时的《泰晤士报》(文学副刊)就将拉金称为"有重要地位的诗人"②。此外,与该诗集同样受欢迎的是一场新的诗歌运动,因此人们称之为"运动派"诗歌。这场运动一度风靡英国战后文学界。拉金从未刻意将自己的诗歌归于某一流派,或者主动为某个诗歌流派辩护,但是与几乎无人问津的《北方的船》和《二十首诗》不同,《受骗较少者》受欢迎程度很高,拉金随后享有的声誉也与运动派的出现紧密联系在一起。《受骗较少者》从《吉尔》和《冬天里的姑娘》这两部小说创作中总

---

① Motion, Andrew. *Philip Larkin: A Writer's Life*. London: Methuen, 1982, p.271.

② Tolley, A. T. *My Proper Ground: A Study of the Work of Philip Larkin and Its Development*. Edinburgh: Edinburgh University Press, 1991, p.85.

结经验,"避免自己在后期作品中再犯《北方的船》中一样的错误"①,努力尝试在诗歌中书写真人真事。

第一节 《题一位年轻女士的相册》: 现实中的真实女人

《受骗较少者》中的诗歌都是拉金在尝试过小说之后所写,这些诗歌表现了一种完全不同的风格,与第一部诗集——《北方的船》的表现形式大相径庭。拉金认为"小说和诗歌之间一个本质的区别就是,小说写的是别人,诗歌反映的是自己"②。在经历了小说创作实践之后,拉金诗歌中所呈现的自我留存、吸纳、融合了许多具有不同身份的角色,特别是在《受骗较少者》中,书写女性的诗句在这部诗集中变得丰富多样。拉金笔下围绕女性所描写的人性体验的维度已经不再像《北方的船》中那样单一而公式化,拉金对女性形象的认知打破了艺术和情感障碍,不再局限于少女,而是塑造了一个个栩栩如生的女性形象,更重要的是,这些女性已不再是诗人的幻象,而是"现实中的真实女人"。

在整部《北方的船》中与女性相关的诗歌中,几乎都是男性叙述者幻想的女性,只有《丑姐妹》("Ugly Sister")这首诗是一个例外,从这个例外可以看出,拉金创作《北方的船》时已经开始尝试书写与现实有关的人和事。《丑姐妹》这首诗值得我们关注的原因在于拉金设想了一种女性的腔调,并且用了整个篇幅来写一个女性的经历,而这种以女性口吻进行的创作可能是他的小说《冬天里的姑娘》用女性口吻叙述的先行试验,而这种叙述模式在他后来的诗歌,比如,《婚礼那天的风》("Wedding Wind")和《欺骗》("Deception")中得到了发展,变得更加成熟与完善。《丑姐妹》这首诗的标题和第一节谨慎且简洁明了地说明了年轻女性的现状。在诗集《北方的船》里所有的诗歌标题中,只有《丑姐妹》这个标题最明确具体,发人深思,令人同情。它不像《北方的船》中其他女性诗歌一样模式化,丝毫没有掩盖现实,也没有进行渲染或是多愁善感的书写。《丑姐妹》这个标题撕下伪装,一针见血,直接明确地说明了说话人的身份,也就是诗中

---

① Timms, David. *Philip Larkin*. New York: Barnes, 1973, p. 53.
② Hamilton, Ian. "Four Conversations." *London Magazine*, 1964, 6: 75.

的"我"：

> 我将爬三十级楼梯到我的房间，
> 躺在我的床上；
> 任音乐、小提琴、短号和鼓点
> 脑海催我昏昏欲睡。
>
> 只因青春未曾迷醉，
> 未曾陷入爱中，
> 我要聆听树及其和谐的宁静，
> 随风曳曳起舞。

（CP 23）

和《北方的船》中大多数诗歌相反的是，《丑姐妹》中说话人的身份、经历和感受不是晦涩模糊的，而是具体清晰的。拉金在标题中提供了叙述者的一个重要信息：她不仅不美，而且是丑的，很可能是一位漂亮女士的丑妹妹，所以当我们读这首诗的时候，就会想象她在生活中总是被拿来和别人进行对比，成为漂亮女人的陪衬。诗歌的第一诗节充斥着沉重和压抑，丑妹妹很清楚晚间音乐会的结局是怎样的，可能这样的场景经常出现在她的生活里：她的夜晚总是以这种方式结束，以至于她清楚地知道回到她孤寂的房间需要爬多少级楼梯。"昏昏欲睡"这一词所体现的慵懒强调了她爬回自己房间时的疲倦，房间外面的音乐和喧嚣烘托出她的寂寞，"昏昏欲睡"还暗示她其实不想入睡。

第二诗节提供了这位女士的经历和想法的相关信息。前两行提到了美貌所具有的魔力：它是施在女性身上的魔法，让女性充满迷人的魅力和吸引力。这两行让我们想起青涩青春期的苦恼与甜蜜——这是那个女孩开始成长为女人的重要时期。青春期的女孩春心萌动，开始追求爱情，而这种少女怀春的经历可能会改变和影响她一辈子。如果一个女孩天生丽质，她会很容易得到人们的青睐和喜爱。同时在这两行诗中，拉金将特殊性和普遍性融合在一起，向我们展示了人们普遍认同的女性价值观以及外貌对女性的重要性：女人的漂亮程度决定了她在社会上受到重视和获得成功的程度。最后两行诗看似伤感，但是我们从这两行诗中看到了这位被人们歧视和边缘化的女性的乐观精神，身处让她失望的境地，她选择远离给她造成痛苦的人类世界，将自己沉浸在大自然的慰藉中。她所感

第五章 《受骗较少者》：真实的故事

受的他者性和挫败感在《冬天里的姑娘》中的凯瑟琳身上也得到了充分体现，而且她和凯瑟琳一样有着坚强的内心来抵御外界的冷漠和排斥。

十年之后，身心和艺术同样成熟起来的拉金，对女性的刻画比《丑姐妹》中更深刻、更真实。他不再耽于对女性的幻想，不再拘泥于一种女性理想，而是把眼光投向现实中的真实女性，这些女性不局限于少女，还有不同年龄段、不同身份、不同性格特征的女性，甚至病态的或叛逆的，通过她们展现了现实生活中女性的人生百态。这个时期的拉金和女人打交道的实际经验还不是很多，对女人的了解启蒙于文学："我不懂女人和婚姻。我只明了一件事：如果我们多读劳伦斯的小说，多了解小说中的女性，我们对所有女人就有一个大概的了解了。"①劳伦斯和哈代的作品中成功地塑造了很多女性角色，她们美艳动人，危险而有魅力，特别是她们有缺陷的个性和情感不可避免地给自己带来不幸。拉金在写《受骗较少者》这部诗集时，已从对叶芝的模仿，转向对哈代和劳伦斯的崇拜，因此，在这部诗集里塑造的女性也如同哈代和劳伦斯小说中的女性一样，是真实的、迷离的、不完美的，同时，她们无法逃脱悲惨的命运。正是由于拉金以质朴的话语恰如其分地描述普通女性平常的生活和普遍的经验，才让他的诗歌具有感染力，才使他的诗歌在 20 世纪的诗歌里能被高度接受。

拉金在编辑《受骗较少者》这部诗集时，就顺序编排的标准和依据解释道："我对待它们就像编排音乐会的节目单，你知道，要考虑到内容、篇幅长短、喜剧效果、男高音部分和女声和声。我认为《题一位年轻女士的相册》这首诗通俗易懂，最适合做开篇。"②《题一位年轻女士的相册》作为诗集的第一首诗歌，奠定了整部诗集的主要基调：主题是"现实中的真实女人"，表述形式是"容易理解"③。

《题一位年轻女士的相册》（"Lines on a Young Lady's Photograph Album"）第一诗节写道：

> 终于你让步，亮出相册，
> 一打开，我心慌意乱。你所有的岁月
> 无光泽的，有光泽的，都出现在厚厚的黑页上！
> 如此甜蜜，如此丰富：

---

① 转引自 Rosen, Janice. "Difficulties with Girls." *Philip Larkin*. Stephen Regan, ed. New York：St. Martin's Press, 1997, p.137.

② Thwaite, Anthony. ed. *Further Requirements*. London：Faber & Faber, 2001, p. 55.

③ Ibid.

我因如此美艳的图像而哽咽。

（CP 43）

显然，"你"经不住叙述者"我"的软磨硬泡，终于让"我"看相册。与《丑姐妹》不同的是，这首诗的女主人公不但不丑，而且非常美丽，因为第一眼看到渴望已久的相册，就让"我"心慌意乱，女主人公过去的美貌让"我"激动得窒息。"丑姐妹"中年轻的拉金把女人的不幸归结为长得不漂亮，那么十年后的拉金又怎么看待女人的长相与命运之间的关系呢？"美丽"并没能和"幸福"画上等号，诗歌叙述道：相册中记载着"你所有的岁月"痕迹，多舛的经历让我哽咽。

> 我双眼贪婪地饱览，从一个姿势到另一个姿势
> 或是扎着辫子，抱着不情愿的小猫；
> 或穿着皮草，打扮成甜美的学生少女；
> 或是举着一簇盛开的玫瑰
> 站在花架下，或是戴一顶特里尔比帽
>
> （那，在好些方面，微微撩人）——
> 你从各个方面考验我的自制力，
> 不仅仅是这些令人不安的小伙子
> 在你年轻时懒洋洋地倚伴着你：
> 完全不是你的类型，我想说，亲爱的，是你的全部

（CP 43）

拉金在这首诗歌中紧扣着照片的视觉效果及其给叙述者带来的感官感受，第二诗节描写了"你"少女时期的照片，塑造了一个纯洁、自然、甜美的女学生形象：穿着毛茸茸的皮草大衣，梳着马尾辫，抱着一只宠物猫，举着一束繁花簇簇的玫瑰。这个纯真的宁芙（nymph）原型其实就是拉金年轻时心目中的理想女性形象，是他心目中的缪斯。

　　第三诗节一开始，诗人评价这位宁芙："那，在好些方面，微微撩人"（CP 43）；就个人情感方面，她激起了"我"的爱恋，让"我"难以自持，流露出叙述者对照片中少女隐约的暧昧情意。从第二诗节中描述的，女孩穿着昂贵的皮草，养着宠物，可以看出她家境富裕，可是，她的美貌和富有并没有给她带来幸福。所谓"窈窕淑女，君子好逑"，但是被女子美貌

吸引的不仅有君子,一些纨绔子弟也出现在女人的相册中,所以第三诗节继续道:"这些令人不安的小伙子","完全不是你的类型"(CP 43)。"完全不是你的类型"这句暗示叙述者认为这些"不安分"的男孩既不可靠,也不能托付终身,根本配不上"你",暗示着"我"对女人未来命运的不安和焦虑。其实从"这些令人不安的小伙子""完全不是你的类型"中读者还可以体会到拉金流露出的嫉妒和醋意,其实在构思这首诗歌的时候,拉金曾写信给同事维尼弗瑞德:"我拿不定主意,这首诗将是严肃还是轻松……"①拉金可能在暗示维尼弗瑞德,这首诗是献给她的。但是,拉金显然是一厢情愿了,因为维尼弗瑞德只把拉金看作一个年龄比她大很多、和蔼可亲而害羞腼腆的同事。其实,当时的维尼弗瑞德正忙于订婚,她曾毫无芥蒂地把订婚戒指展示给单恋她的拉金看。因此,在这段诗节中,拉金借这首诗来抒发自己对维尼弗瑞德订婚感到的遗憾,和对其未婚夫的嫉妒。维尼弗瑞德"撩人心动而又遥不可及,她让拉金更坚定了奉献于'艺术'而不是'生活'的决心"②,她是激发诗人灵感的现实中的真实女人。

> 噢,相片,没什么艺术能如此,
> 忠实而令人沮丧!它记录着
> 生活的枯燥和无聊,人前的强装欢颜,
> 却不会检查瑕疵污点
> 像清洗机和大厅的胶画颜料板一般,
>
> 而是展现出一只不情愿的猫,掩盖住
> 它的双下巴,多么优雅
> 当你的纯洁从相册中的脸庞透露!
> 它不可抵挡地劝服我们
> 这是一个真实地方的真实女孩
>
> 从每一方面来看都是真实的!
> 抑或是这只是过去?那些花儿,那扇门,
> 那雾气弥漫的公园,汽车,折磨着我

① Motion, Andrew. *Philip Larkin: A Writer's Life*. London: Methuen, 1982, p.224.

② 转引自 Booth, James. *Philip Larkin: The Poet's Plight*. New York: Palgrave Macmillan, 2005, p.73.

仅仅因为她们能陪伴在你身旁;你
牵引住我的心,以那些过时的。

是的,真实;但最后,无疑,我们哭泣
不是因为被排斥,仅仅因为
它让我们自由地哭泣。我们深知
回忆无法让我们开释
悲哀,怎样努力也无法跨越

眼睛到册页的鸿沟。因此我独自
哀伤悼念(没有任何原因)
你,骑在倚靠着栅栏的自行车上,
我思忖着你是否能发现丢失
一张沐浴的照片,浓缩的过往

简而言之,一个没人能与之分享的过去,
无论谁是你的未来,平静而干涸,
它保存你,如天堂般,你躺着,
在照片中永远可爱
随着岁月的消逝更加年轻,更加清晰。

(CP 43)

紧接着,诗人感叹道,照片真实地记载了"你"度过无忧无虑的少女时光以后的枯燥和无聊,婚姻不如意,但是在人前还强装欢颜,以至于现在,"回忆无法让我们开释/悲哀,怎样努力也无法跨越/眼睛到册页的鸿沟"。"我"无法不悲哀,现在的"你"和相片中的"你"判若两人。"眼睛"暗指眼前的"你",而"册页"指照片中的"你",于是诗人感叹道:这就是真实生活中的女人——"一个真实地方的真实女孩",现实生活中一个曾经美丽纯洁的女孩变成现在这个样子。虽然诗人没有过多着墨女人现在的样子,但诗人一再地用"哭泣""悲哀"来形容叙述者看了照片后对眼前的"你"发出的感叹,给读者留下充分的想象空间。拉金描述"你"婚后生活的平淡和乏味其实是拉金在听说维尼弗瑞德订婚后那种痛彻心扉的失望、酸涩的嫉妒和满腹愤懑的发泄。

《题一位年轻女士的相册》这首诗浓缩了一个女人的一生,或美妙或蹉跎的岁月都被一张张照片定格,这本相册记录了她的成长和变化。诗人觉得照片比现实中的女人更真实、更美,所以诗歌没有描述"你"现在的样子,"你"的美在照片中是永恒存在的,就像济慈《希腊古瓮颂》中的浮雕,浮雕中的人物早已逝去,但是浮雕保存了他们永恒的美,人们看到浮雕仍然能想象到他们当年的美,所以"美即是真,真即是美"。于是,"我""偷偷"珍藏起了相册主人年轻时的一张照片。这张照片保存下了这个女人一生最美的瞬间——"你,骑在倚靠着栅栏的自行车上"。这一瞬间让我们联想到小说《吉尔》中,吉尔"缓缓地骑着自行车,仿佛若有所思。一只手搭在自行车把手上,一只手放在宽松大衣的口袋里;她懒洋洋地骑在车上,漫不经心地踩着踏板,还吹了一声口哨"(*Jill* 148)。诗歌最后,通过珍藏起这张骑自行车的照片,拉金抒发了对这位"吉尔"的缅怀和惆怅。当年的女孩变得"平静"而"干涸",就像一朵珍藏在书里的干花,不管岁月流逝,照片中的女人永远可爱。

　　1951 年,拉金把包括《题一位年轻女士的相册》在内的 20 首诗送给维尼弗瑞德,并题词"致维尼弗瑞德: 这首诗和其他 19 首"[1]。除了《题一位年轻女士的相册》,《婚礼那天的风》和《闺名》("Maiden Name")也在这20 首诗中。当拉金得知维尼弗瑞德即将结婚时曾写信给她:"我很高兴你觉得你将来的生活稳定了——可怕的婚姻……我将不提我那苦不堪言的情感,只希望你过得好。"[2]《婚礼那天的风》和《闺名》这两首诗都是拉金在得到维尼弗瑞德订婚消息后做出的回应,从中可以看到拉金感情的涟漪。

　　与《题一位年轻女士的相册》不同的是,《婚礼那天的风》以女性为第一人称叙述者,用戏剧独白的形式,直叙了一个新娘在新婚时的烦恼、伤心和失望。诗歌一开始就写道:

> 婚礼那天风刮个不停,
> 新婚之夜风声正紧;
> 马厩的门,在声声撞击
> 他得过去将它关闭,留下我
> 烛光里枯坐,静听雨滴,

　　① Booth, James. *Philip Larkin: The Poet's Plight*. New York: Palgrave Macmillan, 2005, p. 71.

　　② Thwaite, Anthony. ed. *Selected Letters of Philip Larkin*, *1940 – 1985*. London: Faber & Faber, 1992, p. 225.

望着扭曲的烛台旁我的脸，
却模糊一片。他回来
说马儿受惊，我多么悲伤，
那个夜里任何人或生灵
都比我欢欣。

（CP 45）

"风"作为线索，像一根绳子一样把新婚之夜一连串的琐碎片段串联起来。"风"是英国最常见的自然现象，拉金的诗歌常常借用这种自然现象作为串起全诗的意象线索，比如："他们的街道穿堂风盛行，尽头连着小山"（出自诗歌《别处的意义》）；"在震耳欲聋的风中登山"（出自诗歌《在震耳欲聋的风中登山》）。"风"在诗歌《北方的船》中同样贯穿整首诗，起到了承上启下的作用：

我看见三只大船驶过海面，
越过大海，欢腾的大海。
其中一只注定要远航。
晨风从天空浩荡升起，

第一只大船驶向西方，
它的海面如信马由缰，
长风吹拂，海潮奔涌
把巨轮带到富庶之邦。

第二只大船驶向东方，
它的海面正铿锵作响，
风如猎手，船如疲狼，
最后抛锚囚禁在异乡。

第三只大船朝着北方，
它的海面幽暗而苍茫，
但没有一丝风的迹象，
甲板上只有凛冽寒霜。

（CP 36）

我们平时用"一帆风顺"来比喻事情进展顺利,可见风对于航海的重要性,所以拉金在描写海的时候,总是突出风的作用,比如,"像两艘桅船,鼓满了风,被日光浸透,／从某个港口分别,朝着既定的航向"(出自诗歌《亲爱的,如今我们必须分离:不要让它》)。从《北方的船》第一诗节可以看到,这三艘船是同时起航的,吹来的和风预示着它们的航行将会一帆风顺。但是,这三艘船起航后的命运却各不相同:第一艘向西航行的船,因为顺风而行,所以顺利到达远方并满载而归;第二艘向东航行的船,因为逆风而行,所以船只搁浅;第三艘船向北航行,因为没有风,所以航程艰难,千辛万苦才到达了目的地,但并没有什么收获。在《北方的船》中,风和航行的海船都是隐喻,海船向东、西、北的航行和开拓象征着英国的殖民扩张,风则象征着殖民地的本土文化和伦理习俗。由于西方与英国的文明发源地相同,其伦理规范和社会制度同根同源,所以英国文化在那里传播得很顺利;而东方文明与西方文明有着巨大的差异,两者的风俗习惯、道德标准、意识形态相去甚远,所以英国文化在东方的传播受到当地文化的抵制;北欧各国有着自己悠久的历史和文明,他们对英国文化无动于衷,甚至嗤之以鼻,"凛冽寒霜"暗示英国文明在那里遭到的冷遇,象征着文化殖民的船只到达北方以后毫无收获。

在拉金的诗歌中,"风"还象征了一种自然界和社会中无法解释的摧毁性力量,例如:"风儿爬上那些洞穴／撕裂开一座黑色脸庞的花园。"(出自《我梦到一片狭长的沙洲》);"风吹过荒地时,蓟草／像男人们挤在一起。"(出自《冬天》);"当大风咆哮着来袭／权衡你将做的或能做的事／让一切无可置疑。"(出自《垒砖头》①)这些诗句里的风象征了自然界不可抗拒、捉摸不透的摧毁性力量,这股力量有着无限的持久力、强烈的爆发力、永不停止的动力,可以凌驾于一切之上,让花园里的花儿凋零、蓟草枯萎、男人苍老枯槁、让生存变得更加艰难。在拉金的诗歌中,"风"不仅是贯穿整首诗的线索,还是时间的隐喻,如:

> 连续的刺耳的
> 带沙子的风,时间;

（CP 73）

---

① Larkin, Philip. *Famous Poets and Poems*. 〈http://famouspoetsandpoems.com/poets/philip_larkin/poems〉

风,从他们面前
吹过他们曾经约会的地方

《下午》("Afternoon" CP 115)

卧谈本该很容易,
躺在一起回忆许久前的事,
两个人坦诚的象征。
更多的时间静静地流逝。
外面,风还在骚动
把天上的云聚拢又驱散

《床上谈话》("Talking in Bed" CP 100)

潮水般柔软蔓延的草,
犹如驭风而来的
金色波纹——他们说,
随着我们变老
这一切将回归清晰

《洞悉世间》("Long Sight in Age")①

在这些诗歌中,吹过的风象征着时间的流逝,时间在人们身上流过,给人们留下记忆,带来沧桑和衰老。在《婚礼那天的风》中,风不仅是串起琐碎片段的线索,还是整首诗的时间线索。白天"婚礼那天风刮个不停"、晚上"新婚之夜也风声正紧";第二天"现在已是白昼/狂风过后阳光下一片混沌"(CP 45)。更重要的是,风还是发生的一连串事件的起因:新婚之夜新娘孤独失意,是因为"新婚之夜也风声正紧/马厩的门,在声声撞击"(CP 45),新婚丈夫忙着去检查、修缮马厩,丢下她独守空房;第二天早上"狂风过后阳光下一片混沌",新娘趁着出太阳去晒衣服;"到处是风",衣服被风吹动起舞,一派欢乐的景象;但是,"随风而来的欢喜"(CP 45)更加衬托出新娘孤独、郁闷的心境。

第一诗节写道:在新婚之夜,新娘充满了喜悦和期待,但是风吹开了马厩的门,新郎抛下她去修理被风吹坏的门,让新娘一个人独守空房,新

---

① Larkin, Philip. *Famous Poets and Poems*. ⟨http://famouspoetsandpoems.com/poets/philip_larkin/poems⟩

婚之夜的这个插曲让新娘心中生出一种不祥之感,粉碎了她对新婚的浪漫憧憬。新娘意识到将与自己相伴终生的人是一个不懂情趣的木讷农夫,与自己没有共同语言。新婚之夜,风带来的插曲让少女预感到这段婚姻的前景是不乐观的。

第二诗节描述了叙述人由于婚姻而引发的身份认同以及由此产生的焦虑:

> 现在已是白昼
> 狂风过后阳光下一片混沌。
> 他去看泛滥的洪水,我
> 携着破损的木桶来到鸡埘,
> 放下桶儿,我出神呆望。到处是风
> 在云层和树林里穿行,掀动
> 我围裙和晾在绳上的桌布。
> 它可否承受,这随风而来的欢喜
> 经我的举动触引,如同丝线
> 将珠玉串系?是否我本该在睡梦
> 绵长的清晨安享我的婚床?
> 或者死亡能够干涸
> 这些快乐的湖泊,结束
> 我们如牛儿般跪拜在丰盈的湖畔?

(CP 45)

新婚的第二天,叙述者的伦理身份从家中的女儿变成了家庭主妇,她必须履行妻子的责任和义务,从结婚第一天起就要忙于琐碎的家务:洗衣,晒衣。新娘对婚姻的美好憧憬彻底破灭了。原以为良宵一刻值千金,可是丈夫不仅在新婚之夜出去修马厩,清晨又已离开家去查看洪水,可见其他事在丈夫的心中都比妻子重要。诗中"快乐的湖泊"有着深层的寓意。"湖"指代"水",而"水"从弗洛伊德的心理学角度分析是"性欲"的象征。拉金在牛津大学读书时就对心理分析很感兴趣。在 1942 年,他经常参加心理分析的研讨会,并雄心勃勃地制定和实施了一项研究潜意识欲望的计划。在那段时间,他一共记载下了自己和朋友的九十多个梦,并运用心理分析对梦进行了解析。很明显,在这首诗中拉金借助"湖泊"和"水"在心理分析中的象征意义,说明婚姻与性爱是密不可分的,但实际上婚姻中的人并不能尽情享受男欢女爱,只有责任束缚着双方,直至死亡才能终结这种看似幸福的婚姻。

诗歌《婚礼那天的风》以女性为叙述者揭示了婚姻中女人的悲哀,而《闺名》则从男性叙述者的角度描述他们眼中的婚姻和女性,试图从男性集体意识来解读女性由于婚姻而改变的伦理身份,所以这首诗中的叙述者是"我们",而不是"我"。这首作于1955年的诗歌是《题一位年轻女士的相册》的姊妹篇,同样也是写给维尼弗瑞德的,只不过彼时的维尼弗瑞德已结婚6个多月了。第一诗节写道:

> 婚姻使得你的闺名弃置不用。
> 这五个音节不再意味着你的面容,
> 你的声音,和你举止的优美;
> 既然法律将你与另一人
> 善意地弄混,你再不能
> 在语义上与那个年轻美人对等:
> 这两个词原是用来称呼她。

（CP 53）

"这五个音节不再意味着你的面容",维尼弗瑞德的名字正好是五个音节,这是巧合还是诗人有意为之呢?这个"五个音节"的闺名就像《题一位年轻女士的相册》中的照片一样,象征女人已逝去的青春和自我。作者不无酸楚地感慨道:虽然你的脸庞、声音和身姿举止还是和婚前一样,但是在以"我们"为代表的男性追求者眼里,你已不再是从前那个女孩,婚姻让"你"变成另外一个人。诗中"善意"这个词意味深长——婚姻是"善意"的谎言,而紧接着的"弄混"暗示着诗人对他一贯抵触的婚姻的嘲讽:婚姻是一种"混乱"(confusion)——是"法律将你与另一人"捆绑在一起,婚姻是不明真相的女人与男人在法律上缔结的一生契约,而这个婚姻并不会给男女双方带来幸福,正如诗歌最后一节所揭示的:婚姻有一种无名的恐怖,它让人们"失却形状,失去价值……"(CP 53)

女人既然已经结婚了,她曾经的闺名已弃之不用、不再被人提起,那么它还有什么意义呢?第二诗节写道:

> 现在它仅是个词,不再适用于任何人,
> 躺在你离开它的地方,散落于

陈旧的名册、节目单、三三两两的学校奖章，
还有那一札札信函，系着苏格兰格子丝线
它是否真的轻软无力，无足轻重，不再发散香气，
毫无真实可言？试着悠悠对它低语。
不，它仍是你。或者，你的曾经

（CP 53）

"陈旧的名册""节目单""学校奖章"这些意象暗示女人在婚前当学生的时候对人生的美好规划以及为此做出的努力，"那一札札信函，系着苏格兰格子丝线"暗示了她少女时期社交生活很丰富，这些信可能是朋友间的正常交流，也可能是众多追求者写的信。但是，这一切都因为婚姻而变得"轻软无力，无足轻重，不再发散香气"。婚姻改变了女人的伦理身份，婚后如果再有这些信就不符合一个正统家庭主妇的行为规范了。这些信和闺名一样代表了女人曾经的美好青春。拉金把女人的名字作为这个女人的象征并不是这首诗首创的，诗集《北方的船》中的第十五首《在那青涩的日子里你昂着头》这首诗中，"只是一个名字/偶尔响起"，"如同一种信念/很久以来深植于静态的过去"（CP 35），表达出对这个名字所代表的女人怅然若失的情感。在《闺名》中，拉金再次强调，"你"曾经的名字代表的是曾经的"你"，闺名所代表的一切已成为过去，而且一去不复返，诗人只能把对"你"的浪漫情愫在心中封存，把对"你"的美好记忆留在记忆中。

这便是此刻我们感受到的那时的你：
多么美丽，亲切，年轻，
你那么生动地站在，
最初的日子中间，未曾被指痕污染。
你的闺名荫蔽着我们的忠诚，
不会失却形状，失去价值
如同你日渐贬值的旧物箱。

（CP 53）

女人逝去的青春和少女的身份封存在女人的闺名中。时间改变了女人，但她的闺名却是时间无法改变的，它不仅是女人过去的完美象征，更重要的是，"闺名"代表着"我们"对当时的"你"的感觉。最后一诗节仿佛是一首挽歌，哀婉女人曾经的青春逼人、甜蜜可人和美丽动人。诗人以"未曾

被指痕污染"暗示婚前女人未被染指,以"日渐贬值的旧物箱"喻指女人坎坷的人生经历,以此有意造成强烈的视觉对比。婚前的女人青春可爱、美丽明媚,而现在身材臃肿松弛("失却形状")、没有个性特征("失去价值"),其个人魅力也严重"贬值"。拉金在诗歌最后不无伤感地哀叹道:现实中的女人终究逃不过岁月的沧桑,失去昔日动人的魅力,年轻时的崇拜者只能在她的闺名中保留对她的美好回忆。

《闺名》和前两首诗一样,所塑造的女主人公是贴近现实生活的真实女性。她们曾经年轻单纯,对生活充满幻想和希望,但是走入婚姻后却走进了失望。女人想要通过婚姻捕获男人、控制男人,但是,在这场两性战争中没有胜者,女人达到了结婚的目的,貌似是胜者,其实她们和被婚姻束缚的男人一样失去了自由和自我,家庭琐事不仅让她们往昔如花的容颜黯然失色,同时还磨灭了她们少女时期独立的个人魅力,"你再不能/在语义上与那个年轻美人对等"(CP 53)。

从诗集《受骗较少者》中与女性相关的诗歌中可以看到,如果女人把"婚姻"作为自己人生的目标和归宿,以"美貌"为资本诱惑男人缔结婚约,那么她们的婚姻或由于草率行事,或因为遇人不淑,不仅得不到幸福,还会给自己带来痛苦。拉金塑造这一类女性形象,除了发泄自己失恋的情绪以外,更重要的是批评了当时社会中女性普遍认同的婚姻观和人生观。诗人在这些诗中仍然饱蘸笔墨赞美纯真少女,欣赏她们独立的人格和积极进取的人生态度,但是随着年龄的增长,这些女人有意识或无意识地把青春美丽作为婚姻的筹码,婚姻的不幸和坎坷的经历使她们曾经美丽的容颜刻上了岁月无情的痕迹,对男人的依附使她们丧失了独立的人格魅力,失去自我和个性,也变得世俗乏味,与先前那个天真脱俗的少女判若两人。虽然拉金的个人经历和诗歌总体带有明显的男权主义倾向,甚至有人误以为他是一个"厌女者",但其实拉金的诗歌对女性不仅有讽刺,也有同情,甚至有"恨铁不成钢"般的痛彻。从女性主义批评的角度来看,他的这些诗歌有着唤起女性自我意识的积极作用。《题一位年轻女士的相册》《婚礼那天的风》《闺名》这三首诗反映了现实中真实女性的普遍生活状况,少女们对婚姻趋之若鹜,但是婚姻并没有给女人带来幸福,但女人还是执迷不悟,单纯如露丝是如此,知性如维尼弗瑞德也不例外,她们都把婚姻当作人生的目标,把自己的人生托付给男人。女性原本是纯洁的、快乐的、积极的,她们之所以渴望婚姻、依赖婚姻,是她们个性中不自信和不自立的因素决定的。她们没有得到幸福,有一部分原因是社会环境造成的,但归根结底是她们自身因素造成的。通过塑造这些现实生活中的真实女性,拉金批评了 20 世纪 50 年代女性的婚姻观、价值观和人生观,表达了对她们的同情和批判,同时也间接地呼吁女性培养独立的人格,自强自立。

第 二 节　性、爱 情 与 婚 姻 的 伦 理 选 择

在拉金的创作初期,没有爱情经历的诗人以虚无主义的态度质疑真爱的存在,然而,在他的创作中期,也就是在《受骗较少者》的创作期间,拉金在现实生活中遭遇到爱情的困惑,而他又曾宣称"为自己也为别人保存我所见、所思、所感的事物(假如我可以如此表述一种混合而复杂的经验的话)既为我本人也为别人,不过我觉得我主要是对经验本身的责任,我试图使它不至于被遗忘……我的诗作大多与我自己的私生活有关"①。所以,这部诗集的诗歌其实记载了拉金在与女性交往中所遇到的问题,并引发了诗人对以结婚为目的的所谓"理性爱情"的质疑,反映了他在爱情、责任和婚姻之间艰难的伦理选择。

一、《欺骗》的伦理叙事

《欺骗》是《受骗较少者》中最具代表性的一首诗。《欺骗》最初的标题是"受骗较少者",后来在出版诗集时,因选用了"受骗较少者"作为诗集名,就把原来的《受骗较少者》这首诗改名为《欺骗》。这首诗的灵感是拉金从一则史实资料中得到的。这则资料记载了维多利亚时期的一起强奸案件。拉金在诗中截取这一素材的片段,以独到的角度、画家般细腻的手法来加以叙述,借以抒发自身感悟,充分体现了他诗歌与小说互文、诗歌与生活互文的风格。同时,拉金如此巧妙地把一件事物从多重视角、跨越时空进行叙述,不禁让我们对他的诗歌叙事技巧赞叹不已。

"受骗较少者"这个标题的构想源自莎士比亚的《哈姆雷特》。哈姆雷特在装疯的时候,想要奥菲利亚放弃对自己的感情,故意装疯卖傻,一会儿说:"我曾爱过你。"过一会儿又说:"我不爱你。"他的理由是"美丽可以使贞洁变成淫荡,贞洁却未必能使美丽受它自己的感化",备受折磨的奥

---

① Hamilton, Ian. "Four Conversations." *London Magazine*, 1964, 6: 77.

菲利亚说："我是受骗更多的那个人。"①拉金用这个典故作为诗集名称蕴意深远，不仅暗示了该诗关于"贞洁"的伦理主题，而且让这首诗蒙上了浓重的伦理叙事色彩。

《欺骗》采用了三段式结构的主体叙述：真实事件、感想、试探性结论。引言中以当事人为叙述者自述了事件的经过，真人真事为诗歌增添了说服力和感染力；第一诗节以旁观者的身份发表诗人的感想，想象姑娘遭受的凌辱和内心的悲苦凄恻；第二诗节提出试探性的结论：被欲望驱使的人才是受骗更多的人。引言部分讲述的"真人真事"是拉金引用了亨利·梅休于1862年发表在《伦敦劳工和伦敦穷人》上的原文中的一句，真实再现了事件发生的历史年代人们对强奸的看法、人们的性观念和当时的社会伦理。引言写道："当然我是被麻倒了，药下得很重以至于到第二天早上我才恢复意识。我惊骇地发现自己已经毁了，几天来没人能安慰我，我哭得像个要被杀掉或送回姑姑家的孩子一样。"（CP 67）其实，拉金并非一字不漏地照搬了梅休的叙述。在原始资料中，梅休采访了一个落魄的中年妇女并记载下她的堕落经历：她16岁从乡下来到伦敦，一个男人利用她的善良和同情心，假装生病让她陪着去一个地方，结果把她诱骗到妓院，并在她喝的咖啡里下了迷药，她在失去意识的情况下失去了贞操。事后，她只好做了那个男人的情妇。不久她就被这男人抛弃，最终走投无路，沦为妓女。在文章的最后，梅休以维多利亚时期卫道士的口吻总结道："这个女人的故事浓缩了所有的罪孽哲理"，最后还加上一句"她变得无廉耻而讨厌"②。

诗歌引言中的引用可以说是别具匠心，交代了事件发生时的伦理环境。在19世纪维多利亚时期，人们的性观念相对于现代社会来说是非常保守的。从引言的引用部分可以窥见梅休作为当时伦理道德代言人的伦理态度：遭到凌辱的下层社会女孩是违背伦理道德、危害伦理秩序的人。社会对她不仅不宽容、不安慰，反而唾弃其为不正派的女人，是造成罪孽的祸水。在引言的引用里，梅休冷嘲热讽道："当然我是被麻倒了"（CP 67），梅休认为姑娘这么说是为自己的过错找借口，借此推卸失去贞操的自身原因。在维多利亚时代，女性的矜持才是美德。梅休暗示这个姑娘不遵守当时的男女礼节和规范，随便与陌生男人交往，扰乱了伦理秩序，

---

① 莎士比亚：《哈姆雷特》，选自《莎士比亚喜剧悲剧集》，朱生豪译。南京：译林出版社，2007年，第421页。

② 转引自 Swarbrick, Andrew. *Out of Reach: The Poetry of Philip Larkin*. London：Macmillan Press, 1995, pp. 57 - 58.

才酿成自身的悲剧。最终,她像"一个被杀的小孩一样"(CP 67)无助地被逼上绝路。拉金在引言中引用梅休的这段话,意在向读者展示维多利亚时期的伦理规范,为第一诗节的展开埋下伏笔。

在引言中,拉金引用梅休的文章讲述了强奸事件的过程,而在第一诗节,诗人从旁观者的角度细述了由此而生的种种联想和感慨,刻画出受害者面对施暴者的兽行和社会舆论所承受的心理压力和心路历程:

> 纵然如此久远,我仍能感受你的悲伤,
> 苦涩而锐痛的梗茎,他逼你吞咽。
> 太阳偶尔的投映,轻快而短暂
> 屋外街道上忧虑的车轮声
> 在那里,新娘的伦敦侧往一边,
> 日光,无可辩驳,高大而广阔
> 阻止伤痕愈合,并让
> 羞耻无法掩藏。在所有从容的日子
> 你的心裂开宛如装满刀子的抽屉。

(CP 67)

诗歌一开始就采用扬抑格,以先声夺人的声音效果和震撼力达到强烈的悲剧效果,给读者以强烈的听觉冲击。在这一诗节中,拉金效仿哈代的小说《苔丝》,描写了女主人公像苔丝一样被侵犯后的凄楚悱恻、屈辱怨怼。"纵然如此久远,我仍能感受你的悲伤,/苦涩而锐痛的梗茎,他逼你吞咽"(CP 67),这句话通常被读者理解为男人逼迫她喝下放了迷药的咖啡。然而,如果从心理分析的角度来解读"苦涩""锐痛""梗茎"和"吞咽",就会发现作者的更深层用意。拉金曾对心理分析很感兴趣,1942 年他在牛津大学求学期间,经常参加一个有关荣格心理分析的研讨会,并做了一系列有关潜意识的研究,比如,记载下了自己和朋友的九十多个梦并进行分析,由此可见拉金对心理分析的研究范畴颇为了解。从心理分析的视角来看,"梗茎"暗喻男性的性器官,"吞咽"隐喻粗暴的性侵犯,"苦涩而锐痛"则描写了女主人公在生理上和心理上受到的摧残和痛楚。随后,通过室外的明媚阳光与室内的黑暗暴力罪恶形成的鲜明对比,突出了受害者的悲凉和无助。更可悲的是,身体受到凌辱的姑娘还要受到整个社会的舆论谴责——以外面街上的滚滚"车轮"为载喻——对她的无情指责。"新娘的伦敦侧往一边"(CP 67)中"新娘"这个词象征着贞洁,极具讥讽蕴意,而"侧往一边"则暗示了所谓"正派"的年轻女人们对受害女孩的孤立和歧视。无形的道德压力让无辜的受害者自卑甚至自惭形秽,无颜在社会上立足。拉金用寥寥几笔勾画出的被害者形象让人联想到哈代笔下的苔丝。苔丝被亚历克污辱后回到家乡,人们见到她便"交头接耳议论开了"[①],邻里的流言蜚语让她感到羞耻,只好离群索居,"幽居独处,想出种种自悔自恨的方法,来折磨、消耗自己那颗扑扑乱跳的心"[②]。拉金诗中的姑娘和苔丝一样被孤立、被歧视,因此,诗中的"日光,无可辩驳,高大而广阔"也是一个暗喻:"日光"喻指社会伦理规范和社会舆论,"无可辩驳,高大而广阔"形容这种外部力量的强大和无所不在。于是,在伦理规范和社会舆论面前,失贞姑娘的"羞耻无法掩藏"。她的身心创伤、自我折磨和羞耻相交织的痛苦即使随着岁月流逝也无法愈合。

在引言中,拉金以受辱姑娘的口吻讲述了强奸事件的经过,展示维多利亚时期的道德观念和伦理规范,而在第一诗节,诗人细述了"我"由此而生的种种感想和想象。"我"这个叙述者既不是受害的姑娘,也不是这首诗中的隐含作者,而是代表了梅休时代后几十年的人们,也就是与哈代同时期的人们。他们不再把制造这场伦理混乱的矛头指向社会中的弱势群体——女性,而是对她们的遭遇充满同情,认为被侵犯的女性才是受害者。虽然在诗中拉金没有正面描写实施性侵犯的人,但是,作者越是泼墨渲染姑娘生理上和精神上所受到的折磨,越让读者清晰地看到那个男人的罪孽之深重。因此,拉金在这节诗中以旁观者的身份讲述姑娘的遭遇,远离事件发生的伦理语境,旨在说明:随着历史的发展,伦理思想也在发生变化,人们不再认同维多利亚时期的道德观念。在这场强奸事件中,受到性侵犯的姑娘不应该受到社会舆论的谴责和非难,而扰乱伦理秩序的人——施暴者,才应该受到谴责。

拉金不赞同现代派的"非个人主义",他的诗歌高度个人化,书写的是个人真实独特的经历和感悟。他曾宣称写诗是"为自己也为别人保存我所见、所思、所感的事物……我的诗作大多与我自己的私生活有关"[③],所以,在阅读《欺骗》的时候,有必要了解拉金写作这首诗的个人和时代背景。20 世纪 50 年代,西方国家"性自由"方兴未艾,拉金也受到这场新浪潮的冲击,成为这场性革命的积极支持者。同时,作为一个有思想的知识分子,他不禁思考伴随这次性革命出现的性爱与责任的冲突。因此在第

① 哈代:《苔丝》,蒋坚松、彭代文译。海南:海南国际新闻出版中心,1997 年,第 83 页。
② 同上,第 89 页。
③ Hamilton, Ian. "Four Conversations." *London Magazine*, 1964, 6: 77.

二诗节中,时间跨越到了 20 世纪,拉金从现代人的性伦理和意识形态出发,重新发掘这起犯罪事件的历史意义,表达了现代人对两性关系之颠覆性的伦理解读。第二诗节写道:

> 贫民窟,岁月,埋葬了你。我不敢
> 安慰你,即使我可以。能说什么呢?
> 除了疼痛是确定的,但是在
> 欲望控制之处,阅读变得游离
> 对于你,已经不在乎
> 在床之外,你是较少受骗的,
> 而他,蹒跚爬上气喘吁吁的楼梯
> 跌进阁楼,应验荒凉空虚

(CP 67)

第一诗节开始时采用的是扬抑格,而在第二诗节中换成了抑扬格,诗歌形式上的变化正是为了配合内容的转折,诗人提出与第一诗节截然相反的论调:姑娘才是受骗较少的人。不仅如此,第二诗节与第一诗节相比,语调明显冷静和客观。拉金用"贫民窟,岁月,埋葬了你"(CP 67)这几个字,在叙述者与强奸事件之间拉开了时间和空间上的距离。"阅读变得游离"表明叙述者以现代读者的身份来看待梅休叙述的事件,从现代人的思维角度和现代伦理现场的维度来重新解读这起性犯罪。20 世纪 50 年代的伦理环境与维多利亚时代大相径庭,社会舆论对两性关系更宽容,未婚女孩失去贞操已被普遍接受。社会在发展,与之并进的伦理也需要重新构建,在这个过程中,传统观念和新的伦理观相互冲突。拉金在写这首诗时正遇上这样的困惑,当时他与露丝一见钟情,但是传统观念很重的露丝在委身于拉金以后,要求拉金与之结婚,然而拉金渴望性又不愿承担随之而来的责任。拉金在婚姻面前退缩了,他认为婚姻、孩子和家庭琐事这些繁杂事务会分散他作为诗人的时间和精力,婚姻家庭与成为文学家的理想是相冲突的。在创作这首诗歌的那一年,他在给朋友的信中写道:"我与女人的关系被一种萎缩的激情、病态的负罪感和私下隐秘的色欲所控制"[1],"我在欲望中挣扎,虽然想方设法满足了欲望,最终得到的却是幻

---

① Motion, Andrew. *Philip Larkin: A Writer's Life*. London: Methuen, 1982, p. 190.

觉、束缚和欺骗"①。正是在这种矛盾的心绪中,拉金在《欺骗》中写道:"在床之外,你是较少受骗的。"(CP 67)这一诗句是拉金这首诗歌的点睛之笔,同时也是评论家们争议最多的诗句。有人批评拉金把强奸者当成是"受骗较多的人",是"对第一节的否定,是对已取得的现实主义效果的背叛,是诗歌想象的失败"②;还有人认为这首诗是针对整个维多利亚时代社会的批判,在这个社会中,每一个受压抑的底层社会的人都是受骗者,他们被意识形态的幻象和真实生活所蒙蔽。强奸者的欲望其实是人类最基本的需求:爱、被认可和摆脱孤独,但是他的欲望被社会制度和伦理所压制,导致欲望转化为一种野蛮的性侵犯行为,所以他其实也是维多利亚时代社会机制的受害者、受骗者③。

　　笔者认为,这两种观点都有偏差,因为他们没有注意到第二诗节中第一行的过渡词"岁月"所起到的重要作用:这两个字将诗歌的语境从维多利亚时代跨越到 20 世纪 50 年代,以现代人的眼光来阅读这个历史事件。作为一个现代旁观者,"我不敢/安慰你,即使我可以",因为悲剧已经成为历史,无论是安慰还是谴责都无济于事。那么,现代人能从阅读这则史料中得到什么教训呢? 拉金认为这个"欲望饱胀"的男人自以为得到了满足,等待他的却是寂寞和空虚。于是,拉金说出了警世之语:行动者即强奸者也是受害者。他认为被强奸的姑娘还知道自己是受害者,能够清醒地知道是受到谁的欺凌、会有怎样的后果,而强奸者费尽心机满足了自己的性欲,不仅没有得到快乐,反而更加痛苦和孤独,更可悲的是,他自己还不知道。所以受害的姑娘倒是受骗较少者。拉金之所以得出这样的结论,是因为他一直以来都坚信:"行动者比被动者所受的欺骗更大。因为行动来自人的欲望,而欲望发自还未获取的某种东西,一旦拥有,并不一定能给人带来幸福,带来的反而是更大的痛苦。"④不仅这种用暴力获取的性满足是一种自欺欺人,生活中许多奋斗目标到头来也只是镜花水月,比如,名誉、地位、财富甚至婚姻,拉金在《地方,爱人》("Places, Loved Ones")、《下一个,请》("Next, Please")等诗歌中分别讲述了人们追求的家庭和幸福是荒谬的,人生的意义是虚无和幻灭的。

　　① Motion, Andrew. *Philip Larkin: A Writer's Life*. London: Methuen, 1982, p. 193.

　　② Holderness, Graham. "Reading 'Deceptions': A Dramatic Conversation." *Philip Larkin*. Stephen Regan, ed. London: Macmillan, 1997, p. 86.

　　③ Ibid., p. 88.

　　④ Hartley, George. *Philip Larkin 1922–1985: A Tribute*. London: The Marvell Press, 1988, p. 299.

拉金的《欺骗》从不同角度重复叙述同一桩性犯罪案件,在这种重复叙述与相互消解中体现了时代发展中新的价值取向和传统伦理道德观念发生的决裂。无论是 19 世纪还是现代,"强奸"都是公认的社会犯罪和伦理犯罪,拉金的独到之处在于他用重复"闪回"的手法,从这起令人反感的性犯罪事件中发掘出其伦理意义和现实观照。那么,要从一个道德危害的事件中挖掘出对读者产生激励的作用,这牵涉到作者叙事伦理的问题。要做到这点,诗人必须:

> ……对非人格化、不确定的技巧选择有着一个道德尺度。正如我们已经看到的那样,客观的叙述,特别是当它通过一个非常不可靠的叙述者这样做时,便形成了使读者误入歧途的特殊引诱。甚至当它表现作者深恶痛绝其行为的人物时,它还是通过他们自己的自我辩解的修辞这一诱人的手段来表现他们。①

在《欺骗》中拉金正是采用了通过这种不可靠叙述者的重复叙述,通过他们自我辩解的手段,不仅再现了维多利亚时代的伦理犯罪,20 世纪之交传统伦理受到现代性的挑战,以及 20 世纪中叶伦理重新构造的过程。

拉金早年的小说对诗歌创作有着深远的影响,他很早就有意识地把诗歌和小说这两门艺术融合在一起,曾说"我觉得小说其实就是一首规模宏大的诗歌"②。因此,他的小说有诗歌的意境,诗歌有小说的结构。正是由于拉金既有小说实践又有诗歌体验,他的诗歌兼具小说的叙事风格和技法,正如他自己所说:"当我开始写作更具特色的诗时,发现了如何使诗像小说一样可读。"③《欺骗》这首诗的过人之处在于,它不仅吸收了小说的诸多叙事技法,而且题材也得益于哈代的小说《苔丝》。拉金曾宣称"我把哈代当作我的理想,他是一个超验的作家,但是不同于叶芝和艾略特,他的主题是人、人的生命、时间和时间的流逝、爱和爱的枯萎"④。拉金的诗歌继承、发扬了哈代的这些诗歌主题。拉金在写作《欺骗》的前一年(即 1949 年)圣诞节期间参观了哈代的故乡,并像哈代小说中的人物那样徒步穿越了多切斯特平原。正是由于拉金受到哈代的影响颇深,在《欺骗》这

① W. C. 布斯:《小说修辞学》,华明、胡晓苏、周宪等译。北京:北京大学出版社,1987年,第 433 页。

② Hamilton, Ian. "Four Conversations." *London Magazine*, 1964, 6: 71.

③ Motion, Andrew. *Philip Larkin: A Writer's Life*. London: Methuen, 1982, p.39.

④ Ibid., p.141.

首诗中受害女孩很明显与苔丝有着相同的身世和际遇：她们出身乡村农户；苔丝被亚历克诱奸，诗中的女孩则是被男人迷奸；事后她们都曾短暂地被迫成为施暴者的情妇；最后不仅被男人抛弃，还为社会所唾弃。

《欺骗》之所以引人入胜，可能是由于采用小说叙事结构，特别是叙述者的巧妙设计。略萨在《中国套盒：致一位青年小说家》中指出：

> 我们把任何小说中存在的叙述者占据的空间与叙事空间之间的关系称为"空间视角"；我们假设这一"视角"是叙述者根据语法人称确定的。那么有以下三种可能性：
>
> a）人物加叙述者，用第一人称讲述故事，叙述者空间和叙事空间混淆在一个视角里。
>
> b）无所不知的叙述者，用第三人称讲述故事，占据的空间区别并独立于故事发生的空间。
>
> c）含糊不清的叙述者，隐藏在语法第二人称的背后，"你"可能是无所不知和高高在上的叙述者的声音。他从叙事空间之外神气地命令小说故事的发生；或者他是人物加叙述者的声音，卷入情节中，由于胆怯、狡诈、精神分裂或者纯粹随心所欲，在对读者说话的同时，大发神经，自言自语。①

拉金第一人称单数的运用，一方面表现了诗歌个人化的原则，写诗是"为自己也为别人保存我所见、所思、所感的事物（假如我可以如此表述一种混合而复杂的经验的话），既为我本人也为别人"②；另一方面也是一个巧妙的叙述角度，他的第一人称单数即略萨所称的"人物加叙述者"，其空间就是叙述内容的空间，其叙述者是讲述内容的目击者。这个"我"可以深藏不露，为诗人创造和完善各种技巧。拉金的第一人称单数叙述最重要的特点是叙述者与故事的交集及其空间的距离，在《欺骗》的引言中叙述者"我"（受害者）见证了所讲述的叙述空间，而在第一和第二诗节，叙述者"我"与叙述故事之间存在着一定的空间距离，叙述者因此可以保持中立和冷静的态度，以一种旁观者的姿态议论、阐释和评判。

在《欺骗》中不仅用第一人称"我"讲述故事，"我"和"你"的对话也是其重要叙述策略。"我"和"你"这两个声音分别代表了两种来自不同空间

---

① 略萨：《中国套盒：致一位青年小说家》，赵德明译。天津：百花文艺出版社，2000年，第38页。

② Enright, D. J. ed. *Poets of the 1950's*. Tokyo：The Kenyusha Press, 1955, p. 77.

的不同见解或者伦理观念。引言中,拉金引用梅休的叙述是以姑娘为第一人称的自白,而在诗歌正文中主要用了"我""你"这两个人称代词来叙述事情的经过。"我"是旁观者身份的叙述者,"你"是存在于过去的被强奸的姑娘,通过这些不可靠的叙述者,作者"既在场于事件之中,又能够超然度外,因此他的叙述视角可近可远,近者能探微,远者能鸟瞰而全知"①。在引言中,以姑娘为第一人称的自白是叙述空间在场的叙述者,使作者的叙述"能探微",而第一、二诗节通过叙述者"我"和"你"的对话,即不同空间的叙述者的对话,不仅能够真实地刻画受害女孩内心的痛苦、羞愧、绝望和罪恶感,又能超然于事件发生的时空现场进行评述;既可再现 19 世纪的犯罪现场和伦理环境,又能让读者从现代的角度重新解读这个悲剧。第一诗节中"纵然如此久远,我仍能感受你的悲伤"暗示作者以旁观者的身份与事件本身拉开了距离。接着在第二诗节,作者又提到"我不敢/安慰你",重申了作者置身事外的态度,从而能以更客观的态度来重新审度这个历史上的性犯罪案件。

　　作为一个 20 世纪的知识分子,拉金对社会的敏锐观察不仅包括所见、所闻,还包括所读,他的《欺骗》从历史资料中的一隅得到灵感,以个人经验为根基,真实地再现了维多利亚时代以来社会伦理的演变以及现代生活给人们带来的冲击和作者的反思,颠覆性地提出:强奸者和被强奸的姑娘一样是受骗者。虽然不同的历史时期对同一事件有着不同的伦理认识,但是有一点是共同的,那就是强奸事件的发生必然会造成伦理混乱,其后果是悲剧的发生。但是,对于在悲剧事件中谁是受害者、谁该受到谴责,不同时期、不同伦理环境有着不同的标准,而这些标准折射出历史进程中伦理秩序和道德准则的发展和演变。我国正处在现代化进程中,人们的生活方式和伦理价值观受到了西方文化的影响,特别是在性伦理方面,传统的两性道德面临着巨大冲击,不少年轻人可能遇到了与拉金相似的精神困境,我们可以从《欺骗》对两性伦理的探索中得到一些启发和思考,为新时代的伦理构建提供借鉴。

二、爱情与婚姻的伦理选择

　　在创作《受骗较少者》中的诗歌时,拉金正值二十多岁,爱情和婚姻是他面对的重要问题。拉金的《受骗较少者》在个人经验的基础上还原生活本身,把隐藏于潜意识中的性的欲望、爱的渴求和对责任的逃避以诗歌的

---

　　① 郭军:都市漫步者。《国外理论动态》,2006,2:56。

形式展现出来,这些诗歌体现了诗人对性伦理的反思和对现代社会生活的道德诘问。这些诗歌无论是表达对爱情的困惑、性的异读还是婚姻的悲哀,都蒙上了浓重的怀疑主义色彩,反映了诗人的超然观察和深刻自省。

《如果,亲爱的》("If, My Darling")这首诗作于 1950 年 5 月,是拉金的得意之作。他曾介绍说:"这是受到金斯利·艾米斯称赞的第一首诗。当我给他看这首诗时,他真的喜爱它。"①这首诗其实真实再现了拉金和初恋情人露丝订婚这段时间的心路历程以及诗人在做出"是否结婚"这个伦理选择时的矛盾与纠结。虽然拉金爱露丝,但是拉金父母的婚姻给拉金留下心理阴影,"我唯一最清楚的婚姻(我父母的婚姻)糟透了,我永远也不会忘记"②,"拉金最大的担心是如果他结婚就有可能像其父母一样让爱在婚姻中结束"③。因此,《如果,亲爱的》一开始就描写和"我"交往的女孩"像爱丽丝"一样。爱丽丝是英国作家刘易斯·卡罗尔童话故事中的主人公。爱丽丝从兔子洞进入一处神奇国度,在探险的同时不断认识自我,不断成长,但在小说的最后爱丽丝猛然惊醒,发现原来这一切都只是自己的一个梦。拉金把恋人比作爱丽丝是别具匠心的:其一,这个想和"我"结婚的女孩可能头脑里充满了对婚姻童话般的美好憧憬;其二,梦想结婚的恋人最后将如爱丽丝一样,发现原来一切都是一场梦:关于婚姻的美好都是少女自己的幻想。于是,这首诗歌的叙述者提醒这位姑娘,婚姻不是她想象中的梦幻般的仙境:

> 她不会找到仙境中的桌椅,
> 没有红木爪足餐柜,
> 以及泰然自若的余烬。
>
> 酒柜中没有美酒,没有舒适的炉边椅,
> 书架上没有安息日读的小楷书,
> 没有酗酒的男管家,慵懒的女仆。

(CP 72)

---

① 转引自 Swarbrick, Andrew. *Out of Reach: The Poetry of Philip Larkin*. London: Macmillan Press, 1995, p.43.

② Motion, Andrew. *Philip Larkin: A Writer's Life*. London: Methuen, 1982, p.151.

③ Ibid., p.119.

在姑娘的想象中,婚后家中的家具都是维多利亚式客厅的典型装饰,叙述者粉碎了姑娘这个幻想,暗示婚后不可能有体面的社交、酒和娱乐。"没有安息日读的小楷书"指代文学陶冶和宗教信仰,这些精神享受也不可能存在于婚姻中;没有"男管家"和"女仆"暗示着姑娘将要操持永远也做不完的家务。接着,叙述者描写了现实生活中普遍存在的婚姻生活真相:

> 她会看到多彩的光波在跃动,
> 褐色的猴,灰色的鱼,环环相扣,
> 仿佛是一群游荡的无赖,正在聚集。
>
> 错觉缩小,套上女人的手指,
> 然后恶心地向外扩展。她还会赞赏
> 那不健康的地板,好像坟墓的皮肤

(CP 72)

对婚姻的错觉诱使女人戴上婚戒,但现实中的婚姻生活并非如她们婚前所想象的那样浪漫,而是琐碎和繁杂的,房间里需要打扫的不干净的地板在婚后的女人眼里就像坟墓的皮肤,沉闷而令人绝望。婚姻一旦成为现实,女人就会有一种被欺骗的感觉:

> 一种隐隐作祟的背叛感,
> 如同私下碰倒了希腊雕像,钱
> 冲洗出微妙的情感。最重要的是
> 她总会听到现实的声音,
> 不息的诵读,点缀着名术语,
> 每个都像双黄蛋,充满意义和反意义。
>
> 像打开扭结,公告的风笛拆解世界,
> 听见过去怎么过去,未来是什么趋势,
> 亲爱的,你那无与伦比的支点就会漂移。

(CP 72)

诗人在最后这一诗节又谨慎地对少女即将做出的伦理选择提出忠告。"公告的风笛"象征着婚礼的告示;举行了婚礼,少女的伦理身份就会变化,她无忧无虑的少女生活就会成为过去,将要面对的就是上面所描述的现实。知道这些以后,姑娘还会选择结婚吗? 其实,这首诗是拉金写给与自己订婚的露丝,其目的昭然若揭:不要对婚姻有美好的期盼。订婚以后,露丝沉浸在爱情和对婚姻的美好憧憬之中,但此时的拉金正面临着艰难的伦理选择:一方面,由于他在一个传统的家庭长大,遵照传统伦理规范,他对露丝负有道义上的责任,应该和她结婚;另一方面,拉金认为"婚姻是绝对违背自然的"[1],因为结婚将意味着养育孩子和婚后的家庭琐事,而这些都会分散他作为一个诗人的时间和精力,让他无法实现成为文学家的梦想。此时的拉金"真的确定是一点也不想结婚"[2]。

几年之后,拉金的另一首诗——《没有路》("No Road")描写了自己做出和露丝取消婚约这个伦理选择时的心情以及对由此而变化了的伦理身份的思考。该诗第一诗节宣告了"我们"之间关系的终结。爱情终结了,当事人的伦理身份发生了改变,叙述人和曾经的恋人已不再是恋爱关系,所以他们应该努力地去忘记他们在一起时的一切——"还用砖头将我们的门堵上,种上树将你我拦阻,/并放任一切时间的侵蚀",用时间和空间来阻断联系,像陌生人一样疏远。拉金的理性告诉他由于和露丝解除了婚约并分手,他们的伦理身份从恋人变成了毫不相干的男女,但是自由意志让拉金无法把露丝从心中抹去:

> 自从我们容许那条你我之间的路
> 日渐废弃,
> 还用砖头将我们的门堵上,种上树将你我拦阻,
> 并放任一切时间的侵蚀,
> 沉默,空间,以及陌生人——我们的疏淡
> 仍不起什么作用。

(CP 56)

感情虽然终结了,但对当事双方还是有影响。无论叙述者和他的恋人怎样努力地去忘记他们在一起时的一切,这些努力都不起作用:

> 或许,未扫的树叶随风堆积;未割的草儿爬行;

---

① Larkin, Philip. *Required Writing: Miscellaneous Pieces 1995 - 82*. London: Faber & Faber, 1983, p. 260.

② 转引自 Motion, Andrew. *Philip Larkin: A Writer's Life*. London: Methuen, 1982, p.180.

再无别的改变。
如此空旷的坚持,如此琐细的蔓生,
今夜那样的行走不会显得怪诞,
仍将被容许。再久一点,
而时间将是更强者

(CP 56)

第二诗节继续描述一段刻骨铭心的爱情结束以后的感觉:分手以后,两个人的生活仿佛没有什么改变,但是"如此空旷的坚持,如此琐细的蔓生"这一句却暗示了分手后当事人的寂寞和失落。晚上已习惯于恋人的陪伴,现在孑然一身倒觉得有一种怪异的感觉。最后一行,叙述者希望时间能解决一切问题,能治愈一切伤痛,生活又会回到正常的轨道。

构画一个世界,那里没有这样一条路
从你伸向我;
且看像寒冷的太阳那样走来的世界,
报答他人,是我的自由。
不阻止它是我渴望的实现。
渴望它,我的不安。

(CP 56)

第三诗节展现了叙述者最终做出的伦理选择。恋人已成陌路,虽然睹物思人,满目凄凉,但时间会治愈一切伤痛,曾经的恋人们应该理性地做出符合变化了的伦理身份的举措,不纠结于过去,各自奔赴属于自己的未来。虽然诗人对自己不能存在于恋人未来生活这一点心生酸楚,但是未来就像每天升起的太阳一样,无法阻挡又令人向往。未来象征着希望,象征着一段新的感情的开始。评论家施华布瑞克认为诗歌最后一节关于太阳和未来的描述是拉金这首诗中的败笔,特别是"拙涩"的"not to prevent"和累赘的最后一行,明显跑题①。其实,最后一段是这首诗的精华。本章前一节论述了拉金诗歌主体的叙述三段式结构:"真人真事",感想,结论。在这首诗中,第一诗节讲述了分手的事实,第二诗节描述分手

————————

① Swarbrick, Andrew. *Out of Reach: The Poetry of Philip Larkin*. London: Macmillan Press, 1995, p. 45.

的惆怅,第三诗节表达了从《北方的船》以来拉金对爱情一贯的态度:已逝的爱情就应该结束,可以怀念它曾经的美好,但不可以挽留。因此,最后一行祝福对方和自己在各自的生活和感情上都有一个新的开始。

拉金在完成《没有路》几个月以后,又写了一首《最近的脸》("Latest Face")描述一段新的感情。这首诗的第一节满怀深情地描述了叙述者对少女的一见钟情:

> 最近的脸,如此轻松
> 你的美尽收我的眼眸,
> 站在附近的人没有一个能猜得到
> 你的美丽遮掩不住,直到
> 那可爱的游荡人儿,觉察到
> 我的眼,再也无法移开

（CP 71）

这首诗叙述了拉金的新恋情,而且很明显是写给拉金的同事维尼弗瑞德·阿诺德的,因为拉金在这首诗的草稿的最后一页写满了她的名字。当时,年仅21岁的维尼弗瑞德成为拉金所在图书馆的新同事,她的美丽和活泼立刻吸引了拉金——"你的美丽遮掩不住"(CP 71),自由意志让拉金深陷于对她的迷恋:"我的眼,再也无法移开。"(CP 71)维尼弗瑞德当时计划只在贝尔法斯特工作一年,而后她将和未婚夫完婚,这是一个公开的秘密,每个人都知道她在图书馆工作的时间是有限的,她是不属于那里的。得不到的女人对拉金最具吸引力,维尼弗瑞德·阿诺德的不可得性让拉金对她充满了激情。

> 爱慕者和被爱慕者
> 在无用的层面拥抱,
> 我把你现在的美丽封存,
> 你是我的裁判;还是飘进
> 真实凌乱的空气中
> 带来短暂的赞美——
> 讨价还价,痛苦和爱,
> 不是这些常规琐节。

（CP 71）

第二诗节一开始就表明他的爱慕是没有什么结果的——"爱慕者和被爱慕者/在无用的层面拥抱";之后,"讨价还价,痛苦和爱/不是这些常规琐节"再次暗示了他们的交往是脱离世俗的,不附带契约、束缚以及随之而生的痛苦;"常规琐节"(CP 71)也是一个暗喻,比喻婚姻形式,暗示他们的爱情不会走向世俗的婚姻,因此他们的浪漫不会落入俗套,不会斤斤计较,给彼此带来痛苦。

> 谎言在我们周围渐渐变得黑暗:
> 你美丽的雕像会走离吗?
> 我必须在它后面亦步亦趋吗? 直到
> 发现了一些东西——或者什么也没发现
> 此时转身已经来不及了。
> 抑或,如果我不改变立场,
> 你的力量实际上——能够
> 帮你逃离躲避,
> 远离别人的视线,
> 跃离太阳,带着面具和烙印
> 还有艰难,且不被理解?

(CP 71)

在传统的伦理观念中,爱情是以婚姻为最后归宿的,只恋爱不结婚的做法是不会被世俗接受的。拉金在这个诗节中试探心仪的"你"是否能接受"只恋爱不结婚"的观点。诗中,"太阳"象征着被人们广泛接受的伦理道德,不以结婚为目的的恋爱背离了伦理道德,为世人所不齿,当事人将"带着面具和烙印"(CP 71)艰难地生活,不被人们所理解,如果"你"接受了"我"这种离经背道的爱,但是又受不了这样的处境,发现"转身已经来不及了",还不如"我"主动放弃对"你"的追求,不对"你""亦步亦趋"(CP 71)。诗人在这一段表达了自己的观点:与心仪的对象保持一定的距离,不去获得她比获得她更好,因为如果"我"苦苦地追求爱或爱的对象,到头来却什么也没得到,或者发现不是自己原来所期盼的,那时改变主意就太晚了。渴望的东西,比如爱人或爱情,只有一直保持不可触及、无法得到,才能保持它的魅力。

无论《如果,亲爱的》还是《没有路》,初读时仿佛给人感觉诗人对自己不那么自信,但实际上暗藏深意,隐讳地而不是直接地阐述了拉金的爱情

伦理观以及所做出的伦理选择：享受爱情的过程而不要结果，只恋爱不
结婚。

第三节 《上教堂》与拉金的宗教观

基督教文化是西方文明的根基，所以关于宗教的话题是拉金诗歌中
的一个重要主题。拉金的诗歌中并没有直接歌颂或者贬低基督教的诗
歌，但对宗教的反思在他的很多诗歌中都可以循其踪迹。拉金涉及宗教
方面的诗歌主要表现了两次世界大战后人们宗教信仰的改变，特别是第
二次世界大战以后，战争对传统的破坏以及战后新秩序的重建引发了人
们的信仰危机，年轻人逐渐丧失宗教信仰。拉金有关宗教的诗歌也已经
褪去了宗教的色彩，而是通过描写宗教现象挖掘宗教的伦理象征意义。

拉金标榜自己是一个怀疑论者和无神论者，他曾表明"我从小就被灌
输的福音故事是虚假的、愚蠢的，也许是狡猾的，只有那些保守的、不是很
聪明的人才会去相信它"[1]。但是，在他的《北方的船》中就收录了一首他
于 1943 年创作的诗歌——《被轰炸的石头教堂》（"A Stone Church
Damaged by a Bomb"）。从标题看，这首诗描写教堂，势必与宗教扯上关
系，所以这首诗可以称得上是拉金青少年时期宗教诗的代表作。

> 比树根扎得更深，
> 这个被镌刻被掀开的信仰。
> 抛向天空，
> 一个祷告者死在乱石中
> 在奄奄一息的树丛中；
> 窗门反射太阳
> 双手仍交叉祈求和平，
> 他们躺卧
> 死在不成样子的地上。

（CP 164）

---

① Cooper, Stephen. *Philip Larkin: Subversive Writer*. Brighton：Sussex Academic Press，
2004，p.142.

在这首诗里,诗人描写了一座教堂在战争年代被炮弹击中,"这座雕塑物,抛向天空的信仰"(CP 164),教堂的砖瓦残骸被炸得满天飞,然而,被炸为灰烬的不仅仅是具象的教堂,还有人们的信仰。在人们的宗教意识中:教堂不仅是人们精神的庇护所,还是和平、仁爱和信念的表征。可是,这首诗叙述——"一个祷告者死在乱石中",在教堂里做祈祷的人被炸死。更为讽刺的是,这个受害者被炸死时"双手仍交叉祈求和平"(CP 164)。这首诗揭示了宗教的欺骗性,虔诚的基督教徒在教堂内连同教堂一起被毁灭,暗示着教堂作为宗教信仰之象征的坍塌,宗教力量的毁灭以及教徒们信仰的幻灭。拉金在1948年写的散文《写在26岁》(未发表)中表明了自己的宗教立场:"我属于从不相信耶稣是神圣的那一代人,在25岁之前,我们不相信人有不朽的一部分。当我们成长到能掌控事物的时候,星期天的上午则去电影院排队看电影。"①拉金认为人们在25岁之前,被伦理规范或者父母的宗教信仰所左右,不得不去教堂做礼拜,但是,这些年轻人即便去了教堂,仍然既不信耶稣也不相信人的灵魂会不朽。当这些年轻人到了能自己判断、安排人生的年龄时,星期天再也不用被父母逼着去教堂做礼拜,而是可以自由地安排生活,做自己喜欢的事,比如,星期天去电影院看电影,而不是去教堂。

由于拉金的父母是虔诚的基督徒,他从小在充满宗教气氛的家庭环境中长大,耳濡目染,因此,他对基督教教义和《圣经》相当熟悉,故而,他的诗歌中常常出现基督教的教义或者引用《圣经》的典故。比如,在《信仰疗法》这首诗中,拉金描写人们虔诚祈祷,希望能治愈盲人的眼睛和跛子的膝盖:

> 女人们接踵缓缓地走向他站的地方,
> 挺拔,戴着无框眼镜,银发,
> 深色西服,白色衣领。管事们不知疲倦地
> 劝说她们走向他的声音和手
> 在他温暖的爱的春雨中
> 每人浸沐大约二十秒,亲爱的孩子,
> 怎么呢,低沉的美国嗓音问道,
> 然后没有停顿,变成祈祷者

---

① 转引自 Cooper, Stephen. *Philip Larkin: Subversive Writer*. Brighton：Sussex Academic Press, 2004, p.141.

引导上帝关照这只眼睛、那个膝盖

她们的头突然紧紧抱住……

（CP 86）

"上帝关照这只眼睛、那个膝盖"源于《圣经》中的关于瞎子和跛子恢复正常的两个典故，在《马克》10：46－52、《马修》9：27－31 以及《卢克》18：35－43 中都讲述了让瞎了的眼睛重见光明，而《马克》2：1－12、《马修》9：1－8 以及《卢克》5：17－26 讲述了让跛脚康复，行走如常。拉金写这首诗并不是因为他本人真正相信或者是有意宣扬相信宗教有如此神奇的功效，而是质疑人们是出于什么样的动机而需要信仰疗法。拉金从一个置身事外的旁观者的角度来观察这种宗教仪式，在第一诗节中描述了人们和宗教人士狂热的宗教情绪，那个"银发，/深色西装，白色衣领"（CP 86）的人很有可能就是一个传教士，他以牧师习惯性的口吻对人们说话："亲爱的孩子，怎么呢"，而女人们"接踵缓缓地走向"（CP 86）他站立的地方向他祈祷或忏悔。第二诗节描写人们在传教士的带领下"流着深切而嘶哑的眼泪"围着病人虔诚地祈祷。在第三诗节拉金惊叹道："全都不对""没什么治愈"（CP 86）。

诗歌描述人们在传教士的带领下向上帝祈祷病人康复，但是与《圣经》教义不同的是，治愈的魔力不是来自上帝，而是传教士利用人们对上帝力量的信仰，"引导上帝关照这只眼睛、那个膝盖"。那些接受治疗的人们或者如"迷途的羔羊，未返回生机"（CP 86），或者"僵硬的、抽搐着，喧吵着"（CP 86），而被牧师带领着祈祷的人们还沾沾自喜，以为"爱他人"（loving others）（CP 86）能创造奇迹，其实什么也没有治愈。这个传教士并不是真的有治疗的本领，只是招摇撞骗，正如拉金在《写在 26 岁》里揭示的那样："福音故事是虚假的、愚蠢的，也许是狡猾的，只有那些保守的、不是很聪明的人才会去相信它。"[1]所以，那些参加信仰疗法仪式的人都是愚昧的、被欺骗的。

拉金有关宗教最具有代表性的诗作当属《受骗较少者》中的《上教堂》。虽然这首诗被很多评论家当作拉金有宗教信仰的证据，但是拉金在一次访谈中坚决否认了《上教堂》中隐含了任何基督教教义：

---

① 转引自 Cooper, Stephen. *Philip Larkin: Subversive Writer*. Brighton：Sussex Academic Press, 2004, p.142.

> 它完全是一首世俗诗,我对那位美国人有点恼火,因为他坚持说这是一首宗教诗。这首诗完全不是宗教式的。宗教必定意味着这个世界上的事都是置于神圣的意志下等等,但是我不得不指出我对这些一点也不在意,而且故意忽视它。①

事实上,这首诗以一种闲谈式的口吻和近乎玩世不恭的态度,调侃似地展现了 20 世纪 50 年代的青年人对宗教的冷漠和轻视态度。这首诗作于 1954 年,据统计,"在 50 年代初,只有百分之十的人口是经常去教堂做礼拜的"②,这是因为当时的英国正忙于战后经济重建,社会秩序也亟待重新建构,传统文化面临着挑战,基督教和教堂在人们心目中失去了往日的神圣地位。所以,《上教堂》事实上是真实地展现了 20 世纪 50 年代英国的社会风貌和人们的精神状况。

《上教堂》里最显著的特点就是拉金采用了叶芝的长句长诗写法(一首诗共七节,每节九行)来进行强调,没有太多叙述者的意识流内容,没有随意流动的情绪来推进诗歌。诗人的思维过程清晰可见,诗歌内容倾向于理性而不是教条,富有哲理而不是说教。诗歌一开始描写了这座教堂的荒芜:很久没人到这个教堂做礼拜,祭祀台上的鲜花已枯萎,铜质器皿因无人擦拭打理而发霉。拉金在访谈中对伊恩·汉密尔顿说:"我从来不会傻到上教堂。"③诗中叙述者也不是专程去教堂做礼拜,而是无意间经过一所无名教堂。在这首诗中,诗人没有歌颂教堂的神圣,而是说《圣经》和赞美诗集只不过是一些"小本子",圣坛就是"神殿的尽头"(CP 58)。但是,人们从小就受到宗教的熏陶,对教堂的敬意已根植于叙述者的脑海,叙述者不经思索地"摘掉自行车架子"来代替脱帽致敬的礼节,说明虽然叙述者的宗教意识已经淡漠,但是约定俗成的宗教习惯却无法改变。同样,叙述者向功德箱里捐钱也是一种宗教礼仪和社会习惯,关键是叙述者捐的是一枚六便士的爱尔兰币,爱尔兰币在英国根本不能流通,六便士的爱尔兰币没有实用价值,只不过是一枚普通的金属片罢了,暗示了叙述者并不是真正虔诚地捐献,只不过是走个仪式罢了。

在诗歌的第三段,诗人没有继续讨论教堂作为宗教信仰之象征被人们所忽视,而是探讨"当教堂彻底放弃它的作用的时候/我们会把它变成

---

① Hamilton, Ian. "Four Conversations." *London Magazine*, 1964, 6: 74.

② Marwick, Arthur. *British Society Since 1945*. Harmondsworth: Penguin Books, 1986, p.14.

③ Hamilton, Ian. "Four Conversations." *London Magazine*, 1964, 6: 74.

什么"(CP 58)。教堂将被视为迷信而消失,当星期天的弥撒成为久远的记忆,教区也不复存在的时候,教堂代表的不再只是宗教,而是社交层面和精神层面的东西。一方面,教堂代表了象征着"婚姻、出生、死亡,以及这类思想"(CP 58)的机构;另一方面,教堂是人们交际的重要场所,它让人们有规律地在每个星期天聚集,互相寻求慰藉,而这一点在现代日益疏离的人际关系中尤为重要。虽然人们已经摆脱了曾经给人类带来希望的宗教信仰,但是"对于他(拉金)来说,教堂十分重要,因为教堂是可以让人进行虔诚默祷的看得见的建筑,汇集了人类伦理道德、哲学和历史的地方"①。拉金所关注的是"去教堂,而不是宗教",而去教堂"代表人类生活的重要阶段——出生、结婚和死亡——的联合"②。因此,诗歌开始的格调是漫游者无意的闲散和疏离的揶揄,而在闲逛的思索中,他感悟到教堂是聚集了人类深沉情感和精神寄托的地方,因此诗歌的结尾是肃穆而壮美的:

> 严肃的土地上肃穆的教堂
> 在混杂的空气里我们所有的欲望相撞
> 被识别,它们被披上命运的长袍
> 很多将永不会废弃
> 因为永远会有人惊奇于
> 他的渴求更沉重
> 吸引着沉入这片土地
> 这里,如他所闻,是智慧生长之处
> 只要那么多的死者躺附近

(CP 58)

从这首诗歌可以看到:教堂代表寄托了人们对和谐秩序和稳定社会的深厚情感以及对秩序、义务和责任的依赖。拉金在一次访谈中亲自说明:"这首诗的主题当然是去教堂一事,不是关于宗教,我在标题上就表明了这点,去教堂象征着人一生中一些重要阶段的集合,比如出生、结婚、死亡。我自己的感觉是如果这些仪式分散在登记处和火葬场,那么最后教堂对人生活的影响会越来越淡薄。"③因为教堂的存在,我们生存的地球是

---

① Parkinson, R. N. "To Keep Our Metaphysics Warm: A Study of 'Church Going'." *The Critical Survey*, 1971, 5: 226.

② Motion, Andrew. *Philip Larkin: A Writer's Life*. London: Methuen, 1982, p. 60.

③ Hamilton, Ian. "Four Conversations." *London Magazine*, 1964, 6: 74.

一块"严肃"的土地（CP 58）。如果教堂被人为毁坏,比如,像《被轰炸的石头教堂》里描述的一样,那么被炸后教堂的这片土地就变得"不成样子"（shapeless）（CP 164）。Shapeless 在这里是一语双关,一方面描绘出教堂被炸弹轰炸后的一片狼藉,另一方面暗指人类的社会秩序也不成方圆。因此,这首诗歌反映了这样一个社会现实:二战后,虽然宗教在青年人的心目中全然失去了昔日统治一切的神圣地位,维系宗教生存的千年沃土在现代社会的冲击下被夷为一片荒原,以教堂为代表的宗教随着时间的推移化为历史的遗迹,但是人的精神世界总是需要有严肃和真实的东西来充实,而教堂是一种英国传统延续的标志,因此,应该把教堂当成一种受保护的博物馆式建筑,对教堂的尊敬其实是对传统的生活方式和伦理规范的怀念。

废弃的教堂暗示宗教失去了往日的辉煌,而宗教生活的消逝改变了现代人的生活方式。诗集《高窗》中的同名诗歌《高窗》描绘的是教堂高大、肃穆的窗子,因此,高窗是教堂的象征。

> 那才是生活
> 再无上帝,再无黑暗中担心
>
> 地狱之类,也无须隐藏
> 对神父的想法,他
> 与他的命运将向长滑梯低落
> 如自由的鸟儿。旋即
>
> 出现了高窗思想,而非字词:
> 那吸收阳光的玻璃,
> 之上,深蓝的天空,展现的
> 虚无,无处,和永无止境。

（CP 129）

这首诗歌中的教堂所代表的不是烦琐的宗教教义,而是千百年来形成的伦理道德和行为规范,这些伦理规范对人们在思想上还是起到了一定的约束、警告和告诫的作用,但是现代的年轻人蔑视宗教,不相信上帝的存在、没有对地狱的恐惧、对神父的敬重,恣意享受放浪的生活。

《轻松优美的诗》和《水》这两首诗再次描写了人们对基督教内容的否

定态度和对宗教仪式作为社交活动的重视。

> 假如我被召唤
> 创建一种宗教
> 我将使用水。
>
> 上教堂
> 需涉水而过
> 晾干,各色衣裳;
>
> 我的礼拜仪式将用
> 浸泡的意象,
> 热烈而虔诚的灌溉。
>
> 我将在东方举起
> 一杯水
> 从各个角度的光
> 无尽地聚集。

(CP 91)

《水》这首诗歌一开始就写道:"如果我被召唤/去创立一种宗教"表明了"作者对宗教的怀疑主义"[1],诗人认为水在人们日常生活中的实用功能比它在宗教仪式中的象征作用更重要。在《轻松优美的诗》中,人们根本就不信仰宗教,但仍假装信仰去参加宗教仪式:"现在没人/相信穿长袍端盘子的修道士/在和上帝交谈(上帝已经消失)。"(CP 147)人们之所以还去教堂,是因为在宗教活动中可以获得与他人交流的机会:"美德是社会性的。因此,这些惯例/还在有序地进行,比如上教堂。"(CP 147)教堂已失去了宗教上的意义,它的作用在于公民道德方面的助益。在教堂举行的出生、结婚、死亡仪式等作为社会礼仪,成了一种社会融合剂。

尽管拉金并不信仰上帝,对基督教持怀疑态度,他的有些诗歌还调侃、讽刺宗教,但是他并没有完全否定宗教的积极作用:一方面,人们如果

---

① Stojkovic, Tijana. "*Unnoticed in the Casual Light of Day*": *Philip Larkin and the Plain Style*. New York: Routledge, 2006, p.193.

剔除宗教中的迷信成分,把它当成英国文化的根基,把教堂看成是一个汇集历史和哲学的地方,那么教堂仍然是神圣的,是人类文明发展不可或缺的一部分;另一方面,在现代社会,人与人之间越来越疏离,个人越来越感到孤独,宗教仪式、教堂活动为人们提供了交流的场所和机会,实际上起着社会调节的作用,是人们社交的重要交流承载体之一。

第四节　拉金的"所见、所思、所感"与运动派诗学

拉金 1955 年问世的第二部诗集——《受骗较少者》,一直以来被当作英国运动派诗歌的代表作而备受评论家的青睐。"运动派"这一术语开始应用于 20 世纪 50 年代中叶出现的一批诗人。除了拉金之外,运动派最主要的代表诗人还有金斯利·艾米斯、罗伯特·康凯斯特、唐纳德·戴维、D. J. 恩莱特、托姆·冈恩、约翰·霍罗威、伊丽莎白·詹宁斯和约翰·韦恩。他们开始同时在当年的主流期刊发表诗歌,推出诗歌选集,受到文学记者和评论家的关注。评论家们很快就发现了他们的相似之处:这些诗人一般都是牛津大学(其次是剑桥大学)出身,在学生时代就建立起了密切的关系,其中以拉金和金斯利·艾米斯之间的友谊最为典型。这种友谊被拉金看成一生中非常重要的部分,拉金和金斯利·艾米斯惺惺相惜,相互欣赏,拉金赞赏艾米斯的模仿天赋:"这并不是指对 BBC 综艺时刻的模仿技能……而是指,他能通过模仿来最快地让你相信某件事是可怕的、无聊的或荒唐的。"①艾米斯调侃拉金当时看起来是"一个再普通不过的本科生,文化修养不高,不沾雪莉酒,说脏话,发牢骚,认为大学生只不过是会写晦涩打油诗的料"②。显然,拉金大学时代就接受世俗习气和市侩秉性,作为一位年轻的知识分子主动抛弃了虚假的唯美和象牙塔的高雅。

一

运动派这种艺术潮流的出现可以理解为战后英国文学重新建构时期的一部分。战后的诗人努力想要证明战争时期的三四十年代的经验是有

① Motion, Andrew. *Philip Larkin: A Writer's Life*. London:Methuen, 1982, p.189.
② Booth, James. *Philip Larkin: Writer*. Hemel Hempstead:Harvester Wheatsheaf, 1992, pp. 85 – 86.

价值的,并且试图引领战后英国诗歌的发展方向。这些诗人在艺术表现上最突出的特点是对传统形式和诗歌结构即押韵和节奏的回归,这种对英国诗歌传统的回归可以说是战后重建英国文学身份、对抗美国引领的英语诗歌界现代主义的自然反应。运动派诗人之一约翰·韦恩解释说:"在这样一个时期,外在的疲惫和厌倦遭遇内在的内疚和恐惧时,诗人自然会产生重新建构的冲动。以规范而严格的形式进行诗歌创作,就增加了一种简单而明显的意义。"①从这个角度看,运动派诗人的态度表现出了他们所处时代的历史和社会特征。1949 年,戴维呼吁诗歌语言启用一种新的模式:"一种新的诗歌措辞,往往能为社会上出现的新的精神运动正名。"这种诗歌措辞能够加强道德陈述力,表现出"语气的完全改变,(不是指)奥登那种神经质的滑稽或者庞德那种压抑愤懑的基调。这种语气很适度,夯实而严肃"②。运动派诗人对过去的审视以及对未来的规划都是有征兆的:"运动派不能从战后的社会和政治历史环境中抽离出来。"③正如戴维告诉我们,拉金以及其他运动派诗人的作品正是在这个配给紧缩、冷战伊始、福利体系重建的历史环境下应运而生。"冷战冻结了公众态度,保留了私人的观点。它提倡一种有所保留的私人生活,在这个私人范畴,可以有一些动作。"④因此,我们可以认为运动派的出现是节制平实之风的体现,或者也可以说是推动了这股风气,而在《受骗较少者》中,可以明显看出一种谨慎、怀疑和节制的态度。

运动派作为一个文学群体被承认和追捧,可以追溯到 20 世纪 50 年代初各种出版物和选集的出版和发行,其达到高潮的标志是 1956 年伯特·肯凯斯特的选集《新诗行》的发行,如今这部诗集被视为运动派的里程碑。起初,运动派诗人对流行于 20 世纪 40 年代的三部诗集——《新启示录》(1940)、《白色骑士》(1941)和《皇冠与镰刀》(1944)进行了批评,他们认为这三部诗集的共同特点是展示"一种新的浪漫倾向,其中最重要的元素是爱、死亡、对神话和战争意识的坚持"⑤。而 20 世纪 40 年代的主流诗人们,比如,乔治·巴克、大卫·加斯科因、凯瑟琳·雷纳、沃勒顿·沃特金斯以及大名鼎鼎的迪伦·托马斯,不管他们的作品风格有多不同,他们和上述三部诗集的作者都持一样的诗学观点。运动派诗人尖锐地指出,这

---

① 转引自 Motion, Andrew. *Philip Larkin: A Writer's Life*. London:Methuen, 1982, p. 247.

② Davie, Donald. "Towards a New Poetic Diction", *Prospect*, 1949, 2: 7 – 8.

③ Regan, Stephen. ed. *Philip Larkin*. New York:St. Martin's Press, 1997, p. 23.

④ Ibid.

⑤ Press, John. *A Map of Modern English Verse*. London:Oxford University Press, 1969, p. 230.

些诗人：

> 都受到超现实主义的原则和方法的影响；宣扬诗歌并不需要关注社
> 会中的人、政治观点或社会评论，而需要注重对精神真理的称颂；所
> 有人都是浪漫的空想家，他们对世界的看法具有仪式感和宗教色彩。
> 他们使用的神话和象征出处广泛，而且往往非常深奥晦涩，旨在强调
> 诗歌的神圣特质，并强调一个事实，即，诗人不是立法者、道德家、教
> 师或艺人，而是吟游者和先知。他们诗歌的语气恰到好处得高贵而
> 神秘，因为他们宣告了预言诗歌的神圣奥秘。①

虽然拉金及其他运动派诗人在牛津大学读书时曾经崇拜迪伦·托马斯，
但是运动派诗人对三部诗集的批评其实是对 20 世纪 40 年代的这种正统
诗歌的公然反抗。

1949 年金斯利·艾米斯和詹姆斯·米基共同编著完成《牛津诗歌》
时，曾批评提交给他们的一些诗歌："就诗歌素材而言，我们所希望的是电
线杆和步枪，他们提交的却是紫水晶和糖汁。他们不是用典型的押韵
'lackey' 和 'lucky'（'仆人'和'幸运'），而是 'bliss' 和 'kiss'（'幸福'和
'吻'）。"②电线杆和步枪是忠于现实的体验，"仆人"和"幸运"（"lackey"
和"lucky"）是平凡日常的措辞，这些都是运动派的核心原则，而当时的很
多诗人还沉醉于脱离现实的浪漫主义。这一时期有代表性的文论是唐纳
德·戴维的著作《英语诗歌的纯粹措辞》（1952）。戴维 1922 年出生于工
业中心南约克郡的巴克斯利，他与运动派其他诗人一样，是小资产阶级出
身，有中学在语法学校、大学在剑桥学习英语的教育背景，有战后在大学
教书的学术生涯。戴维是高产的运动派作家之一，发表了很多诗歌和批
评性文论，比如，他的文论总结归纳了运动派的特点，为分析拉金作品的
运动派特征提供了重要依据。戴维的文论还分析了 18 世纪后期诗人的
语言和诗歌措辞是如何体现"道德价值"的，由此他提倡诗歌用语的"纯粹
措辞"。"纯粹措辞"是指优秀的诗歌需要拥有优秀散文所具备的优点：
理性、节制、共同体验、群体意识，最重要的是，诗歌应该简洁明了，而不是
神秘晦涩。

---

① Press, John. *A Map of Modern English Verse*. London：Oxford University Press，1969，
pp. 232－233.

② Davie, Donald. *Purity of Diction in English Verse and Articulate Energy*. Harmondsworth：
Penguin，1992，p.5.

运动派诗歌在 1952 至 1953 年间最受欢迎,约翰·莱曼和约翰·韦恩在每月的广播节目中播送新兴诗人的作品,积极推动运动派的反浪漫主义行动,比如,在 1953 年 7 月 1 日,韦恩播送了由拉金朗诵的《如果,亲爱的》。尽管这个时期评论家开始意识到这个独树一帜的群体,并试图为他们确定一个共同身份,但是直到安东尼·哈特利担任《观察者》的诗歌评论员时,在 1954 年 8 月以《50 年代的诗人》为标题,对托姆·冈恩、乔治·麦克白、唐纳德·戴维和乔纳森·普莱斯的诗歌发表评论,才归纳总结出这些诗歌的共同之处:

> 它大致可以描述为"异端的"、不循规蹈矩、冷静、科学、善于分析。这和自由、反国教的英国有着相同之处。这是一种开明的诗风,反对过度的辞藻和狂热,主张简朴和怀疑论。……复杂的思想,朴素的语气,口语化和回避华丽修辞——是他们共同的基础和共同的危险……可以肯定的是,无论好坏,我们现在见证了 30 年代以来唯一一次大规模的英国诗歌运动。①

1955 年和 1956 年,D. J. 恩莱特的诗集《20 世纪 50 年代的诗人》以及罗伯特·康凯斯特的诗集《新诗行》的面世使运动派作为一个文学流派进一步得到确立。拉金是这两部诗集中都收录的重要诗人,《20 世纪 50 年代的诗人》囊括了拉金的 8 首诗,《新诗行》中则选录了 9 首。除了拉金以外,这两部选集的编辑还收编了下列诗人的作品:金斯利·艾米斯、罗伯特·康凯斯特、唐纳德·戴维、D. J. 恩莱特、约翰·霍罗威、伊丽莎白·詹宁斯和约翰·韦恩。

康凯斯特在《新诗行》的介绍中直言不讳地表明"相信一个总体趋势已经出现,一种内容真实、思想健康向上的诗歌类型已经形成"。因此,他认为 20 世纪 50 年代的诗歌"没有伟大的理论结构体系或无意识控制的凝聚。(它)不受神秘和逻辑的限制。对一切事物的态度都是凭借经验"②。他将拉金列为运动派诗人,认为拉金与《新诗行》中的其他诗人表现出一致的特点,特别是在他们的社会背景、对诗歌的态度以及诗歌与读者的关系等方面。包括拉金在内,收集于《新诗行》的诗歌都注重诗歌表达形式,特别是韵律、格律和形式的一致,《新诗行》成为现代诗歌发展中

---

① Hartley, Anthony. "Poets of the Fifties." *Spectator*, 1954, 193: 260 - 261.

② Conquest, Robert. ed. *Introduction to New Lines*. London: Macmillan, 1956, pp.xi - xviii.

一部尤为重要的文献。

二

作为运动派的代表,拉金反对现代主义的艰深晦涩,反对以庞德和艾略特为首的"精英化""学问化"诗歌理念,推崇平凡、简单的传统诗歌风格。在诗歌语言方面,体现了"纯粹措辞"的特点,有意避开现代派的那种引经据典、朦胧晦涩的文雅词汇,采用城市平民新鲜活泼的日常语言甚至"脏话",营造了一种别样、新颖的英诗风格,为重构战后英国文学做出了贡献。

首先,拉金提出了经验主义的诗歌原则:

> 我写诗既为我自己也为别人保存我见、我思、我感。我觉得首要任务是经验本身,竭力保存这些经历免于被遗忘。我不知道我为什么会这样。我只是觉得,所有艺术的本质归结于想要留住东西的冲动。所以通常我的诗是和我的个人生活联系在一起的……作为一个指导性的原则,我相信每首诗一定是有着属于自己独一无二的、原创的空间,因此它们不需要相信传统,或神话,或在诗中引用别的诗人或诗歌,后者尤其令我很不舒服,那感觉就像文学初入门者夸夸其谈,好让你知道他认识很多重要人物似的。[1]

拉金批评满篇引经据典、神学玄奥的诗歌,他认为这样的诗歌不是一首好诗,因为即使作诗之人"觉得他要说的东西很有趣,别人可能觉得没趣。他只专注于道德价值或复杂的语义。最糟糕的是,他的诗作将不再从用非语言方式感受的东西中得到灵感,不能用普通语言,使某个没有他的经验或教育或旅行经验的人,也能理解他写的东西"[2]。拉金批评现代派诗歌动辄引用玄乎的典故,一首诗歌几乎涵盖了以前所有的诗歌,"诗歌越来越成了学术英语教学。诗越来越难懂,就像高等数学,没有基础的学习和教学就没法理解"[3]。比如,艾略特的《荒原》中包含了无数典故和几十门语言,拉金认为这些现代诗歌充斥着神话和象征:"要读懂这种'神话团',首先,你必须受过极高的教育,读过所有相关的书;其次,你要知道怎样把这些相关的知识运用于理解这首诗,并能阐述其理由。但是对于我,

---

① Larkin, Philip. *Required Writing*. London: Faber & Faber, 1983, p. 79.

② Ibid., p. 82.

③ Motion, Andrew. *Philip Larkin: A Writer's Life*. London: Methuen, 1982, p. 247.

所有这些古老的东西,古典神话和《圣经》典故都尽量少用,我认为在今天的诗歌中用这些东西不仅让诗歌充满了死的东西,还脱离了诗人创作性的职责。"①拉金认为这些现代派诗人肆意破坏正常的句法结构,大量运用外来词语,随意编造词语,堆砌呓语式的晦涩言语和潜意识中浮现出来的朦胧意象,严重脱离生活却还孤芳自赏似地沾沾自喜。

拉金在《基金会自然会负担你的开支》这首诗中,用诙谐的笔调勾勒出一个以兜售自己学术见解为生的文人形象。这首诗的标题有意选用了很正式、很冠冕堂皇的语言,暗示诗歌正文中出现的将是一个自命不凡的人物。诗歌选取了主人公匆匆忙忙地赶往机场搭乘彗星客机("Comet")飞往印度这一片段,塑造了一个自鸣得意、矫揉造作的所谓"文化精英"的形象。彗星客机是由英国哈维兰公司研发,于1949年出厂的一种以喷射引擎为动力的民用飞机。这种民航机以0.5厘米的铝制蒙皮包覆,且可飞行至10 000米的高空。在20世纪60年代,彗星客机是非常新潮、高档的飞机,乘坐彗星客机不仅标志着高贵的身份,同时也暗示这项旅程的费用是很昂贵的,而标题却用不屑一顾的口气说"基金会自然会负担你的开支"。这个标题暗示着主人公具有较高的社会地位:他到处出差游学的费用都不是掏自己的腰包,而是用公费开支。在五六十年代,一批现代派诗人和作家"从一个基金会跳到另一个基金会,或者从一个会场飞到另一个会场,朗读自己的作品、发表评论或开办讲座"②,一边兜售他的作品,一边兜售评价该作品的标准。这首诗中的主人公四处游学,一会在美国的伯克利,一会在印度的孟买,一会又回到英国的伦敦。三个星期以前,他在美国加利福尼亚州立大学伯克利分校办了讲座,希望通过讲座扩大自己的影响,希望自己的作品和评论可以在电台的"第三频道"播出,最终能被查托出版社(Chatto)出版发行。拉金曾就这首诗坦言道:"当然,这首诗是嘲笑这个中间人,他在美国办了很多讲座,又把办过的讲座在电台'第三频道'的节目中重播一遍,接着又一字不改地由查托出版社出版成书。"③很显然,拉金没把诗中的人物当成一个作家,而是当成一个职业评论家,而且拉金自己承认这首诗是一首"轻体诙谐诗",其目的就是嘲讽当时的文人。离开天气阴沉的英国赶往阳光灿烂的孟买,暗示着主人公这

① Hamilton, Ian. "Four Conversations." *London Magazine*, 1964, 6: 72.

② Booth, James. *Philip Larkin: The Poet's Plight*. New York: Palgrave Macmillan, 2005, p.27.

③ Larkin, Philip. *Further Requirements: Interviews, Broadcasts, Statements and Book Reviews 1925 – 1985*. Thwaite Anthony, ed. London: Faber & Faber, 2002.

趟旅程兼带观光游乐的性质,有假公济私之嫌,而主人公堂而皇之的借口是去见自己的笔友和联系人——Lal 教授。诗人别具匠心地补充道:Lal 教授"曾见过摩根·福斯特"(CP 84)。摩根·福斯特何许人也?他的全名是爱德华·摩根·福斯特(Edward Morgan Forster, 1879—1970),英国小说家、散文家,曾荣获英国最古老的文学奖——詹姆斯·泰特·布莱克纪念奖,还曾于 1912 年和 1922 年先后两次游历印度。1924 年《印度之旅》的出版为福斯特赢得了詹姆斯·泰特·布莱克纪念奖。由于继承了一笔遗产,福斯特生活富裕,可以不用工作,专心写作,是上层知识分子的代表。福斯特曾应剑桥大学之邀办了一系列"克拉克讲座",并把这些演讲合并成集,取名为《小说的几个方面》,于 1927 年出版。因此,得到摩根·福斯特接见的这位 Lal 教授,毫无疑问也是文学界的精英,同时,主人公和 Lal 教授约见,标明主人公也在学术界享有不同凡响的地位。拉金揶揄那些"现代派"诗人,间接地讽刺、批评了盛行一时的现代诗风。

《基金会自然会负担你的开支》讽刺了这样的怪现象:文化精英的诗歌不能自行在普通人群中流传,必须作者自己去解释,读者才能读懂。除此之外,诗中调侃的语气和贬损的词汇暴露出诗歌主人公对普通人的蔑视和同情心的缺乏。这个所谓的"社会精英"以自我为中心,抱怨人群阻挡了他去机场的路,诗歌中写道,普通人在他眼里根本就是灰不溜秋、忧心忡忡的。他关心的只是他所谓的学术,而漠视普通人的疾苦。为什么街上的人群忧心忡忡呢?因为这一天是战争纪念日,人们悲痛地悼念在战争中失去的亲人,但是这位文化精英不仅无视群众的情感、失去亲人的悲哀,还抱怨他们的纪念活动妨碍了自己的旅程。最后一诗节中的"outsoar"(翱翔于……之上)这个词更强调了主人公那种高高在上的优越感,而且诗中的"南风"用了"Auster"这个拉丁词,以凸显那些摇笔杆儿的学究气,强调了主人公的装腔作势。《基金会自然会负担你的开支》讥讽这些文化精英,他们自负的、漫不经心的谈话只是以他们的同类为听众,完全不顾圈外人以及普通民众是否能领会其诗歌的含义,诗歌中的主人公从演讲和在广播电台做关于高等文化的节目获利而营生,私下里却表现出一种玩世不恭的、轻微的自我拉扯。因而,整首诗让一个脱离生活、沽名钓誉的文化精英形象跃然纸上。这首诗是对英国学术界虚伪之风的真实写照。

《基金会自然会负担你的开支》展示了道貌岸然的文化精英们到处演讲、沽名钓誉,而诗歌"生活Ⅲ"中却揭示了他们私下交谈中的龌龊和肮脏。这些人纵情酗酒,从他们喝酒时的调侃中可以看到他们在生活中的真面目。首先,他们酗酒成瘾;其次,他们蔑视宗教。他们不仅在酒桌上对圣职任命这样的宗教大事评头论足,还把耶稣的门徒朱达斯比作臭名昭著的刽子手,最有讽刺意味的是诗人用 *pudendum mulieris* 来讥讽他们极具知识分子特色的淫秽下流。*pudendum mulieris* 是拉丁文——女性外阴的意思。可见这些人貌似高雅,实则龌龊下流。

《后代》也是一首讥讽精英知识分子的诗歌。这首诗一开始就交代了诗歌的主人公是"我的传记作者"。

> 如果大家认为杰克·巴洛考斯基在诗里的形象不那么光彩,我很遗憾。正如你所看到的那样,这首诗的中心思想就是,想象一下一个人身后名誉将交付给一个与自己毫无共同语言的、截然不同的人,这是多么讽刺的场景。直到这首诗出版之后我才意识到,杰克自己想做的事情没法去做,而偏要做自己不喜欢的事,他和我实际上有相同之处,也许这就是为何我会在作品里下意识地刻画这样一个人物的原因,所以他的憎恶也是可以理解的。①

杰克憎恶的就是他为之写传记的精英——"我"。但是,在为生计奔忙的杰克眼里,"我"是一个"老屁眼"(CP 139),和学术界其他人一样是"发臭的,死板的"(CP 139),在大学里只会误人子弟,"把一些破烂塞满大一学生的心理课"(CP 139),所以卓尔不凡的"我"在杰克看来是一个"天生就不正常的老家伙"(CP 139)。杰克的观点其实就是诗人对大学里一些所谓"精英阶层"的看法,也是成千上万普普通通的老百姓对这些精英的蔑视和批评。

拉金的诗歌讽刺、挪揄、挖苦了沽名钓誉、玩弄学术技巧的文化精英和文学界故弄玄虚、迷信学术话语、脱离现实的不正之风,他认为诗歌"正确的方式——平实的语言、不装腔作势、具有冷静地辨别轻重缓急的能力、幽默、摆脱隐含希腊神话的不规则诗歌表达——以期达到这样的目的:更全面而敏锐地反映日复一日的生活,而不是由英国某机构资助的地中海度假"②。对此,拉金提出了诗歌的"快乐原则":

> 首先,一个人要对某个情感意念着迷,并被纠缠得非得做点什么不

① Motion, Andrew. *Philip Larkin: A Writer's Life*. London:Methuen, 1982, pp. xviii – xix.
② Ibid., p. 265.

可。他要做的是第二个阶段,即建构一个文字装置,它可以在愿意读它的任何人身上复制这个情感意念,不管在任何地点或任何时间。第三个阶段是重现那个情景,即不同时间和地点的人启动这个装置,自己重新创造诗人写作那首诗时所感受到的东西。这些阶段是相互依存、缺一不可的。[①]

根据拉金的"快乐原则",诗歌创作的第一基本要义是诗人要有真情实感,这种情感必须十分强烈以至于不得不用艺术形式宣泄出来,这个创作的动机必须是真实的,而不是其他功利性目的。其次,诗人要用适当的文字表达自己的情感,而这种艺术表达应该让读者容易接受并且能产生共鸣。采取什么样的文字装置呢? 拉金认为:"用平常人的简单语言,用容易被人接受的语法结构。"[②]所谓"被人接受的语法结构"指的是约定俗成的、为大家共同遵守和使用的语言和语法。拉金认为诗歌的受众是平凡的民众,不应该只是受过高等教育之辈的特权,应该给普通读者提供简单、直接、愉快的阅读体验。对于普通人来说,闲暇是劳动过程中的暂时休息,是放松的时间,或者是享受消费之乐的时间,而诗歌随着印刷书乃至现代媒体的出现,其记忆术的价值消失殆尽,不再作为一种可以将知识和文化代代相传的工具,所以现在的诗歌其主要功能应该体现在它带给读者(普通劳动者)愉悦。因此,拉金反对那些搬弄典故,动辄以古典神话为架构的诗作,因为这类诗歌潜在的读者必须具备极其丰富的学识,这些诗歌不能引起大众的共鸣,不能吸引普通读者。

拉金认为理想的诗歌是以平实的语言处理深刻动人的主题,能带给读者即时的感动。诗歌是为常人而作,是交谈而不是教导,是对话而不是独白,必须以常人能理解的方式来表达,以语言的常态来推进,这就是所谓的"纯粹措辞"和"恢复正常句法"。也就是说,用极单纯的口语词汇和没有弦外之音的陈述语气作为诗歌语言。拉金许多脍炙人口的诗歌,比如,《癞蛤蟆》《上教堂》《在草地》《欺骗》等都启动了一套完全正常的语法表述,主、谓、宾兼具,而且采用一种小说的叙述结构,常常还夹带着日常生活的俏皮和幽默。拉金的作品中,不仅叙述性诗歌用简单的诗歌措辞,关于生活哲理方面的诗歌也能用简单的诗歌意象来表现,比如《晨曲》,这首诗都是由正常语句构成,直言不讳,没有任何遮掩。拉金诗歌语言的简

① Larkin, Philip. *Required Writing*. London: Faber & Faber, 1983, p. 80.

② Stojkovic, Tijana. "*Unnoticed in the Casual Light of Day*": *Philip Larkin and the Plain Style*. New York: Routledge, 2006, p.50.

单化、通俗化体现了后现代主义文学崇尚的所谓"零度写作"和反对现代主义深度"神话"的特点。

拉金的诗歌对现当代诗歌的贡献还体现在,他的诗歌语言既能采用正常的语序,又能采用传统的格律形式,比如,《晨曲》就是一首十诗行五步抑扬格,尾韵为 ababccdeed。拉金对诗歌传统格律炉火纯青的运用和诗歌正常句法的结合,是对英国诗歌传统的继承和发扬,同时也开启了一种后现代的诗风。这种诗风,不仅从平常劳动阶层的日常语法中获取,而且敢前人之不敢,不仅给诗歌语言注入了活力,而且开创了一种新的诗歌风格,也就是以当代口语中的"脏字""秽语"入诗。许多词典都不愿收录的粗鄙俚词,在拉金的诗里却是常客。例如,"优美诙谐的诗":

> 我老婆和我叫来了一群臭粪
> 浪费他们的时间和我们自己的:也许
> 你乐意加入我们? 来这猪屁眼,我的朋友

（CP 147）

Crap(臭粪)、arse(猪屁眼),这些词放在他的这首诗里反而显得自然质朴,狂放直白,还原了生活在社会底层之人的自然本色。

拉金解释自己诗中出现的粗口语言时说:"我的意思是,这些语词是调色板的一部分。你想要惊人效果的时候就用它们。但我不认为我曾经为惊人而惊人过。"①但是,事实上这些四个字母的词出现在格律严谨、格式庄重的语境中确实发生了城市漫游诗人所追求的"惊人"效果,比如在《这就是诗》这首诗中,诗人写道:

> 他们操出你,你老爸和老妈
> 他们不是有意的,但是他们做了。
> 他们把自己的缺点塞给了
> 还格外加了一些,只给你一个人

（CP 141）

---

① Haddenden, John. *Viewpoints: Poets in Conversation with John Haddenden*. London: Faber & Faber, 1981, p.128.

其实,这种"震惊"举动之所以在拉金自己看来不是故意做作而达到震惊的效果,是因为以这样的方式说话是他一贯的风格,他说:"我赞同说粗话。……生活中有些时候只能用一连串污言秽语来表达。"①拉金用包括粗话在内的强有力的日常话语来表达生活,而不是隐喻、神话和典故,这表示他已从城市漫游诗人成长为一个充满时代意识的后现代城市诗人。他从普通人的语言中做出一种轻松自由的选择,挥洒自如地运用到诗歌语言中。如此一来,他的诗歌语言不仅是对正常句法的恢复,同时还产生出一种反修辞的震惊效果。在谨慎、节制的格律中启用那些肮脏的污言秽语,以打破读者的心理预期来对抗被过度装饰的文字,锻造出一种充分醒目的语言,在还原生活本真的同时,造成意外的反讽。借助这种刻意破坏诗意的语词,读者的目光被拽紧、被震惊,而诗人的作品也实现了诗歌的"快乐原则"。

运动派诗人们的诗学,特别是拉金之"我见、我思、我感"的写作动机以及"快乐原则"的创作目的,反映了 20 世纪中叶随着物质和商业的空前膨胀以及由此产生的文化、社会、心理方面的复杂化、个体化和内部割裂,新兴中产阶级知识分子力图从这种断层中寻求自己的独特话语。他们以一种旁观、反叛、忤逆、亵渎和玩世不恭的姿态,蓄意突破精英文学与大众文学的界限,开始显现出后现代文学的语言特点。

---

① Rossen, Janice. *Philip Larkin: His Life's Work*. Hemel Hempstead: Harvester Wheatsheaf, 1989, p. 95.

《降灵节婚礼》：
城市旋律

　　20 世纪,在现代化大机器的隆隆轰响声中,西方经济飞速发展,商品极大地繁荣,西方社会从生产型社会步入了消费型社会,随之而来的是消费主义的盛行。人们消费不是为了满足现实生活中的实际需要,而是不断去满足被诱导、被刺激起来的欲望。人们消费的不是商品的使用价值,而是隐藏在商品符号背后的价值。拉金的诗歌对城市文化的变迁做出回应,其 1964 年出版的《降灵节婚礼》探讨了家庭、商品经济、艺术、政治等主题,记载了时尚界的新潮事物、消费品、流行歌曲、广告、当代的一些新词、不断变更的性观念和价值观体系,通过剖析城市空间和都市人之间的关系,揭示城市发展新旋律所引发的现代人生活方式和思想观念的变化。

第一节 消费主义中商品符号的伦理解读

在拉金生活的 20 世纪中叶,随着经济的复苏和城市化、商业化的发展,消费主义开始在英国社会盛行。现代消费主义不仅改变了人们的社会关系和生活方式,也改变了人们看待这个世界和自我的基本态度。消费主义最重要的一个因素就是商品,法国诗人波德莱尔在 19 世纪就曾指出,商品在人们的生活中已经成为一种莫可名状的主体,人们对商品的顶礼膜拜宛如"大城市的宗教般陶醉"。商品如同人们现实生活中的麻醉品,因此本雅明总结道:波德莱尔这样的城市漫游者和大众一样,对商品的陶醉犹如顾客潮水般涌向商品的陶醉[1],他们徜徉在城市里,在商品的迷宫里漫行,陶醉在对商品的迷恋之中,商品"极乐地渗透了他的全身"[2]。波德莱尔是一个对拉金影响深刻的诗人,拉金在牛津大学读书时就大量阅读波德莱尔的作品。波德莱尔主张独身才能让创作的自由空间得到保证,而拉金也为了追求艺术和自由,一辈子没结婚。在题材方面,波德莱尔诗歌对城市平常人和日常事务的关注对拉金影响很大,平常人和平凡事物也成为拉金诗歌的主要题材。可以说,如果波德莱尔是城市漫游者的典范,那么拉金就是城市漫游者这一特定文化群体在现代社会中的发展和延续。

本雅明在《发达资本主义时代的抒情诗人》中以波德莱尔为典型,探讨和分析了商品经济、消费主义文化以及商品移情。本雅明以辩证的移情图式(Schema der Einfuhlung)为基础,剖析了消费主义社会中商品的经历和顾客的经历:商品的经历是商品对顾客的移情,而对顾客的移情其实就是对金钱的移情;顾客的经历则是买家对商品的移情,对商品的移情就是对价格即交换价值的移情[3]。人对商品的移情一方面表现在人们对物品的欲望和拥有商品时的激动,另一方面表现为,人们不是从他们所生产的商品中获得自身价值,而是商品在向金钱流通的道路上反映了人的价值。本雅明关于人对商品移情的理论揭示了商品是具有幻觉效应、许诺某种价值的象征;在从顾客到商品的移情过程中,人在商品无孔不入的流

---

① 本雅明:《发达资本主义时代的抒情诗人》,张旭东、魏文生译。北京:生活·读书·新知三联书店,1989 年,第 73 - 74 页。

② 同上,第 73 页。

③ 曹雨雷:"本雅明的寓言理论"。《外国文学》,2004,1: 49。

通过程中体验到一种有关主体和商品的律动。

　　现代主义文化向后现代主义文化的转变过程通常是与西方工业资本主义向消费资本主义的经济转变有关,也就是说,从以煤、石油、钢铁为基础的重工业经济,转向时装、化妆品、电视、旅游、色情、餐饮、计算机软件、公共关系、信息处理等以消费为基础的经济。如果说工业资本主义的支柱是无产阶级和工厂体力劳动者,那么这二者就是这个时代独有的新生力量,这个新生力量又是商品的消费者,也就是而后生产模式里必然的、起决定作用的新生角色。这类消费者是一张白纸,不断被自己没意识到的需求所奴役,正是在这种情况下,资本主义通过满足人的需求得以存续。从经济史学的角度来看,在西方社会,消费主义替代工业主义是 21 世纪的标志性事件,推动了其他方面的社会变革,比如,第二波女权主义运动和去殖民地化运动。在商品经济和消费浪潮涌现时,没有哪位英国诗人像拉金这么全面地记载了这次经济变革。

　　本雅明标榜的这种商品移情在拉金的笔下更是熠熠生辉。拉金不仅一辈子都很注重衣着的品质,从在牛津大学求学期间起,他的着装总是走在时尚前沿,而且拉金还醉心于商业文明带来的五彩斑斓的物质享受,有着超前的消费观念,比如,他在 80 年代就买了一辆奥迪车代步,在他当时的同事中是十分前卫的。此外,从诗集《受骗较少者》《降灵节婚礼》到《高窗》,他的诗歌不仅罗列了各种常见的商品和品牌,比如,汽车、百货店、西装、红色厨房小电器、尖头鞋、电视机、尼龙手套、电搅拌器、烤面包机、浴帽、廉价香烟、巧克力包装纸等,还有对消费者来说新奇的事物,比如,奥迪安电影院、麦加舞厅、拔地而起的高楼大厦、分层的购物中心、除臭剂、口服避孕药、尼龙制品、性感睡衣、彗星飞机、**MI** 咖啡馆、晶体管收音机、披头士的第一张唱片、空调等。拉金还掌握了不少因为物质生活渐渐丰裕而产生的新的习惯用语,知道用新词汇讥讽传统观念,比如,"劣等、砍价、私人物件、摇摆舞、手淫、平装本、牛仔裤、酒、生殖、运动鞋、去你的"等,这些都代表性地反映了他的消费观念和商品意识。

　　新词汇的产生象征着新的物质享乐主义的到来,不同类别的商品名称和品牌名称频繁出现在拉金的诗歌中,但拉金仅仅罗列了这些现象,并没有更进一步对这种现象进行分析和阐述。其实,拉金有意识地、不厌其烦地详细罗列这些商品和品牌有着深刻蕴意,其目的在于揭示人们生活中无所不在的商品移情所掩盖的残酷现实,比如,《一个酷酷的大商店》和《在这里》这两首诗都描写了超市。在《一个酷酷的大商店》中,为满足新消费时代的需求,超市里商品五花八门,库存满满:

酷酷的大商店出售便宜的服装
简单的款式简陋地摆放
（针织衫、夏季休闲衫、长筒袜，
褐色，灰色，栗色，海军蓝）
可以想象工人们的每个工作日

他们破晓离开低矮的房子
踩点到工厂、车间和工地
但是大堆 T 恤和裤子后
铺陈着一排排晚礼服：
机器刺绣，薄薄的上衣

柠檬色、天蓝、嫩绿、玫瑰色
英国尼龙，婴儿的玩具，热裤
如繁花锦簇，如果
他们也享有那个世界，认为
他们这种人也与某些东西相配，说明

爱，或女人，或他们的工作，
或我们年轻时那不切实际的梦想
是多么地遥远和荒谬，
仿佛销魂入迷中的
虚伪，新奇，和不自然。

(CP 101)

这首诗一开始就描述商店里摆放着的廉价衣服：式样单调，颜色深沉而喑哑，都是褐色、灰色、栗色和海军蓝。这些衣服让人联想起它们的生产者和消费者，那些破晓就要从低矮的房子里出来去工厂、田野和工地劳作的体力劳动者，正是他们生产出成批的商品。这些批量生产的衣服都是机器产品线生产出来的，都一模一样，单调而没有特色；而生产这些衣服的劳动者也是千人一面，被非人化而失去了个人特色，这正是商品使个体失去主体性的结果。由于是批量生产，衣服质量低劣，因而价格低廉，在商店里被成堆地随意摆放，只有生产它们的人成为这些商品的消费者。由此可见，对廉价成衣这种商品符号意义的消费过程构建出了一种新型的社会阶层和一种新的社会支配方式,而这些又体现了一种新的社会生活组织原则。耐人寻味的是,诗歌接着描写这些廉价衣服后面的柜台上摆设着晚礼服之类的服饰,这些服装和饰物式样不再简单,做工也不再粗糙,而是刺绣精美、柔软轻薄;颜色不再是暗哑的,而是艳丽的柠檬色、天蓝色、嫩绿色、玫瑰色,式样也很时尚,衣服边上装饰着蕾丝和坠饰。这些衣服显然是时髦女性的服饰,它们让人们在头脑中构想出穿着这些衣服的优雅女士和浪漫爱情,因此这些商品实际上也是在引导人们的消费理念,正如诗歌最后一句画龙点睛之笔所示:年轻人在商品的诱导下,产生了不切实际的幻想,以为拥有了这些商品,就拥有了幸福,就可以一跃成为成功人士。而实际上,这些外表光鲜的商品也是徒有其表,是用合成纤维——一种新型的工业原料制作而成,看似柔软舒适,其实穿在身上不透气,舒适度不高,所以虽然让人"销魂入迷",却"虚伪,新奇和不自然","虚伪""新奇"且"销魂入迷"正是现代社会商品化在底层体力劳动者心中的投射。

在诗歌《在这里》("Here")中,诗人描写了人们走进商店,面对琳琅满目的商品时,心中涌动的购物冲动以及欲望即将得到满足时的快感:

> 推开玻璃旋转门,激起他们欲望的——
> 便宜的衣服,红色的厨房用具,铮亮的鞋子,冰激凌
> 电动搅拌器,烤面包机,洗碗机,吹风机
>
> （CP 70）

在商品社会里,消费生活延伸了现实世界的浪漫情调,把追求崇高信仰的幸福感变成了具体的消费快感,变成新的无数个体验中的幸福。商业化改变人们的生活,引导人们的思想,而随着时间的推移,这种工业文明所带来的商品化和消费文化在更大程度上又将影响人们的价值观,正如诗歌《周六集市》结尾句所预示的,"时间搓成了铁匠铺的烟/其形影越来越大",这行诗恰如其分地暗示了工业化、商业化不可遏制的势头。在这样高度工业化的社会里,人们的生活、消费和思想观念完全被商业化,并为商业和大众传媒所左右,人失去了主体性和选择性,社会迷失了传统的价值。除了以上几首,拉金还有很多诗歌展现了现代人对物质生活的依赖,比如,《上教堂》里提到的自行车、《德克瑞和儿子》里火车作为主要旅行工具、《逝矣,逝矣》里的汽车、1967年《奇迹之年》播放流行歌曲的密纹唱片、《广播》里的收音机、《出海》("To the Sea")里的小型便携晶体管收

音机,等等。消费资本主义不是生产满足人们需求的产品,而是通过生产商品去创造人们的需求。他在后一部诗集《高窗》的《钱》一诗中重申了金钱的诱惑,描述了人们对金钱的本能迷恋,认为没有哪一种人生的痛苦不可以通过购物疗法来缓解。"我是你从未拥有过的商品,从未尝试过的性爱/写几张支票你就可以拥有。"(CP 152)金钱给人一种假象:只要我们拥有了房子、车子、化妆品,拥有了物质,就拥有了金色的未来。

拉金在描写商品时从自己的体验出发,观察和书写这些以商品为代表的消费主义引导下的生活方式,物欲刺激下商品文化的伦理导向作用以及人们被淹没在消费品和现代感中的迷茫和反省。虽然拉金像传统的城市漫游者一样沉浸于物质所带来的便利和消费所带来的满足感中,但是他并没有像城市漫游者一样被商品所麻醉而迷失在商品的迷宫里,而是敏锐地观察到,在消费主义的盛行下,人们把追求、占有物质和追求享受作为人生目标的价值观念,消费主义和享乐主义成为消费生活中的主流价值和规范,并且,在这种潮流的驱使下,人们变得越来越现实,越来越功利。追求享乐和物欲刺激的生活方式致使人们沉溺于时尚和消费潮流之中,娱乐、消遣、休闲、消费代表了新的生活价值,寻求更新、更好的消费成为人们生活追求的目标,消费时的快感成了人们关注的焦点,而精神享受却变得日益贫乏。

在60年代的经济和商业浪潮中,拉金不仅描写各种商品,揭示其符号消费的本质,还通过对广告的别样解读与剖析来揭示平常人在商品经济中受到的冲击。由于"伴随着消费主义发展的是广告、销售噱头、促销手段的发展,所有这些都力图在消费者和产品之间建立某种联系"①,而广告之所以能有效地在消费者和产品之间建立起联系,正是因为它是一种实用的视觉工具,传达着商品经济的精髓,人们"按照广告来放松、娱乐、行动和消费……"②在《拱廊街》中,本雅明曾指出城市漫游者是城市结构和广告的最敏锐的观察者,同样,拉金也曾向朋友表露自己对广告着迷:"于我而言,广告牌美丽而又带有一种奇怪的哀伤,它有着极为柏拉图式的不切实际的本质。"③广告的这种特质深深地吸引了拉金,他的诗歌中频繁地出现广告,比如,《无钱可送》这首诗中的"户外广告",《1914》这首诗

---

① Day, Gray. *Literature and Culture in Modern Britain 1930–1955*. New York: Longman, 1997, p.21.

② 马尔库塞:《单向度的人——发达工业社会意识形态研究》,张峰等译。重庆:重庆出版社,1988年,第9页。

③ Motion, Andrew. *Philip Larkin: A Writer's Life*. London: Methuen, 1982, p.321.

中的"铁皮广告牌",这些诗歌表现了广告在人们生活中无处不在的地位,不仅如此,拉金还写了两首以广告为主题的诗歌——《美的精华》和《阳光明媚的普莱斯塔廷》("Sunny Prestatyn")。

作于20世纪60年代的诗歌《美的精华》揭示了广告的所有本质:市场经济在人们思想上的主导作用、广告所创造的理想意象和现实的矛盾、广告的消费引导和人们的盲目轻信:

> 如房间大的广告牌,随处可见
> 巨大的块头堵在马路的尽头,
> 坟墓被乳蛋糕遮掩,贫民窟被
> 对机动车润滑油和三文鱼的赞美所遮盖,
> 永远照耀这些刻画鲜明的树木
> 生活应该是怎么样。高悬于贫民窟之上
> 银质餐刀插在金灿灿的黄油里,
> 草地上立着一杯牛奶
> 得体的家庭,在气候宜人的仲夏里
> 驾着车,随意地大笑,挥洒他们的年轻,
> 每人手拿小方盒
> 伸向前。这些,以及那舒适的摇椅
> 和就寝时的杯子连成一气,发光灯
> (燃气或电的),四分之一侧面的猫
> 躺在拖鞋旁,温暖的地毯上,
> 置身于滂沱的街道和广场之外
>
> 它们统治了整个户外。当然,他们安详地竖立
> 宣称要将纯真的外表,纯粹的泡沫和纯粹的冷酷,
> 注入我们并不完美的眼睛
> 凝视着这个世界,什么都不能
> 冲洗得干净如新,寻求着可以居住的家园
> 所有的家园。那里,黑色屋檐的酒吧
> 满是从网球俱乐部回来的穿着白色衣服的人
> 一个男孩在厕所里几乎把心都呕吐出来
> 避开他们,那些领取退休金的人
> 用半便士买了一杯格瑞伍克露斯奶奶的茶

> 品尝那久远的年代,烟鬼们
>
> 走向斑斑点点的广场,
>
> 如同走向在水一方的她
>
> 没有点烟,深吸一口也不能靠近她,
>
> 她笑着,清晰而亲切,
>
> 他们逐渐意识到,然后往回走。

(CP 113)

为了说明广告在人们生活中无处不在,诗人在这首诗一开始细致地描写了广告的物质特征:广告牌不仅制作得越来越大,而且在我们生活中无处不在。广告牌"巨大的块头堵在马路的尽头"、高悬于贫民窟之上,甚至统治了整个户外。广告全力打造了一家人置身于一个完美世界的、理想状态的意象,以多种形式刺激人的物质欲望,鼓吹个体的物质利益和物质享受。为了达到这个目的,广告首先展现给人们一个富裕、温暖、优雅的家庭生活画面:银质餐具、美食,年轻人惬意的旅游、温馨舒适的卧室,这些物质构成了一个和睦、快乐、年轻的幸福家庭画面。重要的是:这个快乐家庭的人们"每人手拿小方盒"——广告推广的产品。很显然,广告是在引导消费,商家是在暗示人们,如果买了他们的商品就能像广告中的人一样享受快乐、保持青春、生活富足,因此,广告赋予了商品象征价值。《美的精华》把抽象价值与受众理解对接,运用消费者认知中形象的符号,即用具有象征意义的载体来表达商品形象,赋予商品象征的价值——富裕、青春、快乐。

由于广告利用图片故意误导人们对"幸福"的定义,拉金在这首诗中尖锐地指出广告牌用强烈视觉冲击所营造的美妙画面掩盖了普通人贫穷的现实:冰激凌和蛋糕的广告牌遮掩了坟墓,虚华粉饰了贫穷,银质餐具和金灿灿的牛油是生活在贫民窟的人所消费不起的美食,现实中英国的天气常常是阴雨的,阴霾被广告中晴朗的仲夏所代替。因此,在这首诗的第二节,拉金进一步揭示道:广告是虚伪的"泡沫",是"冷酷无情"的,它不仅没有"反映"现实,而且脱离了真实世界,粉饰太平。广告制造的虚假意象和真实的生活画面形成的强烈对比,揭示了广告所展示的"美的精华"其实是消费主义文化坑蒙、欺骗普通百姓的残酷事实。商品文化的另一个本质特征就是对"符号"的消费。在消费主义社会,商品最重要的属性不再是"使用价值",而是其"符号价值",即商品包含的象征意义和文化内涵。《美的精华》和《阳光明媚的普莱斯塔廷》中的商品广告宣传海滨度假这样的奢华休闲方式,暗示人们对高品质生活品位的追求。这种商品属性的转变诱导人们的消费活动发生了质的改变:从满足需要(needs)的消费转变成为满足欲望(wants)的消费,亦即对欲望本身的消费。媒体的引导和大规模的广告宣传创造了这种大规模的消费欲望,把越来越多的人在无形中引入广告所倡导的生活方式,让人们总是处在一种"欲购情结"之中,刺激人们无止境地追求物质享受、追求高品质的生活方式。消费成为人们自我表达与自我身份认同的主要形式和意义来源。

商品通过"意义转移"获得"符号价值"主要有两种手段:广告系统和时尚系统。通过这两种手段,商品被赋予了文化内涵,成为代表某种意义的符号和载体,变成代表某种文化含义的符号象征,或是让消费者在商品和某种文化意义之间取得某种习惯性的联想①。广告倚仗着这种习惯性联想引导人们的消费,引诱人们从捉襟见肘的有限收入中挤出钱来购买广告所追捧的流行单品。消费主义专家坎贝尔曾评说:"在涉及香水、香烟或是女式内衣的广告中,狭义的浪漫表现得特别明显,在有些图像与故事中,更典型地使用着异国情调、想象的、理想化的等广义的浪漫。而广告的实际目的当然是诱使我们购买它们所表现的物品,换句话说,就是消费。"②《美的精华》中的第二诗节讲述了普通人对香烟的消费。这首诗绘声绘色地描写了香烟盒上的包装画——一个艳丽的女人。本雅明曾指出,"在商拜物的支配下,女人的性吸引力多多少少被染上了商品魅力的色彩"③。《美的精华》中这则广告其实是对看到这盒烟的人进行心理暗示:男人只要抽这个牌子的烟,就能吸引香烟盒上那种类型的美丽女人;女人拥有了这盒烟,就会变得像图片中的美女一样妖娆妩媚、魅力四射。如此这般,商家利用消费者的心理、情感和精神方面的需求,将广告的经济功能与文学和文化功能紧密结合,在潜移默化中对消费者进行思想灌输,操纵和控制消费者。在广告的强烈心理暗示下,烟民被这种浪漫幻觉所迷惑。虽然,他(她)们一辈子也不可能走进这样的女人的生活,但是,由于这盒烟,在他(她)们心目中,这种女人是"清晰"而"亲切"的(CP 113)。

《美的精华》中包装盒上的美女体现了广告对女性身体的商品化和对

① McCracken, Grant. *Culture and Consumption*. Bloomington:Indiana University Press, 1990, p.77.

② 柯林·坎贝尔:"浪漫伦理与现代消费主义精神",章戈浩泽。《西北师范大学学报》(社会科学版),2006,4:2。

③ 转引自曹雨雷:"本雅明的寓言理论"。《外国文学》,2004,1:49。

性欲的商品化。性欲的商品化是利用男性消费者潜意识中的性欲望,鼓动他们消费广告推出的产品。同样,在诗歌《阳光明媚的普莱斯塔廷》中,诗人描述了商品化和物化了的女性身体。拉金在这首诗中批评商人为了利润,在广告中大肆渲染性来吸引人们,广告中的女人和旅馆明显带有性暗示,而整个画面的背景是海滨度假。海滨度假也是一种心理暗示:纵欲寻欢。更重要的是,广告中女性的身体被物化,变成了非人的性物品。人们对海报中性感女人的破坏性行为,比如,在她"巨大的乳头和裂开的胯部"(CP 113)留下刻痕,在她"两腿间潦草地画着/让她恰恰跨着/一根隆凸的鸡巴和两个球"(CP 113),暗示人们对这种不真实的商品宣传的反感,也暗示了无限制地追求物质享乐让人们的精神陷入危机。

"(后)现代城市漫游者不仅准确地认识现实,同时能捕捉到城市潜在危险和威胁的种种迹象。"①在20世纪中叶,拉金在商业文明迅速发展的繁荣景象中,敏感地察觉到广告代表了商品意欲强加在城市大众身上的价值观。商品是典型的城市梦幻的具象化身,同时,新的消费品又产生新的象征意义,城市便成为一系列图画式的象征符号串联在一起的意义系统。因此,拉金的诗歌通过对广告和商品的剖析,向人们展示了资本社会赤裸裸的物质本质以及商品与人之间昭然若揭的欲望关系。

第二节 家庭伦理重构

家庭是社会的细胞,是社会的基本组成单位。自从人类社会发展过程中出现家庭单位以来,人类在不同的家庭之中休养生息、繁衍后代、尽享天伦。正因为家庭是社会的重要组成单位,它与社会密切相关并相互影响。不同的历史时期,人们的婚姻家庭观也不同,人类社会的每一次进步、每一次变革都不可避免地影响到人们的婚姻观和家庭观,给它们灌注新的价值,赋予新的形式。拉金的诗歌展现了诗人对婚姻生活、个人与家庭等方面的深刻思考和颠覆性的诠释,反映了城市化进程中传统观念受到的冲击和挑战,伦理秩序在城市文明冲击下亟待重建时人们的伦理焦虑。

① Jenks, Chris. "Watching Your Step: The History and Practice of the Flaneur." *Visual Culture*. Chris Jenks, ed. New York: Routledge, 1995, p.157.

一

20世纪五六十年代,两次世界大战对人类历史产生了深远的影响,使人们的价值观发生了巨大变化。当变化了的价值观作用到婚姻家庭领域时,人们的择偶观、生育观、性观念、夫妻关系、对离婚的接受程度都会随之发生变化,出现独身、同居、有情人等现象。拉金从自己的生活经历出发,分析婚姻家庭价值观念变化的根源和特点,并对未来婚姻家庭价值观念做出趋向预测。

拉金的原生家庭关系并不是非常和谐与温馨,父母的婚姻以及他们营造的家庭氛围对拉金影响很大。拉金的父亲西德尼从小就聪颖好学,读书时就是出类拔萃的学生,不仅在数学方面有天赋,而且颇有天生的文学鉴赏力。西德尼的文学鉴赏力在当时可以算得上是比较开明,甚至是前卫的,他很喜欢托马斯·哈代、D. H. 劳伦斯、阿诺德·本涅特等作家的作品,总是去买肖恩最新出版的戏剧和哈代写的小说,尤其对哈代推崇备至。西德尼对拉金的生活和成长影响颇大。拉金出生后,西德尼按文艺复兴时期诗人菲利普·西德尼的名字给自己唯一的儿子起名"菲利普",可见他对儿子在文学方面寄予了很高的期望。

拉金在《高窗》中的诗歌《出海》描述的其实就是他父母的恋爱经历。拉金父母就是在海边度假时相识、相爱、结婚的。但是,他们日后的婚姻生活变得枯燥、无聊,相互间的爱已淡漠。婚后两人的个性差异逐渐暴露出来,西德尼生性暴躁、专横和急躁,婚后更是变本加厉,而拉金的母亲伊娃个性温驯,总是逆来顺受。西德尼要求伊娃无条件地顺从自己,做一个"无才便是德"的家庭主妇,另一方面又因此瞧不起她。事实上,西德尼是个彻头彻尾的道德虚无主义者,在家里对妻子大男子主义,专横跋扈;在外面风流成性。据他的秘书回忆,他总是对办公室的女同事"出其不意地拥抱,不放过任何机会搂一搂一个秘书的腰"[1],他的秘书还说西德尼是"一个极端的大男子主义者,他认为女人唯一的用处就是做花瓶和伺候男人,他几乎不提他的女儿,总是说起菲利普,我认为他确实为菲利普而骄傲"[2]。西德尼从不掩饰对女性的歧视,他认为女人是"二等公民",在他的记事本上赫然写着"女人常常是愚蠢的,有时是危险的,更多时候是不诚实的"[3]。西德尼的这种男权主义思想对拉金起着潜移默化的作用,拉

---

[1] Motion, Andrew. *Philip Larkin: A Writer's Life*. London: Methuen, 1982, p.10.

[2] Ibid.

[3] Ibid., p.176.

金一生对待女性的态度也是鄙视和疏离的。

在政治上,西德尼是一个极端的"左倾"主义者,他狂热地拥戴德国纳粹。在第二次世界大战爆发前,他两次带拉金去德国度假。这两次德国之行给年幼的拉金留下了心理阴影——"它播下了我痛恨出国的种子"①,以至于成年以后的拉金不愿出国,仅由于获奖而再度去了一次德国。因为"痛恨在国外",他在德国领奖期间没去旅游观光,而是领了奖就匆匆返回。拉金不喜欢父亲和他的德国之行,也不同意西德尼亲纳粹的政治观点。总之,拉金对西德尼的畏惧多于尊敬和爱戴:

> 我父亲那时的思想状态不能说是令人愉快的。他的妻子把家弄成了一个他须尽力默默忍受的处所。他的第一个孩子,我的姐姐,被他看作几乎是精神不正常的,她几乎没有一点想要结婚、离开家的迹象。第二个孩子,我自己,生活在自闭的空间里,漠视他提的任何建议,还被口吃所困扰。但是,我觉得我的口吃从理论上来说是他造成的。他的个性把家里的成员都笼罩在一种紧张气氛中,让每个人都觉得自己是生活中的失败者,其结果是他让家人痛苦,而自己也不幸福。鉴于我母亲渐渐变成一个强迫症似的整天啜泣抱怨的人而让人讨厌,我想如果我父亲能妥当地对待她的话,她可能要好得多。②

拉金从小生活在西德尼大男子主义和父权主义的阴影下,他不敢公然反抗父亲,只能在其众多诗歌中表达对父权的鄙视和嘲讽,以及对像他母亲这样的弱势女性群体的同情。《婚礼那天的风》叙述了一个女子在新婚之夜被新郎冷落时的失落和对婚姻的失望;《闺名》描述了在男性强权的婚姻中,曾经优秀的女性迷失了自我、失去了个体的主体性而变得平庸;《像火车有节奏的咔嚓声》描写了在男权社会里,女性被边缘化和失语的状态;《我看到一个被拽着手腕的女孩》和《欺骗》展现了男权社会中女性所受到的暴力虐待和压迫;《有诗为证》和《德克瑞和儿子》等诗歌表达了作者对夫权的鄙视和声讨。

与西德尼强硬的个性相反,拉金的母亲伊娃生性敏感脆弱、有些神经质、自我怀疑、缺乏主见,用拉金自己的话说,"我遗传了我父母……这些遗传因素不断地影响着我。有趣的是,我和我姐姐 30 年来都在力图摆脱

---

① Motion, Andrew. *Philip Larkin: A Writer's Life*. London: Methuen, 1982, p. 26.

② Ibid., p.14.

遗传在自己身上的影响。在她身上，父亲的基因赢了。老天，母亲的遗传基因在我身上占了上风"①。作为与作者最亲近的女性，伊娃对拉金的影响不仅是遗传上的，还影响了拉金对女性、婚姻、家庭的看法和态度。伊娃在结婚前曾计划当一名图书管理员，拉金选择图书馆的工作，可能也是受到母亲的影响。拉金和母亲感情很好，他从小就受到母亲的溺爱，在家里从来都是衣来伸手、饭来张口，也没付过自己的账单，所有事都由伊娃为他一手操办。拉金成年以后独立生活，但和伊娃仍保持每周通两次信。不论拉金的家离伊娃的家有多远，他每个月都会回去看望母亲。父亲去世后，他与母亲之间的关系更加亲密。他在写给伊娃的信中称伊娃为"最心爱的老家伙""最亲爱的抹布"②，伊娃也在信中自嘲为"抹布"。拉金在给伊娃的信中详细地讲述自己的生活琐事和每日见闻，而伊娃则总是在信中嘱咐他注意饮食、保护身体和谨慎理财，舐犊之情溢于言表，仿佛拉金还是她膝下的小男孩。拉金昵称母亲为"抹布"，一方面体现了他们母子之间的亲昵和亲密，另一方面也暗示了伊娃在他心目中的地位：伊娃在家里就像抹布一样必不可少，但又毫不起眼、邋邋遢遢。抹布是用来打扫卫生的，伊娃一天到晚忙于打扫卫生、做饭，于是她"开始不停地抱怨枯燥的生活，持家的艰辛……她在吃早餐的时候对着父亲喋喋不休，吃正餐的时候对着我们唠唠叨叨，自怨自艾，一副怯懦而又疑神疑鬼的样子，这个情景一直印在我脑海里，无论什么情况我都不愿再冒险面对这种情形"③。在不知不觉中，伊娃变成了拉金心目中所有妻子的原型，这个唠叨、多疑、怯懦的形象一直笼罩着拉金，成为他与女性交往的巨大阴影，使他再也不愿冒险和这种女人在一起。拉金所说的"冒险"就是结婚，所以拉金一辈子都逃避婚姻。由于母亲的缘故，拉金对家庭主妇这一类型的中年女性最为熟悉，在他的诗歌中，母亲是拉金塑造的最有血有肉、最生动的一个女性群体，不论是《降灵节婚礼》中"爱嚷嚷的胖母亲"，《下午》中看着孩子荡秋千的母亲，还是《岁月之歌》（"Love Songs in Age"）里寡居的母亲，这些母亲身上都留有伊娃的痕迹。

伊娃喜欢平静、安逸的生活，婚后她的生活环境很单调，一天到晚围着家庭转。伊娃年轻时受过良好的教育，也曾有理想，但是结婚后她成了一名全职家庭主妇，成天围绕着柴、米、油、盐，被家庭琐事所困，与外面的世界完全失去联系，再加上西德尼的冷漠暴力，压抑的婚姻使她变得有点

① Motion, Andrew. *Philip Larkin: A Writer's Life*. London：Methuen，1982, p.82.
② Ibid., p.177.
③ Ibid., p.14.

神经质,"甚至雷声也会吓得她变得歇斯底里"①,任何一点环境的变化都会引起她的情绪波动,"甚至从桌上跳起,扬言要自杀"②。拉金儿时的朋友回忆,在他们的印象中伊娃"像古米奇太太(《大卫·科波菲尔》中的人物)一样,总是绞着手,对着茶壶哭泣"③。由于拉金年轻时没和其他女性接触,他把伊娃的个性当成所有女人的共性,所以他鄙视、厌恶女人。像弗洛伊德笔下那种有恋母情结的"妈宝男"一样,拉金既害怕伊娃的压力,又无法摆脱伊娃的影响。《降灵节婚礼》中的《回顾从前》("Reference Back")这首诗描绘了在拉金父亲去世后,伊娃对拉金的依赖和拉金的无奈:

> 那是一首美妙音乐 我听你说
> 从失落的大厅中
> 在失落的房间里 我曾
> 一遍又一遍播放着录音,慵懒的
> 在家消磨着时光 最是你
> 所深深期盼的

(CP 111)

事实上,每次拉金回到伊娃家,伊娃总是喋喋不休地诉说和抱怨,正如诗中所描述的那样,都不能安安静静地听一会儿音乐。拉金一方面对伊娃的唠唠叨叨感到厌烦,另一方面又为自己在感情上对她的依赖感到恼火。在这首诗中,叙述者觉得在家里是浪费时间,但是对于母亲来说,却是"深深期盼"他回家。拉金也是这样,待在伊娃家里时闷闷不乐,但是当他独自回到自己家中,又会后悔自己对母亲态度不好。他在写给伊娃的信中说:"我安全到家了,正准备上床睡觉,但是我必须告诉你我有多后悔向你无缘无故地发脾气。请原谅我。你做了一切让我过得开心,然而,我毁了一切。我非常爱你,你不要为我担心。我想我会变好的。"④在伊娃面前,拉金仿佛还是个任性的小孩,而伊娃给了他毫无怨言的包容。拉金和伊娃的关系一直很亲密,甚至在伊娃生活不能自理因而拉金将她送到养老院休养期间,他每天坚持给她写信,信中不谈他写的诗、出的书、获得的奖

① Motion, Andrew. *Philip Larkin: A Writer's Life*. London: Methuen, 1982, p.5.
② Ibid., p.14.
③ Ibid., p.10.
④ Ibid., p.258.

励,而是和伊娃拉家常,讲自己做的糗事,比如,如何将两块脏抹布放在沸水里煮,又忘了关火,结果把锅烧焦等。在伊娃生病住院以后,拉金承担起照顾她的义务。在这期间,拉金由伊娃的病有感而发,写下了诗歌《大楼》("Building")和《女病房里的脑袋》("Heads in the Women's Wards")。母亲脆弱、神经质的个性和她对婚姻、对丈夫、对儿子的依赖,让拉金害怕将来的妻子也像他母亲一样依附于他,所以不敢踏进婚姻的殿堂,受另一个人的束缚。

在《降灵节婚礼》中还有几首描写母亲的诗歌,比如,《岁月之歌》就是其中颇具代表性的。有评论家认为这首诗是拉金写给他母亲的,或至少是得灵感于他母亲[①]:

> 她保存着她的歌曲,它们占的地方很小,
> 这些封面让她高兴:
> 一张封面因为日光暴晒而发白,
> 一张封面被花瓶里的水溅得斑斑点点,
> 一张封面被她涂改,在她情绪激动时
> 还被她的女儿涂上了颜色——
> 它们就在那里静静地躺着,直到寡居,
> 偶尔发现了它们,当她在寻找其他东西的时候

(CP 83)

从诗中提到的"她的女儿"这个词来看,这首诗并不是写的拉金自己的母亲伊娃。这个"母亲"是具有普遍意义的,是所有母亲的代表。这位母亲在儿女长大离家后独自一人生活,偶然发现曾遗忘在房间某个角落的歌曲手抄本。这歌本曾经是她年轻时最喜欢的东西,虽然年代已久,因长期被遗忘,而没好好收藏保管;因被太阳暴晒,歌本的页面已褪色泛白,但是当这位母亲发现它时仍然欣喜若狂。从她喜爱的歌本这一点我们可以看到,这位母亲年轻时是有爱好、有生活情趣的。被"水溅得斑斑点点"的封面痕迹暗示着女人曾日复一日地承担着繁重的家务,而"还被她的女儿涂上了颜色"暗示了抚养后代的辛苦。现在儿女长大独立了,丈夫已去世,她才获得自由,得到放松,才有时间回顾失去的一切。这首诗采用的格律

---

① Booth, James. *Philip Larkin: The Poet's Plight*. New York: Palgrave Macmillan, 2005, p. 53.

是抑扬格,而这一诗节的最后一行,前半句停顿以后出现的"and stood",描绘出母亲看到年轻时喜爱的歌本时的惊喜,为第二段感情的宣泄做好了铺垫。

> 重新感受那些音符
> 和谐而自然涌入
> 一个字符接一个字符蔓延,
> 那种永恒的年轻的感觉
> 就像一株被春天唤醒的树
> 唱着嫩绿的歌,
> 那些恋歌第一次带给她的感觉
> 被完美无缺地保存了下来,甚至,更多

（CP 83）

当母亲再次哼唱起这些歌的时候,感觉歌曲仍然是那么优美动人,这些歌让她回想起自己的芳华年代。虽然青春不再,但当她哼唱起这些歌时仍然能找到当年的感觉,甚至比以前有更多的感悟。"甚至,更多"放在这一诗节的最后,起到了承上启下的作用,即,从单纯的感觉,到具体的对"爱"的感悟。

> 爱,总被人歌颂的灿烂光辉
> 喷薄而出,展示
> 初次扬帆的明媚,
> 许诺消除烦恼,满足愿望
> 并且永不改变,于是
> 将它们放回原处,
> 痛哭,一点也不明白:
> 它那时就不能,但现在更不能。

（CP 83）

歌曲让母亲回想起少女时代对爱情的期待:年轻的少女对未来充满憧憬,认为爱情是"总被人歌颂的灿烂光辉"。虽然现实生活教给她,这样的爱情是永远无法企及的,但是她仍相信爱,相信爱使这个世界有序。第五行最后一个单音节"so",让女人从冥想又回到了现实。虽然哭泣,为失去的爱情；感伤，为流失的岁月，但她还是重新收拾好歌本，因为现实才是最重要的，如果过去没得到浪漫，那么现在更不可能得到，与其感伤，不如正视现实。在这首诗里，拉金已完全抛弃了前两部诗集里的对女性逝去的青春和纯真的哀婉和感慨，而是以一种现实的乐观主义态度来看待流逝的青春岁月。这首诗中的母亲没有青春美貌，她只是普通妇女中的一员，她的思想也代表了一种女性集体意识。这些母亲在年轻时也曾恋爱过，或者期待过爱情，但她们并没有沉迷于过去，而是生活在当下，在忙忙碌碌中过着平淡的生活。诗中的母亲和伊娃一样寡居，但是她能忍受孤独，坦然接受现实，既不自怨自艾也不怨天尤人，知晓从容，潇洒漫步人生，这样的女性是拉金心目中理想的母亲形象。

　　同样描写母亲的，还有收录在《降灵节婚礼》这部诗集中的《下午》，这首诗一开场就写道：

> 夏天在衰退：
> 叶子间或地飘落
> 从新游乐场
> 周边的那些树上。
> 空虚的下午
> 年轻的母亲聚在一起
> 秋千和沙坑旁
> 给她们的孩子们自由。

（ CP 115 ）

在英国文学传统中，英国的夏天是一年中最美的季节，比如莎士比亚那首著名的十四行诗第十八首中，就把他钟爱的朋友比作夏天："我能把你比作夏日吗。"同样，拉金在《下午》中也把夏天当作一年中最美的季节。这首诗的第一行用"夏天在衰退"，不仅交代了故事发生的时间——夏末的一天，同时暗示女人生命的"夏天"正在逝去，美丽的青春正在离她们远去。这些青春已逝的女人的生活是"空虚的"，抚养孩子是她们生活的主要部分。她们不是为了自己而活，而是为别人而活，被局限于家庭劳作，养育子女，操持家务，被家庭义务、责任所束缚。拉金用了"assemble"（聚）这个词，而不是"meet"（见面），用意深刻：家庭主妇们聚在一起聊天、看小孩，所以这种生活不是某一个家庭主妇所特有的，而是大多数家庭主妇共同的生活模式。"swing and sandpit"（秋千和沙坑）这两个压头韵的单词,从声音效果上再现了孩子们快乐玩耍的场景。孩子们的无拘无束、无忧无虑与母亲们被家庭所束缚、没有自我的状态形成鲜明的对比。可见,第一诗节像一张快照,把母亲们日常生活的一瞬间定格,接着诗人写道:

> 偶尔,在身后,
> 站着她们的丈夫,踌躇满志
> 一屋子需要洗涤的东西,
> 还有那本相册,印着
> 我们的婚礼,躺在
> 电视机旁:
> 风,吹过他们面前
> 吹过他们曾经约会的地方

(CP 115)

"偶尔,在身后",这个过渡句让第二诗节话锋一转,让读者窥视到家庭主妇们身后的家,从而展示她们的全部生活。这些家庭主妇的丈夫"踌躇满志",为了在社会上立足以供养家庭,他们在外为生计奔波,只有偶尔才待在家里,留下女人寂寞地守在家里操持家务。婚礼的照片被遗忘在放电视机的角落,说明两人的浪漫与激情已被遗忘,夫妻俩甚至都不屑于去翻看过去那记载了当年浪漫的影集。诗中的女人已不再像《题一位年轻女士的相册》中的女人那样珍视自己年轻时的相簿,而是将相册随意地扔在满是灰尘的角落。与其缅怀往事,她们更愿意看电视。电视这种大众媒体成了她们生活的一部分,为她们平淡的生活增添乐趣。原文中的"lying"这个词在英语中有两个意思——"躺着"和"撒谎",拉金把它作为一个双关语:一方面描写相簿"躺在"角落里无人理睬,一方面暗示相簿在"撒谎"——过去的浪漫是不切实际的、虚幻的谎言;"一屋子需要洗涤的东西"喻指女人每天需要处理的繁重枯燥的家务事,这才是她们每天面对的现实。

"风"在这首诗中如同在《婚礼那天的风》诗中的作用一样,串起了母亲的生活片段。母亲们曾经约会的地方仍在,只是它们已成为年轻一代的恋爱场所。第三诗节一方面暗示着新旧交替不可逆转的自然法则:季节交替轮回,万物兴衰流转,一代新人换旧人,年轻一代替代了母亲们那一代人,借此,诗人感慨年复一年,日复一日,时光永在无情地流逝。另一

方面,也暗示了时代和观念的改变,性开放的思潮影响了年轻一代,学龄孩童就开始初涉情场:

> 这里仍是谈情说爱的地方
> (不过恋人们都还在上学),
> 她们的孩子,多么希望
> 找到更多青涩的橡子,
> 盼望着带回家去。
> 她们的美变得厚实。
> 一些东西把她们推向
> 生活的另一边。

（CP 115）

孩子们热切地想找到更多的"橡子"、迫不及待地早早恋爱,表现孩子们急切地想要成长、想要抓住这个世界。孩子的成长、母亲正在逝去的青春和仿佛静止不动的景色出现在同一个画面中,动与静形成鲜明的对比。

  《下午》象征着母亲们处在人生的一个尴尬期,生命正从旺盛走向衰落,既不像"晨光"中的少女那样充满希望,也不似"晚霞"中的老人对生活有睿智的感悟。这首诗中用"逝去"的意象来表现"下午"的主题:一天将逝(下午)、夏日将终、叶子凋零、记忆渐渐淡忘、容颜衰老,这些意象大都用现在进行时来表示,表现了这个世界渐渐发生变化的过程。诗中最后一个"逝去"的意象是女人正在衰败的美貌。母亲周旋于烦琐的家务和生儿育女之间,曾经苗条的身体日渐臃肿,更没有时间和心思去触碰"爱"和"谈情说爱",去回味"相册"中的过往。"她们的美变得厚实"暗示母亲因为生育和劳作变得粗壮肥硕。"厚实"在这里又是一个双关语,既可以理解为她们的美变得更有韵味,也可以指她们膨胀的体型。这种厚实的意象暗含着的一种力量,这种力量是她们自己无法掌控的,可能是时光的不可抗力或大自然的力量,比如衰老,也可能是社会力量。为了生存,为了哺育后代,母亲们做出了牺牲,这些牺牲将她们"推向/生活的另一边"——这便是一种成长:从无忧无虑的少女一边到承担起家庭乃至社会责任的人母的另一边,母亲的生活不再以自己为重心。即使年华不再、身材臃肿甚至变丑,被推到"生活的另一边",反而衬托出她们的美丽。虽然下午给人留下"夕阳无限好,只是近黄昏"的感伤,但是这些处在生命的"下午"的女人,却不作那些无谓的悲叹,而是从容地面对时光的流逝、时

第六章　《降灵节婚礼》：城市旋律

代的变迁,表现出对生命的坦然、对生活的淡定。这些母亲的身上体现了一种平凡的美、真实的美,反映出诗人悟出生活既美且悲,歌颂真实的生活才是生命必经的过程。

母亲是拉金诗歌赞美的对象,同时也是诗人潜意识中妻子的原型,比如,在诗歌《往日的放荡》("Wild Oats")里,叙述者没有选择"一朵乳房丰满的英格兰玫瑰",而选择"那能与我交流的眼镜妹"(CP 112),虽然性感迷人如饱满的玫瑰般的女人更吸引叙述者,以至于多年以后,"我的钱包里仍有两张快照,/带着毛皮手套的乳房丰满的玫瑰花",可是"我带出去的却是她的朋友"(CP 112)。这几句暗示了叙述者最终选择与相貌平平的眼镜妹交往。接着,叙述者讲述了他与这位眼镜妹交往了"七年",其间写了"四百多封信",打了"无数个电话",可见,由于受母亲这种传统女性的影响,传统的、朴实的女性对于拉金来说更有安全感。在现实生活中,虽然有莫妮卡这样独立的新女性做伴,但是拉金仍然和梅薇纠缠了几十年。梅薇之所以吸引他,是因为梅薇属于"他母亲那一类型的人"①。拉金对母亲既依恋又厌腻,在与其他女性的关系中,又以照顾母亲为借口排斥她们进入自己的生活。1977年伊娃去世后,拉金的创作灵感似乎也随之枯竭了,之后直到去世,他只为应酬作过八首小诗。

二

从小环境来看,拉金父母不和谐的婚姻生活给拉金造成了一定的影响,以至于他抗拒婚姻。实际上,他一辈子都没有结婚。拉金认为"婚姻是绝对违背自然的"②,因为"我唯一最清楚的婚姻(我父母的婚姻)糟透了,我永远也不会忘记"③,且"拉金最大的担心是如果他结婚,就有可能像其父母一样让爱在婚姻中结束"④。从大环境来看,20世纪西方社会掀起的"性革命"浪潮使传统家庭观念和性道德受到了重大打击,导致婚姻选择主体性增强,社会对婚姻的压力减弱。在《降灵节婚礼》中,不少诗歌都表达了拉金对现代婚姻的拷问。

《降灵节婚礼》中与诗集同名的诗作《降灵节婚礼》是拉金最著名的诗歌之一,这首诗中"婚礼是愉快的葬礼"成为他反婚姻的标志性口号。这

---

① Motion, Andrew. *Philip Larkin: A Writer's Life*. London: Methuen, 1982, p. 310.

② Larkin, Philip. *Required Writing: Miscellaneous Pieces 1995 – 82*. London: Faber & Faber, 1983, p. 260.

③ Motion, Andrew. *Philip Larkin: A Writer's Life*. London: Methuen, 1982, p.151.

④ Ibid., p.119.

首诗写于 1958 年,后来被收录到诗集《降灵节婚礼》中。这首诗共八个诗节,每个诗节十行,形式工整,声调铿锵。一如拉金的其他诗作,这首诗流露出他一贯的疏离:婚礼的热闹气氛无法让他产生主动介入的冲动,他冷眼旁观着婚礼庆典,最后却得出令人"震惊"的结论:人们为追求快乐、追求永恒所作的努力,都是徒劳。

《降灵节婚礼》讲述了叙述者坐火车旅行途中看到的一场婚礼。其实,这首诗描述了拉金的真实经历:1955 年的星期六正好是降灵节,拉金从赫尔坐火车去伦敦:

> 那是一趟慢车,几乎每一站都停,我开始还没意识到沿途的新婚夫妇都青睐于坐这趟车去伦敦度蜜月……一路看到的婚礼有不同但是又有相同之处。人们看上去不同,但是他们都在做同一件事,有着同样的感受。我估计火车在赫尔和伦敦之间停了大约五六站,每停一次都感受到一种情感冲击。每次停车,都会有新婚燕尔的新人上车。最后到了彼得伯勒和伦敦之间那一段,你会感觉到所有这些,像子弹射向心脏。全新的生活,难以置信的经历。[1]

按传统习俗,降灵节要庆祝一周,许多年轻人在这个节日期间举行婚礼,所以诗人在诗中描述火车停靠的每一站都有这样热闹的婚礼。《降灵节婚礼》这首诗中,诗人有意安排叙述者在火车上,而结婚场景在火车外,制造叙述者与叙述对象的疏离,以表达叙述者无从介入,也无心介入他人快乐的心态。这段婚礼插曲在叙述者看来是场闹剧,婚礼传过来的欢声笑语在叙述者听来却不是愉悦的声音,而是噪音:

> 起初,我并没注意到
> 婚礼的喧闹声,
> 每个停车的站台阳光闪耀,
> 扰乱了我对阴影里正在发生的事的兴趣,
> 凉爽的长月台上弥漫着嬉笑声,
> 我以为是搬运工在戏耍,
> 就继续看书,车一开动,
> 路过一些笑脸盈盈,香气扑鼻的姑娘,

---

① Motion, Andrew. *Philip Larkin: A Writer's Life*. London: Methuen, 1982, p. 288.

> 打扮时髦,高跟鞋,面纱,
> 踌躇地站在那里,目送我们离开

（CP 92）

在作者看来,新婚夫妇兴奋的情绪和参加婚礼的人快乐的笑声也不是那么愉悦,诗歌借此进一步阐明作者对婚礼的感官认识:

> 新婚夫妇上车,其他人站在旁边,
> 最后的彩带连同嘱咐一起被抛出;
> 继续前行,每张脸似乎都演绎着
> 眼前正在消逝的事物:孩子们沮丧
> 由于某些沉闷的事;父亲们从未有过
>
> 如此巨大的成功,甚至感到彻头彻尾的滑稽
> 女人们窃窃私语,
> 共享秘密,就像是在谈一场尽兴的葬礼;
> 而同时把手包抓得更紧,盯着
> 一场宗教的伤痛。总算是自由了

（CP 92）

当婚礼的狂欢、人们的祝福、父母的嘱咐过后,父亲们从成功地举办了婚礼的洋洋得意中清醒过来,反思自己的亲身经历,觉得这样兴高采烈地把孩子推向婚姻真是荒谬可笑,因为他们深谙伴随着婚姻而来的是辛劳和束缚。"女人们窃窃私语,/共享秘密",暗示已婚妇女彼此心照不宣:婚姻其实是幸福的"葬礼",是埋葬少女快乐的仪式,婚后的女人将失去婚前独立的身份和主体性,正如诗歌《闺名》和《题一位年轻女士的相册》描述的一样,从快乐的女孩变成怨妇。因此,她们把婚礼看成是"一场宗教的伤痛"（CP 92）:婚姻以宗教、法律的名义把两个人捆在一起,带给双方的只有"伤痛"。婚姻的结果必然有小孩,但是孩子是"沮丧"的（CP 92）、不快乐的,正如《来临》中提到的一样,生活在不幸婚姻的家庭中的孩子,童年对于他们是"淡忘了的无聊记忆"（CP 47）。这首诗的形式和内容的结合也颇具匠心,前七节以压抑、冷淡的口吻构筑而成的脆弱骨架仿佛承受不了内在的负荷:外表欢乐、风光的婚礼并没有给人们带来真正的快乐。拉金用冷静且带有几分尖酸的语调诠释传统喜事,在他笔下,婚礼欢庆的

面纱下带有几分无奈与荒谬：

> 火车再次放慢了速度，
> 由于紧急刹车，突然感觉
> 一种坠落感，如雨箭
> 从视线中射出，某个地方变成了雨。

（CP 92）

"雨箭"的意象设计十分巧妙：锋利的箭是伤人的武器，即使是无意也会造成伤害，而雨可以浇灌肥沃的土地，让生活更滋润。诗人用这一对矛盾体来暗指新婚夫妇踏上了人生新的旅程，婚姻生活可能出现的情况：他们的结合是互相伤害的箭，还是滋润万物的雨呢？拉金曾说："如果我想和别人结婚一定是很奇怪的事情。我对婚姻是很怀疑的。"①在拉金眼里，婚姻给他一种沮丧的感觉，一种"坠落感"，像"雨箭"一样，看上去美丽，但是会造成伤害，因此，他怀疑婚姻带给人的伤害是否大于它带给人们的幸福。

《降灵节婚礼》揭示了婚礼盛况掩饰的残酷事实——"婚礼是愉快的葬礼"，既然如此，人们为什么还对婚姻趋之若鹜呢？在诗歌《致一位友人关于女孩们的信》（"The Letter to a Friend About Woman"）中，拉金认为传统的女人："她们有些人刻板地厌恶一切/除了婚姻：其他那完全是色欲/根本不值得考虑。"②拉金在《彼此彼此》（"Self's the Man"）这首诗中进一步剖析婚姻仅仅是占有对方的一纸契约："为了留住一个女人，他与她结婚。现在她可整天在这儿了。"（CP 95）在《他听到他爱的人订婚了》这首诗中，拉金分析道：婚姻并不是以爱为基础的，夫妻双方借着爱的名义，口中说爱，事实上互相漠不关心，婚姻的主要目的是改变对方："口中说爱，却意味着冷漠？/你只是要改变她。当然，我确定你是对的。"③夫妻双方都想要占有对方、改变对方，导致夫妻之间的关系变得紧张、不和谐，所以拉金得出："婚姻就是一个危险的、苦难的、冒险的、争吵的、挣扎的村落。"④《致一位友人关于女孩们的信》也表达了同样的思想：

---

① Thwaite, Anthony. *Selected Letters of Philip Larkin*, 1940 - 1985. London：Faber & Faber, Ltd., 1992, p.70.

② Philip Larkin poems. *Famous Poets and Poems*. 〈http：//famouspoetsandpoems. com/poets/philip_larkin/poems〉

③ Ibid.

④ Thwaite, Anthony. *Selected Letters of Philip Larkin*, 1940 - 1985. London：Faber & Faber, Ltd., 1992, p.19.

现在我相信你们无数次的小争执

在火车上,教师室和公共电话亭,

丈夫看着各种各样的比赛而妻子

此时此刻却在洗浴室气急败坏,

这世界上其他人,指望

仅仅在礼拜天,能随心所欲

水到渠成,寻觅,

没人感到不安或在意

你对她们说的话,或没说出口的:

一个所有的荒谬都废除的世界①

在这首诗中,丈夫只顾自己开心,妻子忙碌而暴躁,夫妻双方不仅没有共同爱好,还没有共同语言。夫妻双方在充斥着冷漠和争吵的婚姻中都感到无比失落和寂寞。女人在新婚之夜不禁哀怨道:"我多么悲伤,那个夜里任何人或生灵/都比我欢欣"(出自《婚礼那天的风》)。男人结婚以后也后悔,认为婚姻带给他们的是厌倦和失败,于是拉金告诫人们,婚姻是"一种磨难""一个风险":

选择了你,孔雀不再开屏

未来就是,迷人地伸展

在那里,自然一样精致。

无可比拟的潜能! 可是无限

只存在于我不做选择;

匆匆的抉择断了其他后路

让其他梳理羽毛的鸟儿从灌木丛中翅翼飞走。

没有未来。此刻我和你,多么孤单。

为了你我放弃了所有的面孔,

为了你微薄的财产,我变卖了

轻快的行李,戴面具的魔术师的礼服。

现在你变成我的无聊和失败,

---

① Philip Larkin poems. *Famous Poets and Poems*. 〈http://famouspoetsandpoems.com/poets/philip_larkin/poems〉

另外一种痛苦,冒险,

比空气沉重的沉淀。

《致妻子》("To My Wife")①

选择结婚就是"匆匆的抉择断了其他后路",正因为抉择匆匆,所以或许选择了错误的人,或许你根本就不适合结婚,但无论是哪种情况,都是失败。错误的婚姻葬送了夫妻双方的幸福,希望的未来从结婚的那一刻起就结束了。也许,夫妻双方在婚姻中虽然日日相对,却感到孤独寂寞。在没有结婚前,婚姻是"戴面具的魔术师的礼服",魔术师的礼服不过是道具,在面具和道具的粉饰之下进行的游戏呈现出美轮美奂的景象。文学作品、大众传媒就是"戴面具的魔术师的礼服",它向人们渲染幸福快乐的婚姻生活,引诱人们走向婚姻的殿堂,走进爱情的坟墓——因为妻子成了丈夫的"无聊""失败""痛苦"和"冒险"。

在以上几首诗歌中,拉金以厌世者的姿态发表了对婚姻的不赞成、厌恶,甚至憎恨。拉金在《彼此彼此》这首诗中,从伦理和道德的角度分析已婚者和独身者的生存状态,得出:"所以他和我是一样的"(CP 95)——拉金认为婚姻中的已婚者和独身者一样都是自私的。其实,这首诗嘲讽图书馆的同事——亚瑟·伍德。伍德和拉金一样是单身汉,他们住在同一栋楼。创作这首诗的时候,伍德打算结婚,过循规蹈矩的家庭生活。拉金对伍德向世俗妥协的做法很是恼火。所以写了这首诗。在这首诗中,拉金认为以阿诺德为代表的已婚男士并不比独身的人高尚,"没人能否认/阿诺德不比我自私"(CP 95)。首先,拉金认为"他娶了女人不让她离开"(CP 95),这个男人不是因为爱上了这个女人而娶她,而是为了更好地占有她,而男人为了挣钱养家,"把一生浪费在工作"(CP 95)。其次,男人结了婚,就会有孩子和家务琐事,他将没有时间做自己想做的事,没有时间在精神上提升自己,比如看书学习,甚至没有时间看报纸。不仅如此,他也没有时间去看望自己年迈的父母,尽人子之孝道。从表面上看,阿诺德比独身的"我"无私,但实际上"他追求自己的目的/不仅仅让朋友满意"(CP 95)。为什么他这么做就能取悦朋友呢? 因为这是一个合格的丈夫和父亲应该做的,只有这样才符合丈夫的伦理身份。在阿诺德的潜意识里,"即使婚姻是如此一个错误/他仍会为自己的利益而为"(CP 95),正如

---

① Philip Larkin poems. *Famous Poets and Poems*. 〈http：//famouspoetsandpoems. com/poets／philip_larkin／poems〉

别人认为"我"是错误的,但是"我"仍坚持独身。

诗歌的最后一节,拉金发出"只是我更占优势"——为自己的"独身主义"思想摇旗呐喊:独身比结婚更好。其实远在文艺复兴时期,培根就提出了独身的问题:人应当在什么时候结婚? 他答道:"年轻的人还不应当,年老的人全不应当。"①培根从个人生存和发展的角度,对独身这种生活方式进行了肯定,他还列举了牛顿、康德、伏尔泰、贝多芬、简·奥斯汀、萨特等,这些名人和文豪为了自己的事业,终身独身。但是在过去,人们认为婚姻是繁衍后代的社会工具,拒绝婚姻就是拒绝生养后代,不生养后代就无法完成个人的社会责任,所以独身还是会受到世人诟病的。到了20世纪60年代,婚姻单纯是一个爱情的印证,与传宗接代的功能脱节。如果婚姻脱离了爱情,就没有存在的必要了。拉金接受采访的时候谈道:"我选择自己独身,我觉得这样最好,虽然多数人选择结婚和离婚,对于婚姻来说我是一个局外人(outsider)。"②拉金拒绝妥协,力图摆脱婚姻与家庭的束缚,获得精神的自由,如此一来,他就可以无拘无束地进行文学创作。拉金的独身主义从某种意义上体现了现代背景下独身者的价值观:个人主义、自我实现、渴求改变与挑战。随着60年代的性革命对人们意识形态和婚姻观念造成的冲击,人们改变了共同生活关系的意义,男女关系中主体的心理状态和行为方式越来越趋于独身化,最终导致整个社会看待独身的态度发生变化。拉金的独身主义是他对生命的感悟:每个人从生至死的都难以逃脱孤零零的个体生命,同时,他的独身主义也是对当时社会的一种潜意识的挑战,是个人主体性与传统伦理意识的一次对抗。

拉金厌恶家庭生活的枯燥。不愿被家庭琐事所烦扰,所以一生没有结婚,也没有子女。他在诗歌《彼此彼此》中坦言没有家庭羁绊的单身生活才是最好的生活状态:"他仍会为自己的利益而为,/玩他自己的游戏。/所以他和我都是一样,/只是我更占优势。"(CP 95)但是,在《德克瑞和儿子》中,拉金却提出了逃避家庭所带来的伦理焦虑:逃避家庭,就没有后代,无法享受天伦之乐。《德克瑞和儿子》是拉金参加完朋友的葬礼后,在回家路上顺便去拜访一位老同学后写的,所以诗歌一开头写"穿着葬礼服"(CP 108)。诗人回忆德克瑞当年或许才"19、20岁? 他就是那个退学的/衣领高耸的公立学校男生"(CP 108),德克瑞因为读书期间有了儿子而付出了很高的代价,"才19岁,肯定已经开始盘存/他想要的东西,甚至

---

① 水天同译:《培根论说文集》。上海:商务印书馆,1958年,第27页。
② Larkin, Philip. *Required Writing*. London: Faber & Faber, 1983, p. 54.

能够……"（CP 108），叙述者不禁惋惜德克瑞在刚进大学学习的大好时候不得不辍学，放弃学业和已经准备好为之奋斗的事业。诗中"苛刻的赞助"别具匠心，暗示生儿育女是一个艰辛的过程，生养子女带来繁杂的家务琐事，消耗人的时间和体力，但是在孩子身上自己的血脉能够得到延续，生命中有所依存。接着拉金笔锋一转："不，这没区别：或许，/多么确信他一定拥有更多！"（CP 108）虽然拉金推测德克瑞认为拥有儿子后血脉得以延续，这比什么都重要，但是拉金反驳道："没有儿子，没有妻子/没有房子和土地似乎更自然。"（CP 108）诗歌的最后总结道：不管有没有后代，"生活首先是枯燥，然后是恐惧/不管我们怎么活法，岁月流逝，/留下隐藏不见无法选择的，/以及岁月，然后是岁月的尽头"（CP 109）。

拉金的诗歌建立在 20 世纪中叶社会和文化变革的真实体验上，反映了传统家庭逐步瓦解、家庭观念受到现代新观念的冲击和挑战、伦理秩序亟待重建等问题。由于现代社会的生存压力和快节奏，家庭丧失了传统功能，变得越来越枯燥无味，家庭的凝聚力也渐渐消退，家庭成员之间也缺乏亲情和温暖。另一方面，年轻人在物质至上的享乐主义和性解放的影响下逃避婚姻与家庭的责任。在这样的伦理环境中，拉金凭借敏锐的洞察力，发现了家庭的这种伦理困境。作为一个有责任感的知识分子，拉金揭示了一代人的伦理焦虑："生活首先是枯燥，然后是恐惧"（《德克瑞和儿子》CP 108）。正如诗人在《我如何或为何写诗》中表明了作为一个有良知的知识分子的义务：诗人应该承担起一种社会责任，用一个文字装置把身边正在发生的不同寻常的事物保存下来，而且这个装置也可以在别人身上引发同样的体验，使人们也感到多美、多有意义、多悲哀，从而把这经验保存下来[1]。"生活首先是枯燥，然后是恐惧"是拉金以一己之思折射出的整个时代的共同隐含，也是诗人在传统生活方式受到工业化和全球化的冲击时发出的沉重感叹。

三

在拉金眼里，婚姻和事业是相互冲突的，独身可以全心全意追寻自己的使命，成为一名诗人，而做出这个结婚决定就是抵押了一个人的未来，由于未来不可预测，这个婚约难免会充满风险，但是不结婚并不是不相信爱情。拉金早期诗歌中的爱情是一种由激情支配的自然情感，而这些诗歌的叙述者无一例外都是男性。这些叙述者从男权角度出发，把女性边

---

① Larkin, Philip. *Required Writing*. London: Faber & Faber, 1983, p. 83.

缘化,在恋爱中只关注自己的欲望与利益的满足,表现出一种极度自私的男权主义倾向,比如,把爱情等同于激情,当欲望得到满足,激情消退,就忙不迭地把女性从身边推开,唯恐她成为自己的羁绊。不可否认拉金的观点有矛盾和困惑之处,在不同时期甚至是同一部诗集中,他的诗歌中都会出现自相矛盾的观点,比如说爱情,这是由于随着年龄的增长、生活经验的积累,特别是和莫妮卡没有结婚共同生活多年,拉金的爱情观发生了改变。

《降灵节婚礼》的压轴之作——《阿兰德尔墓》对爱情做出了更睿智、更富哲理性的阐释,矫正和颠覆了诗人之前对爱情等同于自然情感的伦理观。《阿兰德尔墓》这首诗通过对伯爵夫妇雕像紧握着的双手的细致描写,展开了对爱情的伦理本质、时间流逝和永恒性的思考,诗歌的最后一句——"只有爱情能使我们长存"(CP 117)作为脍炙人口的诗行广为传颂。这首诗歌作于1965年1月,当时拉金出游至英国南部海岸,访问了奇柯斯特教堂,而在教堂里,一座雕像激发了诗人的灵感:14世纪的阿兰德尔伯爵和他妻子的雕像手牵着手卧了几百年。具有讽刺意味的是,拉金后来才发现这座让他如此动容的雕像竟是赝品,并不是中世纪的遗迹。真迹在17世纪内战中被损毁,他看到的这座雕像是19世纪40年代由雕塑家爱德华·查理生重新修复的。在修复之前,这两座雕像并没有躺在一起,而且伯爵的双手都遗失了,伯爵夫人的左手也不见了,所以让拉金深深感动的情景——两人手牵手躺在一起,其实并非雕塑家的初衷,而是修复时为了掩饰破绽而设计的,拉金曾因此而自嘲历史知识的匮乏,但是他对雕像的误解丝毫没有影响这首诗的艺术成就。

这首诗开篇写道:

> 肩并肩,他们面容模糊,
> 伯爵和夫人共眠在墓石里,
> 他们特有的习惯隐隐显现
> 像接合的盔甲,僵硬的裙褶,
> 以及微微荒诞的暗示——
> 他们脚下的小狗。
>
> 如此前巴洛克风格的平实
> 不太能吸引视线,直到
> 看见了他左手的铁手套,空空的
> 仍被另一只手抓紧;

你发觉,带着温柔的震惊,
他的手抽回,握住了她的手。

（CP 116）

开头的两行诗句仿佛是伯爵和伯爵夫人雕像的速写图,他们的脸模糊不
清,只有寥寥几笔勾画他们衣着:伯爵穿着盔甲,伯爵夫人穿着长裙礼服,
因为是石头雕刻的,所以她的裙褶是"僵硬"的。虽然只有寥寥几笔,伯爵
和夫人的伦理身份及他们生前的生活状况仍栩栩如生地展现在读者面
前。从盔甲可以推测伯爵的军人身份,"他们脚下的小狗"（CP 117）暗示
着夫人是一位养尊处优、悠闲地养着名犬的贵妇人。如果只是这样的话
并不能吸引人们,视觉意象使雕像灵动起来的关键是他们握着的双手:他
本来带着盔甲手套的,此时脱下左手的手套拿在右手,用温暖的左手握着
妻子的手,这个意象让读者震惊于这位铮铮汉子的铁骨柔情,动情于这对
夫妻之间的关切、责任、尊重和忠诚,因为"当两性真正相爱时,最为普通
的接触都可以将欲火点燃;握手、双肩相触、含情一瞥、爱慕的微笑,都可
以使他们获得比情欲冲动更多的幸福"①。随着描写进一步展现,主旋律
进一步复杂化,也进一步明晰:

他们没有想到会躺那么久。
此种蕴藏在肖像内的逼真
正是朋友可以察觉出的细处:
雕塑家受托付所刻出的优雅
一气呵成地促使雕像底座的
拉丁姓氏得以流传久远。

他们怎么也猜想不到
在他们仰卧静止的旅程中
空气这么早就化成无声的损害,
把老房客赶走;
后代的眼睛这么快就开始
浏览,而不是细看。

（CP 116）

---

① 奥·科勒:《女论》,朱福净译。哈尔滨:黑龙江人民出版社,1988 年,第 99 页。

第三诗节暗示,雕刻这座雕像的时候,雕刻家只是抓住了他们生活的一个细节,两人手牵手的甜蜜形象只不过是"雕塑家受托付所刻出的优雅",伯爵和伯爵夫人握着的双手并没有什么特殊的含义,只不过是艺术造型,与爱情无关,当时雕刻这座雕像的真实意图是纪念这个家族中曾出过这么一位显赫的人物。第四诗节话锋一转:死神剥夺了生命,时间终将毁灭一切。"在他们仰卧静止的旅程中/空气这么早就化成无声的损害",这两行诗喻指他们死后,随着时间的流逝,空气蚀啮了雕像;原文中的"tenantry"(仰卧静止)指人的肉体,几百年过去了,伯爵夫妇的尸骨已腐蚀无存。更重要的是,伦理环境改变了,伯爵夫妇所处的封建时代成了历史,现代人对于刻在墓碑上的显赫家族姓氏不屑一顾,反而是他们握着的双手吸引了人们的注意:他们紧握的手展现了夫妻之间的亲密和相互扶持,共同走过的岁月成为夫妻双方生命的一部分,无法割舍。他们的爱是自然情感和道德情感的融合,他们的婚姻是灵与肉的和谐统一。

> 坚持着,相依着,穿越过时间的
> 长度和宽度。雪花飘落,无止境。阳光
> 在每个夏季透射玻璃。明丽的
> 鸟语零乱地撒落于同样
> 多孔洞的地面。而沿着小路
> 不断变换的人们来到,
>
> 冲洗去他们的身份。
> 而今,无助地处于这不再是
> 纹章时代的穴里,在他们
> 历史断片的上方
> 缓缓悬浮的烟束凹处
> 只残余一种姿态

(CP 116)

不管时间怎么流逝,雕像中的伯爵夫妇都保持着不变的姿势,但是伦理环境在变化,来参观的人在变化,这些人代表的伦理观念也在变化。原文中的"washing"(冲洗)这个词有两层喻义:一方面是"侵蚀"——时间不仅侵蚀了雕像,从历史的角度看,伯爵夫妇的伦理身份在现代人眼里也不再具有以前的伦理价值,"伯爵"这个头衔在封建社会代表着显赫的身份,但在现代人眼里没有任何意义；另一方面是"净化"——当伯爵夫妇除去了浮华光环，最真实本质的东西便显现出来：相濡以沫的夫妻之情、伯爵伉俪的鸾凤和鸣，让旁观者感受到他们耐人寻味的亲密感和信任感以及相互之间无须言表的依恋和关怀。没人再关心伯爵夫妇生前的辉煌，现在他们给人们留下的印象只是一种"姿态"——相互紧握的手：执子之手，与子偕老。

> 时间已将他们变形成为
> 虚幻。那原非他们本意的
> 墓石的坚贞已变成
> 他们最后的纹章，并且证实
> 我们的准直觉几乎正确：
> 只有爱情能使我们长存。

（CP 117）

时间让雕像中的伯爵夫妇变得"虚幻"，不再反映他们真实的生活。他们握着的双手对于逝去的伯爵夫妇来说可能并没有任何意义，现在却变成了"他们最后的纹章"。人们为什么如此关注这座雕像呢？因为它证明了"我们的准直觉"："只有爱情能使我们长存。"（CP 116）尽管不是塑造雕像的最初意图，但浮雕最终似乎传达了一种永恒的爱：灵与肉的结合，自然情感和道德情感的升华以及男女之间性关系的道德标准：性与爱情、婚姻的统一。因而，拉金在这首诗里表达了诗人的伦理诉求：人们希望有一种超越时间的永恒的爱与和谐完美的婚姻。伯爵夫妇虽然早以作古，但是他们的爱在雕像中永生。

《阿兰德尔墓》之所以被拉金设计作为这部诗集的压轴篇，可能正是这首诗歌对诗集前面诗歌中提到的爱情、婚姻和家庭中存在的问题提出的理想解决方法，而这首诗之所以成为拉金影响最广、最受欢迎的一首，也正是因为拉金在诗中歌颂了作为道德情感的爱情，歌颂了"一种理想的、超越时空的爱"①，婚姻中的男女将自然情感和道德情感相融合，在伦理选择中实现了道德升华——性、爱情、婚姻一体化，而这种爱符合广大读者伦理道德方面的期待——爱能超越时间、超越生死而永恒存在。

---

① Hasan, Salem K. *Philip Larkin and His Contemporaries: An Air of Authenticity.* London：Macmillan, 1988, p.38.

第三节　爵士乐与拉金诗学

> 我在十二三岁的时候就是爵士乐迷,如饥似渴地听流行的舞曲,尝试去学着打鼓,开始收集唱片……热情从没消停……我认为,特别对于我们这一代人来说,爵士乐是一种感情的亢奋(就像在其他年代,这种亢奋可能是酒精或毒品,宗教或诗歌)。①
>
> ——拉金

拉金在其音乐评论著作《爵士乐纵横谈》绪论中,慨叹20世纪中叶伴随着查理·帕克、迪齐·吉列斯匹、迈尔斯·戴维斯和约翰·科尔特兰这一代音乐家的陨落,爵士乐从巅峰期开始走下坡路,变得像埃兹拉·庞德的诗和巴勃罗·毕加索的画等其他现代艺术一样深奥难懂。他说:

> 我不喜欢它们不是因为它们是新事物,而是因为它们对技巧不负责任的利用,与我们正常的人类生活相矛盾。这是我批评现代主义的本质所在,无论帕克、庞德还是毕加索都犯下了这样的错误:它既没有帮助我们享受也没有帮助我们摆脱痛苦。当我们困惑或者愤怒的时候,它就会转移我们的注意力,而只有让人们更困惑或是更愤怒时,它才能维持对人们的控制:现代主义没有持久的影响力。因此,当每位现代主义者涉猎越来越深时,冲动就会变成暴力和淫秽行为。②

爵士乐在20世纪40年代开始在英国流行,分为前帕克和后帕克时代。拉金对前帕克爵士乐大为赞赏,并把后帕克爵士乐划分为与庞德及毕加索同类的现代派。

早在20世纪30年代,爵士乐在英国还没开始流行时,拉金就已经迷上了爵士音乐,他说"很少有东西能比得上爵士乐所带给我的快乐"③。人

---

① Thwaite, Anthony. *Selected Letters of Philip Larkin*, 1940 - 1985. London: Faber & Faber, Ltd. , 1992, p.416.

② Larkin, Philip. *All What Jazz: A Record Diary*, 1961 - 68. London: Faber & Faber, 1970, p.17.

③ Ibid., p.1.

们普遍认为爵士乐是在帕克的引领下走向了现代主义,而事实上,爵士乐的产生与现代主义或精英主义没有丝毫关联,这一风靡全球的音乐竟然出自美国底层最受歧视的种族——黑人。

> 黑人过去被视为农场的动物种类("没有人死,只是一头骡子和几个黑鬼")。当德沃夏克宣布"我在美国黑人优美的音乐中找到了创作伟大、杰出的音乐所需的一切";当拉威尔坚持去芝加哥的"鸟巢"(The Nest)听吉米·诺力的演出;当米豪德(Milhaud)和霍尼格(Honegger)仿佛认真地打着爵士节拍时,那些有欧洲血统的音乐会常客和费城人感到颜面尽失。他们认为爵士乐是由铁罐和萨克斯管发出来的杂音,是妓院和地下酒吧里演奏的一种音乐风格,直接煽动不道德的作风,因此威胁到整个社会结构。①

爵士乐起源于社会底层,宣泄的是平凡人之平常的情感。更重要的是,这种音乐本身又是一个文化杂糅,因为这种音乐发源于黑人奴隶,又在美国吸收了其他音乐的丰富营养,是"非洲和新世界之间的音乐融合"②,是"多种族的,非洲和欧洲音乐大杂烩"③。拉金解释爵士乐之所以受到全世界喜爱,"与爵士的杂交本质有关,毫无疑问,它是欧洲和非洲的结合,华尔兹和赞美歌的结合"④。爵士乐的文化融合还包括了宗教的融合。早年,非洲黑人被运送到美国及其他欧洲国家后被强制信仰基督教,而基督教中"人人平等,大家都是兄弟姐妹"的教义吸引了黑人奴隶,在19世纪20年代,很多美国黑人接受浸信会的洗礼,成为信徒。耶稣被钉死在十字架上受难后复活的传奇故事深深地慰藉了黑奴痛苦的心灵,他们把希望寄托在来世,希望死后能获得自由,而作为能歌善舞的种族,黑人奴隶发泄内心悲痛情感的最佳方式就是通过演唱基督教赞美歌。在赞美歌中黑人自由地用歌声抒发情感,为自己痛苦和艰辛的生活寻找精神支柱。这些歌的歌词通常摘自祈祷文、《圣经》诗篇和牧师的布道,不拘一格、自由灵活地拼凑在一起,因此,最初这些歌是破碎的片段式。黑人音乐曲调的显著特点是对欧洲传统庄严肃穆的赞美诗的背离,它采用当时黑奴喜爱

---

① Larkin, Philip. *Larkin's Jazz: Essays and Reviews*, 1940–85. Richard Palmer & John White ed. London: Continuum, 2001, p.57.

② Larkin, Philip. *All What Jazz: A Record Diary*, 1961–68. London: Faber & Faber, 1970, p.25.

③ Ibid., p.37.

④ Ibid., pp.140–141.

的民间班卓琴和小提琴的舞曲音调,生动活泼、气氛热烈。黑人传统的口头传唱方式通常由一位领唱者唱主歌,其他礼拜者不断反复吟唱合唱部分(即副歌或叠句),同一首合唱还会出现在不同的歌曲中,由于歌曲旋律简单且不断重复,方便不识谱的奴隶当场学唱和记忆。西非的鼓是礼拜仪式不可缺少的乐器,鼓手采用即兴演奏的方式参与表演。黑人创作的这种清新活泼的宗教歌曲随着宗教仪式发展而广为流传,活泼欢快的曲调赢得了黑人和底层白人的喜爱。当这些歌曲开始取代欧洲传统赞美诗时,一种新的宗教歌曲——黑人灵歌(the Negro spiritual)开始萌芽。这些充满激情的旋律取材于奴隶生活的悲惨境况和对自由生活的美好憧憬,是黑人内心最真挚情感的宣泄。灵歌的重要意义还体现在它持久的影响力。不断发展的灵歌最终在白人和黑人宗教集会的文化融合中形成了兼具宗教性、世俗性、艺术欣赏性、大众流行性的黑人灵歌——福音歌(gospel music)。黑人音乐宛如黑人的历史博物馆,记载了黑人在美国的经历。随着黑人音乐渐渐被人们所接受,逐渐发展成为被主流文化所接受的流行音乐:爵士乐和蓝调。"爵士乐"这个名字的由来一直没有统一的定论,这一称呼可能与新奥尔良地处斯道瑞维尔(Storyville)的红灯区有关,因为许多黑人音乐家最初就是在那一带的妓院和赌场里演奏,当时主要的爵士表演者就是皮条客、妓女和妓院演杂人员等。爵士乐发展起来后博采众长,把黑人音乐和爱尔兰民歌、西方管弦乐器、乐队组合、吟游诗人的作品、犹太裔美国人的音乐、纽约流行歌曲等多元艺术形式结合起来。

爵士乐另外一个最重要的特点就是它的即兴性,它复活了古典音乐失传已久的即兴演奏。爵士乐强劲的节奏、复杂的和弦体系以及高超的演奏技巧等都因音乐家不同的喜好、文化背景和生活体验而有不同的反映和表现。因此,爵士的艺术形式是集大同化、多元化和活跃性于一体。爵士音乐家们在选定一首乐曲后,自己决定怎么为它配和声、如何安排副歌,在表演时即兴演奏。在即兴演奏时,一般由短号演奏旋律,黑管环绕演奏对位旋律,长号演奏和声基础,而鼓打出各种节奏。每件乐器除伴奏之外,一般都会即兴地演奏一段。所以,与其说爵士乐是一种独特的音乐,不如说它是一种将即兴独奏和集体合奏相结合的独特演奏方式。这种方式之所以能够被音乐家实践,是因为它汲取了欧洲音乐中的精华——和声,在和声背景的制约下进行即兴演奏,使集体的合奏和个人的发挥都有了依据。可以这样说,爵士乐的本质虽然属于现代主义,但是它兴起于底层阶级,而不是由文化精英渗入底层人民。

爵士乐与传统艺术的区别在于音乐形式的革新——强调即兴性、杂糅性、强烈的冲击力、偶尔的切分音，最重要的是，其表演理念具有创造性演绎，因此，爵士乐与现实社会和个人体验两者是息息相关的。正因为对爵士乐的精通，拉金才能如此精确地在《致西德尼·比切特》（"For Sidney Bechet"）中塑造一位卓越的爵士乐艺术家。拥有"爵士乐教皇"之称的西德尼·比切特（Sidney Bechet，1897～1958）是新奥尔良流派的音乐人中最光彩照人的一位，他用萨克斯取代了早期爵士的单簧管，并奠定了这种乐器在爵士乐团中的主要地位。虽然西德尼早在20年代早期就崭露头角、广受尊敬，但直到1931年后他才拥有了自己的代表性作品，而在40年代的新奥尔良复兴运动中，他又成为领头人，被人们尊称为"爵士乐教皇"。西德尼也是拉金当时最喜爱的爵士乐音乐人。出生于音乐世家的西德尼不管是用萨克斯还是用竖笛，都能吹出精妙的即兴旋律：既有暴风雨般的回旋与震撼力，又有和风细雨似的静谧和轻柔。无论与什么样的乐队一起演奏，西德尼都能脱颖而出。他迅捷、轻盈的吹奏声中夹杂的婉转、曼妙的颤音，为高音萨克斯吹奏方法立下了极高的示范标准。他演奏切分音法的敏感度让人瞠目结舌，强拍总会落在节奏之前或之后，与此同时，他又能让音乐分秒不差地向前推进。这位不懂五线谱的大师创造了一种将拉格泰姆的拘泥僵化和新奥尔良的简约平凡一扫而空的演奏方式，代之以曲折复杂、流畅连贯的演奏风格。虽然西德尼曾一度沉寂，但是在50年代传统爵士乐卷土重来时，西德尼再次证明了他的功力丝毫未减。当拉金在50年代创作《致西德尼·比切特》这首诗时，西德尼风头正盛，而对此时的拉金来说，爵士乐在他的生活中是不可缺少的，胜过任何一门专业知识①。

　　拉金在《致西德尼·比切特》这首诗里描述了西德尼流畅自然的音乐演奏，通过他的音乐，勾勒出这位艺术大师的气质和神韵：

　　　　你弹拨的音符，时而急促，时而高亢 起伏着
　　　　如同新奥尔良，倒映在水中，
　　　　适时的谎言惊醒全神贯注的人，

　　　　创作出某个传奇的街区

---

　　① Larkin, Philip. *All What Jazz: A Record Diary*, *1961－68*. London：Faber & Faber, 1970, p. 4.

有阳台,花篮和方块舞,
人们调情,分享着——

哦,吹奏吧！沉寂却辉煌的斯托里维尔
众人,围坐在凳子上,挑选着
妓院的女孩,像马戏团的老虎一样(标价

远高于红宝石)假装时尚,
怀才不遇的学者躲在附近暗自点头
像旧格子布蜷缩在人群。

你的声音,敲打我心,诉说着爱应该,
大声地肯定。我的新月城①
在那里,你的唯一言语将被理解,

被当作自然的善之声,
散落如丝的哀伤,缠绕的爱怜。

(CP 87)

拉金在诗歌一开始把西德尼和爵士乐的发源地——新奥尔良联系在一起,拉金在《爵士乐纵横谈》中这样介绍新奥尔良:"每个年代都有自己的浪漫之城,我们这个年代就是新奥尔良……从这方面说,新奥尔良是一个安乐乡——检阅队、野餐、葬礼都会有铜管乐队,每个市民——擦皮鞋的、做香烟的、堆砖的都是半个音乐家。他们的音乐是一种特别轻快活泼的爵士乐,让人感觉似乎在自然地享受生活,从中成长。"②但是,拉金为什么在第一诗节的最后一诗行却把将西德尼和新奥尔良联系在一起说成是"适时的谎言"呢？因为尽管西德尼·比切特是新奥尔良流派两个最伟大的代表之一(另一个是路易斯·阿姆斯特朗),人们认为西德尼扎根在新奥尔良,所以他的音乐展现的就是新奥尔良的风貌,但事实上,西德尼在1919年就离开了新奥尔良,只在1944年两次回到这里作短暂停留,以后他再也没回来过。拉金出生的时候,西德尼住在伦敦,在拉金写这首诗的

---

① 新月城：Crescent City,新奥尔良的别称。
② Larkin, Philip. *All What Jazz: A Record Diary*, 1961–68. London：Faber & Faber, 1970, p. 45.

时候,西德尼又成了一个法国公民。由于西德尼很早就离开了新奥尔良,有丰富的生活经历,他的音乐演奏不仅给人们带来了新奥尔良的风情,还展开了其他地方的生活画卷:法国装点着鲜花的老城区、爵士音乐人曾聚集的红灯区——斯道瑞维尔。从这首诗可以看到,西德尼最吸引诗人的是他的艺术表现力,不仅下层社会以红灯区为代表的人们、"传奇区"的时尚人士,甚至迂腐考究的知识分子都欣赏他的音乐。西德尼的音乐不是学究气的,而是自然而平凡的"自然的善之声"。通过描写西德尼本色的音乐天赋,拉金表达了自己独特的艺术观点:"通过学术界和任何标准机制而制定的统一模式只能遏制一些伟大爵士乐手的才能。"[1]爵士乐这门艺术和爵士乐手一样是非学术性的,西德尼虽然连五线谱这种最基本的乐理知识都不懂,但是他的音乐扣人心弦,其高超的即兴演奏和对节拍的天分使得他成为 20 世纪二三十年代独一无二的演奏者。所以,艺术的造诣不是在于它是否品位高雅、学问高深,而是在于它是否能给人们带来美和愉悦。像西德尼这样的艺术家,凭借自己的天分和质朴,演奏的音乐如行云流水直入人们心田,做到雅俗共赏,给人们带来快乐,这才是真正伟大的艺术家。

《在场的理由》("Reason for Attendance")是拉金又一首以爵士乐为题材的诗歌。诗歌一开始就描写乐手吹奏的小号:"小号的声音,嘹亮而专断。"(CP 48)正是这个小号声吸引"我"探头张望,原来是一群年轻人正在草地上跳舞。但是,这个景象带给人最大的快乐不是来自这些成双结对、翩翩起舞的年轻人,而是来自音乐的感召力:

> ……你一定认为
> 舞伴们找到了最大程度的幸福——
>
> 我却认为这完全错误。
> 那高悬的钟召唤我,声音高亢
> (艺术,如果可以)它的独特的声音
> 坚信我也是独特的。
> 它说;我听;或许其他人也听见,

---

① Larkin, Philip. *All What Jazz: A Record Diary*, 1961-68. London: Faber & Faber, 1970, p. 83.

第六章 《降灵节婚礼》:城市旋律

187

但不是为我，我也不是为他们

（CP 48）

诗人认为艺术就是在平凡中发现不平凡的、独特的东西，这就是爵士乐的独特之处。

拉金在《回顾从前》（"Reference Back"）这首诗中，满腔热情地讴歌和缅怀另外一位杰出的爵士音乐家——乔·奥利佛。诗中的叙述者一遍又一遍地播放奥利佛的《河畔布鲁斯》：

> 奥利佛的《河畔布鲁斯》，它是。而今
> 我想，我将，永远记得
> 一串音符怎样由古老的黑人
> 和着芝加哥的风吹进
> 一个巨大、记忆中的非电子小号
> 在我出生后的那年
> 三十年后意外地搭起这座桥
> 从你不满意的岁月
> 到我不满意的青春。

（CP 111）

黑人音乐家乔·奥利佛 1885 年 5 月 8 日生于美国路易斯安那州的新奥尔良。奥利佛初涉乐坛时，演奏的乐器是长号，1905 年转而演奏短号并定期与新奥尔良不同的爵士乐队演出。此后，奥利佛的演奏技巧日臻成熟，著名的长号演奏家基德·奥赖因此送他"国王"的绰号。1919 年，奥利佛离开新奥尔良来到芝加哥，加盟梦境舞厅比尔·约翰逊的乐队。1920 年，奥利佛成为一位独立的乐队指挥。此后，奥利佛到加利福尼亚闯荡过，由于在那里没有取得成功而又返回了芝加哥，定期与克里奥尔爵士乐团在林肯公园演出，此后，奥利佛卓越的指挥才能受到人们的热烈追捧。1923 年，这支乐队的录音水准远远超出了先前的任何一支乐队，在唱片《河畔布鲁斯》中，奥利佛精彩地分解和弦独奏，至今仍让人们为之倾倒，这位独一无二的黑人音乐家用小号吹奏出的一串串音符，让人们感受到芝加哥美妙的黑人音乐。可能由于这首曲子是在拉金出生后的那一年发行的，所以拉金对这首歌特别青睐。虽然奥利佛在 1931 年英年早逝，但是他的音乐生命力却长存人间，陪伴着人们度过了漫长的岁月、艰难的时光。拉金高度赞扬奥利佛，"凭着与众不同的演技我们才保存它"，他的音乐"让我们看到曾经拥有的东西"（CP 111）。

爵士乐的演奏技巧与文学艺术之间有什么关系让拉金如此称道呢？爵士乐是一种通俗的音乐形式，首先出现在美国南部城市黑人工人居住区内，是处于社会底层的劳动人民表达自我、歌颂生活、抒发情感的重要手段。爵士乐中的颤音是有变化的，变化的方向一般是幅度由窄到宽，速度由慢到快，而且常常在一个音临近结束时增加抖动的幅度和速度，更加强了这种技巧的表现力。同时，在一个音开始时，爵士乐手们会从下向上滑到预定的音高，在结束时，又从原来的音高滑落下来。所有这些变化都是无法用乐谱来详细记录的，有经验的爵士乐手都能熟练掌握这一类的方法，他们可以根据不同的旋律或伴奏音型将这些效果"制造"出来，因此可以这样说：爵士乐依赖即兴的传统和技巧的个人发挥，是由作曲家和乐手共同创造的。受过传统教育的音乐家之所以很难表演爵士乐，就是因为他们没有培养出这样特殊的音乐理念。爵士乐通俗的大众性使其很快风靡全世界。进入爵士时代后，爵士乐的娱乐对象是中产阶级，音乐兼具即兴性和个性化，节奏鲜明，轻松活泼或抒情优美，演奏方法多种多样，音响多变，色彩丰富，情感真挚。爵士乐不受声乐学派的约束，表演时更重感情甚于技巧，自由不羁，自然亲切，易引起听众的共鸣。作为中产阶级的艺术代表人，拉金认为文学犹如音乐，其题材应面向平凡人物，其表现形式也应该是普通人所能接受的，就诗学而言，拉金提出"诗歌，像其他艺术一样，自始至终和给予人快乐捆绑在一起"①，诗歌的读者是平凡的群众，而不只是受过高等教育的精英之辈，一首好的诗歌应该提供给读者单纯而直接的喜悦，他主张平凡、朴实的诗学理念，反对现代主义的艰深晦涩。拉金之所以不喜欢帕克和毕加索这些现代派，就是因为他们卖弄学术和技巧，其艺术作品违背了人类正常的生活规律，同理，拉金也反对以庞德和艾略特为首的"精英化"及"学问化"诗歌理念。由此可见，拉金的诗学理念和爵士乐的音乐理念是一脉相承的。

---

① Larkin, Philip. *Required Writing*. London：Faber & Faber, 1983, p. 82.

《高窗》：多元维度

　　《高窗》是拉金在 1974 年出版的诗集,也是他的最后一部诗集。有评论家总结:"较之之前的诗集,这部诗集更多地改变了拉金的生活。《受骗较少者》让拉金出名,《降灵节婚礼》让他功成名就,而《高窗》使他成为国家丰碑。"①拉金在《高窗》中表现出对现代社会现实问题的高度关注,在思想上表现出一种哲学沉思的特点。他详察商品与消费、性与人性、战争与政治的内在联系,力图从哲学上做出阐释。在艺术表现上,拉金将俚语和脏字引入典雅的诗歌结构和韵法当中,体现了后现代诗歌的语言特点。

第一节　城市诗歌的空间叙事

　　拉金的诗歌总是以自己的所见、所闻、所感引导叙事,诗歌题材涉及

---

①　Motion, Andrew. *Philip Larkin: A Writer's Life*. London: Methuen, 1982, p. 446.

城市各个层面：从商店、码头、街头广告，到时事、政治、宗教。作为一个生活在城市的诗人，拉金"没有一刻逃离过城市精神系数，并将其投射于作品中"①，这种"城市精神系数"就是诗人在书写城市生活时不自觉地流露出的城市漫游者特质：采用城市漫游诗人惯用的日常话语，从日常城市生活中摄取素材，把身处其中的环境当作文本来解读，以局外人冷峻的笔触，描绘现代城市空间场景。

拉金的诗歌中有很多描写空间场域的诗歌，如，《书馆颂歌》《上教堂》《一个酷酷的大商店》等，然而在拉金诗歌的研究中，鲜有学者提及拉金诗歌的空间性，只有雷特在分析拉金诗歌时，把拉金诗歌中对空间的描述总结为五种对立关系：有限与无限的对立、确定和不确定的对立、文化与自然的对立、低与高的对立、感知到的和无法感知的对立②。诚然，拉金描写空间的诗歌中存在这些表达方式的对立，但是我们还能从这些诗歌中挖掘、发现更深层的意义和渊源——城市漫游诗人的空间观。

拉金和波德莱尔这类城市漫游者一样，他的诗歌总是与街头时尚、建筑、生活场所等紧密联系在一起，城市为他的诗歌提供了生活素材。本雅明在关于城市公共空间的论述中反复强调公共空间是艺术家漫游和思考的领域，不仅包含了对应场所自身携带的人文性质、历史记忆和集体意识，还包含了漫游者自身对场所的文化投射，因此，他指出"城市是一座迷宫，它实现了古代人文主义的梦想。对于城市漫游者而言，他已不自觉地投身于城市之中"③。城市漫游诗人对城市空间的熟悉和迷恋犹如对自己的家一般："闪闪发光的珐琅商业招牌至少是墙壁上的点缀装饰，不亚于一个有资产者的客厅的一幅油画。墙壁就是他垫笔记本的书桌；书报亭是他的图书馆；咖啡店的楼梯是他工作之余向家里俯视的阳台。"④而拉金对城市空间也十分熟悉，他顺手拈来地摹写了"珐琅商业招牌"（《阳光明媚的普莱斯塔廷》），赶集的场面（《周六集市》），闲逛的出处（《生活》），各种生活场所：教堂（《上教堂》）、港口（《到达，离开》）、商店（《一个酷酷的大商店》）、街道（《救护车》）、度假村（《阳光明媚的普莱斯塔廷》）、博物馆（《阿兰德尔墓》）、海滨（《出海》）、宾馆（《星期五在皇家车站酒店》）、酒吧（《玩牌人》），等等。拉金不仅对这些空间场所进行白描似的铺陈，对城市生活进行单向还原，而且赋予了这些城市空间以"理性

① Tomlinson, Charles. "The Middlebrow Muse." *Essays in Criticism*, 1957, 2: 215.
② Benjamin, Walter. *The Arcades Project*. London: Belknap Press, 1999, pp. 429 – 430.
③ Ibid., p.56.
④ Ibid.

之光"①,将城市的不同空间与作者内心的体验联系起来,将历史世界与个体生命的感悟联系起来,通过一种原生态描写揭示了生活的本质。

一

从拉金诗歌的标题来看,很多诗歌都是对城市各类生活场域的描写,即城市的物性空间,如,诗歌《大楼》中的医院、《上教堂》中的教堂、《一个酷酷的大商店》中的超市和《都柏林》中的街道、《玩牌人》中的酒吧,等等。其实,物性空间"包含着一切符号和含义、代码和知识,它们使得这些物质实践能被谈论和理解,无论是按照常识,还是通过处理空间实践的学术上的学科",同时,"表达各种空间是内心的创造(代码、符号、'空间话语'、乌托邦计划、想象的景色,甚至物质构造,如,象征性的空间、特别建造的环境、绘画、博物馆及类似的东西),它们为空间实践想象出了各种新的意义或者可能性"②。拉金的城市诗歌不仅把城市的物性空间栩栩如生地呈现在人们面前,还反映了人们的精神空间在这类物性空间中的投射,这些诗歌透过城市空间符号元素,揭示城市是如何影响和塑造现代人的精神生活和日常生活的。

《高窗》中有不少描写现代城市生活基础设施的诗歌,这些诗歌也是拉金最脍炙人口的诗篇。拉金通过对这些物性空间的描述展示了人的生命历程,比如,医院和教堂的作用都是解决身体上的疾病和心理上的不适,这类场所象征了人从生到死的过程。在《大楼》这首诗中,拉金带领读者走进一家医院。从远处看,这座大楼又新又高,慢慢走近却发现它与周围林立的其他楼房和宾馆截然不同:

> 高过最华丽的宾馆
> 闪耀的屋顶光照数里,且看
> 所有环绕它的细纹般街道时起时跌
> 如末世纪的一声长叹
> 门童肮脏不已,一直停驻
> 在门口的不是出租车,大厅以及
> 蜷缩于担架上的人臭气熏人

(CP 136)

---

① Heaney, Seamus. *Preoccupations: Selected Prose 1968 – 1978*. London：Farrar, Straus & Giroux, 1980, p.164.

② 乔治·让:《文字与书写——思想的符号》,曹锦清、马振聘译。上海:上海书店出版社,2001 年,第 275 – 276 页。

虽然诗人没有点明说这是一家医院，但是从诗人对这些特征的描述来判断，这确实是一栋典型的医院大楼。接下来，拉金描述了在医院候诊大厅里的两类人：病人和护士。病人身着"户外服装"和随身携带着"鼓鼓囊囊的购物袋"（CP 136），说明病人为来医院看病做好了充分的准备，他们脸上还流露出"焦虑"和一副"听人摆布的神情"。病人携带的"购物袋"和他们那副听凭人摆布的表情暗示了医院的商业性质和病人作为消费者的无奈。这些病人有老有少，他们都把医院当成"最终的选择，最后的希望"（CP 136）。而另一类人则是"每几分钟进来一群"的护士，她们进进出出，忙碌不停。由于长年累月工作在这样的环境中，护士们对人们的生老病死司空见惯，因而对病人的焦虑和痛苦无动于衷。

叙述者继续引导读者走向住院部，"有人坐轮椅而过，穿着破旧的病服"（CP 136）。医院大楼里的病房很多，"穿过这些门是房间，/房间在门外，还有更多，/离得更远，都是它的领域"（CP 136）。为什么医院会越建越大，医疗大楼越建越高，投入医院的钱越来越多？诗歌最后回答道："这刀削般的峭壁，奋力超越/那死亡的阴影"——医院是人们想要逃脱死亡的一种努力。医院凭借着现代技术手段把人们从死神手中救回来，这种力量是宗教或任何其他精神力量都无法企及的：

> ……除非它的力量
> 超过教堂，不然什么都无法抵挡
> 临近的黑暗，即使人们每晚都尝试
> 无用的，软弱的，抚人的花香？

（CP 136）

"Cathedral"指代教堂，在科学不发达的时代，人们患病后只能祈求神灵的庇佑，在心灵上寻求安慰，而病者的生死只能听天由命，但是现在，医院运用科学知识给人们提供身体上的治疗，人们通过技术手段可以改变命运，可以起死回生，因此，科技取代了宗教，以科技为核心的医院在人们的生活中占据越来越重要的地位，宗教意识在人们生活中的地位却日薄西山。

和医院一样，教堂也是具有治疗意义的空间场所。拉金的《上教堂》表达了诗人对宗教复杂甚至矛盾的思考。这首诗是诗人不经意间来到一座荒弃的教堂时创作的。诗中描写叙述者信步走入教堂，发现这座教堂没有什么特别之处，只不过是"另一个教堂"（CP 58）。从坐垫、座位、石块、《圣经》小册子等的摆设看来，一切都很普通，没有任何东西能引起人的注意。但是,很快他的目光便聚焦于祭坛摆设的鲜花,"杂乱的花朵/为礼拜天而摘,已成褐色",宗教仪式所用的器皿被搁置到角落——"一些铜器和其他家什/高高的在神坛一端"(CP 58),唱诗班用的风琴因很久没人弹奏而"绷紧,发霉"(CP 58),这里种种迹象表明人们已经很久没来这个教堂做礼拜了,这说明宗教组织依然存在,只是人们不再热衷于宗教仪式,宗教在人们日常生活中的比重越来越轻。诗人走上读经台,朗读几句经文,然后在出口处的来客登记簿上签名,捐上一个6便士的爱尔兰硬币。这种严肃和戏谑的对立,似乎说明这个教堂已失去了实际意义,正如叙述者捐出的爱尔兰硬币一样,在现实生活中没有什么用处。拉金用真实、精确而又调侃的笔调描写医院和教堂这样严肃和肃穆的地方,把烦琐的现实与诗人敏锐的观察交织起来,说明社会的发展导致了人们信仰的改变。

拉金笔下的城市宛如奇妙的迷宫,里面包罗万象,有建筑、有街道、有商店,更有光影迷离的都市夜生活。从某种意义上说,一个城市或一栋建筑不仅仅是一个静止不动的物质实体,同时也是一个"被生活"的空间,而这个迷宫之所以让人着迷,是因为它那商铺林立的街道和霓虹闪烁的娱乐场所。除了描写颇具代表性的商业购物中心,比如,《一个酷酷的大商店》等,商业气氛浓厚的街道也为拉金的诗歌提供了重要素材。如果说19世纪的波德莱尔是牵着乌龟在巴黎街头寻找现代性的话,那么拉金就是戴着他那副深度近视眼镜在英国街巷解析现代性。从第一部诗集《北方的船》开始,拉金就把街道作为重要的城市空间来描写,该诗集中的第十六首诗——《一饮而尽瓶中酒》记载了深夜街道上狂欢而归的路人以及诗人自己的沉思。这首诗通过描写城市里这种司空见惯的夜生活,揭示出灯红酒绿的热闹后面掩藏着的疏离与孤独。

街道上除了人群和建筑就是奔驰的汽车。汽车这种交通工具成为改变社会习惯的主要事物之一,导致了英国新型空间的产生和对传统空间的变革。汽车在带给人们新的城市空间景观及文化感受的同时,本身也成了一种特定的文化。在川流不息的车流中,拉金的视线漫过那些豪华轿车,把目光定格在救护车上。"救护车"在诗人眼里是"关闭着的告解室"(CP 104),是一个封闭而自省的空间,具有私密性和公共性的双重特点。救护车停在街道旁,"孩子站满楼梯和街道,/女人从商店出来"(CP 104),但是救护车里的病人却"在闷抑的空气里运走/也许止住突来的损失/几乎接近终结"(CP 104)。作为一个封闭的移动空间,救护车行走在城市之中,又独立于城市外,与城市其他空间拉开了一定的距离。它停在需要救治的人面前,又迅速地把病人送往医院,这种便利的空间移动不仅打破了城市固有的千篇一律的局部结构,而且改变了病人的命运。以救护车为代表的各种现代交通工具不仅是城市空间的特有景象,汽车本身也是现代化进程中微缩的城市空间。在强大的城市空间里,所有的外观皆逐一丧失其物质性,不再存在外部与内部的界线;人的内心世界与外部景观合二为一。所以拉金观察"救护车"这一微缩空间就等于是在原封不动地观察现代人的精神,街上的人群和救护车中的急诊病人身上展示出现代城市的文化景观和生命的本质。

二战以来,英国的城市结构发生了一系列戏剧性的变化,改造和兴建的城市设施展现了繁华的城市面貌。城市的商业设施,诸如商店、咖啡馆、饭店、酒吧和夜生活等去处已成为必不可少的场所,为人们的交流创造了社会空间。拉金的周末总是在俱乐部和酒馆里轮流度过,他的第一部诗集《北方的船》中就有不少诗歌栩栩如生地向人们展示出一幅幅纸醉金迷的城市生活画卷。在第六首诗《踢松火堆》中,诗人以旁观者的身份看着人们兴高采烈地聚会。但是天下没有不散的筵席,当曲终人散,留下的只有空虚和寂寞。持续到深夜的晚会能给人们带来一时的享乐,晚会后,人们不得不面对孤独的忧伤瞬间,不得不忍受"悲哀蔓生/横越心灵的肥沃土地,/愚蠢的无聊"(CP 9)。第十九首诗《丑姐妹》描写了一位姑娘,无人邀请她去参加晚会,她只能远远地听着从灯红酒绿的夜总会传来的歌声、小提琴声、风琴和鼓声,暗示了在娱乐消费的背后是性别的差异和社会关系的结构:夜生活和娱乐是男人的生活空间,是男性所独享的领域,女人被边缘化而远离这些场所。拉金站在男性的立场上鼓吹女性在娱乐场所的边缘化,他在这首诗中声称:女孩不应该像男人一样纵情声色,不应该享有夜生活的愉悦,而只能在夜晚"聆听树及其和谐的宁静/随风曳曳起舞"(CP 23)。可见,拉金对娱乐消费空间的描写并不单单是勾勒出城市的内核和价值,还体现了诗人的伦理思想和社会意识。

现代生活方式的另一个特征就是人们醉心于赌注式的游戏活动。拉金和波德莱尔一样,他们本人并不热衷于赌博,但是两位诗人却对赌场这样的现代娱乐场所表现出了极大的兴趣,在他们的诗歌中对赌场和赌博的人进行了细致刻画。在波德莱尔生活的 19 世纪,赌博之所以变成资产阶级娱乐的保留节目,是因为机械化的工业生产使人们的工作不断地枯燥重复,"缺少那种让赌徒们着迷的海市蜃楼般的飘渺的幻影"①。波德莱

---

① 本雅明:《发达资本主义时代的抒情诗人》,张旭东、魏文生译。北京:生活·读书·新知三联书店,1989 年,第 154 页。

尔在《赌博》("Le Jeu")这首诗中从现代性的角度解读赌博,把它看成一种文化现象,赌徒的形象已成为"古代角斗士形象的一个典型的现代替手"①。由于工人周而复始的工作是基于经验的运作,而赌博使经验的标准无效,赌徒们在赌博中所寻求的是对工作和所处环境的麻醉,是对现代化和机械化的反抗,所以赌博成为"时髦生活以及在大城市底层无处安身的千百人的生活的一部分……它是我们时代的特征"②。《高窗》中《玩牌人》这首诗也描写了玩牌赌博的人:

> 扬·范·霍格斯普踉跄到门边,
> 在黑暗里小便。屋外,雨
> 在稀泥的小道上深陷的车辙流淌
> 屋里,德克·多格斯托德给自己倒了些酒,
> 用火钳夹着煤渣,
> 冒着烟。老普瑞克鼾声如雷,
> 后脑勺对着火;后面有人喝着麦芽酒,
> 撬开河蚌,向着挂火腿的橡木
> 嘶哑的声音哼唱关于爱的小曲
> 德克在发牌:湿漉的百年老树
> 在无星之夜发出噼啪声
> 在泛着灯光的洞穴之上,扬转过身放了个屁,
> 朝壁炉吐了一口痰,打出红心皇后。
>
> 雨、风和火! 这秘密的,野蛮的宁静!

(CP 135)

诗中的赌场是一座寒酸、破旧的房子,参赌的人边打牌边抽着烟斗,喝着酒,用嘶哑的嗓子唱着伐木工人的歌,由此可以看出参赌的人都是来自工人阶层。从粗俗的举止,比如,在门后撒尿、毫不掩饰地放屁、在壁炉旁呕吐,暗示了他们不再遵守传统道德规范所规定的文明行为,用打破传统的叛逆的生活方式来尝试短暂的精神解脱。诗歌最后一句:"雨、风和火! 这秘密的,野蛮的宁静!"(CP 135)点出波德莱尔式的主题,波德莱尔在

---

① 本雅明:《发达资本主义时代的抒情诗人》,张旭东、魏文生译。北京:生活·读书·新知三联书店,1989 年,第 155 页。
② 同上,第 156 页。

《赌博》中描绘了赌徒热情的深层基质是焦躁不安,拉金用"雨、风和火"来比喻赌博者内心的焦灼和狂躁。赌博这种看似宁静的休闲方式,其实是赌博者焦躁内心的释放。

拉金的诗歌将城市的物性场所与人的精神空间紧密相连,结合诗人内心存在的即时感受,冷静而诙谐地刻画了英国战后的社会现状,他笔下的各类空间符号式地诠释了城市发展新旋律对人们观念的挑战和对他们生活方式的改变。拉金对空间的思考不是脱离人群的闭目冥思,不是机械式呆板的城市经验,而是肩负社会文化观察家的自我期许。

二

拉金描写空间场域的叙述手法精湛独到,他总是以旁观者的姿态、缺席似的在场方式、局外人的冷峻笔触来描绘现代社会。他在诗歌中表现的这种疏离态度和手法正好体现了本雅明在《发达资本主义时代的抒情诗人》中总结的城市漫游者之重要特点——作者的疏离感(detachment),诗人通过诗歌中叙述者、人群、叙述物的空间位置及动态转换,从心理空间的角度书写城市生活。本雅明认为诗人与人群之间存在着一种微妙距离,诗人既置身于人群之外审视着人群,也可以融入人群之中。对于拉金来说,诗人与人群的关系是通过叙事者体现的,无论叙述者是独立于人群之外还是融入人群之中,拉金都可以用语法人称表明叙述者在叙述过程空间中的位置。如果拉金用"我们"来叙述,那么叙述者就是在空间之内,与诗中的人群交融,比如,"我们都恨家庭/又不得不待在那里"(《启程之诗》)、"我们,睡醒几乎不记得,曾听到/到达的船只低吼在阴沉的远方"(《到达,离开》)、"日子是我们居住的所在。/它们来,叫醒我们,/一遍又一遍"(《生活》)。假如诗人用第三人称"他"来叙述,那么叙述者就在叙事空间之外,如同在许多小说叙事中那样,"他"是个无所不知的叙述者,"他"的叙述包括故事中无限大和无限小的一切,但是他并不属于这个叙述空间,而是从外部向人们展示这个空间,从寰宇之上鸟瞰人间。

本书在第五章第二节分析诗歌《欺骗》的叙事时,提到了略萨的三种叙述者叙事:人物加叙述者(第一人称讲述故事)、无所不知的叙述者(第三人称讲述故事)、含糊不清的叙述者("你"作为叙述者)。以第一人称单数为叙述者在场于叙述空间的诗歌在拉金的诗歌中占有很大的比例。拉金的第一人称单数的运用,一方面表现了诗人主张的诗歌个人化原则,写诗是为自己也为别人保存我所见、所思、所感;另一方面也是一个巧妙的叙述角度,拉金的第一人称单数即略萨所称的"人物加叙述者",其空间就是叙述内容的空间,叙述者是讲述内容的目击者。这个"我"可以深藏不露,为诗人创造和完善各种技巧。拉金的第一人称单数叙述最重要的特点是叙述者与故事的交集及其空间距离。这个叙述者虽然见证了所讲述的空间,但是他与叙述故事同处一个空间又保持着微妙的距离,叙述者因此可以保持中立,可以以一种旁观者清的姿态发表议论、阐释和评判,因此,拉金用第一人称单数作为叙述者在给我们讲述了一个显然是作为见证者身份目击的故事的同时,发表自己的个人感受,比如在《彼此彼此》这首诗中,第一人称叙述者描写了结了婚的朋友为妻子儿女奉献、牺牲而发出感慨:

> 把他的生活和我相比
> 让我感觉自己像头猪:
> 噢,没人能否认
> 阿诺德不比我自私。

(CP 95)

"我"和阿诺德都在同一个空间生活,"我"近距离地见证了阿诺德的生活状态,于是感叹:结婚并不比单身高尚,结婚的人的所作所为也不过是为了自己。

拉金的诗歌往往不是单纯的第一人称单数叙述,比如在《题一位年轻女士的相册》和《德克瑞和儿子》这两首诗中第一人称单数"我"和第一人称复数"我们"同时在诗中穿插出现。首先,第一人称复数"我们"就不能排除叙述者是一个集体性的人物,暗示着一群人或者是一代人的共同情感体验和信念,比如,在《降灵节婚礼》中"我们保持着向南的一条缓慢而断断续续的曲线""我们经过他们""当我们移动的时候""那里我们将达到""我们再次慢下来",诗歌中的"我们"是包括叙述者在场的空间里的所有人——火车上的人们。通过"我们"的空间移动——从农村到伦敦,说明一群人坐在朝南行驶的火车上共同见证了一场婚礼,这首诗里的第一人称复数表现了一个共同的体验过程。《向一个政府致敬》里的"我们",代表了生活在"英国"这个大空间的所有民众的意愿和他们对政府的不满。"我们都恨家庭/又不得不待在那里"(《启程之诗》)表现的是一代人的家庭伦理观。"日子是我们生活的地方……除了日子我们还能活在哪里?"(《生活》)、"是否它们再次出生/而我们渐渐衰老?"(《树》),"我们"代表了人类,这两首诗揭示了人类生老病死不可避免的生命轨迹和自然规律。其次,"我们"是集体人物加叙述者的空间视角,因此,也有可能是指人群中的一员，出于谨慎、谦虚或者胆怯而使用"我们"这个人称。比如在《题一位年轻女士的相册》中，诗人首先描写了"我"在看一位女士的相册，并对相册里面的照片进行了细致的描绘，然后"我"跳到相册之外，用置身于同一个故事空间的"我们"说话：

> 是的，真的；但最后，我们肯定，哭泣
> 不仅因为不能身处其中，而是因为
> 它让我们肆无忌惮地哭泣。我们知道过去的事
> 无法证实
> 我们的悲伤，不管我们曾多么艰难地度过

（CP 43）

叙述者"我"可能曾经是这个女人的仰慕者，他用"我们"来掩饰对这个女人的感情，掩饰他为被排除在女人生活之外而哭泣、而懊恼。另外，在《德克瑞和儿子》这首诗中，首先描写"我"参加葬礼时偶遇德克瑞和他的儿子，诗人把他们的生活和自己的生活作对比以后，借"我们"之口谨慎地说出了惊天骇世之语：

> 生活首先是枯燥，然后是恐惧
> 不管我们怎么活法，岁月这么流过
> 留下的是藏匿着、我们无法选择的
> 年龄，然后是岁月的尽头。

（CP 108）

其实这种生命的体验应该仅仅是诗人个人的，通过对比之后，诗人认识到岁月像流云一样飘散，生活之于德克瑞的恩惠就是他的儿子，之于我，一无所有。本雅明认为城市的体验要用震惊来表现，拉金把这种个体震惊——"生活首先是枯燥，然后是恐惧"——用第一人称复数来表达，弱化了震惊的强度，让读者更容易接受。另外，拉金的诗歌以第一人称"我"和"我们"这两个叙述人称的交换使用，暗含了诗人和人群视角的交换，反映了诗人在集体伦理观照下的个体反思，他如同城市漫游者一样"通过一种既使视觉成为可能，又赋予视觉以特权的黏性（viscosity），穿过空间、在人群中移动。……漫游者拥有一种力量，可以随自己的意志行走，自由自在，似乎漫无目的，但同时又具有探索的好奇心以及能够了解群体活动的

无限能力"①。"我"和"我们"的交错转换正是漫游者的"胶黏性移动"。这种"胶黏性移动",一方面摆脱了固定的空间束缚,从而转换了叙述的视角,另一方面调节了读者的审美距离以满足其审美心理。

作为城市中产阶级的代言人,拉金不仅是城市的体验者,还是城市空间的塑形者和反思者,他从城市物性空间、社会空间、心理空间的整合性与互动性出发,以务实为本,以视觉图像呈现浮世绘,把城市对人们的诱惑魅力和对旧有价值体系的威胁展现出来,揭示了人与现代城市空间互动中所隐藏的焦虑不安,彰显了在新与旧的世代交替中,城市发展新旋律给人们生活方式、生存环境、伦理观念以及思想意识带来的冲击。

第二节　性政策的书写

随着科学技术和人类知识领域的发展,传统的生产方式和社会结构发生了巨大的变化,人类的心理倾向和行为模式也随之发生了改变。在第二次世界大战后的各种文化思潮中,后现代主义是后工业社会的直接产物。以拉金为代表的运动派诗人表现出了后现代主义倾向,这些诗人有意回避重大的社会、政治、道德、美学等问题,转而关注源于自身经验的个人主体体验。伊格尔顿在《后现代主义的幻象》一书中指出:"后现代主义的主体,和它的笛卡尔前辈不同,它的身体是它的身份所固有的。的确,从巴赫金到妓院,从利奥塔到紧身衣,身体变成了后现代思想关注最多的事物之一。"②科学的成就让很多事物失去了神圣性、神秘性和纵深感,性和身体的主题重建了后现代主义的主体性。拉金通过性创造了一种后现代个人主体性。早在1942年,拉金在牛津大学读书的时候,就和艾米斯一起写了一些"淫秽的、软色情的神话故事"③,特别是在后期诗集《高窗》中更是频繁地使用黄色词汇。

20世纪60年代的西方社会,性成为所有崇拜物中最时髦的一个。拉

①　Jenks, Chris. "Watching Your Step: The History and Practice of the Flaneur." *Visual Culture*. Chris Jenks, ed. London & New York: Routledge, 1995, p.146.

②　转引自洪子诚主编:《在北大课堂读诗》。武汉:长江文艺出版社,2002年,第253 - 254页。

③　Motion, Andrew. *Philip Larkin: A Writer's Life*. London: Methuen, 1982, p.86.

金写于 1967 年 6 月 16 日的诗歌《奇迹之年》（"Annus Mirabilis"）证实了这一场性革命带给人们的震撼：

> 性交始于
> 　　1963 年
> 　　　（对我来说太晚了）
> 在《查泰莱》之禁结束
> 与披头士首张唱片之间。
>
> 在那之前那里只有
> 一种讨价还价，
> 为了戒指而争吵，
> 一种开始于十六岁的耻辱
> 扩散到一切。
>
> 接着争吵戛然而止了：
> 所有人都同样感觉到
> 每个人的生活成了
> 辉煌破裂的银行，
> 一场不可能输的游戏。
>
> 因此没有比 1963 年
> 更好的生活了
> （尽管对我来说太晚了）
> 在《查泰莱》之禁结束
> 与披头士首张唱片之间。

（CP 146）

这首诗的标题"Annus Mirabilis"和 17 世纪英国诗人德莱顿（John Drydon）纪念 1666 年伦敦大火而作的诗歌同名。"Annus Mirabilis"是拉丁文，意思是"奇迹迭出的一年"或"令人惊异的一年"。德莱顿用"Annus Mirabilis"来形容 1666 年伦敦大火为人们生活、社会、政治等方面带来的深远影响。这个词一般指发生过惊天动地事件、对历史产生重大影响的年代，比如，1666 年，这一年发生了牛顿的革命性发现——万有引力，后来又被用来指 1905 年——这一年爱因斯坦提出了相对论,上述这两年都出了重大发现,对现代科学的发展和现代人类思想的发展都产生了巨大影响。牛顿发现的万有引力第一次提出了自然界中存在基本相互作用的规律,是人类认识自然的历史上的里程碑,同时,在文化发展史上也具有重要意义——它解放了人们的思想。爱因斯坦提出的相对论推翻了"物质不灭"的唯物主义观点,为现代科学做出了重大的贡献,震撼了人类思想的基本结构。拉金以"Annus Mirabilis"为诗歌标题意味深长,他把 1963 年看作和 1666 年、1905 年同等重要的一年,可见性革命给人们生活、思想和社会带来了划时代的深刻影响。

《奇迹之年》开篇写道:"性交始于/1963 年"(CP 146)。拉金在诗中把"性交"作为 60 年代的性革命(性自由或性解放)的象征。性解放是 20 世纪六七十年代发生在欧美发达国家的一场挑战传统性观念和性道德的思想和社会运动。这场革命提倡完全抛弃传统道德观念约束的性行为和实践。西方性革命是从反对性别歧视开始的,最初的目的是争取女子与男子享有平等的社会地位和政治经济权利。早期性革命的诉求是要基督教废除禁止离婚的戒律,主张婚姻自由。此后,性革命从这些合理要求逐渐演变为对宗教性道德的全面否定,主张性交是人与生俱来的权利,性行为属于个人隐私,只要双方自愿就可以发生性关系,性行为不应受到法律的约束。性自由者反对一切形式的约束;主张性爱和情爱分开,性和婚姻分开;抛弃童贞和贞洁观念,鼓吹婚前和婚外性行为,呼吁社会接受试婚和同居。拉金在《奇迹之年》提到的《查泰莱夫人的情人》一书被解禁象征着性革命的开始。英国作家 D. H. 劳伦斯的《查泰莱夫人的情人》一书因露骨的性描写被当作禁书,被看作"猥琐书籍",认为它会败坏人们的心智,腐化读者的心灵。直到 1960 年,劳伦斯去世 30 年后,英国企鹅出版社才决定出版劳伦斯全集,其中包括《查泰莱夫人的情人》一书。这本书正待出版发行时,伦敦首席检察官琼斯控告企鹅出版社,理由是《查泰莱夫人的情人》宣传肉欲,赞扬通奸,语言淫秽。琼斯在法庭陈述中对《查泰莱夫人的情人》中的"淫秽"字眼做了细致的统计,他数出在书中至少出现了 30 次"干"或"操"这个字眼,"阴道"出现了 14 次,"蛋"13 次,"屎"和"屁股"各 6 次,"阴茎"4 次,"尿"3 次等。这场官司经过法庭上 6 天的激烈辩论,以企鹅出版社胜诉告终,《查泰莱夫人的情人》一书甩掉了被扣了 32 年的"黄色下流"的"帽子",终于走进了世界经典文学的殿堂。这起事件被拉金认为是性革命开始的标志。由于拉金的父亲是一个开明的文学爱好者,在众多的藏书中,他对劳伦斯的小说倍加推崇,拉金从小就受到劳伦斯小说的熏陶。在牛津大学系统地接受文学训练后，拉金对劳伦斯更为崇拜："劳伦斯是唯一一个让我完全崇拜的人"，"劳伦斯之于我就像莎士比亚之于叶芝和其他搞文学的人……他给英国心理学方面带来了改变。一股新风正吹过来，它代表了时代的新方向，我觉得如果你和我想成为新艺术家，就要跟上这股新风。"①劳伦斯对两性颠覆性的演绎、露骨的词汇与描写深深地影响了拉金的诗歌写作。拉金敏锐地捕捉到了时代的信息，将"脏字"——"四个字母的词"（"four-letter words"）嵌在严谨的格律诗行中，开创了"后现代"诗风的先河。

"脏字"主要指拉金诗歌中出现频率较高的 fuck 等一些与性有关的字眼。

> 我看见那两个孩子时
> 我猜他正在操（fuck）她
> 她正在吃避孕药或用避孕套，
> 我知道这是天堂
>
> 《高窗》（CP 129）

> 他们操（fuck）出了你，你爸和你妈。
> 他们不是刻意这样，但是他们做了
>
> 《这就是诗》（CP 142）

在《高窗》中，fuck（操）是男女性交的粗俗说法。拉金之所以用"操"而不用"做爱"来描写这两个孩子的性行为，是因为诗人认为这两个孩子年纪太轻，还根本不懂"爱"的含义，他们只是纯粹地沉溺于性。在《这就是诗》中"他们操出了你"则是一语双关：一方面指两性的性行为，另一方面暗示父母只生育子女却不教育他们。《生活 III》（"Livings III"）讲述了大学餐厅里的知识分子，当代表正统权威的学监不在时，道貌岸然的学者们就卸下拘礼的面具，海阔天空地聊天，言谈中不无猥琐淫秽的细节，充斥着"女性生殖器部位的名称"（"Names of pudendum mulieris"，CP 103）这样的词汇。pudendum mulieris 是一个学术味很浓的拉丁词，在这些知识分子以宗教历史的话题构成的语境中出现这样的字眼，说明不论是主流文化的代表，还是以粗俗下层社会阶层为代表的亚文化，性都是人们生活中

---

① Motion，Andrew. *Philip Larkin: A Writer's Life*. London：Methuen，1982，p. 43.

的重要话题。拉金的这些诗歌是解读 60 年代性革命和性伦理的范本,体现了性表达和性表现方面的革命,即,性的公开化。

性的公开化不仅存在于诗歌和小说中,还存在于人们喜闻乐见的大众娱乐和商品消费中。《阳光明媚的普莱斯塔廷》这首诗描写了广告画上露骨的色情文化:

> "来阳光明媚的普莱斯塔廷吧"
> 海报上的女孩笑着,
> 跪在沙滩上
> 穿着白缎紧身衣
> 在她身后,一片海岸,一家
> 棕榈丛中的旅馆
> 在她的大腿间延伸
> 在她齐胸展开的双臂上扩展。
>
> 某天三月她被贴上去。
> 几周后,她的脸上
> 牙齿缺了,眼睛少了一只;
> 巨大的乳头和裂开的胯部
> 都划出了很多痕迹,
> 两腿间潦草地画着
> 让她恰恰跨着
> 一根隆凸的鸡巴和两个球上。

(CP 106)

诗歌中描述的这张画其实是一幅广告画,宣传海滨度假胜地的浪漫气息和配套设施,吸引人们去度假。在这幅画中,女人被放在最显眼的位置。广告画中的女人穿着"白缎紧身衣",身材的曲线展露无遗,旅馆作为背景置于女人的大腿和胸的位置。广告中把女人的大腿、胸与旅馆放在画中同一个醒目的位置,使这幅广告画蒙上了一层情欲的色彩。第二诗节接着描写人们在广告画上的涂鸦。诗人特别强调广告画上女人敏感隐私处的刻痕,暗示广告画刻意渲染女人的性感,而人们的注意力更是聚焦在她的大腿、乳房和胯部。变态者在画中女人的乳头和胯部撕划,暗示了有人受到画中人的刺激,做出了非理性反应。拉金的这首诗揭示了在商品经济中,商人通过性来吸引人们消费:广告中的女人和旅馆都带有性暗示——到这个海滨度假就可以纵欲寻欢。从这首诗中我们可以看到,拉金讨论的性是与文化相适应的性,是消费资本主义经济的产物。资本主义在伦理秩序重构的过程中,原本因社会约束而被压制的性欲现在由于商品化的发展得到解放,然而,不论女性的地位怎么提高,以男性为主导的商界并没有改变。

拉金的诗歌不仅反映了性革命中性的公开化,还反映了生殖革命、婚姻关系的革命、性的代际关系革命。《奇迹之年》中那句:"在那之前那里只有/一种讨价还价,/为了戒指而争吵"(CP 146)说的是性革命开始之前英国社会的道德和婚姻关系:维多利亚女王时代严格的宗教性禁锢,人们特别看重童贞和贞洁,妇女地位低,没有选择的权利,婚姻被看成是一种交易,性被看成是这场交易的衍生物。"一种开始于十六岁的耻辱/扩散到一切"(CP 146)暗示在传统社会,人们从青少年时起就被灌输性是羞耻的,与性有关的一切都是羞于启齿的禁忌,更不允许进行与性有关的科学研究和艺术创作。但是到了 20 世纪,有关性的所有禁忌突然解禁了,人们对违反传统规范的性行为不再感到羞耻,更谈不上罪恶感。英国性革命第一次高潮主要冲击的是传统的结婚年龄、结婚方式和婚后的义务①。西方个人至上的价值观放任人们在性行为上缺乏责任感,性关系开始与合法婚姻脱离,非婚的、非专一的性关系开始增多。受到这种潮流的影响,拉金幻想这样的性乌托邦——"最明智的就是建立一个像网球俱乐部一样的性俱乐部,男人和姑娘们在那里见面,目的很明确——就像他们去网球俱乐部一样。性俱乐部提供可售的避孕用具和床。"②拉金满怀热情地迎接这场性革命,称赞它使每个人的生活变得更美好,而且拉金还身体力行,与莫妮卡长期共同生活而不履行法定或宗教结婚手续,缔结合法婚姻。

《奇迹之年》最后一诗节与第一诗节措辞几乎一模一样,只是把第一节的"对我来说太晚了"换成了"尽管对我来说太晚了"(CP 146)。这一句置换蕴涵了作者深刻的含义,反映了 60 年代性伦理的趋势。第二次世界大战后,英国出现了两个新兴阶层:战后生育高峰中出生的年轻人和开明的中产阶级。这两种人都不再幻想重返农业家庭,而是要求人性的复归,希望这个世界是丰富多彩的而不是单调的。这些中产阶级在年轻时

① 潘绥铭:《中国性现状》。北京:光明日报出版社,1995 年,第 42 页。
② Motion, Andrew. *Philip Larkin: A Writer's Life*. London:Methuen, 1982, p. 207.

第七章 《高窗》：多元维度

是性革命第一次高潮的拥戴者,与战后生育高峰中出生的年轻人有相通之处。作为中产阶级的代表,拉金和年轻一代一样喜爱《查泰莱夫人的情人》,喜爱爵士乐。《奇迹之年》中的"披头士首张唱片"是流行于 60 年代的摇滚乐。甲壳虫乐队以其富有活力的新音乐形式迎合了战后英国出生的年轻人对文化解放的需求,拉金用甲壳虫的音乐来暗指性的代际关系革命,即所谓的"青少年造反"。性的代际关系革命主要表现为:青少年法定婚龄之前的性行为增加,青少年的性权利意识增强,青年的性文化"反哺"主流社会。拉金在诗歌《下午》中描写母亲们曾经约会的地方现在成为还在上学的恋人们的幽会之处,和老一辈相比,年轻的一代不仅性早熟,而且性意识也早熟。诗歌《高窗》同样描写了两代人的性意识,诗歌一开始就描写了青少年的性早熟:

> 我看见那两个孩子时
> 我猜他正在操她
> 她正在吃避孕药或用避孕套,
> 我知道这是天堂

（CP 129）

由于战后人们的生活水平提高,孩子青春期发育也提前了。诗歌中叙述者看到一对"孩子"在肆无忌惮地寻欢做爱,由于女孩可以吃避孕药或用避孕套,他们不再担心性行为带来怀孕的后果。20 世纪 60 年代,科学技术为性自由提供了技术保障,抗生素被广泛用于医治主要性病,消除人们对性行为引起性病的顾虑,而激素类避孕药的出现和乳胶避孕套质量的提高,减轻了人们对婚前和婚外性行为会导致怀孕的担心。人类的性行为不再仅仅是生殖的准备阶段,而成为相对独立的、以获得性满足为目标的过程,因此性的快乐主义开始取代传统的"性的唯生殖目的论"。《高窗》中的叙述者认为这样的性生活才是"天堂",从这个词我们可以看到叙述者对现在的年轻人的性生活环境是艳羡甚至嫉妒的。

拉金在诗歌中常夹杂的"脏字"也是受到了"性的代际关系革命"的影响。青少年喜欢在话语中用这些脏字,以标榜对正统和父辈的反叛,他们把脏话作为一种反权威的象征,当作反抗社会习俗、虚伪客套的利器。诗人把青少年这种叛逆的标志性言语置于诗歌中,一方面制造一种与年轻人的认同感,另一方面体现了诗人有意与主流社会疏远。另外,"脏字"常常标志着说话者的一种玩世不恭的、反叛的、攻击性的态度,说话者有时候用脏字来吸引别人的注意,正如拉金自己所言,"这些词汇是调色板的一部分。当你需要达到惊人效果的时候你就使用它们"①,达到标新立异的目的,达到本雅明笔下城市漫游者诗人的"惊人"效果。拉金在诗歌《悲伤台阶》("Sad Steps")以"小便后摸索着回床上"(CP 144)作为开场白,在《轻松优美的诗》这首诗歌中把"在猪的屁股里,朋友"(CP 147)作为拒绝去参加酒会的理由,"脏字"成为拉金诗歌语言的特色之一。拉金这些诗歌的脏字不仅表现了年轻人反传统的态度和张扬的个性,同时也暗示叙述者对年轻人的认同。其实,拉金本人在现实生活中"异常擅长说脏话——构思绝妙的长串咒骂"②。

《奇迹之年》中"我知道这是天堂"(CP 146)暗示了叙述者在看到青年人享受自由性爱时的羡慕、疏离与愤懑——自己没有生在这样一个好时代,没有机会享受这种性爱自由。第二诗节追溯了叙述者之所以羡慕和愤懑的根本原因:

> 每个老年人毕生都渴望——
> 将束缚和姿态搁置一旁
> 像一个老式收割机一样,
> 年轻人沿着长长的斜坡滑下
>
> (CP 148)

这一节着重叙述了年长一辈是怎样看待性的代际关系革命的。"束缚和姿态"是两个隐喻:"束缚"象征着婚姻的束缚,"姿态"象征着世俗的行为规范。每一个年长的人,无论男人还是女人,都曾梦想着抛开婚姻和伦理规范,享受自由的恋爱。"老式收割机"这个象征更为意味深长,暗喻上一辈为了性自由付出的努力,而年轻的一代正享受着老一辈的成果。老一辈人曾与传统做出艰难的抗争,而年轻一代像收割果实般轻轻松松地沿着收割机长长的滑坡享受胜利的成果。

在诗歌的第三和第四诗节里,诗人比较了40年前和40年后人们性心理的改变。作者年轻时也曾风流,也不信上帝,因此他感叹道:

---

① Haddenden, John. *Viewpoints: Poets in Conversation with John Haddenden*. London: Faber & Faber, 1981, p.128.

② Rossen, Janice. *Philip Larkin: His Life's Work*. Hemel Hempstead: Harvester Wheatsheaf, 1989, p.95.

>……我不知道是否
>
>回到40年前,人们看着我
>
>会想:这才是生活;
>
>不再有上帝,不用在黑暗中

(CP 129)

从40年前和40年后的对比中,我们可以看到性革命给人们思维领域带来的解放:人们不再受到宗教的束缚,不再自责,而是充分享受生活,享受自由。

传统的夫权制把性行为与生殖混为一谈,把繁衍后代与财产密切相连,拉金提出性最重要的作用是从肉体得到快感,他的性观念从根本上颠覆了传统的夫权制。拉金这些与性有关的诗作表明,性革命并不是单纯以牺牲传统伦理道德为代价,而是否定传统婚姻对性的绝对垄断,使性成为自然的和独立的现象。不婚同居、男女独身、同性恋婚姻等,都是建立在性、爱和婚姻三者基本分离的基础之上的,拉金的诗歌为我们解读当代西方社会中的两性关系和婚姻状态提供了借鉴。

第三节　政治伦理的诗性表达

虽然拉金一直标榜自己的诗歌与政治无关,但是他的诗歌,特别是晚期诗歌,和政治撇不开关系,而他的政治观点也就成为评论家们争执的焦点。特里·伊格尔顿、斯坦·史密斯、汤姆·波林、丽莎·贾丁、尼尔·科克兰、杰梅茵·格里尔、安东尼·伊索普和约翰·钮辛格等学者从马克思主义者、新历史批评以及政治伦理的角度对拉金的创作及诗学进行了多方位的评论。他们的观点虽然不尽相同,但他们都认为拉金生活及创作的时期是英国新旧交替的转型时期,但是拉金不但不去迎合时代新趋势,反而在诗中对逝去的黄金年代表示留恋。他们指出所谓的"黄金时期"大英帝国的社会阶级矛盾、种族矛盾、两性之间的矛盾都比二战后英国复苏时期更严重,他们批评缅怀英国过去的拉金是在支持历史倒退,反对任何形式的社会变迁。但是,这些评论家仅凭拉金的几首政治诗中的几个小片段,便声称从中窥见拉金对政府的愚忠,其实这些评论家对拉金激进的政治主张采取视而不见的态度是有失偏颇的,因为他们没有全面地考量拉金的政治思想。

一

由于从小受到父亲右翼思想的影响,青年时代的拉金在右翼主义和无政府主义之间徘徊。40年代,当战争的硝烟开始在欧洲大陆弥漫的时候,年轻的拉金对战争表现出了波德莱尔似的冷漠。战争爆发的那一年,拉金还是个17岁的中学生,在这之前他曾随父亲去过德国两次。他父亲是一个亲法西斯派,而那两次德国之行,让他比同时代的人更早地觉察到即将到来的战争的气息。一方面是父亲的亲德右翼思想的影响,一方面是社会上的反德情绪,都让年轻的拉金无所适从,但是他凭直觉"认为法西斯是个坏东西,我真的认为它是"①,"德国体制,从各方面看,比上次邪恶多了"②。即使是战争爆发了,拉金对战争仍抱有反感的情绪:"今天的报纸上尽是些俄国、美国、俄国、英国、俄国,美国和俄国要对付德国······我懒得看这些。"③拉金唯一担心的就是可能被征招入伍。1940年,拉金在牛津大学深造时,所有的学生都被要求随时听命入伍。拉金在给朋友萨顿的信中透露了自己对入伍的反感:"无论是对于一个艺术家还是一个普通的人,参军就是去地狱。"④"我并不是出于道德方面的原因不想入伍,而是我对战争根本就不感兴趣。"⑤幸运的是,1942年拉金由于体检(近视)达不到要求,免于服役,于是他又写道:"也许你认为我有点自私,但是我就是不想参军。我想假装没有这回事:没有战争发生。"⑥战争开始的这段时期,服役是年轻的拉金最大的困扰之一,他在《征兵》这首诗中,表达了自己对参军入伍的抵触情绪:

> 他继承了自私的国度
> 从那些农夫般照管它的人;
> 学习能获得的所有知识

---

① Motion, Andrew. *Philip Larkin: A Writer's Life*. London: Methuen, 1982, p. 33.
② Ibid.
③ Ibid.
④ Booth, James. *Philip Larkin: Writer*. Hemel Hempstead: Harvester Wheatsheaf, 1992, p.16.
⑤ Motion, Andrew. *Philip Larkin: A Writer's Life*. London: Methuen, 1982, p.70.
⑥ Booth, James. *Philip Larkin: Writer*. Hemel Hempstead: Harvester Wheatsheaf, 1992, p.16.

能辨好与坏

一个春日他的国家被侵犯
一群骑马人唐突地询问他的姓名
他们的首领用不同的语调说
战争在即,他的责任须尽

他必须帮助他们,他同意
基于超越自我的欲望
为了不失去他生来的权利,勇气
因为没有什么比替代更简单

这会让他没有时间进一步
细究要么成为战败者或者谋杀者

（CP 8）

诗歌的第一诗节说明了被征入伍者的身份:他们是一群有思想、有文化、能分辨是非好坏的人,其实这些人就是指拉金本人及萨顿这些青年学生。虽然萨顿在战争期间应征入伍,但他对待战争的观点和拉金一样,也认为"战争是可怕的","军队对一个敏锐而有思想的人来说是痛苦的",他还在信中告诫拉金:"参军对你来说是错误的。"[1]

　　诗歌的第二诗节着重描述了军队对征募者的思想灌输。"一群骑马人"和"唐突地"暗示军队的军人是一群乌合之众,没有受过专业系统的军事训练,而"不同的语调"象征了被征募学生的思想理念和战争社会机制之间的不可对话性。国家机制号召年轻人参军入伍,宣扬为国而战是学生应尽的责任,因为"战争在即,他的责任须尽"（CP 8）,而有着强烈自我意识的学生在军队中找不到思想认同,"开始时,你就像被投入冰水,这样在军中麻木地过了大约三个月,你会有一种窒息的感觉,但是你一直在水里,没法出来"[2]。拉金对政府在大学里征兵很反感,抱怨道:"这是政府计划的一部分,把牛津大学变成技术学院和军官培训基地,真的让人恼火。"[3]

---

① Cooper, Stephen. *Philip Larkin: Subversive Writer*. Brighton: Sussex Academic Press, 2004, p.91.

② Ibid., p. 92.

③ Ibid., p. 90.

第三诗节里诗人指出学生们"基于超越自我的欲望"（CP 8）参军入伍，看上去是令人尊敬的行为，但其实不是出自他们的内心意愿，只是为了附和社会的主流呼声。因为服役被当成他们与生俱来的责任，不履行这个责任将会带来潜在的危险，会被指责没有"勇气"（brave），而在诗歌最后的双行诗行中诗人尖锐地指出：对于个人而言，参军不是自己战死沙场，就是"成为战败者或者谋杀者"（CP 8）。拉金晚些时候在一篇文章中进一步指出："战争带来最可怕的事是过早死亡的人……和残疾。"[1]这些战争中的阵亡者和伤残者既是谋杀者也是失败者。所以，当拉金从收音机里听到英国战胜的消息时，竟然"不屑于把眼睛从手稿上移开"[2]，拉金在全民投入的二战中表现出的极度冷漠其实是一种对战争的刻意反抗。从新历史主义角度来看，拉金早期的诗歌反映了诗人对战争的态度和体验，他的冷漠并不是因为真的漠视战争，更重要的是，他诗歌中的反战情绪不仅是个人的情感体验，还代表了这一代年轻人对战争的反感。

有评论家称拉金在战争时期躲在象牙塔里，"赫尔大学的环境适合拉金，此处对他有象征意义，20世纪战火纷飞、革命如火如荼地开展时，拉金就畏畏缩缩地躲在这个偏远的乡下之地的书堆里"[3]。实际上，在二战时期，赫尔是英国同级别城市中遭空袭最多的，它绝非逃避恐怖战争的理想之地。作为英国的第三大港口，赫尔不是偏僻蛮荒之地，这个城市遭受了德国纳粹多达86次的重大袭击，共有85%的房屋遭到损坏或被夷为平地，过半的购物中心被炸毁，两百万平方英尺的厂房和大部分码头也未能幸免。不仅赫尔，拉金的家乡考文垂也曾被炮弹摧毁，正如《吉尔》里所描写的那样，被飞机轰炸后的城市满目疮痍。拉金没有回避战争，他认为"一流的诗人应该不理睬肮脏的战争：他的视域要足够有力，以至于置身战争以外"[4]，他这句话可以理解为诗人不直接描写战争，而是借助象征描写战争在人类心灵的投射，这些诗歌带有浓厚的象征性和悲剧色彩，把人们对战争的焦虑转化为对性和死亡的焦虑，表现战争时期人们的心理体验。比如，《童年故事》（"Nursery Tale"）的叙述者描述了他的战争记忆"马蹄声""伏击点"（CP 18），而诗歌的最后一句"破晓的倦怠，绵延/伴随着大炮的亲吻，大炮的告别"（CP 18）中"破晓"象征了未来，他们一代年

① Cooper, Stephen. *Philip Larkin: Subversive Writer*. Brighton：Sussex Academic Press, 2004, p.90.

② Motion, Andrew. *Philip Larkin: A Writer's Life*. London：Methuen, 1982, p.133.

③ Hitchens, Christopher. *Unacknowledged Legislation: Writers in the Public Sphere*. London：Verso Books, 2002, p.250.

④ Larkin, Philip. *Required Writing*. London：Faber & Faber, 1983, p.159.

轻人的未来可能都是去当炮灰,面对亲人的离散和死亡的分隔。在《北方的船》这部诗集里,寒冷和黑夜笼罩着整部诗集,比如,《日出而作》("Dawn")这首短诗中"多么陌生啊,/因为无爱的心,和这一样冷"(CP 7),第十首诗《似吾心冷》("As Cold as My Heart")、第二十一首诗《一座布满星星的冷山》("A Cold Hill of Stars")、第三十首诗《仿佛冷仍在叶间》("As If Cold Still Among the Leaves")、第三十一首诗《寒冷了我的睡眠》("My Sleep Is Made Cold"),寒冷(cold)既是描写冷酷的战争环境,又寓指战争带给人们的心寒,通过"冷"这种感官意象向读者展示了严峻的战争时期人们心中的感受。除了"冷"这个意象以外,无家可归的意象也重复出现在《北方的船》这部诗集中,诗歌《一个没有家的月亮》("A Moon with No Home")和《一个人走在荒芜的月台》("One Man Walking a Deserted Platform")让人们联想起英国大空袭时期,居民房屋一片断瓦残垣,人们流离失所,城市荒芜的惨淡景象。

随着岁月的流逝,战争已成往事,所有人都在为胜利而欢呼。拉金曾描述:"每一座房子都悬挂着国旗,街道上到处飘扬着彩旗……可是我感觉,一种不祥之感笼罩在我心头。"①拉金之所以有这种不祥之感,是因为他看到战争对人类社会乃至整个人类文明的毁灭性影响,而人们却沉浸在战争胜利的荣耀之中。拉金自称《1914》("MCMXIV", CP 99)是献给一战阵亡者的纪念碑,象征迫在眉睫的社会灾难,谴责战争给英国带来的改变。诗人特意用古老的拉丁文作这首诗的标题,寓意深刻。拉丁文这种"逝去的"语言如同眺望一个不可跨越的文化障碍,这几个字预示着将会树立在这群年轻人墓前的墓碑,象征着他们死在这一年。此外,拉丁文还象征着千年的西方文明传统,表达了诗人的怀旧情愫。诗歌的第一个意象仿佛是一张老照片,照片上的一群年轻人正在排队应征入伍,暗示了即将来临的战争。诗人越是描写孩子们的欢笑嬉戏、街道的欢乐气氛、家庭的温馨场面,越是衬托出"咧嘴笑"的年轻人排着队等着去战场送死的可悲。第二诗节"穿深色衣服的孩子们"可以看出是在暗示葬礼,这与《德克瑞和儿子》(CP 108)和《穿着葬礼服》(CP 108)的叙述者寓意相同。第三诗节又进一步推进,名字"被各种开花的草笼罩,/末日线淹没/在麦子不安的沉默阴影之下"(CP 99)这句仍可以看出安葬的意味,还让人联想起埃兹拉·庞德的《休·塞尔温·莫伯利》中的那句,那些年轻人"被埋于

---

① 转引自 Cooper, Stephen. *Philip Larkin: Subversive Writer.* Brighton: Sussex Academic Press, 2004, p.51.

地下"。诗歌结尾十分沉痛地悲叹道：

> 再也没有那样的天真(innocence)，
> 再也没有，无论过去或未来
> 它变成了过去
> 一言不发——男人
> 抛下整洁的花园
> 成千上万的婚姻
> 持续长久一点
> 这样的天真不会再有了。

(CP 99)

诗歌最后一段冷酷地指出：几天、几个星期或是几个月后，"成千上万的婚姻"将会破碎，丈夫战死沙场，而前面提到的那些欢乐的孩子将会有什么样的命运呢？诗人在诗中反复强调"再也没有那样的天真""这样的天真不会再有了"(CP 99)，其实这是对庞德的一首反战诗歌的互文。庞德在《休·塞尔温·莫伯利》中写道：

> 年轻的热血，高贵的血，
> 脸颊白皙，身体健美；
> 从未如此刚毅，
> 从未如此天真，
> 从来没人道出如此的幻灭，
> 歇斯底里，战壕前的忏悔，
> 死者的肚子传出的笑声。

"innocence"(天真)在这两首诗歌中都是非常巧妙的双关语。《牛津英语词典》对 innocence 这个词的解释是："1. 天真单纯；2. 无知、不谙世事；3. 无罪"，兼具褒义和贬义两重意义。天真单纯可能源于无知、无明，但是由于天真做出"无知"的行为，由此导致的结果并不一定是"无罪"的，比如在庞德的诗歌中，年轻人由于天真而投入战争，"歇斯底里"的厮杀，结局就是制造更多的死亡，无论生者或是死者都在"忏悔"当初"天真"的冲动。拉金对庞德这首诗歌的互文暗示：年轻人的天真，更确切地说应该是无知，引发了可怖的后果，表达了诗人对战争践踏人们良知的痛心疾首，对战争摧毁人类文明的强烈谴责,对英国几百年的淳朴一去不复返、永远也不可恢复的哀叹。

战争不仅摧毁了人们的传统文明和恬静温馨的生活方式,还摧毁了人们的宗教信仰。《被轰炸的石头教堂》这首诗描写在教堂里做祷告的人不仅没有得到神灵的庇护,还惨遭轰炸,和教堂一起被炸得粉身碎骨。教堂被炸引发人们对宗教的质疑,战争动摇了宗教传统的神圣根基。正因为拉金看清了战争的破坏性,他对英国炫耀二战胜利的荣耀嗤之以鼻,把战争胜利的表象比作海洋里的珊瑚礁:

> 然而,伤口,噢,看这伤口
> 铁石心肠的人造成的伤,
> 因为,要创造永恒,
> 什么也没留下只剩死亡
> 来播散辉煌;
> 而现在那些断头的人
> 能重建什么样的经验
> 像珊瑚礁在海底开花一样
> 虽然没有人,没有人看到它是怎样形成?

(CP 164)

海底的珊瑚礁是十分美丽的,它是由珊瑚的尸体堆积而成,战争的辉煌战绩也是付出无数无辜的生命才得来的,这些战争的牺牲品像死去的珊瑚一样以自己的生命成就了历史的辉煌。既然了解了战争辉煌表象下的残酷现实,那么,这个涂炭了无数无辜者性命的胜利有什么值得庆祝的呢?在《基金会自然会负担你的开支》这首诗中,主人公不记得"战争纪念日",把女王和她的大臣们以及警卫队到白厅去敬献花环这种庆祝二战胜利的庆典活动看成是"令人厌恶的幼儿园游戏","让我作呕"(CP 84),诗人同情的是那些游行的人群,因为他们饱经战争的忧患。

拉金早期虽然有着右倾的倾向,但是晚年时经常批评右翼工党。在1964至1967年间,英国工党经历了自1949年以来最大的财政危机,政府削减了大量资金,并于1967年下令撤回了驻扎在现也门境内亚丁湾的驻军,民众对工党政府表现出普遍的失望。拉金曾批评工党:"这世界上没有比它更守旧的政府了。只要哪里有工党政府系统,这个国家就会破产,我们全都会挨饿,这时俄国人就可以长驱直入,我们将会成为苏联的卫星城。"①在 1969 年英国大选期间,拉金以英国军队为主题发表了两首诗歌,讽刺挖苦工党的军事、财政政策,以此表示对撒切尔夫人的新右翼保守党政府的支持。《高窗》中《向一个政府致敬》这首诗从混乱而复杂的历史角度降解了英国去殖民化问题,提出撤军是本土社会民主化降低过程中显露出的堕落和背叛:

> 明年我们将撤军回国
> 只因缺钱,那很好
> 他们守卫之驻地,井然有序
> 我们自己需要金钱用于本国
> 而非去工作,那很好
>
> 谁也没有期待它的发生
> 但现在它的决定已无人在意了
> 驻地在遥远之处,而非此地
> 这很好,据我们所悉
> 那儿的士兵只会制造麻烦
> 明年我们心里会轻松多了
>
> 明年我们会生活在这样的国度
> 它召回了自己的驻军只为缺少金钱
> 政府将会耸立如昔
> 大树环绕广场,模样依然如昔
> 我们子孙后代不会知晓它已是另一个国度
> 现在我们仅能祈祷为他们留下金钱

(CP 141)

诗歌一开始重复出现的"那很好"显得苍白而具嘲讽意味:因为国家缺钱,政府不是通过国人的劳动来填补财政赤字,而是从驻地撤军来减少开支,拉金重复这句话意在嘲笑工党政治决策的无能。诗歌的第二节分析了英国殖民驻军的历史,诗人认为驻军在遥远之处其实没有任何意义,当初在国外驻军这个决定本身就是错误的。军队在国外并没有起到任何维

---

① Motion, Andrew. *Philip Larkin: A Writer's Life*. London: Methuen, 1982, p. 495.

护秩序、维护和平的作用,反而只会制造麻烦,所以如果今年撤军回国并不是件坏事,明年我们心里要轻松多了,因为我们不会再听到他们在亚丁湾制造麻烦的消息了。诗歌第三节指出,问题不是撤军这件事而是撤军的动机让人深思,拉金自己解释道:

> 这首诗被作为英国退出国际大舞台的象征而被引用。我不在乎驻军撤回本土,只要这个举措是考虑周全以后再决定的就行。但是,如果只是因为我们供不起他们而把他们撤回国,则是最大的羞辱。①

可见拉金并不是在缅怀大英帝国曾经的辉煌或是支持殖民扩张,而是抨击在野工党的政治决策,为撒切尔夫人的上台摇旗呐喊。

同年 3 月,拉金还以军事为题材写了一首抑扬格双行诗《当俄国坦克闯入西方》(《高窗》)。该作品以打油诗的形式讥讽左翼的学者和学生:

> 俄国坦克向西碾来时,谁为你我抵挡?
> 斯洛曼上校的萨克森步枪? 伦敦经济学院的骏马?

(CP 181)

这首诗嘲讽了举行反战游行的埃塞克斯大学(The University of Essex)伦敦经济学院(London School of Economics)的学生,而斯洛曼(Solman)是当时埃塞克斯大学的副校长,是这次学生运动的支持者。学生们希望国家增加对教育的财政投入,而减少对国防的投入,拉金在这首诗中嘲笑了学生们这种幼稚的、治标不治本的想法,他认为只有采取那样强硬的措施,才能从根本上解决现存的问题,这个问题的解决不在于国家对军事投入了多少费用,而是在于整个社会机制。拉金有关战争的诗歌描写了战争时期的士兵、受战争之苦的平民以及战后的社会现实,把人们对战争的焦虑与政治联系起来,用象征性的手法描摹出战争时期人们的心理体验以及和平年代人们对政府国防和殖民驻军的反思。

二

拉金的诗歌中与英国政治有着密切联系的诗歌当属作于 1972 年的

---

① Larkin, Philip. *Required Writing: Miscellaneous Pieces 1955 – 1982*. London: Faber & Faber, 1983, p.53.

《逝矣,逝矣》。这首诗歌一开始就描绘了昔日英格兰乡村的自然风景:田野、农场、村庄、树木。然后,诗人笔锋一转,白描般地呈现给读者一幅衰败、阴沉的画面:衰落的村庄、残破的小镇、污染严重的海洋、贪婪的人们、物欲熏心的社会。评论家约翰·卢卡斯曾批评拉金在这首诗中"指出了英国存在问题,英国过去的辉煌如今只剩下了水泥和轮胎。但是谁将水泥和轮胎放在这里的? 如果他要谈逝去的东西,写英国自己造成了当今的局面,他为什么不说呢? 因为他不愿批评自己崇拜的撒切尔夫人"①。卢卡斯认为拉金把英国现状归罪于保守党。除了卢卡斯以外,还有很多评论家从政治的角度分析这首诗,有人认为它表现了拉金对"传统的田园式的英国"和"可爱的乡巴佬"的怀念,表现了中产阶级"从鄙视加深到厌恶的情绪",因为福利国家制度对"下层社会"的救济剥夺了他们享受更多消费的权利②;有人从这首诗中对 MI 咖啡馆里拥挤的人群流露出的不满和难以容忍的情绪以及对"嚷叫着多来点儿"(CP 133)的小孩感到的"压抑和不耐烦",看出诗人"对右翼势力的敌视"③,有人认为这首诗流露出对田园式英国的眷恋,拉金希冀的英国是传统的英国,面对变化缺乏变通……可以说,他沉浸于英国昔日的辉煌中,忽略了实际的历史走向。④

　　事实上,这首诗是拉金应朋友罗伯特·杰克逊之邀而作,杰克逊是国会保守党成员,他代表达特茅斯的一位伯爵夫人组织的环保工作组向拉金发起了委托。当时英国由保守党人爱德华·希思执政,在国务卿的指示下,工作组于 1972 年出具了一份报告,名为《你想怎样生活? 关于人类生存环境的报告》。拉金这首诗是报告的序言,所以这首诗初名为"序曲",诗文下面印了蒂赛德工业区的图片。但是报告中的《序曲》与收录于《高窗》中的《逝矣,逝矣》有两处不同,比如,《序曲》中的"运动"在《逝矣,逝矣》中换成了"乡巴佬":

　　　　……城镇之外
　　　　总会有田野和农场
　　　　村里的乡巴佬可以攀爬

　　① Corcoran, Neil. *English Poetry Since 1940*. London: Longman, 1993, p.95.
　　② Smith, Stan. *Inviolable Voice*. Dublin: Macmillan, 1982, p.176.
　　③ Regan, Stephen. *Philip Larkin: The Critics Debate*. Basingstoke: Macmillan, 1992, pp. 140, 125.
　　④ O'Brien, Sean. *The Deregulated Muse: Essays of Contemporary British and Irish Poetry*. Newcastle: Bloodaxe, 1998, p. 24.

　　　　那些尚未被伐掉的树

（CP 133）

这几句描绘了美丽的田园风光和可爱的乡村人,但是委托方保守党认为
"乡巴佬"带有贬义,不能有效地传达本地人质朴的美好个性,所以把这个
词改了。另外,他们也不喜欢诗中的暗示——贪婪的大公司和糊涂的政
府在共同摧毁田园的乡村,所以在《序曲》中他们把下面这一段删除了：

　　　　在商业栏上,二十个
　　　　戴着眼镜咧嘴笑的人批准
　　　　某个竞购报价会带来
　　　　百分之五的利润(出海口
　　　　再多百分之十)：将你的工厂
　　　　移向未受污染的山谷吧
　　　　(灰色地带有补助!)

（CP 133）

诗歌中"灰色地带有补助"的政治背景是：1969 年工党威尔森政府听取约
瑟夫·亨特爵士的报告之后,在小范围内开始实施"灰色地带补助"政策,
但是这项政策由于 1970 年威尔森卸任而搁置。然而,在 1972 年《逝矣,
逝矣》创作之时,保守党爱德华·希思政府开始大规模推行亨特的主张,
把援助地区扩大到英格兰西北地区、亨伯赛德郡、约克郡和约克郡谷地①,
所以诗中"将你的工厂/移向未受污染的山谷吧/(灰色地带有补助!)"就
是对保守党继续推行这项政策的讽刺和批评。
　　本书前面章节已经介绍了拉金创作诗歌的理念是快乐原则,他的诗
歌所述是他自己的所见、所闻、所思、所感,但是这首诗的创作初衷与拉金
的诗歌理念是相悖的,因此,拉金自我批评这首诗是"乏味的、陈词滥调的
炒现饭"②,保守党的删改更加令他反感,他在写给友人的信里说他们的
做法"让我全身起鸡皮疙瘩"③,两年之后《高窗》出版时,拉金挑衅似地把

---

　　① Cullingworth, Barry. ed. *British Planning: 50 Years of Urban and Regional Policy*.
London：The Athlone Press, 1999, p.80.
　　② Thwaite, Anthony. *Selected Letters of Philip Larkin*, 1940－1985. London：Faber & Faber,
Ltd., 1992, p.459.
　　③ Ibid.

保守党认为不宜出现的这一段重新放回诗中。不仅如此,他还把诗歌标题"Prologue"(《序曲》)改成"Going, Going"(《逝矣,逝矣》)。这个改动的标题别具匠心,暗示了诗人对英国逝去的、淳朴美好的田园生活的感伤。从拉金对这首诗歌的改动可以看出拉金对保守党一些做法的反感。

诗歌的第四诗节写道:

> MI 咖啡馆里的人群
> 正年轻;
> 他们的小孩嚷叫着"多来点儿"——
> 再多来些房子,再多来些车位,
> 再多来些旅行地,再多来些薪水。
>
> (CP 133)

连着四个"再多来些"让我们联想起诗人威廉·布莱克的诗句:"再来一点! 再来一点! 这是误入歧途的灵魂的呐喊"①[出自《没有自然的宗教》(There Is No Natural Religion)],布莱克认为人的欲望是无止境的,"如果一个人欲得到他不可能拥有的,绝望便是他永恒的命运"②,拉金对布莱克诗歌的互文,体现了人们对物品的欲望和拥有商品的冲动,这些消费主义物欲在无止境地膨胀。拉金创作这首诗歌时是后克里普斯时期,那个时期保守党的党魁是哈罗德·麦克米伦,麦克米伦在 1951 至 1954 年间任房建局部长时许下承诺,每年新建 30 万住房,来迎合大众"再多来些房子"的需求,事实上,麦克米伦因超额完成了任务而声名大噪,但是这件事间接造成了后来一段时间的严重通货膨胀。诗歌中提到汽车、MI 咖啡馆、更多车位、水泥和轮胎也令人联想到麦克米伦执政期间的道路扩建和基建项目:1958 年,英国第一条高速公路普雷斯顿建成通车;1959 年 11 月,第一家 MI 咖啡馆盛大开业。在第五诗节拉金写道:"将你的工厂/移向未受污染的山谷吧/(灰色地带有补助!)"如果深究这首诗背后的政治含义,拉金愤怒的对象并不是消费主义本身,而是政府太过无能:政府不是正确地引导消费,不去解决整个国家迫在眉睫的需求问题,而是用物质奖励去安抚选民,不惜以破坏生态为代价,拉金像布莱克一样提出预言,鼓励无止境的消费欲望生态灾难即将降临。

---

① Stevenson, W. H. ed. *Blake: The Complete Poems*. Harlow: Pearson Educational, 2007, p.40.

② Ibid.

第七诗节写道:

> 在我的希望幻灭之前,所有
> 翻腾的海面都被砖墙围起
> 除了旅游区——
> 欧洲的第一个贫民窟:这个角色
> 不难赢得,
> 有这帮骗子与妓女。

(CP 133)

诗中提到的"有这帮骗子与妓女"可能是影射麦克米伦与希思执政期间层出不穷的诈骗和性丑闻,比如,1963 年英国陆军部长约翰·普罗富莫因与两位应召女郎的性丑闻和间谍丑闻而引咎辞职;1972 年,这首诗歌创作时,保守党内务大臣雷金纳·麦德宁也陷入公司腐败丑闻被迫辞职,第二年掌管英国皇家空军的拉姆顿勋爵和上议院保守党领袖杰利科伯爵,双双因性丑闻辞职。诗中"骗子与妓女"将英国变成了"欧洲的第一个贫民窟",很可能就是暗指英国加盟欧洲经济共同体这一事件。1972 年 2 月 22 日,爱德华·希思在布鲁塞尔的艾格蒙特宫签署了入盟协议,英国正式成为欧洲经济共同体的一员,所以,这首诗在字里行间饱含了对右翼保守党的影射和讥讽。

在第六诗节,诗人无比惆怅地感叹:

> 而那将是逝去的英格兰,
> 那些树影、草坪、小径
> 会馆、雕画的唱诗坛
> 将记载成为书籍,保留
> 在画廊里;但是给我们
> 只剩下混凝土和车胎。

(CP 133)

拉金把英国过去美丽、恬静的田园风光和现在丑陋的工业污染做比较,如实地、不加评论地描写丑陋现实:人欲正在吞没自然,往昔的美正在消失,这也让人联想起劳伦斯的小说《袋鼠》中所说的,"英格兰已走向穷途,古老的英格兰已经走向末路。到此为止了,英格兰已一去不复返了"。① 但是,这首诗绝不只是渲染悲观失望的情绪、表达对政治的不满,它其实是个警示,以"逝矣,逝矣"呼吁人们采取环保举措,不要等到一切都来不及。这首诗的结尾——"我想它会发生,很快"——典型的一语双关表达了诗人更深切的忧虑和更强烈的希望,既可以解读成,如果继续放任事态发展,英国的繁荣真的很快一去不复返;也可以解读成,如果有足够多的人行动起来,重视诗中描述的情况,也许他们能改变这一切。从整首诗来看,拉金是在揭露和批评右翼保守党。

《降临节婚礼》中那首批判机会主义和精英主义的诗歌《基金会自然会负担你的开支》,不少评论家把它解读为批评左翼工党的诗歌,其实也可以解读成一首与政治有关的诗歌。诗歌以第一人称的叙述角度揭示了"我"的机会主义:在两所大学里作了一模一样的讲座,又在英国广播公司电台复述自己的观点,然后把同样的东西交由出版社出版成册;既批评了他的精英主义态度,蔑视沉闷乏味、忧心忡忡的普通人;又讽刺了他装腔作势的口气以及与名人攀关系来抬高身价的行径,比如,诗歌中用拉丁语 Auster 来代替"南风",把爱德华·摩根·福斯特亲切地称为"摩根·福斯特"。这首诗歌还展示了"我"对女王的轻蔑态度;蔑视王权,把阵亡纪念日当天摆在英国白厅纪念碑前的花环视为"垃圾一样";颇有兴致地提及著名小说家、"左倾"知识分子的代言人——福斯特,所以,德赖伯格等评论家认为从这些描述可以推断出这个令人反感的学术投机分子是左翼人士。诗中还阐述这位左翼知识分子将跨洲旅行,他的差旅费皆可报销,而他到印度去见的"拉尔教授"在现实中确有其人。拉尔教授是一个左翼语言学家,他曾尝试提倡使用"印度英语",经常遭到保守派知识分子的讥讽。但是,罗伯特·康奎斯特据这首诗对拉金的政治立场提出质疑:

> 有个荒唐的事情就发生在拉金身上,与《基金会自然会负担你的开支》有关,已故诗人汤姆·德赖伯格曾写信给《新政治家》杂志诚挚地表达他对拉金的认同,支持拉金对为纪念阵亡的人而举行的典礼的嘲讽,并表示对"白厅前垃圾一样的花环"所蕴含的嘲讽有共鸣。但实际上这首诗是对主人公这种沾沾自喜的反爱国主义的恶意嘲讽。怎么连诗人德赖伯格也完全理解反了呢?他可能在心底预设主人公这种愚蠢的知识分子的受教育程度只比文盲好一点,不够敏锐,不够有思想,因而必定是左派里的最底层人士。不论怎么说,拉金在政治

① Lawrence, D. H. *Kangaroo*. Harmondsworth: Penguin, 1963, p.240.

上是绝对保守的右派分子。①

德赖伯格是国会议员,也是工党代表,我们能从中感受到康奎斯特作为一个右翼人士在反驳德赖伯格时流露出的讥讽。事实上,康奎斯特和德赖伯格一样都曲解了这首诗以及拉金的意图,他们都只看到一面,虽然《基金会自然会负担你的开支》中的第一诗节和诗歌的最后五行十分晦涩,看不出政治端倪,但在中间诗节那段描写中,主人公毫无保留地表现出自己的政治倾向,也许德赖伯格的理解并非全错,诗歌中的叙述者很可能是一个左翼知识分子,但是我们解读时既不能把诗歌中叙述者的政治观点与拉金的观点等同起来,也不能武断地判断拉金就是"绝对保守的"右翼。

这首诗要表达的政治气息远远不止这些,比如,大家可能都忽略了第一行里出现的名字"彗星"背后的深层含义:

急着赶我的"彗星"飞机
在 11 月份的一个夜晚
很快它会带我到孟买
沐浴着那儿的夕阳

这首诗如果不详细列出飞机"彗星"的名字,而是直接说"急着去赶飞机",或者干脆换掉这个词,读起来会更通俗易懂,但是拉金特别点明飞机的名字一定另有用意。第二次世界大战结束后,英国为了和美国争夺民航客机的市场,将军事喷气技术用于民用飞机。1946 年,德·哈维兰公司开始研制喷气式客机,并命名为"彗星"。这是第一种以喷气式发动机为动力的民用客机,在当时被认为是革命性的突破。但由于技术不过关,"彗星"客机因接连发生空中解体事故而声名狼藉。1952 年 5 月,"彗星"客机投入航线运营不到一年,一架客机从卡拉奇起飞后就坠毁,机上人员无一生还。一个月后,另一架"彗星"飞机在加尔各答机场坠毁,也是无人幸免于难。1953 年 1 月,又有一架"彗星"飞机在飞往厄尔巴岛途中掉进了海里,机上所有乘客和机组人员全部遇难。"彗星"随即被禁飞两个月,进行相关的事故调查。1954 年 1 月 10 日,781 号班机在地中海上空发生爆炸后解体,机上 29 名乘客(包括 10 名儿童)及 6 名机组人员无人生还。同年 4

---

① Conquest, Robert. "A Proper Sport." *Larkin at Sixty*. Anthony Thwaite, ed. London: Faber & Faber, 1982, p.36.

月 8 日,在南非航空 201 号班机上,"彗星"再度发生空中解体事故,机上无人生还。[①] 诗中强调这个骄傲自大的主人公要乘"彗星"飞机出行,他显然没意识到这个机型的飞机已经发生过多次事故,尤其是"彗星"客机坠机事故多发生在南亚航班——卡拉奇和加尔各答,而他乘坐航班的目的地是孟买。"彗星"飞机用在这里除了不怀好意的暗示以外,还有更深一层的政治含义。战后英国政府提供资金,积极发展民用航空业,"彗星"客机是工党在 1945 至 1951 年期间大力扶持的航空公司所研制的,但是"彗星"客机后续的发展也得到了保守党的支持。把航空技术军用改民用,这个计划由丘吉尔在战后首先提出,之后,该项目由其女婿邓肯·桑迪斯进一步实施。1950 年桑迪斯担任供应大臣时,不仅游说英国经济政策委员会给"彗星"计划予以经济上的支持,还以政府的名义订购了这些飞机以提供资金保障。[②] 所以对"彗星"客机的解构可以驳倒德赖伯格和康奎斯特对于拉金政治倾向的绝对化、简单化的解读,因为他们二人都只关注诗里政治的一元性,实际上作者要表达的远非如此,左翼工党和右翼保守党合力打造的彗星客机依然是个失败的项目,作者既不赞成左翼的做法,也不赞成右翼的做法。

《高窗》中的《爆炸》这首诗描写了一起矿难事故中的遇难矿工:

> 穿着矿靴的男人沿小路走来,
> 边咳边骂,抽着烟,
> 卸下浓重的沉默
>
> 一个人撵着野兔,没抓着;
> 带回一窝云雀蛋;
> 展示,把它们放在草丛中。
>
> 就这样走过,胡子拉碴,穿着厚裤子
> 父亲,兄弟,插科打诨,大笑
> 穿过敞开着的高门

（CP 154）

① Barnett, Correlli. *The Verdict of Peace*. Basingstoke：Macmillan, 2001, pp. 325 – 344.
② Hayward, Keith. " Government and British Civil Aerospace 1945 – 64." *Journal of Aeronautical History*, 2018, 4：102 – 107.

这些遇难者都是普通工人,他们是普通家庭里的经济和精神支柱;他们是家中的"父亲"或"兄弟";他们幽默、开朗、童心未泯;他们在上班路上追逐野兔,在平凡的生活中寻找快乐。诗人一开始就描写这些平凡的工人心地善良、爱护生灵,把从树上掉下的一窝幼雏小心地放在草丛中。这样热爱生活、热爱生命的普通人却成为现代工业的无辜牺牲品:矿井发生爆炸,顷刻之间一切化为乌有。这些工人太普通、太平凡了,没人关心这些生活在社会底层的人,对于他们的死,除了他们的妻儿没有人在意。这首诗被很多评论家用来解读拉金的政治观点,比如尼尔·科克兰在《1940年后的英国诗歌》中评论道:

> 这首英国田园诗歌风格的《爆炸》不是在暗示某个特定的政治事件吗?马尔维纳斯群岛战争获胜后玛格丽特·撒切尔现身英国电视荧幕,对代表英国士兵的庸俗的瓷质的雕像表示钦佩,是不是能联想到代表着英国矿工的诗歌《爆炸》?在某种程度上诗歌画面和笔调中所描述的那种脆弱的美,与那尊雕像颇有相似之处吧?

其实,拉金创作这首诗时正值工党党魁哈罗德·威尔逊执政时期,撒切尔夫人是在将近十年后才上台掌权的。这十年政府内部和施政纲领发生了翻天覆地的变化,我们很难知道他提及的是哪一个"特定的政治事件"了。为什么人们总是习惯把拉金的政治思想归于左翼或右翼呢?这是因为人们将拉金日常的一些言论带入诗歌进行分析,比如,拉金在《观察者》所做的访谈导致卢卡斯、科克兰和伊格尔顿这些评论家对他进行断章取义式的解读。拉金在访谈中说,"我一直倾向右翼,很难说清原因。我不是什么政治思想家,只不过我觉得右翼人士颇具德行,而左翼人士,有些劣行,当然了,左翼、右翼都不完美"①。当被问到哪些是德行、哪些是劣行时,他回答说:"节俭、勤勉、尊重和传承的精神——这些都是美德,若要问劣行的话,就是它的反面了,懒惰、贪婪和背叛。"②上述言论仿佛表明拉金比较欣赏右翼保守党,而不太欣赏左翼工党,但是,大家可能忽略了他最后一句的总结——两个政治堡垒都不完美,言下之意就是他并不是右翼分子也不是左翼分子,在这次访谈中拉金接着谈到右翼政治家撒切尔夫人时说:"我很崇拜她。她让我觉着政坛像那么回事儿了,要知道自斯塔福

---

① Larkin, Philip. *Required Writing*. London: Faber & Faber, 1983, p.52.

② Ibid.

德·克里普斯之后可没人做得到这点（我也很崇拜他）。"①此处，"崇拜"被拉金以夸张的语调巧妙地说了出来，暗含讽刺意味。拉金不是把撒切尔夫人和与她同一阵营的保守党历届英国首相相提并论，而是把斯塔福德·克里普斯和她相提并论。克里普斯是战后工党的财政大臣，可以说任职于英国历史上极其左派的机构，拉金在这里把他与撒切尔相提并论，其意不言而喻：对于拉金来说，对这两个政党他不是抱着非此即彼而是兼而有之的态度，无论是右翼还是左翼，只要他们的作为有利于国家、有利于普通民众，拉金就会赞同，反之，则会批评。

从以上所分析的诗歌中我们可以看到，拉金的诗歌对历史事件和政治改革进行了反思，发表了自己独到的政治见解和伦理观。他的政治立场既不完全倾向于右翼的保守党，也不完全倾向于左翼的工党；他不把自己视为那种以其专长服务于政治、效力于国家社会的知识分子，而是在所有方面保持着自由的权利和独立的判断。他的诗歌和小说颠覆性地诠释了人们对国家、民族、民主和自由的传统信仰，动摇了人们对政治和战争的固有印象以及对资本的狂热，在向后现代主义转型的不确定中扮演着重要的角色。

---

① Larkin, Philip. *Required Writing*. London：Faber & Faber, 1983, p.52.

结　语

　　菲利普·拉金在战后英国文坛占有独特的地位,拉金的诗歌超越种族和时代,受到人们的喜爱和文学评论家的关注,是"任何流派或形式的诗歌都无法比拟的"[1]。菲利普·拉金出生于 1922 年,当时现代主义正处于顶峰时期。(现代主义盛行于 1890 至 1940 年,通常将 1922 年作为其顶峰时期。)这一年见证了最具代表性的现代主义英语诗歌——艾略特的《荒原》,现代主义英语小说的里程碑——乔伊斯的《尤利西斯》、卡明斯的《巨大的房间》、弗吉尼亚·伍尔夫的《雅各布的房间》以及现代主义哲学的标杆——维特根斯坦的《逻辑哲学论》等著作的出版。"后现代主义"(Postmodernism)这个词,如果从词源上看,post 是"在……之后"的意思,后现代就是现代主义之后,那么从历史时期上来说,拉金就属于现代主义之后这个文化阶段。

　　若仅仅根据这一时代划分方法来证明拉金属于后现代主义,这显然是不科学、不严谨的,不过从拉金的写作主题

---

[1] Lowell, Robert. "Digressiona from Philip Larkin's Twentieth-Century Verse." *Encounter*, 1970, 40: 68.

和风格来看,他的作品确实表现出了后现代主义的特征。科科伦坚持认为:"拉金是以战后英语诗歌彻底抵抗现代主义的主要人物。"①在《当代诗歌和后现代主义》(1996)中,格雷戈森进一步指出,拉金"对英国诗歌的现代主义与后现代主义具有极大的影响力"②。并且指出拉金的作品体现了后现代主义特征:

> 后现代主义的主要态度便是怀疑一切。后现代哲学与后现代美学的主要方法都是解构,它们也将怀疑一切付诸实践。解构是一种反体系或颠覆制度的一种体系;它是一种揭露机制的机制。解构就像旋开信仰体系的螺丝,将其正在运转的齿轮展现出来。③

拉金的诗歌和小说作品不论是对父权制、核心家庭、恐同症、民族主义、有神论、生物本质主义、消费主义还是资本主义本身都提出了质疑,实际上,他反对异性恋主义但不是反对异性恋本身;他是一个无神论者,但又承认宗教有助于培养公民品德;他赞赏消费文化但并不认为资本主义所有的观念都堕落到与金钱挂钩。除此之外,他对处于支配地位的东西持观望态度,如上帝、教堂、家庭、国家、美国的帝国主义霸权、公司资本主义、强制异性恋等,同时,他的这些观点也不是顽固不变的,而是随着时代的发展而变化的,并以独到的角度解构了诸如父权制、帝国主义、异性恋主义、一夫一妻制、民族主义、一神论以及美学领域中的"高雅艺术"等核心概念。

　　拉金的创作思路和后现代主义也有一些相同的观点,比如让-弗朗索瓦·利奥塔在《后现代状况:关于知识的报告》中指出:"在当代社会和文化——后工业社会中,后现代文化——知识合法化的问题是以不同的方式制定的。无论是使用什么样的统一模式,无论是思辨叙事还是解放叙事,宏大叙事都不再盛行。"④相对于18世纪的文学作品启动知识的宏大历史,后现代时期的知识不再被组织和验证,同样,拉金反对动辄以古典神话为架构的诗作,因为这类需要解释才能读懂的诗歌之潜在读者是"每年9月案例注册的乌合之众"⑤而不是普通民众。他认为现代主义的艰深

　　①　Corcoran, Neil. *English Poetry Since 1940*. London: Longman, 1993, p.85.
　　②　Gregson, Ian. *Contemporary Poetry and Postmodernism: Estrangement*. Basingstoke: Macmillan, 1996, p.37.
　　③　Gregson, Ian. *Postmodern Literature*. London: Axnoid, 2004, p.1.
　　④　Lyotaxd, Jean-Francois. *The Postmodern Condition: A Report on Knowledge*. Manchester: Manchester University Press, 1987, p.37.
　　⑤　Larkin, Philip. *Required Writing*. London: Faber & Faber, 1983, p.82.

结
语

晦涩是"脱离常规的，毒害了所有的艺术"①，反对以庞德和艾略特为首的"精英化""学问化"诗歌理念，推崇哈代式的平凡、简单的传统诗歌风格。在诗歌措辞上，拉金有意避开现代派的那种引经据典、朦胧晦涩的文雅词汇，有意采用城市平民新鲜活泼的日常语言甚至"脏话"，试图营造一种别样、新颖的英诗风格，显现出后现代艺术的语言风格。但是，拉金没有像纳博科夫、冯内古特、阿什贝利、卡特、品钦、佩雷克、拉什、马尔登等经典后现代主义作家一样采取游戏性、虚构性与极端的风格创新等方式，而是坚持现实主义的写作，为此他提出，一个好的作品最重要的因素是真实：

> 首先当一个人对某个情感意念着迷，并被纠缠得非得做点什么不可的时候。他要做的是第二个阶段，也即建构一个文字装置，它可以在愿意读它的任何人身上复制这个情感意念，不管在任何地点或任何时间。第三个阶段是重现那个情景，也即不同时间和地点的人启动这个装置，自己重新创造诗人写作那首诗时所感受的东西。这些阶段是互相依存，缺一不可的。②

可以说，拉金是穿着现实主义外衣的后现代主义者，或者，至少是一个具有后现代主义感情的现实主义者。也许，以拉金一贯以来的怀疑和批判性态度，他对现实主义和后现代主义既不是完全赞同，也不是全盘否定任何一方，而是抱着对两者都取其精华、去其糟粕的态度，因此，我们也可以把拉金看成既是一个现实主义者，又是一个后现代主义者。

拉金不仅在文学界成就斐然，影响巨大，在爵士乐方面也造诣颇深，在音乐界颇具影响。美国"桂冠指挥家"伦纳德·伯恩斯坦（Leonard Bernstein）曾提名拉金为20世纪最伟大的诗人③；英国后现代主义作曲家亚历山大·戈尔、罗宾·海洛威、托马斯·阿德斯和埃罗琳·沃伦都把拉金的诗歌谱曲做成音乐，比如，《杰瑞·斯普林格——歌剧》的结尾引用了《阿兰德尔墓》；各种风格和流派的流行歌手都表示过对拉金诗歌的喜爱，比如，鲍勃·格尔多夫爵士、电台司令乐队以及英国威尔士的另类摇滚乐团——"狂躁者"等，而拉金的《这就是诗》则由安妮·克拉克改编成歌曲演唱。

---

① Larkin, Philip. *Required Writing*. London: Faber & Faber, 1983, p.216.
② Ibid., p.80.
③ Dickinson, Peter. "Larkin's Jazz." *About Larkin*, 2005, 19: 4.

我们正处在一个物质生活日新月异、思想观念不断推陈出新的时代，拉金的艺术探索和艺术成就特别具有启发意义；拉金的作品把现代的主题与传统的形式有机地结合在一起，他的艺术理念在现代文学，特别是英国诗歌界起着承上启下的关键作用，他以激进的革新方式为英国后现代主义打下了基础。中国当代诗人处于中国文化与欧美文化交流的激流中，处于传统与现代的冲突中，处于全球化的开放时代，拉金在诗歌艺术上的成长和成就能为在困顿中摸索前进的中国诗人提供启示，这正是本书对拉金进行研究的现实意义和文化意义。

参 考 文 献

Bayley, John. *Uses of Division: Unity and Disharmony in Literature*. New York: Viking, 1976.

Benjamin, Walter. *The Arcades Project*. Cambridge, MA & London: Belknap Press/Harvard University Press, 1999.

Booth, James. *Philip Larkin: The Poet's Plight*. New York: Palgrave Macmillan, 2005.

Booth, James. *Philip Larkin: Writer*. Hemel Hempstead: Harvester Wheatsheaf, 1992.

Brown, Merle. "Larkin and His Audience." *The Iowa Review* 4 (1977).

Brownjohn, Alan. *Philip Larkin*. Harlow: Longman Group, 1975.

Burt, Stephen. "'High Windows' and Four-Letter Words: A Note on Philip Larkin." *Boston Review* 5 (1996).

Chen, Xi. "A flâneur's 'Deceptions': Gender, Sex and Ethics Re-narrated." *Journal of Cambridge Studies* 3 (2010).

Chesters, Graham. "Larkin's Books: Sidelining French Literature." *French Studies Bulletin* 100 (2006).

Conquest, Robert. *New Lines*. London: Macmillan & Co., 1954.

Cooper, Stephen. *Philip Larkin: Subversive Writer*. Brighton: Sussex Academic Press, 2004.

Davie, Donald. "Towards a New Poetic Diction." *Prospect* 2 (1949).

Davie, Donald. *Thomas Hardy and English Poetry*. New York: Oxford University Press, 1972.

Day, Roger. *Philip Larkin*. Stratford: Open University Press, 1987.

Dickinson, Peter. "Larkin's Jazz." *About Larkin* 19 (2005).

Enright, D. J. ed. *Poets of the 1950's*. Tokyo: The Kenyusha Press, 1955.

Everett, Barbara. "Philip Larkin: After Symbolism." *Essays in Criticism* 3 (1980).

Haffenden, John. ed. *Viewpoints: Poets in Conversation with John Haffenden*. London: Faber & Faber, 1981.

Hall, Charles. "Despondency and Lyricism in Larkin's Poetry." *The English Review* 10 (1999).

Hamilton, Ian. "Four Conversations." *The London Magazine* 6 (1964).

Hartley, Anthony. "Poets of the Fifties." *Spectator* 193 (1954).

Hartley, George. *Philip Larkin 1922 – 1985: A Tribute*. London: The Marvell Press, 1988.

Hassan, Salem K. *Philip Larkin and His Contemporaries: An Air of Authenticity*.

Basingstoke: Macmillan Press, Ltd. , 1988.

Hitchens, Christopher. *Unacknowledged Legislation: Writers in the Public Sphere.* London: Verso Books, 2002.

Hobson, Theo. "Strange Calling: A Theological Approach to Larkin." *Literature and Theology* 3 (2006).

Ingelbien, Raphael. "A Girl in the Forties: Larkin and the Politics of World War Two. " *Critical Survey* 1 (2001).

Kerrigan, William. "Larkin and the Difficult Subject. " *Essays in Criticism* 4 (1998).

Kirsch, Adam. *The Modern Element.* New York: W. W. Norton & Co. , 2008.

Larkin, Philip. *A Girl in Winter.* London: Faber & Faber, Ltd. , 1975.

Larkin, Philip. *Required Writing.* London: Faber & Faber, Ltd. , 1983.

Larkin, Philip. *All What Jazz: A Record Diary 1961 – 1971.* New York: Farrar, 1985.

Larkin, Philip. *Further Requirements: Interviews, Broadcasts, Statements and Book Reviews 1925 – 1985.* Anthony Thwaite, ed. London: Faber & Faber, Ltd. , 2002.

Larkin, Philip. Trouble at Willow Gables *and Other Fictions.* James Booth, ed. London: Faber & Faber, Ltd. , 2002.

Larkin, Philip. *Jill.* London: Faber & Faber, Ltd. , 2005.

Latre, Guido. *Locking Earth to the Sky: A Structuralist Approach to Larkin's Poetry.* New York: Peter Lang, 1985.

Leggett, B. J. "Larkin's Blues: Jazz and Modernism. " *Twentieth Century Literature* 2 (1996).

Lerner, Laurence. *Philip Larkin.* Tavistock: Northcote House Publishers, Ltd. , 1997.

Lowell, Robert. "Digressiona from Philip Larkin's Twentieth-Century Verse. " *Encounter* 40 (1970).

McNamee, Brenda. "Larkin's Sad Steps. " *Explicator* 2 (2005).

Morrison, Blake. *The Movement: English Poetry and Fiction of the 1950s.* Oxford: Oxford University Press, 1980.

Motion, Andrew. *Philip Larkin.* London & New York: Methuen, 1982.

Motion, Andrew. *Philip Larkin: A Writer's Life.* London: Faber & Faber, Ltd. , 1993.

Osborne, John. *Larkin, Ideology and Critical Violence.* New York: Palgrave Macmillan, 2008.

Palmer, Richard. *Such Deliberate Disguises: The Art of Philip Larkin.* New York: Continuum, 2008.

Parkinson, R. N. "To Keep Our Metaphysics Warm: A Study of 'Church Going'. " *The Critical Survey* 5 (1971).

Petch, Simon. *The Art of Philip Larkin.* Sydney: Sydney University Press, 1981.

Rajamouly, Katta. *The Poetry of Philip Larkin: A Critical Study.* New Delhi: Prestige Books, 2007.

Rapport, Nigel. "Writing on the Body: The Poetic Life — Story of Philip Larkin. " *Anthropology & Medicine* 1 (2000).

菲利普・拉金研究

Regan, Stephen. *Philip Larkin*. London: Macmillan Education, Ltd. , 1992.

Regan, Stephen. ed. *Philip Larkin*. New York: St. Martin's Press, 1997.

Richman, Robert. "Trying to Preserve Something." *The New Criterion* 6 (1986).

Rossen, Janice. ed. *Philip Larkin: His Life's Work*. Hemel Hempstead: Harvester Wheatsheaf, 1989.

Rowe, Mark. *Philip Larkin: Art and Self*. New York: Palgrave Macmillan, 2011.

Salwak, Dale. ed. *Philip Larkin: The Man and His Work*. Hampshire: Macmillan Press, Ltd. , 1989.

Steinberg, Gillian. "Thomas Hardy and Philip Larkin: Influence, Anxiety, and Personae." *The Hardy Review* 1 (2015).

Stojkovic, Tijana. "*Unnoticed in the Casual Light of Day*": *Philip Larkin and the Plain Style*. New York: Routledge, 2006.

Swarbrick, Andrew. *Out of Reach: The Poetry of Philip Larkin*. London: Macmillan Press, Ltd. , 1995.

Thwaite, Anthony. ed. *Larkin at Sixty*. London: Faber & Faber, Ltd. , 1982.

Thwaite, Anthony. *Selected Letters of Philip Larkin, 1940 – 1985*. London: Faber & Faber, Ltd. , 1992.

Thwaite, Anthony. *Philip Larkin: Collected Poems*. London: Faber & Faber, Ltd. , 2003.

Tolley, A. T. *My Proper Ground: A Study of the Work of Philip Larkin and Its Development*. Ontario: Carleton University Press, 1991.

Tolley, A. T. ed. *Philip Larkin — Early Poems and Juvenilia*. London: Faber & Faber, Ltd. , 2005.

Tomlinson, Charles. "The Middlebrow Muse." *Essays in Criticism* 2 (1957).

Waterman, Rory. *Belonging and Estrangement in the Poetry of Philip Larkin, R. S. Thomas and Charles Causley*. Farnham: Ashgate Publishing & Co. , 2014.

Whalen, Terry. *Philip Larkin and English Poetry*. London: The Macmillan Press, Ltd. , 1986.

本雅明:《发达资本主义时代的抒情诗人》。张旭东、魏文生译。北京:生活・读书・新知三联书店,1989。

曹雨雷:本雅明的寓言理论。《外国文学》,1,2004。

陈晞:《北方的船》:都市漫游者的随想。《英美文学研究论丛》,10,2009。

陈晞:生物、生态、环境——菲利普・拉金的生态伦理。聂珍钊、陈红主编,《文学与环境:武汉国际学术研讨会论文集》。武汉:华中师范大学出版社,2010。

陈晞:从《欺骗》伦理阅读看菲利普・拉金的叙事伦理。《当代外国文学》,1,2011。

陈晞:拉金与美国现代诗歌的对话。《外语与外语教学》,2,2012。

陈晞:论菲利普・拉金诗歌中的商品符号和消费伦理。*Forum for World Literature Studies* 5 (2013).

陈晞:空间・叙事・伦理:菲利普・拉金的城市诗歌。《国外文学》,3,2014。

陈晞:拉金爱情诗歌的伦理求述。*Interdisciplinary Studies of Literature* 1 (2017).

陈晞:《吉尔》:脑文本与小说创作。*Interdisciplinary Studies of Literature* 3（2019）.

陈晞:伦理身份、伦理选择与成长:《冬天里的姑娘》。《广东外语外贸大学学报》,4,2019。

戴维·弗里斯比:《现代性的碎片》,卢晖临等译。北京:商务印书馆,2003。

傅浩:《英国运动派诗人》。南京:译林出版社,1998。

郭军:都市漫步者。《国外理论动态》,2,2006。

李莹:人文关怀充溢生活时空——菲利普·拉金诗歌主题解读。《辽宁大学学报》,11,2017。

吕爱晶:寻找英国的诗神——评菲利浦·拉金的本土意识。《外国文学研究》,5,2003。

吕爱晶:《菲利浦·拉金的"非英雄"思想研究》。上海:世界图书出版公司,2012。

吕爱晶:菲利浦·拉金早期诗歌的"非英雄"共同体意识。《湖南科技大学学报》(社会科学版),4,2018。

略萨:《中国套盒:致一位青年小说家》,赵德明译。天津:百花文艺出版社,2000。

迈克·费瑟斯通:《消费文化与后现代主义》,刘精明译。南京:译林出版社,2000。

聂珍钊:文学伦理学批评:基本理论和术语。《外国文学评论》,1,2010。

聂珍钊:《文学伦理学批评导论》。北京:北京大学出版社,2014。

区鉷,吕爱晶:菲利浦·拉金诗歌中的两性伦理思想。《外国文学研究》,1,2009。

韦恩·布斯:《小说修辞学》,付礼军译。南宁:广西人民出版社,1987。

项凤靖:评菲利浦·拉金的诗。《外国语言文学》,2,2003。

肖云华:菲利普·拉金:英国性转向与个人焦虑。《世界文学评论》,2,2008。

肖云华:拉金的《电网》:没落帝国的文化隔离墙。《外国文学评论》,1,2010。

肖云华:拉金眼里的大自然——以《空缺》为例解读拉金的存在观。《外国文学评论》,2,2014。

肖云华:人类纪视野下的菲利普·拉金诗歌:以《去海边》为例。《外国文学研究》,4,2018。

颜学军:英国运动派诗歌再审视。《当代外国文学》,1,2017。

张旭东:从"资产阶级世纪"中苏醒:本雅明与当代中国文化意识。《读书》,11,1998。